D1262952

Montferrand

Du même auteur

Bibliographie

Les Arts martiaux. L'Héritage des Samourais, La Presse, 1975 (essai).

La Guerre olympique, Robert Laffont, 1977 (essai).

Les Gladiateurs de L'Amérique, Éditions Internationales Alain Stanké, 1977 (essai).

Knockout inc., Éditions Internationales Alain Stanké, et collection « 10/10 », 1979 (roman).

Le Dieu sauvage, Libre Expression, 1980 (récit biographique).

La Machine à tuer, Libre Expression, 1981 (essai).

Katana, le roman du Japon, Éditions QuébecAmérique, 1987 ; collection « 2 continents », série « Best-sellers », 1994 ; collection « Sextant », 1995 (roman).

Drakkar, le roman des Vikings, QuébecAmérique, 1989 ; collection « Sextant », 1995 ; Éditions Québec Loisirs 1989 (roman).

Soleil noir, le roman de la Conquête, Québec/Amérique 1991 ; Club France Loisirs, 1991 ; Prix du grand public 1992 ; collection « Sextant », 1995 (roman).

L'Enfant Dragon, Libre Expression, 1994 ; Albin Michel et collection « J'ai lu », 1995 (roman).

Black, les chaînes de Gorée, Libre Expression, 2000 ; Presses de la Cité, 2002 (Le Grand Livre du mois) ; Libre Expression, collection « Zénith », 2003 (roman).

Louis Cyr, une épopée légendaire, Libre Expression, 2005 (biographie).

Scénarios

Highlander, the Sorcerer (v.f. Highlander, le magicien), 1994. Prod. : États-Unis, Canada, Grande-Bretagne, France (réalisateur : Andy Morahan).

The North Star (v.f. : Grand Nord), 1995. Prod. : États-Unis, Italie, Norvège, France (réalisateur : Nils Gaup).

Le Dernier Tunnel, 2004. Prod. : Bloom films et Christal films, Canada (réalisateur : Érik Canuel).

Paul Ohl

Montferrand

Le Prix de l'honneur

ROMAN

Une compagnie de Quebecor Media

Catalogage avant publication de Bibliothèque et Archives nationales du Québec et Bibliothèque et Archives Canada

Ohl, Paul E.
Montferrand
Sommaire: t. 1. Le prix de l'honneur.
ISBN 978-2-7648-0318-9 (v. 1)
1. Montferrand, Jos, 1802-1864 - Romans, nouvelles, etc.
I. Titre. II. Titre: Le prix de l'honneur.

PS8579.H5M66 2008 C843'.54 C2007-942575-5
PS9579.H5M66 2008

Édition: MARTIN BÉLANGER
Révision linguistique: CÉLINE BOUCHARD
Correction d'épreuves: EMMANUEL DALMENESCHE
Couverture: AXEL PÉREZ DE LEÓN
Maquette intérieure: AXEL PÉREZ DE LEÓN
Mise en pages: AXEL PÉREZ DE LEÓN
Photo de couverture : © MUSÉE MCCORD
Photo de l'auteur: ROBERT ETCHEVERRY

Remerciements
Les Éditions Libre Expression reconnaissent l'aide financière du gouvernement du Canada par l'entremise du Programme d'aide au développement de l'industrie de l'édition (PADIÉ) pour ses activités d'édition. Nous remercions le Conseil des Arts du Canada et la Société de développement des entreprises culturelles du Québec (SODEC) du soutien accordé à notre programme de publication. Gouvernement du Québec – Programme de crédit d'impôt pour l'édition de livres – gestion SODEC.

Les Éditions Libre Expression
Groupe Librex inc.
La Tourelle
1055, boul. René-Lévesque Est
Bureau 800
Montréal (Québec) H2L 4S5
Tél.: 514 849-5259
Téléc.: 514 849-1388

Dépôt légal – Bibliothèque et Archives nationales du Québec
et Bibliothèque et Archives Canada, 2008

ISBN 978-2-7648-0318-9

Distribution au Canada
Messageries ADP
2315, rue de la Province
Longueuil (Québec) J4G 1G4
Téléphone : 450 640-1234
Sans frais : 1 800 771-3022

Diffusion hors Canada
Interforum

Aux gens du pays
devenu mon pays.

À la mémoire de Claude Le Sauteur,
peintre et humaniste.

· Avant-propos ·

Ernest Hemingway a écrit un jour qu'« il est toujours possible qu'une œuvre d'imagination jette quelque lueur sur ce qui a été rapporté comme un fait ». C'est le cas pour ce roman. Car Jos Montferrand a bel et bien vécu.

En temps ordinaire il est incroyablement délicat de jongler avec la vérité, quoique la tradition littéraire nous rappelle qu'il est du droit de tout écrivain de réinventer une vie, une époque, des événements. Ce goût vif de la création, qui est l'essence même de l'écriture, n'empêche aucunement la prévalence de la vérité dans le récit. En fait, elle tient une dimension essentielle dans le vaste ensemble historique que fut le XIXe siècle du Canada colonial. Ce cadre, rigoureusement documenté, constitue la toile de fond de ce roman.

Pourquoi Jos Montferrand ? Parce qu'il est un personnage historique. L'incarnation même d'un siècle naissant. Un champion du droit, de la justice, de la loyauté, doublé d'un homme ayant un profond sens patriotique. Une sorte de preux chevalier. Mais aussi parce que plus de deux siècles après sa naissance, le paradoxe demeure. On ne peut toujours pas faire la juste part entre le vrai et la fantaisie. Entre les deux dates documentées, celles de sa naissance et de son décès, on devine un parcours de vie hors du commun marqué par la tradition orale. Mais la plupart des traces qui eussent permis d'authentifier tant d'exploits ont été effacées, d'où la grande part de mystère. Se forgea ainsi une des plus grandes légendes de l'Amérique française.

En laissant libre cours aux errances du récit folklorique, on façonna la mémoire vive de son nom. Il ne manquait qu'un souffle épique, sorti de l'imaginaire romanesque, pour le faire vivre, à la hauteur de sa démesure, dans notre XXIe siècle. Car si la légende de Jos Montferrand appartient d'emblée au Québec, elle est également revendiquée par toute l'Amérique.

Paul Ohl
Saint-Antoine-de-Tilly, Québec

Le cul su'l'bord du Cap Diamant,
les pieds dans l'eau du Saint-Laurent
J'ai jasé un p'tit bout d'temps avec le grand Jos Montferrand.
D'abord on a parlé de vent, de la pluie puis du beau temps
Puis j'ai dit : « Jos dis-moi comment que t'es devenu aussi grand
Que t'es devenu un géant. »

Gilles Vigneault

Prologue

Montréal, 1776

François Favre se tenait immobile devant la grande fenêtre couverte de givre.

— Encore un coup d'ennui ? fit une voix de femme.

Il se retourna et regarda longuement sa femme, Marie-Anne Ethier. Il l'avait rencontrée voilà quinze ans, alors qu'en compagnie d'une dizaine de survivants de son régiment, le Béarn-Guinne, il avait remonté le fleuve Saint-Laurent en direction de Saurel après le désastre du 13 septembre 1759. Ce jour-là, son régiment et ceux de Languedoc et de Royal-Roussillon furent anéantis par la mitraille de l'armée anglaise du général Wolfe. Après toutes ces années, il entendait encore et tout aussi clairement les salves tirées par les soldats d'en face, pendant que les tambours britanniques rythmaient l'avance d'un mur de tuniques rouges. Le sort d'un royaume et d'une colonie, et la réputation de deux rois s'étaient joués en quelques heures sur un pâturage d'à peine un mille carré.

— Toujours les mêmes cauchemars ? continua Marie-Anne Ethier.

François Favre hocha la tête.

— L'année de tous les malheurs, grommela-t-il. Maudits Anglais !

Il revint devant la fenêtre et continua de broyer du noir. C'était l'hiver. On menait les corvées de bois de chauffage bon train, en profitant de la bonne période de la lune.

— François...

— Quoi encore ? maugréa-t-il.

— Tu sais ce qu'on devrait faire pour les Fêtes ?

— Tu vas certainement me le dire...

— Faire nos malles et aller dans ma famille à Saurel...

Il ne répondit rien. Lorsqu'ils avaient quitté l'endroit, les chenaux des îles, ce fut pour ne pas y revenir. Les terres étaient pauvres. Le rang du Pot-au-Beurre, où ils occupaient une masure, n'offrait que de maigres ressources. Là-bas, l'hiver tuait ce que l'été avait rudement conçu. Au bout de trois ans, lorsque monsieur de Ramezay, le propriétaire de la seigneurie, la vendit à un prospère bourgeois anglais qui favorisa aussitôt des colons britanniques suivis de mercenaires germaniques, François et Marie-Anne quittèrent l'endroit pour venir s'installer à Montréal. Peu de temps après, François Favre devint maître d'escrime.

— Pas cette année, murmura-t-il, j'ai des choses importantes à faire. L'année prochaine peut-être...

— Des choses ? Toujours ces choses-là... Avec ta bande de fiers-à-bras, pas vrai ?

François Favre pivota brusquement et regarda Marie-Anne d'un air furibond.

— Des fiers-à-bras ? Surtout pas ! Des soldats... Et pas des soldats ordinaires, gronda-t-il.

— Mon pauvre François, fit Marie-Anne à demi-voix.

Il ne dit rien. Il savait qu'il ne pourrait jamais révéler ses sentiments véritables à sa femme. Elle n'avait jamais connu la violence et la haine ; elle était comme le bon pain. Comment d'ailleurs lui expliquer que, quinze ans après de sanglants affrontements, il était toujours aussi résolu à faire payer aux occupants britanniques le triste sort que l'on fit à la Nouvelle-France ? Qu'un grand nombre de mauvais soldats aient cédé si aisément à un petit nombre de combattants protestants avait englouti une partie de l'âme de soldat de François Favre et la totalité de son orgueil de Montferrandais. Il y avait laissé l'honneur de son pays et de son patronyme. Là était son malheur, car après tout, il avait quitté l'Auvergne pour combattre au nom du Roy de France dans ses colonies de l'Amérique. Il avait traversé la grande mare pour trouver la gloire en Nouvelle-France. Il avait emporté avec lui les souvenirs de sa Montferrand natale, depuis l'ancien château accroché aux pitons rocheux jusqu'au croisement des rues des Cordeliers, du Séminaire et de la Rodade. Enfant, il s'était égayé entre les pâtés de maisons à l'occasion des foires des Rois, des Provisions, de la Sauvagine et de la Saint-André, alors que ces marchés opulents attiraient des foules bigarrées. Pour autant, il y avait vécu des bouleversements, des malheurs. Mais en toute chose, il avait suivi les enseignements de son père. Il était devenu soldat. Et il avait appris que les vrais honneurs de la guerre, même dans la défaite, ne venaient que par l'épée, ainsi qu'il en était d'ailleurs pour toute vengeance.

La Noël et les jours gras s'annonçaient. Au jour du solstice de l'année 1775, le noroît s'abattit furieusement sur Montréal et sur les terres plus au nord. En une nuit, la glace figea le fleuve et la neige s'accumula à hauteur des fenêtres des maisons. On ne sortait qu'en raquettes, emmitouflés dans d'épais capots, couverts de bonnets bien fourrés et chaussés de bottes enduites de graisse.

Le vent souffla en rafales pendant presque dix jours et transforma Montréal en un immense champ de neige. On avait déshabillé les ailes des moulins de la seigneurie. Les chevaux, les bœufs, le bétail, les voitures des charroyeurs, les traîneaux étaient demeurés captifs des étables. Les cimes des arbres les plus vigoureux plièrent jusqu'au sol, celles des plus vieux cassèrent net. La moitié des gens de Montréal ne purent se rendre à l'église pour la célébration de la naissance du Christ. Toute trace de ruelles et de chemins avait disparu.

Au dernier jour de l'an, le noroît céda à un faible vent. La poudrerie cessa. L'aube annonça une journée lumineuse. Les oiseaux d'hiver, sortis de nulle part, égayèrent la ville.

Ce jour-là, François Favre sortit de son coffre son uniforme du régiment de Béarn, toujours troué par une balle et maculé de sang séché, ainsi que l'épée de son père, Blaise Favre. Après avoir embrassé sa femme et ses trois enfants, il avait pris à part son aîné, Joseph-François, et lui avait soufflé à l'oreille : « Prends bien soin de ta mère et de tes deux sœurs. C'est maintenant toi, l'homme de la maison. » Le petit avait reçu les paroles de son père comme un jeu et avait éclaté d'un rire cristallin.

Ce que François Favre appelait sa salle d'escrime était en réalité une grande pièce carrée aux murs et au plancher vermoulus, sans mobilier, à part une table bancale et quelques chaises défoncées. L'endroit sonnait le vide sous les pas. La seule fenêtre donnait sur la ruelle Gadois, ainsi nommée parce que, vers le début du siècle, un Français de ce nom y avait creusé un puits d'une grande profondeur dans lequel les habitants du faubourg venaient puiser de l'eau potable.

C'était dans ce lieu habité par les ombres, infiltré par les vents, la pluie et la neige, que François Favre donnait des cours de maniement de l'épée. Quoique peu fréquentée, la masure était sous étroite surveillance, autant des sulpiciens, propriétaires et seigneurs de Montréal, que de la garnison anglaise. Les premiers le tenaient pour délinquant religieux, quelques-uns le voulaient suppôt de Satan pour son refus de participer à la cérémonie du pain bénit lors des messes dominicales, fautif aussi d'avoir fait fi de trois rappels à l'ordre pour ne pas avoir fait ses Pâques. Pour les Anglais, cet Auvergnat était un rebelle, voire un espion. On le soupçonnait de trafic d'armes, d'esprit malveillant et d'attitude séditieuse ; en somme, de fanatisme patriotique.

François Favre savait les soupçons et les intentions des uns et des autres. Par conséquent, il se doutait bien qu'un jour une grille de fer s'abattrait et qu'il croupirait au fond d'un cachot. Tel allait être le prix de la liberté. C'était justement au nom de celle-là qu'il continuait de haïr bien haut, avec l'accent pittoresque des Montferrandais, et sans se soucier de l'embarras qu'il causait à tous ceux qui, pour se faire pardonner d'avoir été, à une certaine époque, autre chose que de dociles sujets, étaient devenus des bien-pensants. Favre les qualifiait ouvertement de « lâches de service ».

Alcide Dugas, Louis Plamondon et Jérôme Latreille étaient arrivés à quelques minutes d'intervalle, les coiffes et les capots couverts de frimas. François Favre avait accueilli chacun avec l'accolade traditionnelle. Puis :

— Châtillon est en retard, remarqua-t-il.

— Y est poitrinaire, expliqua Alcide Dugas. Y est pas sorti de chez lui depuis les grosses pluies de novembre…

— Paraîtrait qu'on a rationné son bois, ajouta Justin Sylvestre, le colosse du groupe.

— Qui ça ? tonna Favre.

— Les mêmes qui rationnent le tien…

— Le nôtre, le corrigea Louis Plamondon. Ça va mal finir, ça fait un boutte que j'vous préviens…

François Favre ignora la remarque. Il enfila un épais plastron et invita ses quatre compagnons à l'imiter. Durant l'heure suivante, le petit groupe se livra à de multiples manœuvres, mêlant coups de taille et d'estoc, attaquant par le bout, le plat et le tranchant. Les frappes étaient violentes, les parades douloureuses et, n'eussent été les armes de bois, l'équipement protecteur n'eût été que de piètre utilité pour éviter de sérieuses blessures.

Le maître d'escrime ordonna des assauts encore plus impétueux, s'improvisant l'adversaire de chacun et de tous à la fois. Aucun des quatre hommes n'ayant sa force ni sa technique de combat, Favre les fit reculer sous les coups, les acculant à tour de rôle, la pointe de son épée de bois pointée sur leur gorge. Le dernier, Jérôme Latreille, s'effondra, à bout de souffle. Malgré la position incommode de son compagnon, François Fabre le poussa à la soumission, la lame de bois puissamment appuyée contre le col de l'homme.

— Je te trouve bien docile, fit-il avec une expression d'ironie. Imagine que je sois un *Inglish*…

Latreille fit la moue, repoussa l'arme d'un revers de main et se remit debout péniblement.

— On a passé l'âge, François, laissa-t-il tomber. Fini, le temps des guerres !… Tu veux que j'imagine que tu es un *Inglish* ? Soit ! Tu te fatiguerais pas à vouloir te battre… T'aurais pas une épée à la main… Tu ferais bonne chère, t'aurais du lard plein la panse… Et peut-être bien que tu baragouinerais notre bonne langue française pour me narguer avant de m'offrir un pot... Voilà ce que tu ferais, si tu étais un *Inglish* !

François Favre le fixa un court moment avant de lancer un regard de feu en direction des trois autres.

— Vous partagez tous son avis ?

Il y eut un instant d'hésitation générale.

— Une plaisanterie, dit enfin Dugas d'une voix peu convaincante. Pas vrai, Jérôme ?

Ce dernier se contenta de laisser tomber son épée de bois et de retirer son plastron.

— Ça fait dix ans que nous jouons à la guerre alors que nous ne sommes rien d'autre que de petits soldats de plomb abîmés et rangés dans le placard de l'oubli, murmura-t-il.

— De petits soldats de plomb abîmés, répéta lentement François Favre comme pour se faire l'écho des paroles de Latreille. Quelle comédie, n'est-ce pas ? C'est donc l'habit brodé, le chapeau à plume qui nous donneraient grande allure... Un bel habit rouge, de la dentelle fine pour aller très humblement présenter nos respects à un gouverneur qui se prend lui-même pour un roi ! Et dire que je nous croyais frères d'armes !

— Nous le sommes, François, intervint Alcide Dugas, mais en cachette !

— Jamais ! rétorqua Favre. Il n'y a que les diplomates, pour s'accommoder de secrets. Nous sommes des soldats... Des patriotes... Et le patriotisme ne saurait s'accommoder de cachettes. Une confrérie d'armes n'existe qu'au seul prix du sacrifice. Voilà !

Sur ces paroles, Favre retira son attirail de protection et décrocha du mur un superbe baudrier recouvert de soie, qui soutenait un imposant fourreau de cuir riveté de garnitures en laiton. Il en tira une épée splendide un peu plus longue que l'habituelle épée d'officier français. L'arme semblait le fasciner. Il la mania avec la dextérité du maître d'escrime qu'il était, décrivant quelques moulinets, simulant une attaque du plus grand art.

— Avez-vous oublié, messieurs ? demanda-t-il à ses compagnons, tout en se dirigeant vers un des angles de la pièce, rentrant dans l'ombre pour en ressortir.

Il reformula la question, s'adonna au même manège comme pour donner à ses paroles plus de solennité.

— Seize ans déjà, et pourtant, c'était hier, enchaîna-t-il. J'entends toujours les tirs des mortiers anglais qui détruisent maisons, boutiques, entrepôts... Je vois toujours le couvent des Ursulines tomber en ruines... Et l'Hôpital général...

— À quoi bon remuer les cendres, mon bon François ? reprit Dugas avec un semblant de désinvolture. Le passé ne ressuscite jamais, mais il y a l'avenir... En particulier aujourd'hui, puisqu'une nouvelle année nous tend les bras...

— C'est toi qui dis ça, Dugas ? rétorqua Favre sur un ton de reproche. Toi qui as vu le dénommé Goreham brûler et piller... Brûler les granges, piller le grain, les légumes, la morue salée, les porcs, les moutons, les chèvres et quoi encore !

— J'ai vu pire, répliqua Dugas. Et toi, le soldat ? Toi et nous tous qui étions là, crois-tu que nous aurions fait autre chose à la place des Anglais ? Nous étions aussi sales que la guerre elle-même... Tous, les bleus comme les rouges ! Nous avons bouffé du rat quand nous n'avions plus de cheval, et si nous l'avions pu, nous aurions fait avaler de la mort-aux-rats aux *Inglish*... Ça te va ?

Favre eut le plus grand mal à cacher sa confusion. Il eut un haussement d'épaules et rengaina son épée.

— Qu'est-ce que t'en dis, François ? insista cette fois Louis Plamondon. Trinquons à la nouvelle année et enterrons une bonne fois pour toutes cette année 1759 et ses noirs souvenirs...

Favre sourit. Il se ceignit du baudrier et assura l'épée qui était déjà au fourreau.

— Ce que j'en dis ? Que c'est l'épée à la main que l'homme découvre ses seules vérités, fit-il sentencieusement. Je dis ce que disait mon père... Voilà !

Puis il éclata d'un rire sonore.

— Vous avez raison, mes amis... Pour cette nuit, vous avez tous raison, enchaîna-t-il. Cette nuit, nous allons faire la trêve avec le passé... Nous allons oublier ces cochons de Bigot et de Vaudreuil... Nous allons tirer un trait sur toutes leurs lâchetés... Nous allons oublier ce qu'ils nous ont fait endurer alors qu'ils se payaient leurs orgies... Nous allons fermer les yeux sur les humiliations que nous ont fait subir les *Inglish* ! Cette nuit, imaginons des contes de fées et trinquons à ces grands rois qui nous ont oubliés !

— Aux *Trois-Rois* alors ?

— Va pour les *Trois-Rois* !

L'auberge des *Trois-Rois* était depuis longtemps célèbre pour sa grande horloge et les trois statues en fer représentant des rois moyenâgeux. Ces imposantes figures avaient été montées sur le cadran et frappaient les heures sur des timbres sonores fixés au-dessus de leurs têtes couronnées.

Tenue par un certain O'Shea, un immigrant irlandais qui, disait-on, parlait au moins trois langues et baragouinait quelques dialectes de Sauvages, l'imposante maison de deux étages était située à l'encoignure de la rue Ferronnier et de la place de la Douane.

À quelques minutes de minuit, l'auberge était bondée. S'y côtoyaient voyageurs, marchands, artisans de tout acabit, militaires anglais, miliciens, même des bourgeois boutonnés jusqu'au col, lesquels, durant le reste de l'année, n'eussent jamais osé s'aventurer en un tel lieu une fois la nuit tombée.

François Favre et ses trois compagnons ne passèrent pas inaperçus. Le maître d'escrime surtout, en tenue régimentaire d'une autre époque, l'épée bien en vue. Il parlait avec animation, le verbe haut, payait des tournées et lançait après chaque rasade :

— Messeigneurs, maîtres chez nous, aujourd'hui et toujours !

Lorsque les trois statues de fer s'animèrent pour sonner les douze coups de minuit, une longue clameur souligna l'arrivée de l'année 1776. L'aubergiste, que les anglophones appelaient familièrement *captan O'Shea*, ordonna que l'on ouvrît des fûts entiers d'une ale irlandaise et fit distribuer des plats de fèves au lard. Il se présenta lui-même aux tables pour souhaiter à tout un chacun la bonne santé et l'espérance du paradis à la fin d'une vie prospère et heureuse.

— C'est vrai, monsieur l'aubergiste, que la bonne chère convie à l'amitié, mais la liberté, elle, ne fleurit pas dans l'espérance mais dans l'action. Soyons donc maîtres chez nous !

Propos auxquels le rubicond aubergiste répondit aussitôt avec son inimitable accent irlandais :

— Monsieur le vétéran français, s'il y a une occasion où nous aurions tort de faire revenir les morts pour fouetter nos ardeurs patriotiques, c'est bien en cette nuit de la *New Year* ! Profitez plutôt des jouissances que je vous offre !

Favre se leva. Il sentit une vague de chaleur le gagner. Il fixa l'aubergiste droit dans les yeux. Ses compagnons ressentirent aussitôt un malaise.

— Aubergiste, dit sèchement Favre, je vois les choses autrement que vous. Il n'y aura jamais de paradis pour ceux qui bouffent au râtelier des *Inglish*... Parce que les suppôts de ce roi qui dit s'appeler George quelque chose ont plutôt pour coutume d'affamer leurs sujets que le contraire !

Le visage d'O'Shea s'empourpra. Il s'approcha de Favre jusqu'à le toucher et murmura :

— Monsieur, dans la vie, nous fuyons tous certains malheurs. Parfois, nous trouvons mieux ailleurs. Je travaillais pour un maître en Irlande... Ce n'est ni lui ni un roi qui nous ont affamés, mais *Mother Nature*, vous comprenez ? Aujourd'hui, dans cet autre pays, je suis le maître dans mon auberge, *God willing*... Alors, bonne année encore !

Favre sentit bien qu'il ferait mieux d'en rester là. Mais tout au contraire, il durcit le ton.

— Je crois que vous ne saisissez pas ce que je vous dis, monsieur l'aubergiste. Ceux qui font la courbette devant un maître, peu importe les raisons, sont des couards... des lâches. Or, la couardise et la lâcheté sont les deux sœurs de la trahison... et les trois sont les rejetons d'un même bâtard. Voulez-vous connaître le nom de ce bâtard, monsieur ?

Pendant un court instant, l'aubergiste O'Shea, toujours planté devant François Favre, parut déconcerté. Puis il se racla la gorge comme pour affermir sa voix.

— Vous quittez mon auberge maintenant, dit-il avec autorité.

— Sinon quoi ? rétorqua Favre.

— Je vous fais expulser par force, répondit O'Shea sur le même ton.

— Et qui, croyez-vous, est à la hauteur de cette prétention, monsieur l'aubergiste ? Vous peut-être ? railla Favre en portant la main sur la poignée de son épée.

Subitement, une voix s'éleva. Une autre la couvrit. Une troisième cracha des propos orduriers. Suivit un véritable concert d'insultes qui dégénéra bientôt en tumulte. Puis on en vint aux coups. Figé, l'aubergiste O'Shea appela à la rescousse les militaires anglais présents. Il n'en fallut pas davantage pour que François Favre se décidât.

— Montferrand ! tonna-t-il en dégainant son épée.

Se frayant un passage à travers la cohue, il eut tôt fait de se trouver dans l'espace entre la douzaine de tuniques rouges et la centaine de clients de l'auberge. Voyant le maître d'escrime l'épée à la main, en contact avec les soldats armés, la foule redevint presque silencieuse.

Les soldats avaient formé un seul rang, et celui qui les commandait ordonna à François Favre de déposer son arme. Il n'en fit rien ; il se contenta de défier l'autre du regard. Le visage de l'Anglais avait pris une couleur de cendre. Il répéta l'ordre d'une voix altérée.

— Maîtres chez nous, aujourd'hui et toujours ! fut la réponse tonitruante que fit François Favre.

Aussitôt, il chargea le militaire le plus près de lui avec l'impétuosité d'un mousquetaire. Avant même que le soldat anglais pût se mettre en garde, Favre le toucha d'estoc en pleine poitrine. Les traits hébétés, l'homme s'écroula. Ses compagnons demeurèrent figés devant la soudaineté de l'attaque. Ils eurent à peine le temps de tirer leurs épées que, déjà, François Favre portait d'autres coups de taille et d'estoc. Trois Anglais furent atteints, dont deux en pleine gorge.

— Quatre, lança triomphalement Favre, tout en se rejetant légèrement en arrière pour parer une molle attaque.

Le maître d'escrime déploya tout son art. Portant des charges imparables, il toucha coup sur coup trois autres soldats. À la fureur d'un combat pratiquement à sens unique succédèrent des gémissements.

Quatre corps gisaient maintenant sur le plancher, et deux blessés étaient affalés sur des bancs. Il y avait du sang partout. Un militaire mit Favre en joue avec son pistolet. On le bouscula, le coup partit et la balle se perdit dans le plafond.

Aussitôt, un mouvement général désordonné entraîna les clients vers l'extérieur. Dans le brouhaha, Favre fut environné par ses compagnons et quelques connaissances. On l'empoigna. Il roula des yeux furibonds, mais ne parvint pas à se dégager. Des bras vigoureux l'enlevèrent. Une fois dehors, il entendait le crissement de la neige sous les pas. Malgré le froid, il était en nage, mais en même temps il sentit intérieurement un débordement de satisfaction.

Alentour, on redoublait de cris. On entendait des coups frappés aux portes des maisons, suivis de hurlements de protestation et de peur. Des lumières apparurent, faibles d'abord, puis de plus en plus vives. On les traquait. Des silhouettes jaillirent de la pénombre, puis il y eut de violents corps à corps.

— Sauve mon épée! fit François Favre en apercevant Justin Sylvestre. Il y va de l'honneur de Montferrand et du nom des miens.

Le colosse se saisit de la précieuse arme, se fraya un chemin parmi la mêlée et disparut. On agrippa Favre sans ménagement, on le roua de coups et il se retrouva face première dans la neige. On le maintint ainsi jusqu'à ce qu'il faillît étouffer. Lorsqu'on le remit sur ses pieds, il avait un goût de sang dans la bouche, le même sang qui rougissait la neige autour de lui.

Durant le mois qui suivit, François Favre fut traité comme un mort vivant. Il fut écroué dans une cellule infecte, sans fenêtre et sans le moindre éclairage. Le peu d'air qu'il respirait était vicié, si bien qu'il eut l'impression d'avoir été condamné au supplice du silence éternel d'un tombeau. Seuls quelques gémissements et soupirs étouffés qu'il entendait occasionnellement le rappelaient à la vie.

Un matin de février, on le traîna, enchaîné et crasseux, devant un procureur. Le juriste le toisa avec froideur et lui fit lecture de la douzaine de chefs d'accusation portés contre lui, parmi lesquels la sédition et quatre meurtres.

— Meurtres ? s'indigna Favre. Depuis quand y a-t-il meurtre lorsqu'il s'agit d'un duel ? La règle de l'offense veut que, dans une querelle amenée par une discussion, si l'injure arrive, c'est l'injurié qui est l'offensé. Or, cette nuit-là, je fus l'offensé, monsieur ! Je nie par conséquent la moindre responsabilité dans cette affaire, que vous qualifiez faussement de… meurtre.

Le procureur sourcilla à peine. Il continua de fixer Favre avec une sévérité de circonstance avant de s'adresser de nouveau à lui, mais cette fois en langue anglaise.

— *Although you, sir, claim that defending one's honour is fashionable, and that the resulting duel is a mutually agreeable combat between two sides, the administration of the King's justice claims rightfully such a practice as illegal. Both Their Majesties Henry the Second and Charles the Ninth have issued ordnances forbidding single combat under pain and death. I shall add that His Majesty King Henry the Fourth issued a statement that duellists were subject to confiscation of body and or goods wether dead or alive… Furthermore, sir, it was clearly established by attending withnesses that, on that night of January the first of the present year 1776, you did not comply with any code of duel decree, that you were not considered as a duellist, and that instead, you enjoyed a very messy and bloody encounter with men of law and order, killing four of them, impairing two more, thus putting yourself outside the pale of honour. That, sir, makes you a murderer. Be it also said that the words that you have spoken with regards to His Majesty the King, have to be an insult, part of an inconsiderate behaviour, of a shameful attitude, therefore a threatened blow to Sir Guy Carleton, Lord Dorchester himself, governor general of this colony. And that, sir, renders you guilty of felony and sedition.*

Le procureur s'arrêta net alors que François Favre attendait la suite. Mais l'autre n'ajouta rien. Tel un messager, il avait débité son propos sans le moindre éclat dans la voix et sans émotion. C'était un homme de loi, sans autre cause que la loi elle-même, à laquelle il vouait une fidélité indéfectible. Il avait probablement tout vu : l'incrédulité, la morgue, l'insulte, l'hystérie, l'effondrement, les derniers râles d'un supplicié. Toujours au seul nom de la justice. Il avait consciencieusement appris à regarder d'un œil indifférent les manifestations du désespoir humain et leurs contraires sans que cela ne le contrariât. Pour cet homme, François Favre n'était qu'un prisonnier de plus à l'égard de qui serait prononcée la sentence prévue par la loi. Au jour prescrit, on lui retirerait les chaînes pour lui passer la corde au cou. D'ici là, une femme éplorée, des enfants peut-être, demanderaient chaque soir à Dieu de le rendre à sa famille. Un miracle. En vain. Car Dieu ne se mêlait pas de la justice des hommes. Et cette dernière, pour aveugle qu'elle fût, ne voyait jamais les larmes mouiller un sol conquis.

Le procès eut lieu en mars de la même année. Il faisait une chaleur de four dans la salle du tribunal, devenue trop petite pour recevoir les dizaines de curieux venus assister aux audiences. L'épaisse fumée des pipes provoqua un tel concert de toux que le juge se vit obligé d'interdire que l'on fumât dans le lieu, sous peine d'expulsion.

Le dernier témoin appelé à la barre fut William Shamrock O'Shea, dit *captan O'Shea*, l'aubergiste des *Trois-Rois*. Le gros homme, habillé de lin et de soie, s'avança avec lenteur, les yeux fixes. Il s'exprima d'abord en français, bredouilla, s'embrouilla. Condescendant, le juge le pria de continuer en anglais. Encouragé par le procureur, O'Shea ne manqua pas d'évoquer les mérites de sa famille, Irlandais venus en Nouvelle-France et qui n'avaient pas hésité, malgré les menaces qu'on leur fit, de défendre leur patronyme et leurs origines en combattant du côté britannique lors de la guerre de Sept Ans.

Pressé par le juge d'en venir aux faits, O'Shea donna sa version. Il n'hésita pas un instant à faire porter le blâme de la rixe à François Favre, le décrivant comme un fauteur de troubles, un agitateur et un ennemi de l'Angleterre.

— *No doubt that he drew first blood and went after more*, fit-il en pointant Favre d'un doigt accusateur. *Quite frankly, anyone wearing the King's uniform that night, was in harm's way. And he was the killer!*

Le verdict de culpabilité fut prononcé. Deux fois, d'ailleurs, plutôt qu'une, puisqu'aux yeux de l'Église, c'est-à-dire des Messieurs de Saint-Sulpice, seigneurs et propriétaires de Montréal, François Favre se disant de Montferrand fut jugé scandaleux, ayant commis « les plus énormes péchés », tant par manquements aux règles de l'Église qu'à celles de l'État, qu'il s'agisse de la *Common Law* des Anglais ou de la *Grande Ordonnance criminelle* décrétée jadis par Louis XIV.

Le juge insista sur le caractère odieux, voire vicieux, des crimes commis et allégua que, sous d'autres cieux, on l'eût torturé, mis au carcan, brûlé au fer et mutilé, avant de l'occire par le garrot. Il marqua une pause, ajusta sa perruque à marteau, puis, d'un ton grave, condamna François Favre à être pendu jusqu'à ce que mort s'ensuive. Il ajouta que, pour ses manquements à l'égard de ses propres compatriotes, il aurait, après sa mort, le poing droit coupé et attaché à un poteau dressé sur une des places publiques de Montréal, ainsi qu'on le fit, sous le régime de la Nouvelle-France, à Québec, le 8 juillet 1669, pour un nommé François Blanche dit Langevin.

François Favre entendit la sentence de mort sans sourciller, la tête rejetée en arrière, comme pour donner plus de solennité à ce moment fatidique.

— La mort m'importe peu, répondit-il. Je suis prêt à vous montrer comment meurt un fils de Montferrand !

En même temps que François Favre, quinze autres hommes avaient été condamnés au gibet. Huit pour avoir volé sans remords des chevaux, des vaches et quelques moutons à des commerçants anglais ; six pour des vols domestiques dont les objets valaient plus que deux louis sterling et un jeune homme d'à peine dix-huit ans que son maître avait accusé de lui avoir dérobé une montre en argent. L'accusé avait clamé son innocence avec une telle conviction que l'on commua la peine de mort en supplice du fouet. Le jour même, on attacha le jeune homme à un poteau dressé sur la place du marché, et le bourreau lui administra les douze coups réglementaires vers l'heure de midi. Au sixième coup, le supplicié eut le dos et les flancs à vif; au dixième, il s'était évanoui; au dernier, il agonisait. Personne ne s'en était ému. Les supplices, qu'il s'agisse de pendaison ou de flagellation, étant monnaie courante, les gens faisaient peu de cas de la vie d'un homme, à l'instar de la justice elle-même.

Deux jours avant la montée de François Favre sur l'échafaud, le procureur qui l'avait mis en accusation se présenta devant le grillage de fer du cachot, accompagné de deux militaires en tenue écarlate, mousquet au poing. Entièrement vêtu de noir, le procureur était coiffé de la traditionnelle perruque frisée. Il salua le condamné selon les convenances, les traits figés, le regard immobile.

— Votre exécution est fixée à après-demain, à l'aube, annonça-t-il froidement. Jusque-là, vous aurez autant de repas chauds que vous le souhaiterez, vous pourrez faire vos adieux à votre famille, être entendu par un prêtre et rédiger vos dernières volontés...

François Favre n'eut aucune réaction apparente.

— Et afin que votre exécution ne soit pas tout à fait vaine, enchaîna l'austère procureur, il plairait à la justice de Sa Majesté que vous présentiez vos regrets pour le sang anglais que vous avez fait couler... Cela exprimerait votre humble soumission à l'égard du plus grand souverain du monde... Enfin, pour régler vos dispositions à l'endroit de votre Créateur, vous vous arrangerez avec le prêtre. Je vous écoute, monsieur...

François Favre regarda fixement le procureur tout en s'efforçant de paraître parfaitement calme. En fait, sa fin était celle d'un soldat; une mort qui n'invitait à aucune pitié. Il avait vécu, combattu, et maintenant il partirait en se soustrayant à l'ennemi, peu importait que cela fût au bout d'une corde.

— Je n'exprimerai ni regret ni soumission à qui que ce soit, finit-il par dire. Votre roi et son valet devront se contenter de l'œuvre de votre bourreau. Autrement, je souhaite faire de très brefs adieux à ma famille... Le temps de quelques mots pour... disons... pour justifier mon départ.

Quant à mes dernières volontés, j'ai toujours eu, hélas ! plus de talent pour manier l'épée que la plume. Je souhaiterais donc la présence d'un clerc afin que les mots aient tout leur sens...

Le procureur eut un bref hochement de tête.

— Et pour le prêtre ? s'enquit-il.

Favre répondit à la question par une autre.

— Je n'ai jamais vécu selon les règles de l'Église, pourquoi le ferais-je maintenant ?

Le procureur fronça les sourcils, mais se garda d'émettre le moindre commentaire. Il demanda :

— Avez-vous autre chose à dire ?

François Favre secoua la tête. Le procureur fit un bref salut et tourna les talons. Aussitôt, Favre s'affala sur le tabouret placé à côté de la paillasse qui lui servait de lit. Ses membres, raidis, le faisaient souffrir. Il avait la bouche sèche et une sueur glacée lui couvrait le corps. Il imagina que l'ombre de la mort le couvrait déjà, l'enveloppait lentement dans sa froide éternité. Il fut secoué de longs frissons. Il chercha au fond de sa mémoire les paroles d'une quelconque prière. Il en balbutia les premiers mots.

Lorsque les gardiens manœuvrèrent la grosse serrure du cachot, François Favre somnolait à peine. Il se redressa brusquement et vit danser des feux de torches.

— Nous aurons besoin d'un bon éclairage pour les prochaines heures, fit une voix.

Celui qui avait parlé entra dans le cachot. C'était un homme de petite taille, mais d'une solide charpente, avec une tête bien ronde, des traits sans finesse encadrés d'une chevelure abondante parsemée de mèches grises, un regard vif. Il tenait sous le bras un objet qui ressemblait à une écritoire.

— Gabriel Chaigneau, annonça-t-il sans cérémonie. Je suis maître clerc. Nous allons passer quelques heures ensemble.

Sans attendre la réponse de François Favre, il fit signe aux deux gardiens.

— Apportez-nous à boire, je vous prie... Pas d'eau... Du vin, le meilleur compagnon des longues nuits.

Le clerc et le condamné restèrent face à face jusqu'à l'aube. Le premier à écouter puis à écrire, l'autre à parler sans retenue. Après que les deux hommes eurent avalé une dernière rasade de vin, le clerc annonça sentencieusement qu'il allait maintenant faire lecture de tout ce qu'il avait consigné, après quoi il demanderait à Favre d'apposer une marque quelconque en guise de signature.

— Nous, Gabriel Chaigneau, commença-t-il, maître clerc agréé par la Compagnie de Saint-Sulpice du Canada, avec l'approbation du commissaire de paix de la prison de la Seigneurie de Montréal, agissant par ordre de Son Excellence le colonel Carleton de Newry, gouverneur du Canada par commission de Sa Majesté britannique George III, sommes et nous prétendons habile à recueillir la pensée du sieur François Favre...

Pendant de longues minutes, le clerc Chaigneau lut consciencieusement le récit qu'il avait consigné pendant que François Favre l'écoutait avec la plus grande attention, sans jamais le quitter des yeux. Lorsqu'il eut terminé, Chaigneau leva la tête et surprit Favre à s'essuyer les yeux.

— Ai-je omis quelque chose ? demanda-t-il au condamné.

— Rien, murmura Favre.

— En ce cas, il vous reste à apposer votre marque ici, répondit Chaigneau en trempant la grande plume dans l'encre.

François Favre traça laborieusement en lettres majuscules les initiales de son prénom et de son patronyme.

— Voyez à ce que ce document ne disparaisse pas avec ma personne, insista Favre.

Chaigneau fit crisser sa plume sur le parchemin alors qu'il le data du 9 avril 1776.

— Ce document vous survivra, fit-il avec fermeté.

Il plia les feuillets et inscrivit: *Moi, François Favre de Montferrand, soldat du Roy et maître d'escrime, Ad honores, annum Dei 1776.*

Première partie

L'honneur des Montferrand

· I ·

Le 25 octobre 1802, il y eut plusieurs naissances dans le faubourg Saint-Laurent, dont celle du garçon que mit au monde Marie-Louise Couvret, dans une confortable maison de la rue des Allemands. Un miracle de la nature. Il fut baptisé du nom de Joseph par un prêtre du séminaire Saint-Sulpice, le même qui lui fit faire sa première communion.

À douze ans, sa courte enfance céda à un corps d'homme. Joseph-François, son père, le remarqua au premier jour de l'année 1815. Lorsqu'il serra la main de son fils, tout en lui tapant sur l'épaule, l'étreinte lui fit penser à ce qu'on racontait du grand Voyer. Le colosse le plus populaire de Montréal, aussi haut que fort, capable de tenir tête à lui seul à la soldatesque anglaise qui patrouillait jour et nuit les faubourgs de Montréal. Antoine, de son prénom, était aubergiste de son état. Ses six pieds et trois pouces lui avaient valu le surnom de grand Voyer. Il le portait dignement, en patriote, toujours prêt à prendre la défense des gens paisibles qu'on menaçait de maltraiter.

Comme pour savourer la poigne de son fils, il serra davantage. Le garçon sourit timidement, mais son regard bleu ne quitta pas celui de son père.

— Vous reprendrez vos affaires d'hommes une autre fois, trancha Marie-Louise. La grande horloge a sonné, et je ne tiens pas à ce que nous arrivions en retard à la messe du jour de l'An.

— T'as bien raison, ma femme, lui répondit l'autre en lâchant la main droite de son fils. Il ne sera pas dit dans la paroisse que les Montferrand ont manqué de respect au Seigneur…

Marie-Louise lança un regard sévère à son mari.

— Pas question de bonnet de laine, mon Joseph ! Aujourd'hui, je veux te voir en cravate haut montée sous ton pardessus… Et avec ton chapeau de castor flambant neuf…

L'hiver avait commencé tôt. Dès novembre, il avait neigé. La neige était tombée en telle abondance que, même en ville, poussée par de forts vents, elle avait atteint la toiture des maisons en maints endroits. On racontait que dans les campagnes de la vallée du Saint-Laurent les cultivateurs devaient percer des tunnels depuis leurs maisons jusqu'aux granges pour s'occuper du bétail. Les bûcherons étaient retenus prisonniers dans les forêts. Les charretiers ne parvenaient pas à livrer le bois de chauffage. Entre Noël et le jour de l'An, le surouêt avait réchauffé le temps. Une pluie verglaçante avait alourdi les arbres et obligé les meuniers à l'emploi des Sulpiciens de Montréal à déshabiller les ailes de leurs moulins à vent.

Mais en ce premier de l'An, le soleil brillait sur la ville blanche. Pas un souffle de vent. Des *sleighs* à grands patins se frayaient un chemin entre les amoncellements de neige. Les passagers, bien couverts d'une peau d'ours, d'orignal ou même de bison, s'interpellaient joyeusement, pendant que les cochers cinglaient la croupe de leurs chevaux de coups de fouet répétés. On se souhaitait le paradis, s'informait du pont de glace sur le fleuve, racontait avec force détails qu'à certains endroits de Montréal les glaces s'étaient empilées jusque dans les jardins des maisons riveraines.

En passant devant l'auberge des *Trois-Rois*, Joseph-François Montferrand s'arrêta.

— C'est ici que ton grand-père a défendu l'honneur des Montferrand, annonça-t-il fièrement en s'adressant plus particulièrement à son fils.

Marie-Louise le tira aussitôt par la manche de son lourd pardessus.

— Honneur que tu risques de perdre si tu t'avises de t'attarder en chemin, fit-elle d'un ton autoritaire.

— Une vraie Couvret, grommela Joseph-François en pressant le pas.

— Les Couvret valent bien les Montferrand, répliqua-t-elle, pis les Masson itou...

Elle faisait allusion à sa propre famille, établie à l'Assomption, et dont la seule mention du nom évoquait des marques à la tête et au corps que traînaient honteusement nombre de fiers-à-bras.

Se retournant quelques fois, le garçon, intrigué par les paroles de son père, fixa la grande horloge abritée par la niche aménagée dans la mansarde de l'édifice.

On se pressait devant l'église Notre-Dame, un massif de pierres flanqué de deux tours immenses qui dominaient la ville et dont les bas-côtés reliaient le transept aux clochers. Tant de carrioles venaient et partaient qu'on n'entendait plus que le concert des grelots et des clochettes. À l'intérieur, bois sculptés, tableaux et statues de saints de toutes dénominations rappelaient un siècle et demi de gloire des Sulpiciens, seigneurs de l'île de Montréal.

Les familles prenaient place en silence, les bancs se remplissaient et, parmi les premiers, ceux qu'occupaient depuis trois générations certains notables de la ville. Les marguilliers, l'air solennel, sillonnaient l'allée centrale, l'écharpe en bandoulière et, pour les plus anciens, le bâton de connétable à la main.

Puis il y eut une certaine agitation à l'arrière de l'église. On bouscula les marguilliers chargés du bon ordre. Aux propos impertinents succédèrent des mots grossiers. Il s'agissait manifestement de quelques fortes têtes qui avaient prématurément arrosé rôtis et saucisses de whisky et de vin de cerise, et qui confondaient les rituels de l'écurie avec ceux de l'église. Ceux-là avaient oublié d'aller au lit et choisi de se faire éventer sur le parvis du temple.

Le curé, habillé des atours de circonstance, chasuble et étole brodées de fils d'or, surplis de soie, s'en trouvait contrarié, puisque du prestige des marguilliers dépendait aussi la vente des bancs, dont les enchères avaient lieu aussitôt la messe terminée.

Un homme aux allures de géant se leva, retira son manteau en peau d'ours et le déposa sur le banc qu'il occupait. Il défit les quatre boutons en cuivre doré du gilet qu'il portait par-dessus la chemise à faux col d'un blanc immaculé, puis, après une profonde génuflexion, se dirigea vers l'arrière de l'église. Montferrand le suivit. Sans prononcer le moindre mot, les deux hommes empoignèrent les huit fêtards un par un et les lancèrent au-delà du parvis, au milieu des marches. L'un et l'autre restèrent dans le portail, immobiles, tels des vigiles. Puis ils se firent face.

— Je vous souhaite la bonne année, monsieur Voyer, fit Joseph-François Montferrand en tendant la main à l'autre.

— Le paradis à la fin de vos jours, monsieur Montferrand, répondit son vis-à-vis en emprisonnant la main tendue dans la sienne.

— Vous me connaissez ? fit Montferrand, surpris que Voyer l'ait appelé par son nom.

— Je m'y connais en hommes, monsieur Montferrand. Venez faire votre tour à l'auberge, elle est ouverte dès la barre du jour. Vous verrez qu'on y a encore la mémoire de votre vénéré père !

Les Masson vinrent partager la tablée des Montferrand pour ce Nouvel An. Ce fut sans cérémonie. Marie-Louise avait servi des morceaux de dinde, un ragoût de pattes, des croquignoles et une tarte à la farlouche. Elle déposa finalement la jarre à bonbons sur la grande table en invitant surtout les enfants à se régaler. Joseph-François Montferrand avait demandé, ainsi que le voulait la coutume, que l'on laissât vide la place du pauvre. Nul ne vint cogner à la porte ce jour-là.

La table débarrassée, le jeune Joseph, au nom des trois enfants du couple Montferrand, demanda la bénédiction paternelle. Le père se leva, prit le temps de reboutonner le col de sa chemise fraîchement amidonnée avant de se recueillir quelques instants. Puis il esquissa, à la manière d'un ecclésiastique, un ample signe de croix. Tous se signèrent avec dévotion. Le signal était donné. On ne chantait pas, chez les Montferrand, mais on aimait les conteurs. Et Joseph-

François était un fin conteur. Pendant que les enfants insistaient, le pressaient, il fit d'abord la sourde oreille, bourra sa pipe et en tira de longues bouffées épaisses, qui eurent tôt fait d'enfumer les lieux.

— Bon, finit-il par dire en clignant de l'œil d'un air entendu, vous ne bougez pas d'un poil... C'est moi seul qui aura la parlote... Pas même un pet de travers !

Tous s'esclaffèrent alors que Montferrand fit mine de s'emporter.

— Y en aurait-il un pour se vanter de chanter le coq devant moi ? gronda-t-il d'un air faussement courroucé.

Le silence rétabli, il enfila les récits, les légendes plutôt. Autant d'histoires qu'il avait entendues lors de ses rudes voyages pour le compte de la Compagnie du Nord-Ouest, à conduire des flottilles de marchandises ou à faire la traite des fourrures. Des récits hantés par le diable, les esprits bons et mauvais, des êtres fantastiques engendrés par les ténèbres. Chacun jurait avoir été aux prises avec des feux follets, des fantômes, ou encore attaqué par un loup-garou ou même envoûté par un sorcier. On parlait du Windigo qui filait sur l'eau des lacs à grande allure, du grand serpent de mer sorti d'un canal souterrain, du diable fileur de laine, de la mare aux feux follets, sans omettre le fantôme de la Corriveau et le canot de la chasse-galerie.

Lorsque, au bout de deux heures, Montferrand crut avoir épuisé son répertoire, la petite Hélène lui demanda timidement de raconter pour la nième fois ce qu'il savait du « Chien d'or ».

— Pas avant d'entendre ce que tu en sais, ma fille, rétorqua le père.

— Je suis un chien qui ronge l'os, déclama-t-elle en rougissant à vue d'œil, en le rongeant je prends mon repos... Un temps viendra, qui n'est pas venu, que je mordrai qui m'aura mordu...

Joseph-François Montferrand eut un sourire énigmatique. Il tira de nouvelles bouffées de sa pipe. Il se leva, passa la main sur l'épaisse chevelure de sa fille et fit quelques pas.

— On ne saura jamais ce qui est vraiment arrivé à Québec, dans cette auberge du *Chien d'or*, commença-t-il gravement.

Un certain Philibert aurait menacé un officier de la Nouvelle-France du nom de Le Gardeur de Repentigny… canne contre épée… Le soldat a tué l'aubergiste. Déclaré coupable, Le Gardeur était déjà parti au loin. Le bourreau a exécuté la sentence sur la place publique en coupant la tête d'un mannequin ! La veuve de Philibert a fait graver au-dessus de la porte de sa maison un chien qui ronge son os et a répété à ses enfants qu'ils avaient le devoir de venger leur père…

Montferrand interrompit le récit.

— Ensuite, père… Ensuite ? firent les enfants en chœur.

— Ensuite ? reprit Montferrand. Il faudrait le demander aux fantômes de l'auberge. Y en a qui disent qu'un des fils de Philibert aurait retrouvé Le Gardeur à l'autre bout du monde et l'aurait tué en duel… D'autres disent que, durant certaines nuits de pleine lune, le chien de pierre se transforme en monstre et attaque tout ce qui bouge dans les chambres de l'auberge… Même les fantômes qui s'y cachent !

— J'ai pour mon dire que si tu t'adonnes à trop vouloir chatouiller la queue du diable, tu risques de partir à pic, enchaîna avec désinvolture le dénommé Masson, le parrain du jeune Joseph.

— C'est comme t'as dit, renchérit Montferrand en partant d'un grand éclat de rire.

La pénombre gagna la pièce. Montferrand tira sa montre.

— Y est pas encore quatre heures, constata-t-il. Si on était en campagne, il faudrait déjà allumer le fanal, couper le bois, nourrir le bétail, brasser la bouette à cochons, pas vrai ?

— Beau dommage ! répondit Masson. En attendant, c'est le temps d'atteler, si on veut pas rentrer à la grande noirceur… Je pense bien qu'on rangera pas la table pour se dégourdir les jambes… Mais un p'tit rhum serait pas de refus !

Les deux hommes trinquèrent, les familles échangèrent une fois de plus les vœux, on complimenta les enfants et on lança quelques blagues de circonstance. Le jeune Joseph, quant à lui, ne cessait de penser à l'auberge des *Trois-Rois*. Depuis que son père avait associé cet endroit à l'honneur des Montferrand, il imagina un récit semblable à celui de l'auberge du *Chien d'or*.

Cette nuit-là, le jeune Joseph rêva qu'il se transformait en géant, franchissait monts et vaux par bonds prodigieux, fauchait d'un revers de la main une bonne centaine de fiers-à-bras.

L'hiver de 1815 fut parmi les plus neigeux des dernières années. Et lorsqu'une grande neige s'abattait sur Montréal, la ville s'engourdissait, avalée sous les congères.

Les fortes poudreries faisaient disparaître jusqu'aux plus grandes routes, dont on ne localisait les tracés qu'à l'aide de hautes épinettes ébranchées servant de balises. Les maréchaux-ferrants peinaient du matin au soir, qui pour réparer les patins des traîneaux, qui pour munir les sabots des chevaux de fers à crampons.

Au changement de lune du début de février survint un autre redoux. En quelques heures, la glace se fendit, le fleuve gonfla, l'eau s'infiltra par les murs et les toits des maisons, puis fragilisa tous les arbres fruitiers en dormance.

L'immense surface de glace céda avec de tels grondements qu'on imagina facilement un tremblement de terre. Jusqu'aux oiseaux qui s'affolaient. On n'avait jamais vu autant de geais, de bruants et de pics s'abattre ainsi sur la ville. D'abord rendus fébriles par l'ardeur soudaine du soleil et le coup d'eau, ils étaient aussitôt désorientés par l'absence de bourgeons dans les arbres. Des lièvres sortis de nulle part se répandirent par quatre chemins et des riverains signalèrent même l'apparition d'une meute de loups. Comme chaque année à pareille date, on interrompait, à la campagne, les charrois en provenance des forêts et, à la ville, les livraisons et les promenades, pour céder aux conteurs. Au coin de l'âtre, ceux-là se lançaient dans une animation qui mêlait aux derniers potinages d'un quartier des histoires fantastiques. Rôdeuses d'histoires faisant jaillir des revenants parmi un bestiaire monstrueux peuplé de chats-huants et de loups-garous.

L'horloge de parquet des Montferrand sonna les neuf coups du soir. Joseph-François mâchouilla sa pipe avec un brin d'impatience en constatant qu'il n'avait pas d'allumette à portée de main.

— Il est passé l'heure, annonça-t-il d'une voix qu'il voulut autoritaire. Au lit !

— Encore une histoire, insista le jeune Joseph. Rien qu'une…

— Plus le temps des histoires, trancha le père, c'est l'heure de la prière.

— Vous dites toujours ça…

Le jeune Joseph eut aussitôt droit au regard sévère de son père.

— Se coucher sans prière, c'est comme vendre son âme au diable pour la nuit, ajouta Montferrand d'un ton qui n'admettait aucune réplique.

Une fois les enfants au lit, Joseph-François bourra sa pipe. Il en tira de longues bouffées, puis vint se planter devant l'horloge et la fixa, immobile, pendant un long moment. *Un bien précieux,* pensa-t-il, *que cet héritage des Montferrand sur trois générations*. On s'émerveillait devant le mouvement lent du balancier finement ciselé. La gaine était en acajou massif agrémenté d'incrustations. Le cadran, coiffé d'un fronton décoré de fleurons en relief, transmettait inlassablement le battement des secondes.

Montferrand tressaillit imperceptiblement en entendant le craquement du plancher. Marie-Louise s'était approchée de lui. Elle posa doucement ses mains sur ses épaules.

— C'est pas dans tes habitudes de contempler le temps de cette manière, fit-elle à voix basse. Il me semble que t'es pas comme de coutume…

Montferrand haussa les épaules mais sans se retourner. Sa respiration semblait pénible. Il toussota.

— L'hiver est loin d'être fini, grommela-t-il en guise de réponse. Demain, il peut aussi bien geler à pierre fendre…

— C'est toi, Joseph-François Montferrand, qui s'inquiète aujourd'hui d'une bordée de neige ou bien d'un gel ? Toi, l'aventurier des rivières du Nord ?

Marie-Louise n'avait pu s'empêcher de réagir avec une telle incrédulité. Montferrand ne répondit rien. Il se contenta d'exhaler d'épaisses volutes vers le plafond.

— T'as donc bien la mémoire courte, mon mari, continua Marie-Louise. Mon défunt père disait toujours, et tu le sais bien, que chaque bordée de neige valait une couche de fumier... Sans compter que la nature, c'est l'affaire du bon Dieu !

À ces paroles, Montferrand se retourna brusquement.

— Peut-être bien que la nature, ça regarde le bon Dieu, mais c'est pas ton défunt père qui va payer le double de cordes de bois pour chauffer ta maison... Encore moins le lard et les légumes...

— Je... je t'ai jamais entendu te plaindre rapport à... à l'argent, balbutia Marie-Louise, visiblement secouée par les propos de son mari.

Montferrand sembla regretter ses paroles. Il ferma les yeux, hocha la tête et recommença à mâchouiller nerveusement sa pipe. Il semblait désemparé.

— On va avoir de la visite bientôt, laissa-t-il tomber sourdement.

— Rapport à quoi ? s'étonna Marie-Louise.

— À l'argent !

On entendait crisser la neige sous le poids de la lourde carriole. Le cheval s'arrêta net à l'appel du cocher. Il frissonna longuement malgré l'épaisse couverture qui le protégeait du col à la croupe. L'air glacial qui avait envahi ses bronches le força à renâcler. Il s'ébroua frénétiquement à quelques reprises.

Le père Valentin Loubier, maître d'étude du séminaire des Sulpiciens, descendit lestement de la carriole et examina d'un œil de connaisseur le harnachement de la bête. Il retira une de ses épaisses mitaines, glissa sa main entre le collier et l'encolure détrempée du cheval, puis tira sur la fausse martingale qui enserrait le poitrail de l'animal pour alléger la tension. Il répéta la manœuvre avec les sangles qui entravaient les brancards de la carriole. D'un coup d'œil il avisa le faciès du cheval, lui flatta le nez, la crinière, tout en proférant des sons qui semblèrent rassurer la bête. Du coup, les pavillons des oreilles s'affaissèrent. Le cheval s'abandonnait ; le regard terne, il adopta une attitude de passivité.

Raquettes aux pieds, le père Loubier enfonça son bonnet de poil jusqu'aux sourcils et releva le col de son lourd capot. La ceinture fléchée bien nouée à la taille, il se fraya un chemin, à petites enjambées, entre les amoncellements de neige qui obstruaient la plupart des rues du faubourg Saint-Laurent.

Le religieux n'eut pas de peine à repérer la demeure des Montferrand, un solide carré de pierre, bien ancré, avec un toit en pente. Les murs, aussi épais que ceux d'un manoir anglais, étaient percés de quatre grandes fenêtres à double vantail. Malgré les surfaces givrées, il crut voir une silhouette se soustraire à sa vue.

De chaque côté de la maison se trouvaient deux bâtiments nettement plus imposants, tout en brique, avec des toits mansardés, des tourelles aux extrémités, et des portes monumentales munies de heurtoirs. Le père Loubier connaissait bien l'identité des propriétaires. Riches marchands de Montréal, traiteurs de fourrures, ils étaient tous les deux des bienfaiteurs du séminaire. Ce qui n'était plus le cas de Joseph-François Montferrand.

Surmontant une brève hésitation, le religieux frappa trois coups contre la porte de bois façonnée de madriers bruts et munie d'une imposante serrure faite de main de forge. Il entendit quelqu'un tousser; une toux creuse, sèche, suivie d'un pénible râclement de la gorge. Un homme. Puis le bruit d'une clef qui actionnait la serrure. La porte s'ouvrit enfin.

Le père Loubier eut peine à reconnaître l'homme qui se tenait devant lui. Le grand corps était courbé. Une barbe grise parsemée de poils blancs mangeait une partie de la figure amaigrie.

— Bonjour, mon père, fit-il. Entrez vite si vous ne voulez pas qu'on finisse verglacé.

Le sulpicien nota que la voix de Montferrand s'était amenuisée; il murmurait presque. Voilà à peine deux mois, elle était encore puissante, profonde, empreinte d'une autorité mesurée. Il devina qu'un mal tenace le minait.

— L'air du temps nous fait des caprices, monsieur Montferrand, pas vrai ? lança le père Loubier, avec un sourire de circonstance. Avec toutes ces brusqueries de l'hiver, le frimas finit par faire des ravages...

Montferrand hocha la tête d'un air entendu. Il aida le religieux à retirer son lourd capot et lui fit signe de le suivre.

La pièce était vaste et relativement bien éclairée par les larges fenêtres à deux battants. Le plancher de pin, soigneusement astiqué, renvoyait la lumière du jour. Le plafond, du même bois, était supporté par de grosses poutres. La cuisine faisait toute la largeur du bâtiment. Un feu de bûches rougeoyait dans l'immense foyer de pierres brutes qui occupait une grande partie du mur de fond. L'essentiel s'y trouvait: une potence et la crémaillère, une broche à rôtir, des chaudrons de diverses tailles, des pelles à feu et un soufflet. Au milieu de cette cuisine, une table à piétement découpé en balustre avec six chaises solides montées de dossiers à cadre. Un grand vaisselier ouvert, couleur sang de bœuf, assemblé de clous forgés, occupait l'autre mur. Et, l'un à côté de l'autre, une berçante au tournage élaboré, dotée d'un siège épais et d'accotoirs à volutes, ainsi qu'un berceau à quenouilles monté sur de lourds patins chantournés. Le père Loubier s'étonna de cet assortiment pour le moins insolite.

— La santé, monsieur Montferrand ? s'enquit-il.

L'autre se prit la poitrine.

— J'ai du feu là-dedans... Vous m'avez entendu tousser ? Je vous ferai pas d'accroires... ça veut pas me lâcher ! Mais ma bonne Marie-Louise fait ce qu'il faut: des emplâtres de lard râpé matin et soir... Avec ça, elle me frictionne à l'eau vinaigrée et me fait respirer un peu d'éther quand je commence à manquer d'air... Mon défunt père se soignait pareil.

— Vous croyez pas que vous devriez voir un médecin ? risqua le père Loubier.

Montferrand, qui s'apprêtait à s'asseoir dans la berçante, se remit debout.

— Passer le reste de mes économies pour me faire dire que je vais tourner consomption ? Jamais !

— Vous exagérez, monsieur Montferrand...

— Mon défunt père avait pour son dire qu'il en avait vu d'autres, et des pires, enchaîna Montferrand d'une voix rauque. C'est aussi mon dire.

— C'était au temps où vous étiez encore une jeunesse... Toute une jeunesse, d'après ce qu'on raconte de vous...

Montferrand avait pris place dans la berçante.

— Disons que je suis une vieille jeunesse, fit-il, le regard perdu au plafond. J'ai les doigts croches, les reins barrés, les jambes à peine plus grosses qu'une hart, mais j'ai encore assez de vigueur pour pas me laisser traiter au bout de la fourche... Cela dit sans charrier, mon père !

Il y eut un long silence. Le père Loubier afficha un air affligé, mais ce n'était qu'apparence. Sa visite avait un but précis et il fallait bien qu'il en abordât le motif avec son hôte. Le supérieur des Sulpiciens l'avait bien mis en garde contre une certaine race d'aventuriers, parmi lesquels il comptait Joseph-François Montferrand, le fils de l'autre, vétéran d'une guerre qui avait coûté à la France sa colonie d'Amérique. Railleur et batailleur, se rappelait-on dans tous les faubourgs de Montréal, pour qui seul comptait l'honneur, et donc la réputation, presque toujours au péril de la vie.

— Le ber de famille, murmura Montferrand, prétexte pour rompre le silence. Le père de mon père l'a fabriqué de ses mains.

— Dieu souhaite qu'il serve encore de nombreuses fois, renchérit le père Loubier à la manière d'une évocation incantatoire.

Montferrand réprima l'envie de dire à ce prêtre que la fécondité commandée n'était pas la seule vertu d'une grande âme, et que ce même Dieu imposait parfois d'autres devoirs que ceux que réclamait la continuité patrimoniale.

— Je suis pas dans les secrets du bon Dieu, mon père, se contenta-t-il de dire.

Puis, d'une pression du pied sur un des chanteaux, il imprima au berceau un court mouvement de va-et-vient.

— Me voilà une vieille âme, murmura-t-il. Une vieille âme... Il faudrait bien que je le monte dans les combles avec le reste des reliques des Montferrand.

Il retira son pied du chanteau et, une main sur la structure moulurée :

— Peut-être que je suis à la veille de passer de l'autre bord, laissa-t-il tomber d'un air nostalgique.

— Laissez Dieu décider de cela, monsieur Montferrand...

— Il l'a déjà fait, répondit l'autre du tac au tac.

— Voyons, voyons, rétorqua le prêtre, pensez un peu à ce que vous dites...

— Justement, mon père, reprit Montferrand, je fais que ça. Quand les nuits deviennent plus longues que les journées...

Du doigt, il montra sa tête.

— Mais vous êtes pas là pour entendre ma confession, poursuivit-il en changeant radicalement de ton. En tout cas, pas tout de suite.

Il réprima un hoquet, toussa quelques fois avant d'être pris d'une violente quinte de toux qui le cassa en deux. L'accès dura un long moment. Une fois remis, Montferrand s'essuya prestement la bouche. Effondré de la sorte, il s'était montré aussi fragile que vulnérable. Cela le gênait d'autant plus que, sa vie durant, il avait été l'homme de toutes les certitudes. Levant les yeux, il lui sembla qu'un brouillard voilait toute chose.

— Monsieur Montferrand... commença le prêtre en se faisant presque suppliant.

D'un geste, Montferrand lui intima le silence.

— Je vous arrête net frette sec, mon père, sauf votre respect, fit-il. Je veux pas entendre un mot rapport à des raboudinages de docteur ou encore d'herboriste... Parlons drette là de ce qui vous amène... ma dette !

Le père Loubier fut décontenancé par la brusquerie de Montferrand. Le religieux eût préféré amener le sujet plus habilement, sans pour autant aller droit au but. C'était ainsi, avait-il appris, qu'on parvenait le mieux à ses fins, en donnant l'impression d'être d'arrangement.

— Ça fait longtemps que je savais que vous viendriez, poursuivit Montferrand en fixant le sulpicien. Je devrais vous dire que je me sens pas gros dans mes bottines, mais il se passe rien de ça dans ma tête... surtout pas dans mon cœur. Ce qui fait que c'est encore mon défunt père qui avait compris de quel bord il fallait prendre la vie... « Souviens-toi de deux choses, mon garçon, qu'il me disait : si t'arrives à la porte du paradis avec plein d'argent, on dira que t'as ambitionné sur le pain bénit ; mais si tu te présentes la sueur au front et les poches vides, on dira que t'as été aussi dur à l'ouvrage qu'à la misère. » C'est quand on a mérité le respect qu'on a le moyen de mourir... Parlez-moi donc d'argent, mon père !

Montferrand fit un rapide tour du propriétaire en compagnie du père Loubier. Passé la cuisine, il y avait une grande salle de séjour qui servait aussi de chambre. Le plancher était fait de larges madriers de bois sur lesquels était disposée une imposante peau d'ours. Les murs de pierre avaient été soigneusement enduits de plusieurs couches de chaux. Cette maçonnerie, inlassablement reprise au fil de trois générations, rendait à l'endroit une agréable luminosité tout en préservant la fraîcheur durant les canicules de l'été. Ici et là se dessinaient des jeux d'ombre causés par quelques gros meubles dont la patine du temps avait assombri la couleur du bois.

Assises dans le coin le plus éloigné de la pièce, Marie-Louise, en compagnie de la petite Hélène, terminait une courtepointe dont elles avaient taillé les premiers morceaux à l'automne. Le grand couvre-pieds de lin, orné de figures géométriques de formes et de couleurs multiples, était fixé sur le cadre du métier à piquer. Pendant que la fillette y maniait son aiguille, Marie-Louise la surveillait, lui prodiguait des conseils, guidait sa main, corrigeait ici et là un piquage ou un autre.

En s'approchant, le père Loubier traça un bref signe de croix en guise de bénédiction. La mère et la fille se signèrent.

— C'est pour l'œuvre des Hospitalières, expliqua simplement Marie-Louise.

— Nos Hospitalières méritent bien que l'on atteste leur foi et leur charité, épilogua le sulpicien. Lorsqu'on se consacre au soulagement de toutes les misères et les souffrances, c'est tout à la gloire de notre sainte religion catholique...

Puis le père Loubier croisa le regard de la jeune Hélène. Cette dernière baissa aussitôt les yeux. Il se pencha vers elle. Le visage d'Hélène s'empourpra.

— Il y a beaucoup de dangers auxquels est exposée une jeune fille de la ville, murmura le père Loubier. Beaucoup de pièges tendus à sa bonne foi, à sa faiblesse, à son ignorance... Mais lorsque la jeune fille a l'esprit et le cœur bien faits, il faut l'aider à réaliser la sainte mission que Dieu s'apprête peut-être à lui confier...

La fillette se mit à trembler. Les propos du prêtre lui paraissaient obscurs, mais c'était la première fois qu'un homme de Dieu s'adressait à elle de la sorte. Elle en était profondément troublée.

Le sulpicien passa et repassa sa main sur la couverture. Il se rappela sa propre mère qui, tous les soirs et jusque tard la nuit, confectionnait des vêtements, tressait des chapeaux à l'aide de tiges de blé ou d'avoine trempées dans de l'eau froide, taillait même des chaussures dans une peau de bœuf et les enduisait d'huile et de graisse.

— C'est du beau travail, madame Montferrand, fit-il, beau, précis et solide ! Du travail édifiant pour la maman qui encourage sa fille et la guide par l'exemple.

Les deux hommes continuèrent la singulière visite des lieux. Rien n'échappa à l'œil scrutateur du père Loubier. Il consigna, dans ce qui ressemblait à un livre de comptes, le moindre meuble, de la massive armoire à pointes de diamant et croix de Saint-André, en passant par deux encoignures à frontons cintrés, un buffet à deux portes et tiroirs ornés de caissons échancrés, jusqu'aux trois fauteuils de type « os de mouton » qui faisaient l'orgueil des intérieurs bourgeois. Il nota même un assortiment d'assiettes en étain à bordure chantournée, des faïences françaises, un crucifix en fer forgé. Et, bien entendu, la grande horloge.

— Autre chose ? demanda le sulpicien d'un ton devenu froid.

— Juste ce que j'ai entassé dans les combles, répondit Montferrand du même ton.

— Quoi ?

— Les affaires de mon père, rangées dans deux coffres, et quelques vieux meubles... Montferrand baissa la voix: Disons que j'y tiens beaucoup...

Le père Loubier leva les yeux. Il avisa l'étroit escalier qui se perdait entre les colombages.

— Il y a quelqu'un là-haut ? demanda-t-il.

— Joseph et Louis, le plus jeune de la famille. Le plus vieux passe son temps à inventer des histoires pendant que l'autre s'enfarge dans ses idées…

— Ne croyez-vous pas préférable que le jeune Joseph soit plutôt absorbé par l'apprentissage des lettres et des mots ? observa le prêtre en sondant le regard de Montferrand.

Ce dernier se redressa de toute sa hauteur sans quitter des yeux ceux du prêtre. Il n'était pas d'humeur à se faire sermonner, mais avait-il le choix ? Les Sulpiciens, seigneurs et propriétaires de Montréal, étaient ses créanciers, et la vieille dette s'était accumulée à tel point que ni zèle ni piété ne l'en acquitteraient. Lors de sa visite du Nouvel An au supérieur de l'Ordre, ce dernier lui avait témoigné une apparente compassion, tout en lui rappelant avec gravité que la main de la divine Providence pouvait venir à tout moment « nous enlever les biens terrestres sans pour autant nous priver du bonheur ». Il ne lui restait qu'à s'en remettre aux sages conseils d'un prêtre, touchant des vertus à pratiquer, et à se lier à une suite de pieuses résolutions. « *Dilectus Deo et omnibus* », avait conclu le supérieur en traduisant la locution latine par : « Aimé de Dieu et des hommes. » Montferrand s'en était retourné chez lui toujours accablé de la dette et alourdi d'intérêts accrus.

— Joseph connaît son catéchisme et sait écrire son nom, finit-il par dire. Il est le premier des Montferrand à faire ça.

Il avait mis l'accent sur le patronyme avec une pointe de défi dans la voix. Le religieux ne put s'empêcher de sourire en entendant cette remarque de Montferrand. *Tant de naïveté bon marché dans un si grand corps !* pensa-t-il. D'ailleurs, comment pouvait-il en être autrement ? Montferrand, de ce qu'il avait entendu raconter, était de la lignée des hommes rudes, impénitents, mus par le goût des luttes à tous crins, souvent en marge des lois. La force du bras leur avait procuré une fierté qui dépassait les plus beaux dons de l'esprit et les avait rendus sourds à l'appel des connaissances plus élevées. Seule comptait pour eux la réputation que leur avaient faite les gens du peuple, un peu à l'instar de ces habitants des rangs qui, par vanité, prenaient un malin plaisir à descendre le grand rang avec leur meilleur cheval en attelage lancé au galop.

— Monsieur Montferrand, poursuivit le religieux, selon ce que nous a dit le père Sylvestre, qui a préparé Joseph pour sa première communion, il s'avère que votre fils est très disposé à recevoir une plus grande instruction que les seuls enseignements du catéchisme…

Montferrand fut perplexe en entendant les réflexions du père Loubier. Que lui voulaient donc les Sulpiciens, outre lui réclamer le remboursement de sa dette ? Peut-être placer sa descendance sous la coupe de l'Ordre ; ou encore inculquer aux Montferrand la déférence et des comportements de docilité à l'égard de leur pouvoir seigneurial. Aujourd'hui, ce que lui avait légué son père et qu'il tenait alors pour une véritable fortune lui parut dérisoire. En fait, le lopin de terre sur lequel était érigée la maison, au cœur du faubourg Saint-Laurent, avait toujours été la propriété des Sulpiciens. Quant à la pension annuelle que versait, jadis, le trésor royal français à son père, pour son poste de lieutenant du roi, elle ne lui rapporta guère, une fois la colonie perdue aux mains des Anglais. Lui-même vécut honorablement des bénéfices qu'il avait retirés, au temps du commerce des fourrures, mais il ne restait de cette époque ni salaire, ni rente, ni pension. Et comme les Montferrand avant lui n'avaient acheté aucun titre, ils n'avaient possédé aucune terre, eussent-ils été de sang bleu. Ainsi, à l'instant où il allait perdre cette partie des biens qui faisait encore de lui un bourgeois gentilhomme, Joseph-François Montferrand eut la plus vive conscience de la prédominance des ordres privilégiés, c'est-à-dire la noblesse et les corps ecclésiastiques, à la tête desquels se retrouvaient les Sulpiciens.

Joseph-François Montferrand croisa les bras et affecta une allure désinvolte.

— Mon père, fit-il avec calme, les Montferrand n'ont jamais été des Jos-v'là-l'bon-temps, ni des brasseurs de vent… Et pas plus des grenouilles de bénitier. Je reconnais qu'on était pas des ambitionneux, même si, pour donner un erre d'aller, on pouvait être des grandes gueules… Mais comme disait mon défunt père, « on a tous notre heure de faiblesse » ! Ça fait que je peux pas aller plus loin que mon vouloir, même si vous me dites qu'un de mes gars a la tête à Galilée… Même si je fendais en deux ce qui me reste, je vous devrais encore ma dernière chemise... Sachez bien que mon gars Joseph a quelque chose dans le bras et que nous autres, icitte, son père et sa mère, on va continuer de l'élever dans l'amour de la religion et du travail. Reste qu'il saura toujours bien écrire son nom !

Il avait fallu un effort considérable à Joseph-François Montferrand pour se livrer de la sorte au sulpicien. Au-delà des apparences, il était bouleversé. Réprimant une quinte de toux, il respira avec peine. Des gouttes de sueur perlèrent sur son front. Les martèlements de son cœur battirent avec fureur contre ses tempes.

Le religieux se rendait compte de la détresse de Montferrand. Il vit le regard d'un homme déshonoré et il en éprouva une brève tristesse. Mais l'infortune d'un homme, si touchante fût-elle, ne devait en aucune circonstance mettre en péril la mission qu'on lui avait confiée. La tâche de la Compagnie de Saint-Sulpice était immense. Il en coûtait une fortune pour faire vivre la seigneurie de Montréal, administrer la justice, exercer le ministère pastoral, l'enseignement, la charité publique, l'évangélisation des Indiens. Et il en coûtait davantage depuis la cession de la colonie française à l'Angleterre. Les monnaies françaises et espagnoles avaient perdu de leur valeur respective face à la livre anglaise. La seigneurie ne touchait plus de subvention annuelle du roi de France. Le séminaire était fortement taxé, et il en avait coûté le double pour l'érection de moulins à vent et à eau. À Paris, le supérieur général des Sulpiciens avait tiré un trait sur les besoins de l'Ordre, qu'il qualifiait d'« entreprise de prince ». À Londres, on n'était guère soucieux de maintenir dans leurs domaines les ordres religieux, dont le recrutement se faisait presque entièrement en France. Les nouveaux dirigeants exigeaient en plus la naturalisation des religieux dans un délai de trois ans, à défaut de quoi leurs propriétés seraient confisquées. Déjà, la moitié des sulpiciens de Montréal avaient accepté de devenir des sujets anglais. Les institutions issues de la mère patrie voyaient leurs biens convoités par une race de militaires en même temps que la ville cédait à la pauvreté, à la mendicité, à la débauche et au crime. La langue anglaise se répandait comme du chiendent. Les habitants perdaient leur mainmise sur leurs propres terres. Les patrimoines familiaux fondaient à vue d'œil. On assistait à un détournement du travail des champs au profit d'un exil qui prenait l'allure d'une saignée mortelle. La crise de l'argent perdurait. En moins de cinq ans, le prix du minot de blé avait doublé. Il se vendait maintenant à plus de six livres anglaises au marché de Montréal. Même chose pour le lard, les cordes de bois, l'orge, l'avoine, le seigle, le maïs, le sarrasin, les pommes de terre.

C'était cette tourmente qu'affrontait l'ordre des Sulpiciens de Montréal. Il leur fallait assurer la permanence des œuvres entreprises et, pour ce faire, conjurer les assauts contre leurs biens. Déjà, les Jésuites et les Récollets avaient vu leurs propres biens spoliés. Il fallait recruter, encore et toujours, afin de combler les vides de plus en plus importants dans les rangs de la communauté. Pour cela, garnir le trésor de Saint-Sulpice, faire entrer plus de Canadiens au Séminaire, répandre avec force une culture intellectuelle faite de piété, de fidélité à l'enseignement catholique et de pureté des comportements. Il fallait opposer aux défilés des habits rouges de nouvelles cohortes de robes noires, peu importait le prix.

Le père Loubier inspira profondément tout en formulant une prière muette. Tirant un document d'une manche de sa soutane, il le déplia soigneusement. D'un mouvement de tête, Joseph-François Montferrand l'invita à le suivre dans la cuisine. Il ne voulait surtout pas que Marie-Louise soit témoin de ce qui lui semblait un acte de condamnation.

— La dette de votre père s'élevait à l'origine à mille huit cents livres, lui résuma le religieux, empruntant le ton de l'économe. Au cours des dix dernières années, vous n'avez versé aucun impôt à la seigneurie. Vous avez ajouté à cette dette, sous forme d'obligations et de billets à ordre, une somme de cinq cents livres, plus six pour cent d'intérêt par année. Les trois débiteurs qui, ensemble, devaient trois cents livres à votre père ne l'avaient pas remboursé… ce que vous saviez. Nous avons été obligés de payer les frais d'une procédure de saisie et de vente aux enchères de leurs biens. Les comptes faits, il vous revient cinquante livres…

Joseph-François Montferrand se perdait dans les chiffres.

— Combien, pour la dette ? se contenta-t-il de demander.

— Trois mille six cent soixante-cinq livres bien comptées, une fois la remise faite des cinquante livres qui vous sont dues, répondit le père Loubier, les yeux rivés sur le document.

— Je suis donc ruiné, murmura Montferrand, ajoutant après un temps de silence : Et ma descendance plus que moi… c'est ça ?

— Étant le débiteur de la seigneurie de Montréal, donc des Sulpiciens, et comme vous ne disposez d'aucun fonds de terre, ni loyer de métayage, vous devrez opposer votre maison et vos biens meubles à la dette contractée par les Montferrand, fut la réponse du prêtre.

Joseph-François Montferrand hocha la tête. *C'est bel et bien une condamnation,* pensa-t-il.

— Qu'est-ce qui va me rester, de mon vivant ?

— Beaucoup moins, j'en ai peur, monsieur Montferrand, répondit le père Loubier, visiblement mal à l'aise.

Montferrand serra les poings. Sa mâchoire se crispa et ses lèvres se mirent à trembler. Son regard se mouilla et, malgré son envie de réprimer ses émotions, des larmes perlèrent aux coins de ses yeux, puis roulèrent sur ses joues. *Les Montferrand jetés à la rue, cela ne peut être qu'un cauchemar,* se dit-il. *Il aura fallu que je sois aveugle et sourd à la fois pour ne pas me rendre compte qu'un jour viendrait…* Dans la solitude de son esprit, tout devenait confus. L'insouciance de ses jeunes années, l'appel des grands espaces, les inépuisables réserves de son corps, le tumulte des eaux, le parfum des fleurs sauvages, la volonté mystérieuse qui l'habitait et qui fit si souvent bon marché des recommandations de sagesse et de prudence qu'on lui prodiguait, l'injustice des hommes. Il était là, courbé par le passage du temps, vidé de toute énergie, privé de cette force qui, voilà peu, lui méritait encore l'admiration d'un grand nombre. Il était impuissant, dans cette maison qui n'était plus la sienne. Jadis, son endurance physique eût suffi, telle une lettre de change, à effacer une dette. La valeur de sa force eût été invariablement honorée. Mais rien de cela ne subsistait. Rien, ni de la raison ni de cette parcelle d'orgueil tout intérieure, ne pouvait contraindre l'angoisse qu'il éprouvait et qui, dorénavant, le tourmenterait nuit et jour. Il revit son père, se rappela l'aisance avec laquelle il maniait la parole, la curiosité toujours en éveil de son esprit, ses derniers moments, alors que, déjà moribond, il avait murmuré que « seul l'honneur fait l'homme plus homme ». Mais où se trouvait cet honneur, maintenant qu'il risquait d'encourir la disgrâce de la justice ?

— J'ai pas mérité ça, finit-il par murmurer, en réprimant des sanglots. Ce toit, c'est le seul abri que j'ai pour ma famille... Tout ce qui reste d'un homme qui a combattu pour sa mère patrie, pour son roi, et à qui j'espère que le bon Dieu a donné son saint paradis. Pas de noblesse, pas de rang, pas de richesses... Moi qui vous parle, Joseph-François Montferrand, fils de François Favre, le soldat du roi, je mérite bien de mourir dans l'honneur... Je mérite bien que mes enfants viennent prier sur ma tombe... Je mérite bien que, si quelqu'un leur demande « C'était qui votre père ? », ils puissent répondre « Un homme d'honneur ».

En prononçant ces derniers mots, Joseph-François Montferrand se courba devant le prêtre et pencha la tête en signe de complète humilité. Il resta ainsi prostré comme un pénitent qui attend le signal pour relever la tête une fois l'absolution accordée.

Surpris par l'attitude de Montferrand, le père Loubier ne trouva rien d'autre à faire que de lui toucher le front et d'y tracer un signe de la croix avec le pouce.

— *Opera illorum sequuntur justus, in memoria æterna erit illos,* récita-t-il.

Lorsque Joseph-François Montferrand releva enfin la tête, son regard n'avait plus d'éclat. Au fond de l'œil, le religieux ne voyait que le pâle reflet de l'effacement volontaire.

— Monsieur Montferrand, fit le père Loubier, personne ne prendra votre honneur en règlement de votre dette... Mais c'est sur cet honneur que la dette devra être acquittée...

Montferrand haussa les épaules en guise d'incompréhension.

— Une dette peut être payée de diverses façons, poursuivit le religieux. J'ai constaté que votre petite Hélène a de beaux talents et qu'elle semble ressentir le pressant appel du service des âmes. Les Sœurs Hospitalières ont grand besoin d'une telle générosité… Quant au jeune Joseph, nous pourrions l'accueillir au séminaire en échange de ses bons offices d'engagé dans notre forge et nos moulins… Dans ses temps libres, nous lui donnerions accès à des études… De véritables études, entre les mains d'éducateurs de mérite… Ceux-là qui forgent les plus nobles caractères. Nous avons grand besoin de pasteurs pour l'Église, de magistrats pour nos tribunaux, d'illustres hommes politiques pour donner la réplique aux tuniques rouges d'Angleterre. Votre ruine, monsieur Montferrand, deviendra votre richesse… Vous pourrez espérer une, peut-être deux vocations… Ou alors, pour un de vos fils, un rang distingué dans la société…

Montferrand, à son corps défendant, avait fait l'inimaginable : la courbette devant le représentant de ses créanciers. Désormais, les remords allaient le poursuivre, le hanter. Il ne vit cependant aucune autre issue. Il était le débiteur à vie des seigneurs de Montréal, et ces derniers ne manqueraient pas de recourir au supplice le plus humiliant, les poursuites devant leur propre tribunal, afin de se rembourser.

Lui, naguère si libre et insouciant, se voyait aujourd'hui contraint de boire cette coupe d'amertume jusqu'à la lie. Pendant un instant, son désespoir atteignit un comble : on le traînait par de sombres corridors, on le raillait, on le poussait derrière une lourde grille dans un réduit puant, sans air ni lumière, lieu infâme où croupissaient ceux qui refusaient de payer leurs dettes. Joseph-François Montferrand se résigna. En se soumettant aux conditions que lui imposait le père Loubier, Montferrand évitait, du moins en apparence, la honte de la ruine. Il emporterait le secret dans la tombe.

Joseph aimait bien les combles. Dans cet espace d'ombre, le temps semblait hors d'atteinte. Les légendes y surgissaient, prenaient mille formes, meublaient ce lieu de tous les rêves. La chaleur du foyer, en montant, s'y répandait agréablement.

Il arrivait fréquemment à Joseph de s'asseoir sur le mystérieux coffre en bois dur, couleur sang de bœuf. Chaque fois qu'il avait demandé à son père de lui en révéler le contenu, ce dernier s'était fait évasif. Puis, devant l'insistance de son aîné, et de guerre lasse, il lui avait répondu: « Tu le sauras quand t'auras tes quinze ans. » Pour l'heure, il se contentait de le toucher, de le soupeser. S'enhardissant, il avait essayé de le soulever. Il le fit aisément, surpris de sa légèreté.

Le petit Louis l'avait observé, admiratif. À ses yeux de gamin, Joseph était son héros, un véritable géant. En le voyant ainsi troublé par un simple coffre poussiéreux, il lui dit bien candidement: « T'as rien qu'à l'ouvrir. » Joseph fit non de la tête.

— Ça prend le mot magique, répondit-il en prenant un air sérieux.

— Magique ? s'étonna le petit Louis en fixant le coffre de ses grands yeux étonnés marqués d'un début de crainte.

— Faut pas en parler, murmura Joseph, mais c'est pas un coffre ordinaire... C'est un coffre à secret. Sans mot magique, on peut pas connaître le secret...

Louis resta pensif un moment, puis il vint se blottir contre Joseph.

— J'ai peur du secret, balbutia-t-il.

— Crains pas, Louis, le rassura Joseph en lui passant vigoureusement la main dans la tignasse blonde. Un secret, ça peut pas faire de mal quand on en a pas peur... J'suis là !

Louis frissonna. Il voulut parler, mais Joseph lui mit soudainement un doigt sur la bouche.

— Chut !

En bas, une quinte de toux n'attendait pas l'autre. Une toux creuse, violente, marquée par des inspirations sifflantes. Ce fut Joseph qui frissonna, le cœur anxieux.

— Où t'as mis le cruchon ? haleta Joseph-François, presque plié en deux sous l'effet de la douleur aiguë qui lui labourait les côtes.

Tout en s'essuyant les mains sur son tablier, Marie-Louise s'approcha de son mari et lui dit d'un air compatissant:

— C'est du docteur que t'as besoin, mon homme... Si seulement t'arrêtais de faire le boqué... Pour astheure, je m'en va te frictionner...

Joseph-François se redressa avec peine, les traits grimaçants.

— J'ai des doutances, haleta-t-il. Ton vinaigre pis ton éther, ça fait pus long feu avec moé…

— C'était le remède de ton défunt père, fit Marie-Louise, c'est toé qui me l'as dit…

— Je te l'ai peut-être dit, grommela Joseph-François en cherchant toujours à reprendre son souffle, mais y est mort pareil !

— Ça serait pas plutôt parce qu'y a abusé du cruchon ? s'obstina Marie-Louise.

Joseph-François la regarda d'un air buté. Il avait mal et n'avait nulle envie de remuer le passé. Mais l'allusion le dérangeait. Il revit un visage aux yeux éteints, ravagé, et un corps qui ne trouvait plus la force de se traîner.

— Arrête tes farfinages, Marie-Louise, pis sors-moé le cruchon… Si j'suis pour y passer, autant que ça soit en me rinçant le gosier avec un bon whisky !

Marie-Louise eut un geste d'impatience. Elle jeta un coup d'œil en direction de la statuette de la Vierge qui trônait dans la cuisine, affecta une expression douloureuse et remua rageusement les jarres et les bouteilles rangées dans la grande armoire.

— Le v'là, ton remède, lança-t-elle en déposant un récipient brunâtre devant Joseph-François.

Ce dernier retira le bouchon d'une main tremblante et, saisissant le cruchon à deux mains, le porta à sa bouche. Il avala goulûment le fort alcool et faillit s'étouffer. Il émit une suite de râles, alors que des larmes coulaient le long de ses joues pour se mêler au whisky qui dégoulinait sur son menton.

— Ça va, son père ? s'inquiéta Joseph, descendu précipitamment des combles.

Joseph-François reprenait une fois de plus son souffle. La brûlure de l'alcool s'estompait peu à peu.

— Ah ! fit-il d'une voix rauque, c'est comme si on m'avait donné une purgade… Ça te chiffonne les tripes un brin, mais une fois déboulé, ça soulage. Y ferait quoi de plus, le docteur, hein ?

Il fixait maintenant Joseph.

— Pas creyable c'que t'as grandi, Joseph… Ben vite, même moé j'arriverai plus à te barouetter ! Si tu continues à pousser, y vont tous t'appeler le grand Jos!

Gêné, Joseph se contenta de regarder son père. Il nota ses yeux injectés de sang, son teint jauni, les saillies osseuses de son visage.

— Je m'en vais mettre quelques bûches, finit-il par dire, ça va vous garder à la bonne chaleur...

— Pas de gaspille, rétorqua Joseph-François. L'hiver est toujours capricieux, pis le bois se fait rare.

— Pas de soin, son père, remarqua Joseph. Y a encore quatre bonnes cordes de bois qui attendent... J'peux même en fendre deux d'ici le souper...

— Y en est ben capable, ajouta aussitôt Marie-Louise, tout en lançant un regard admiratif à son aîné. Pis sois rassuré, mon homme, mon frère m'a dit qu'il nous garderait assez de cordes de bois sec pour traverser l'hiver sans trouble...

Joseph-François s'emporta.

— Non! Non! gronda-t-il. Y en a-t-y pour penser que j'suis plus capable de mettre du pain sur ma propre table? Pas de charité... ni de ton frère ni de personne! J't'avertis, ma femme, si ton frère s'avise à rentrer icitte avec son bois, ben juste une bûche, y va se faire sortir à coups de pied dans l'cul... Tu m'entends ben, Marie-Louise?

— J'comprends rien, balbutia Marie-Louise. J'te comprends plus... Mon frère, c'est une âme charitable, y t'a toujours aimé comme si t'étais son propre frère, pis...

Exaspéré, Joseph-François se rua presque sur elle, la menaçant du poing. D'un bond, Joseph s'interposa.

— Ma mère a rien dit de mal, fit-il calmement.

Pendant un court moment, Joseph-François demeura figé le bras en l'air, mais le poing toujours menaçant. Joseph, lui, ne comprenait pas. Jamais encore son père ne s'était emporté de la sorte contre sa mère, ni contre les enfants d'ailleurs. Certes, il avait élevé la voix, durci son regard, froncé les sourcils, toujours au nom de l'autorité paternelle. Mais sans la moindre violence. Voilà qu'en cet instant de silence embarrassé il se trouvait confronté à une violence jusque-là inconnue. D'un seul coup, Joseph vit la laideur envahir le visage de son père. Ce dernier avait le souffle court, et à chaque râle il empestait l'alcool.

— Tu vas te tasser, mon jeune, fit-il sourdement. T'es pas encore c'que tu penses, même si t'en as long de décousu.

Joseph resta planté devant lui, le regardant fixement. Il refusa d'un mouvement de la tête.

— Quand vous serez assis, son père, pas avant, répondit-il d'une voix lente.

Joseph-François cligna furieusement des yeux. D'un geste rageur, il saisit son fils au collet et l'attira brutalement vers lui.

— Bonne Sainte Vierge, protégez-nous! s'écria Marie-Louise. Mais qu'est-ce qu'y te prend donc, mon mari ? Ah ! Mon Dieu... Mon Dieu !

— Toé, la femme, tu te mêleras pas de ça... Y est temps qu'il apprenne qui c'est qui est l'maître icitte ! Toé, vas jaser avec ta statue de plâtre, tu verras ben c'qu'elle te répondra !

Joseph, qui était demeuré les bras ballants, sans réagir, se raidit. D'un même geste, il enserra les poignets de son père dans l'étau de ses mains. Pris par surprise et sous l'empire d'une douleur aussi vive que soudaine, l'homme plia les genoux devant son fils.

— Lâche-moé ! fit-il d'une voix étranglée, essayant en vain de se dégager.

Il sentit ses vêtements trempés de sueur alors qu'un frisson lui courut le long de l'échine. Sa respiration se fit sifflante.

— J'arrive plus à prendre mon air, lâcha-t-il.

— Joseph ! supplia Marie-Louise.

Ce dernier ouvrit aussitôt les mains et, l'air penaud, resta sans bouger. Il ne vit pas le bras de Joseph-François décrire un mouvement circulaire et sa main s'abattre sur lui, en plein visage. Sous l'effet cinglant, un filet de sang coula de son nez. Joseph demeura silencieux. Il ne tenta pas d'éviter la seconde gifle, encore plus retentissante. Il encaissa sans broncher le débordement de colère de son père.

Au bout du compte, Joseph-François savait qu'il venait de poser un geste de désespoir. Sa vanité blessée ne s'en remettrait jamais. Il s'affala sur une chaise.

Au bas de l'escalier, le petit Louis, tremblant de tous ses membres, pleurait à chaudes larmes.

— Aie pas peur, Louis, lui dit Joseph d'une voix douce. Faut jamais avoir peur…

Joseph-François se redressa et pointa le doigt en direction du petit Louis.

— Toé, en haut, fit-il sourdement. Un Montferrand, ça braille pas… Pis, toé, Joseph, ton baluchon va être devant la porte à la barre du jour, demain… Tu t'en vas au séminaire !

— J'veux pas aller là-bas, répliqua Joseph.

— Mon mari, supplia Marie-Louise en pleurs, sois pas aussi dur… On a déjà sacrifié notre petite Hélène…

— À la barre du jour, répéta-t-il en attrapant le cruchon d'eau-de-vie.

· II ·

En ce premier vendredi de mai 1817, le fleuve Saint-Laurent était entièrement ouvert à la navigation, même si quelques blocs de glace y dérivaient encore. Plus à l'est, les *horseboats* avaient repris la navette entre les deux rives du fleuve. Ces barges flanquées de roues à aubes mues par quatre chevaux activant un cabestan, lui-même relié à un arbre de couche, mettaient une bonne heure pour effectuer cette première traversée printanière, et, de surcroît, les passagers devaient aider les chevaux à lutter contre le fort courant.

Trois longs coups de sifflet prévinrent ces traversiers de fortune de l'arrivée à Montréal du steamer *Malsham*, propriété du richissime brasseur John Molson. Le gros navire, qui faisait bien cent cinquante pieds hors tout, arrivait de Québec, lancé par ses quarante-cinq chevaux-vapeur. Il avait parcouru la distance entre les deux villes en un peu plus de deux jours, là où les goélettes et les grands voiliers, esclaves des vents contraires et des courants, mettaient encore quinze jours pour franchir le même trajet.

Crachant une épaisse fumée, le *Malsham* doubla bientôt l'extrémité est de l'île Sainte-Hélène, puis la petite île aux Fraises où se dressait le majestueux moulin de monsieur le baron Grant, propriétaire de la grande île, devenue, grâce aux soins de nombreux jardiniers, un véritable paradis de vignes, de vergers et de plantes odorantes.

Le navire à vapeur manœuvra afin de diminuer la rapidité de sa course, se souciant des chaloupiers qui menaient des voyageurs, transportaient des effets et encombraient la partie navigable du fleuve. Il jeta l'ancre à quelques encablures de la vingtaine de grands voiliers déjà au mouillage. Au milieu d'une véritable forêt de mâts et de haubans, une légion d'arrimeurs s'affairaient au chargement du bois d'œuvre droit sorti des forêts et aussitôt destiné aux marchés anglais.

Une heure plus tard, la centaine de malles des voyageurs furent descendues dans de lourdes barques. Les passagers, déjà débarqués, attendaient sur la grève l'arrivée de leurs effets personnels. Parmi ceux-là, cinq personnes avaient déjà réservé les meilleures calèches parmi la trentaine de véhicules semblables rangés en file à proximité. Ils avaient payé à l'avance vingt schillings chacun pour que les cochers s'occupassent personnellement de la manipulation de leurs encombrants bagages.

À l'écart, Sébastien Rollet, comte de Ragueneau, que ses quatre compagnons de voyage appelaient tantôt « général » tantôt « monsieur le comte », manifestait ouvertement son impatience.

— Pays de sauvages ! fit-il à voix suffisamment haute pour être entendu. Regardez-moi ces rosses… Ils osent appeler ça des chevaux ! Je vous parie, Drouot, que ces carrioles de fortune, que dis-je, ces tombereaux, vont y laisser leurs roues au premier ventre de bœuf !

Les quatre autres éclatèrent de rire.

— Chose certaine, monsieur le comte, renchérit le dénommé Drouot, un grand sec au visage osseux avec un nez comme un taillant de hache, à les entendre parler, ce n'est point ici que vous éprouverez le plaisir de goûter au miel et au vin de notre belle Académie française…

Les rires en écho du quatuor provoquèrent des regards de désapprobation parmi les autres voyageurs, la plupart témoins des propos railleurs.

— Sommes-nous au moins à l'endroit qu'on nous a nommé ? ricana un troisième, plutôt râblé et portant une balafre sur la joue gauche. Depuis deux semaines, nous avons tout entendu et rien vu… Juste là-bas, disait-on, un hameau haut perché sur des rochers de granit… Oh ! la charmante baie au rivage de sable fin… Et puis encore, tout autour des montagnes tapissées de bois de sapins et de bouleaux… et des battures, des îles… et finalement quoi, messieurs ? Rien qu'une triste grisaille… du brouillard et encore du brouillard !

— Depuis quand est-il besoin d'apercevoir la porcherie pour savoir que tu y es ? relança Drouot. C'est tout juste une question d'odeur !

Nouveaux rires. Un ecclésiastique portant un chapeau noir à large rebord sortit de la file des voyageurs et s'avança vers Drouot, le bréviaire à la main. Il souleva son couvre-chef en guise de salutation.

— Monsieur, lui dit-il en affectant une attitude de déférence, je suis le père Jean-Baptiste Asselin, de la Compagnie de Saint-Sulpice de Montréal. Pardonnez-moi de le dire ainsi, mais vous et vos compagnons me semblez nouvellement arrivés en ce pays, aussi serait-il aimable de votre part si vous ne portiez pas trop tôt des jugements qui pourraient vous paraître injustes d'ici peu. Beaucoup d'entre nous avons comme passe-temps familier les textes latins… D'autres préfèrent les vers français et toute chose rattachée à l'histoire de la mère patrie… En admettant que notre accent fasse écorchure à vos oreilles et que nos allures n'aient pas la plus noble élégance, vous découvrirez, je l'espère, un peuple qui est sensible à l'expression du beau, dans l'ordre, la mesure, la réserve et le respect de la religion catholique…

Un murmure d'approbation s'éleva aussitôt parmi les passagers, attentifs maintenant au dénouement de la confrontation.

Le regard de Drouot s'assombrit. Il se raidit et allait répliquer lorsque Ragueneau, d'un signe de la tête, l'en dissuada. Ce fut ce dernier qui fit face au prêtre. Il le dévisagea pendant un long moment, puis, lui prenant fermement le bras, l'invita à le suivre un peu à l'écart.

— Révérend, lui dit-il à voix suffisamment basse pour n'être entendu que du religieux, vous avez dit… un peuple ? Saviez-vous, monsieur le latiniste, que plus de soldats français sont tombés à Waterloo en une seule journée que vous ne comptez de paysans au fond de vos bois ? Alors, vous nous ferez la morale quand vos éleveurs de cochons auront inventé un pays... Ce qui devrait prendre encore quelques siècles. En attendant, récitez donc vos litanies dans une de vos chapelles de bois !

Le père Asselin blêmit. Il avait reçu chaque mot de cet homme comme une gifle. Ce personnage vêtu comme un noble avait insulté à la fois les gens du pays, les Sulpiciens et le prêtre qu'il était. Mais tout humilié qu'il fût, il se rappela qu'il se devait à l'ordre divin du sacerdoce, à la discipline ecclésiastique. En prononçant ses vœux, il avait accepté de demeurer, sa vie durant, esclave de ses devoirs envers l'Église.

Sébastien de Ragueneau décida qu'il avait des choses plus importantes à faire que de narguer davantage le petit homme en noir. Il recula d'un pas et esquissa un salut à la manière des nobles de la cour. Au même moment, Drouot s'approcha.

— Nous sommes prêts, monsieur le comte. Toutes les malles sont chargées.

Ragueneau adressa un clin d'œil au père Asselin.

— Allez, monsieur le sulpicien, je vous laisse à vos ouailles, dit-il. Continuez votre œuvre salvatrice et prenez grand soin de vos Sauvages. Je ne doute pas qu'ils soient davantage séduits par vos livres de piété et vos chapelets que par de bonnes épées ! N'est-ce pas un poète qui disait : « Nous ne pouvons tous faire toutes choses ! »

— Virgile, monsieur, répliqua aussitôt le père Asselin en toute assurance. *Non omnia possumus omnes* sont les mots exacts employés par le plus grand parmi les latinistes... Il a aussi dit : « *O fortunatos nimium, sua si bona norint, agricolas !* » Ce qui veut dire, pour des gens qui comme vous n'y entendent rien : « Trop heureux les hommes des champs, s'ils connaissaient leur bonheur ! » Je vous souhaite bonne route, monsieur, et, puisque vous semblez devoir passer un peu de temps dans cette porcherie, selon ce qu'en a dit votre compagnon, n'achetez pas tous les cochons dans un sac sans d'abord en connaître la nature...

Ragueneau émit un ricanement. Le prêtre l'avait touché au bon endroit : son amour-propre. Il avait trucidé des hommes pour moins. Il se détourna, les mâchoires serrées, et jeta un coup d'œil rageur aux voyageurs, qui n'avaient cessé de l'observer. Avisant la calèche que lui désignait Drouot, il y prit place avec brusquerie.

— J'espère que vous nous mènerez à cette auberge par le chemin le plus court, lança-t-il au cocher.

— Beau dommage ! fut la réponse de ce dernier en faisant claquer son fouet. Mais c'est jour de marché… on va avoir une misère du diable à prendre notre vent !

C'était en effet jour de marché, selon le règlement de la seigneurie. Les rues et ruelles de Montréal grouillaient de monde. La circulation était pénible. Indifférents au va-et-vient des chevaux, des charrettes et des gens, des cantonniers aplanissaient les ornières et les bourbiers, comblaient les nids-de-poule, agrandissaient les fossés pour mieux contenir les eaux du printemps. Au *New Market*, comme on appelait la place du nouveau marché, marchands, commerçants occasionnels et simples badauds s'affairaient à vendre ou à acheter du foin, de la paille et du bois au travers des articles de ferblanterie et d'étain. À l'écart, des bouchers tuaient des veaux, les éventraient et vendaient aussitôt les quartiers entiers d'une carcasse fraîchement dépecée, cela en dépit d'une certaine surveillance et la menace d'amendes.

Se frayant difficilement un passage au milieu de la cohue malgré les cris et les coups de fouet des cochers, le petit convoi s'immobilisa un instant à proximité d'un imposant monument. En forme de fût, la colonne de pierre surmontée d'une statue s'élevait à quelque soixante pieds.

— Qui est-ce ? demanda Ragueneau au cocher.

— Qui ça ? interrogea ce dernier.

Ragueneau pointa le monument du doigt.

— Nelson, répondit le cocher, laconique.

— Attendez-moi ici, commanda aussitôt Ragueneau.

Il descendit de la calèche, ajusta la cape sur ses épaules, poussa sans ménagement quelques personnes se trouvant sur son passage et se rendit à la hauteur du monument. Il contempla les bas-reliefs ceinturés par huit canons plantés en terre par la culasse et reliés par des chaînes. Enjambant celles-ci, il s'approcha du socle. Il renâcla à quelques reprises et cracha avec dédain sur ce dernier. Des témoins le regardèrent, bouche bée. Lui-même leur rendit un regard de mépris.

Revenu à la calèche, il fit signe au cocher de poursuivre sa route. Il vit le regard incrédule de Drouot.

— Vous m'étonnerez toujours, monsieur le comte, dit ce dernier.

— Cela ne devrait pas, répliqua Ragueneau. Ils se font écraser par les Anglais et les voilà qui vénèrent ce cul-de-jatte de Nelson… Je les savais paysans; je les découvre traîtres en plus!

Pendant presque dix ans, la buvette d'un certain Lemesurier, située au croisement des rues Saint-Laurent et Mignonne, avait été réputée pour les incessantes bagarres qui mettaient aux prises des miliciens britanniques et canadiens, ainsi que des marins de toutes les nationalités. Le défi des uns et des autres étant de faire maison nette. Le malheureux propriétaire, impuissant en dépit de ses appels aux forces de l'ordre, n'avait d'autre choix que de renouveler le mobilier après chacune des bagarres. Il avait ainsi dépensé une fortune en tables, chaises et vitres.

De guerre lasse, Lemesurier avait fini par vendre son commerce à Antoine Voyer, alors charpentier de son état, lequel lui compta le prix de vente en espèces sonnantes sur le comptoir de la buvette.

Dès la confrontation suivante, le colosse notifia en peu de mots les belligérants qu'il n'avait pas acquis l'endroit pour le voir saccagé d'une fois à l'autre. Puis, joignant le geste à la parole, il empoigna les plus rétifs et, l'un derrière l'autre, les expulsa hors du lieu, certains à travers une fenêtre. L'histoire se répandit comme une traînée de poudre. On l'enjoliva. Les conteurs la reprirent, en firent bientôt une allégorie; la réincarnation d'un Samson biblique culbutant une légion de Philistins.

Antoine Voyer obtint rapidement que l'on prolongeât la rue Saint-Laurent et que l'on y posât, sur une bonne partie de son parcours, surtout à proximité du fleuve, des trottoirs de bois. Puis il transforma la buvette en auberge. En ce jour de mai 1817, aucune bagarre n'y avait eu lieu depuis cinq ans.

La construction était basse, maçonnée de grosses pierres assemblées par un solide mortier. On faisait la file à l'extérieur, devant la porte centrale. Celle-ci ouvrait sur une vaste salle aux murs chaulés et percés de quatre petites fenêtres. Le plafond, relativement bas, était constitué de billes de bois grossièrement équarries. Le plancher, jadis peint en rouge, avait un aspect défraîchi, sans apprêt, mais propre. Chaque soir, dès le couvre-feu, Voyer et ses employés lavaient les madriers au savon. Une fois par semaine, ils les récuraient à l'aide de brosses à gros crin, achevant ainsi de donner au parquet un semblant de lustrage.

Ce jour-là, un feu de grosses bûches rougeoyait dans l'âtre immense qui se trouvait au fond de la pièce commune. De part et d'autre de cette cheminée aux allures médiévales étaient disposés des trépieds, une potence de bois, des tisonniers, quelques marmites de fonte ainsi qu'un soufflet.

Une ouverture de côté donnait accès à la cuisine. Cette pièce contenait un four à pain, un foyer de pierre, un billot à hacher, des chaudrons, des louches, des poêles, des crêpières et quantité d'écuelles, de couteaux, de grandes cuillères. Cruches, bouteilles et pots à eau étaient rangés dans un casier à niches multiples occupant à lui seul un mur entier. Cuisiniers et serveurs fourmillaient dans ce lieu où régnait une chaleur d'étuve. Déjà à la brunante, on alluma les fanaux fixés de chaque côté de l'entrée. À l'intérieur, Antoine Voyer avait fait remplacer les grosses chandelles de suif moulées par quelques lampes dans lesquelles brûlait une huile raffinée. Monté sur une colonne de bronze cannelée, chaque brûleur était ceinturé par un large abat-jour en verre dépoli. Désormais, un bel éclairage remplaçait la lumière blafarde que répandaient les lampes primitives, sans compter l'odeur nauséabonde qu'elles exhalaient et leur fumée qui noircissait murs et plafond.

L'auberge était bondée. La bière de type ale et le whisky fait maison coulaient à flots. Une cruche de grès remplaçait l'autre et les gobelets d'étain débordaient de mousse. Une odeur douceâtre de tabac hollandais fleurait la grande salle commune. On y entendait les histoires les plus abracadabrantes.

Les unes « rapport » aux chemins si mauvais que les voitures s'y enfonçaient jusqu'aux moyeux. Une autre, racontée en maintes versions, au sujet d'un bac qui avait versé, le câble rompu par la charge et le tangage, entraînant chevaux et passagers dans les flots tumultueux. Mais les nouvelles du jour étaient colportées par les arrivants du vapeur en provenance de Québec, surtout par l'arpenteur Bouchette, le commerçant de fourrures Babin et l'agent des terres Gamache. On disait que le port de cette ville pullulait d'Écossais qui émergeaient, tels des rats, des cales de bateaux affrétés pour le transport du bois. La ville était progressivement livrée à de redoutables fiers-à-bras qui semaient la terreur dans les quartiers en contrebas. *La Gazette de Québec* faisait ses choux gras d'une affaire d'esclaves en cavale, quoique l'on niât en haut lieu qu'il existât encore des esclaves dans la ville. Quelle que fût la réalité, on voulait ces derniers responsables de nombreux cas déclarés d'envoûtement. Comme toujours, les régiments anglais paradaient avec arrogance alentour de la citadelle, couleurs au vent, leurs corps de musique rythmant l'état-major qui caracolait en tête. Curieusement, on parlait encore des Ursulines qui continuaient de tricoter des bas pour les Highlanders en kilt selon une tradition vieille de quelques décennies ; cette charité étant fort mal ordonnée, de l'avis de plusieurs. Et comme toutes les rumeurs de ville passaient par l'auberge d'Antoine Voyer, on commentait abondamment la profanation du monument de Nelson par un noble français.

Indifférent à tous ces sons discordants, un homme à barbe grise, les cheveux rares, filasse, était assis à l'écart, sa blague à tabac et une cruche à portée de la main. Toutes les tables étaient occupées, sauf la sienne. Il était visiblement las. Depuis deux ans, ses nuits, devenues interminables, étaient peuplées de cauchemars que les journées, trop courtes, ne parvenaient plus à dissiper. Il parlait peu, de la pluie, du beau temps, mais sans jamais se confier. Chaque journée était marquée de longs et lourds silences, ce que Marie-Louise, la femme de sa vie, trouvait maintenant insupportable. Elle brodait, il dormait, affalé dans sa berçante. Et lorsqu'il se réveillait, en proie à une toux qui ne le quittait pratiquement plus, l'angoisse s'emparait de son être. Il arrivait de temps à autre qu'un matin il se prétende guéri. Son regard avait alors des éclats d'antan et ses membres, libérés de leur raideur, s'activaient. Il croyait à une renaissance. Mais quelques heures plus tard, le mal reprenait le dessus, lui tétanisait de nouveau la poitrine, minait davantage son moral. Accroché à son souffle court, affolé par les battements désordonnés de son cœur, il se voyait telle une branche à moitié desséchée au bout d'un arbre déjà moribond, signe que la mort rôdait fatalement. Sans penser aux siens, il maudissait alors la vie.

D'une main tremblante, il remplit à ras bord le gobelet d'étain posé devant lui, le porta à ses lèvres et but goulûment. Le whisky lui brûla la gorge. Il sentit monter une bouffée de chaleur et des gouttes de sueur perler aussitôt sur son front. Craignant la quinte de toux, il avala une autre rasade, puis une troisième. Les effets du puissant alcool ne tardèrent pas à se manifester. Autour de lui, les contours devenaient flous, les traits des visages s'effaçaient peu à peu, les bruits s'estompaient. Des images et des odeurs lui vinrent, jaillissant du passé. Il vit défiler de grosses billes de bois hissées à force de bras ; elles se transformaient en un camp de bois rond au toit couvert de terre et de mousse. Puis des colons armés de haches, de charrues, et d'autres poussant sur des cabestans pour arracher des souches à la terre et des terres à la forêt. Il revit des wigwams en écorce de bouleau aux abords d'une rivière ; des îlots enchâssés dans quelque embouchure d'un grand cours d'eau ; des feux, des insectes, des vents violents qui abattaient des forêts entières que la terre nourricière ne tardait pas à ressusciter ; des Sauvages qui troquaient leur maïs et leurs fourrures contre de la pacotille ; des draveurs plus audacieux les uns que les autres, gaffe à la main, qui roulaient tels des jongleurs, les billes charroyées par les eaux glacées des rivières du Nord. Lui revinrent aussi les fortes odeurs de cuisson mêlées aux relents d'huile de loup marin, de sueur et de tabac…

— Monsieur Montferrand…

La voix était grave. Elle aussi appartenait au passé, mais un passé récent.

— Vous m'avez fait demander, monsieur Montferrand ?

Joseph-François Montferrand sortit lentement de sa torpeur. Il sentit le poids d'une main sur son bras. Une main peu commune, large, striée de veines, aux doigts noueux. Levant les yeux, il finit par reconnaître le visage de l'homme. Il voulut parler, mais sa bouche était si pâteuse qu'il ne put que bafouiller.

— Monsieur… monsieur Voyer… je… j'ai affaire… j'ai à vous parler… dans l'blanc des yeux…

Antoine Voyer sourit et soupira d'aise. S'asseyant en face de Montferrand, il le regarda avec bienveillance.

— Ça fait bien trois ans que j'espérais votre visite, monsieur Montferrand… Depuis ce fameux jour de l'An…

— Oui, mais… mais j'ai à vous parler, insista l'autre.

— Vous avez droit à mon respect, fit Voyer. Mais comme c'est pas de l'eau de source que vous buvez là, j'ai quelque chose de bien meilleur pour nous deux que cette bagosse…

Il avait déposé sur la table une autre cruche qui contenait une boisson claire, transparente comme un vin de France. Il en versa dans deux gobelets.

— Goûtez-moi ça ! Un vin de gadelles rouges… De quoi vous donner une voix d'ange !

Les deux hommes dégustèrent la boisson à petites gorgées, se contentant d'échanger de brefs regards. Ce fut Voyer qui, le premier, rompit le silence.

— Faut croire que le versant chaud de l'année est arrivé, opina-t-il. C'est pas un luxe…

— Beau dommage, répondit Montferrand. N'empêche que votre auberge m'a semblé à l'autre bout des terres… J'ai brûlé quatre pipes avant d'aboutir ici.

Voyer se contenta d'un bref hochement de tête. Cette attitude sembla décider Montferrand. Il se redressa, repoussa la cruche de whisky et fixa son hôte.

— J'ai les tripes dans la gorge, fit-il les lèvres tremblantes, mais il faut que ça sorte ! Jusqu'astheure, y a que le bon Dieu et ma Marie-Louise à le savoir… Et le diable pour s'en douter… Je suis consomption. Je crache le sang et… et j'suis à la veille de partir à pic… Vous me comprenez ?

Antoine Voyer, immobile, cligna des yeux.

— J'ai plus une cenne, monsieur Voyer, enchaîna Montferrand. J'ai baisé la main des Sulpiciens pour sauver les apparences...

Il s'interrompit, la voix étranglée par l'émotion.

— Prenez votre temps, murmura Voyer.

— Pas question qu'on enterre un Montferrand dans le banc du quêteux, enroulé dans un tapon de laine, poursuivit Montferrand. J'veux finir mon temps d'homme dans l'honneur...

Voyer avança sa main et recouvrit une des mains de Montferrand. Elle était glacée.

— Le bon Dieu a guidé vos pas, fit-il. Je répète ce que je vous ai dit... vous avez droit à mon respect... Vous et tous ceux qui portent le nom de Montferrand. Vous pouvez me demander tout ce que vous voudrez...

— Non, monsieur Voyer... pas ça ! Pas la charité...

Ses derniers mots se perdirent dans un tumulte soudain. La grande porte de l'auberge venait de s'ouvrir avec fracas. Une dizaine de miliciens canadiens, à l'étroit dans des uniformes élimés en coton vert, les gibernes vides jetées en travers de la poitrine, jouaient du coude avec un contingent de soldats britanniques. Ces derniers étaient commandés par un officier coiffé d'un casque à cimier et drapé d'un caban écarlate. Il avait porté son sabre au clair, aussitôt imité par ses hommes.

Surmontant cris et jurons, quelques ordres brefs, lancés d'un ton martial, eurent tôt fait de ramener les miliciens canadiens à la raison. Sous la menace des armes blanches, ceux-ci furent contraints à la volte-face. Pour entendre, dans un français terriblement écorché, qu'ils seraient tous traduits devant le tribunal des juges de paix chargé de faire exécuter les lois de la milice, soumis à de fortes amendes et contraints à des manœuvres sur le Champ-de-Mars en livrée de circonstance. Déjà, on se levait aux tables. Personne, parmi ces menuisiers, charretiers, selliers, maçons, tonneliers, forgerons, ne goûtait la présence de militaires anglais, que l'on tenait toujours pour des envahisseurs.

Devant la menace, l'officier anglais commanda à ses hommes de se placer sur un seul rang, sabre à l'épaule, et de bloquer ainsi toute sortie. Leur discipline était impressionnante. Épaule contre épaule, l'habit rouge aux boutons dorés qu'ils portaient produisait son effet. Nul ne doutait, à voir leur allure, que ces hommes étaient rompus à une rigueur toute martiale, aguerris par les campagnes militaires.

— Sacrez-nous patience ! lança quelqu'un depuis le fond de la salle.

— On va leur faire faire le saut de crapaud ! cria un autre.

— À coups de fourche dans l'cul, ironisa le compagnon de ce dernier, ce qui provoqua aussitôt un concert d'approbations.

— La fourche dans l'cul ! La fourche dans l'cul ! scandait-on de toutes parts.

Ils se regroupèrent et formèrent une masse compacte. L'officier comprit que l'affrontement était imminent. Il n'ignorait pas la fierté qui animait ces Canadiens catholiques, surtout lorsqu'ils se retrouvaient face à l'envahisseur protestant. Ces hommes frustes n'hésitaient pas à se battre à poings nus au nom de dix générations de liens ancestraux. Quant à ses propres soldats, ils étaient en réalité des mercenaires. Dès le jour de paye, ils n'hésitaient pas à utiliser leurs baïonnettes pour régler des comptes personnels ou encore à terroriser les habitants. Cependant, ils étaient entraînés à mourir au combat – pratiquant régulièrement le tir – et aptes à monter et à démonter des canons, à construire des fortifications, à se faire charcuter par des chirurgiens militaires, à perdre un œil, un bras, une jambe au nom d'un roi qu'ils ne connaîtraient jamais.

Antoine Voyer se rendait compte de la gravité de la situation. Si les hostilités s'engageaient, ce serait au prix du sang. Poings et couteaux contre des lames tranchantes en acier. La haine désordonnée contre l'art de la guerre. Des renforts viendraient rapidement, munis d'armes à feu. Il y aurait forcément des morts. L'auberge serait mise à sac, peut-être même incendiée. Lui-même, s'il survivait, serait incarcéré en attendant un procès pour sédition. Histoire de le laisser croupir dans quelque cellule humide, le procès serait remis à des assises subséquentes. Ses biens seraient saisis, déposés dans le grenier du palais de justice avant de disparaître, tout comme disparaîtraient, un à un, les témoins gênants.

D'un pas tranquille, Antoine Voyer s'avança vers l'officier. Il dominait ce dernier d'une tête.

— Que nous voulez-vous, monsieur l'officier anglais ? demanda-t-il en regardant le militaire droit dans les yeux.

— Capitaine Chalmers, de l'armée de Sa Majesté, répondit le militaire d'un ton cassant. J'ai ordre de fouiller cette auberge.

— Fouiller ? Pourquoi ?

— Nous avons des renseignements qui indiquent que vous donnez refuge à des hommes qui ont commis un crime contre l'Angleterre...

Des protestations fusèrent. Voyer demanda que l'on se calmât.

— Y a pas de criminels dans mon auberge, précisa-t-il d'une voix posée, et y en a jamais eu, monsieur.

L'officier avança d'un pas sans que Voyer ne cédât de terrain. La pointe de son sabre effleurait la poitrine de l'aubergiste.

— J'ai ordre de fouiller votre auberge, monsieur, répéta le militaire du même ton de commandement.

La tension grimpa davantage, personne ne voulait perdre la face. D'un côté, les militaires anglais n'admettraient jamais qu'une poignée de Canadiens arriérés leur fassent opposition ; de l'autre, des gens départis de leur terre à qui ne restait que la force de leurs bras allaient forcément s'insurger contre toute atteinte à leur dignité.

Toujours dans son coin, Joseph-François Montferrand se versa une autre rasade de ce vin de gadelles rouges qui faisait le délice de son palais et vida le gobelet d'un trait. En cet instant précis, il comprit que la soumission était cette fureur impuissante qui entraînait inévitablement l'échec de toute une vie. Et comme la sienne allait bientôt s'éteindre...

Se redressant d'un coup, Montferrand déposa bruyamment son gobelet et marcha directement sur l'officier, s'interposant entre le militaire et Voyer. Le capitaine Chalmers posa un regard glacial sur le visage osseux, presque cireux, de cet homme qui faisait visiblement un effort pour se tenir droit. Dans la salle, les hommes murmuraient, se poussaient du coude, avec un étonnement mêlé de curiosité.

— Antoine Voyer est un homme d'honneur, monsieur, fit Montferrand d'une voix à peine altérée en regardant l'officier droit dans les yeux. S'il vous dit qu'il n'y a pas de criminels dans son auberge, c'est parce qu'y en a pas ! Douter de sa parole serait lui faire offense...

Chalmers haussa les épaules en signe de dédain. Il n'allait certainement pas se laisser impressionner par cet homme voûté qui dissimulait mal son état pitoyable.

— Et qui êtes-vous, monsieur ?

— Un Canadien qui vous dit entre quat'z'yeux que vous avez ben beau faire les jars partout en ville, mais pas sur la terre d'Antoine Voyer... Parole de Joseph-François Montferrand !

Les yeux du militaire se mirent à cligner, signe qu'il était décontenancé. Ne sachant que dire, il se contenta d'un sourire contraint. Montferrand, voyant l'effet de sa réplique improvisée, comprit qu'il devait y aller d'un coup de théâtre.

— Monsieur, poursuivit-il en haussant la voix, le bon Dieu a créé la nature, les animaux pis les hommes... Ça faisait beaucoup de choses à créer, même pour le bon Dieu... Le septième jour, il s'est rendu compte qu'y avait une chose qu'il avait mal faite... Vous savez quoi ?

— Vos sottises ne m'intéressent pas, rétorqua le militaire, exaspéré.

— Ça devrait pourtant vous intéresser, monsieur, poursuivit Montferrand, parce que c'est une grande vérité... Cette chose que le bon Dieu a si mal faite, ce sont les Anglais...

Ces paroles inattendues soulevèrent l'enthousiasme de tous les Canadiens présents. Ils laissèrent éclater leur joie, choquèrent bruyamment cruches et gobelets, manifestant par ces gestes tous les instincts déchaînés par une rancœur longtemps contenue. Certains entonnèrent même la première strophe d'un chant patriotique. Indigné, l'officier menaça Montferrand de son sabre. Le silence se fit comme par enchantement. On n'entendait plus que quelques murmures. Montferrand, toujours calme, indifférent presque, demeura les bras ballants et présenta sa poitrine.

— Allez-y, monsieur, défia-t-il le militaire, soyez à la hauteur de ce que vous êtes... un tout petit Anglais !

Le visage du militaire blêmit. Sa main gauche se détendit, puis elle atteignit Montferrand au visage. Les genoux de ce dernier mollirent, il chancela. Un mince filet de sang courut entre les poils de sa barbe. Il ne perdit pas sa contenance. Fixant toujours le visage de l'Anglais, il y vit la pleine expression de la bestialité et de la stupidité cruelle. Il eut envie d'ajouter à l'insulte, d'exprimer bien haut le dégoût et le mépris qu'il ressentait, mais n'en fit rien. Il empêcha même Voyer d'intervenir. Il devait profiter de l'état des choses, de cette faute commise par Chalmers.

— *You french dog!* cria l'Anglais, complètement hors de lui.

Montferrand répondit par un pâle sourire. Il s'essuya la bouche du revers de la main et constata la trace de sang.

— Quiconque touche frappe, fit-il d'une voix étrangement calme. Vous m'avez frappé, ce qui est une offense... Vous m'avez blessé, ce qui est une insulte grave... Vous n'ignorez pas, monsieur l'officier, que vous me devez réparation, et que j'ai le choix de mon duel et de mes armes...

Antoine Voyer était atterré.

— Monsieur Montferrand, supplia-t-il presque, faites pas ça... Y a pas nécessité pour se battre... Pas en duel...

Il s'adressa au militaire.

— Capitaine, je vous demande d'ignorer cette affaire... Refusez, je vous prie... Monsieur Montferrand est un homme malade... Il est trop faible pour...

Chalmers eut un rictus. Il bomba le torse, brandit son sabre.

— À qui croyez-vous parler, monsieur ? répondit-il avec arrogance. Je suis un officier de Sa Majesté, et cet homme m'a lancé un défi... S'il est trop faible, c'est à sa famille d'agir...

— Monsieur, insista Voyer, son fils aîné est même pas encore un homme...

Le militaire rengaina son sabre. Son regard passa du visage de Voyer à celui de Montferrand. Il vit la lueur du défi dans ses yeux.

— Messieurs, fit-il avec son accent cassant, pour nous, Anglais, un fils n'a pas besoin d'avoir l'âge d'un homme pour prendre la défense de son père… Puis s'adressant directement à Joseph-François Montferrand : Nul besoin, monsieur, de me faire parvenir un cartel, je relève votre défi… Demain, à la première heure, mes témoins viendront ici pour entendre vos termes du combat… J'ose croire que vous ne proposerez rien de moins qu'un duel à outrance ! L'affaire se déroulera lundi, à l'aube… à la Pointe du Moulin à Vent !

Sur ces dernières paroles, il claqua les talons et commanda à son détachement d'évacuer les lieux. Dans la grande salle, il régnait un silence de mort. Antoine Voyer fit le tour des tables. Il exhorta la centaine d'habitués à garder l'affaire secrète, tout en sachant bien qu'on la voulait déjà célèbre. Cette nuit même, un informateur anonyme alerterait *La Gazette de Montréal*. Demain, on prendrait les paris dans toutes les tavernes de la ville. Peut-être même que l'éditeur de *La Gazette* se chargerait d'ébruiter l'événement de sorte qu'elle ait des répercussions en Angleterre. La fureur d'un duel entre un officier britannique et un civil de la colonie n'était pas une petite affaire ; cela devenait fatalement un enjeu sur fond de suprématie de l'Empire britannique.

La nuit était tombée. Quelques grosses lampes éclairaient le faubourg, répandant une odeur rance d'huile de baleine.

Un constable de guet, fanal à la main, cria la demi-heure en passant à la hauteur de l'auberge du grand Voyer. Étonné de ne pas entendre les bruits coutumiers, il regarda par une fenêtre et vit deux hommes attablés, l'un en face de l'autre. Reconnaissant l'aubergiste, il haussa les épaules et continua sa ronde.

— J'suis pas un sensible, mais là, vous m'avez pogné aux tripes, avoua Antoine Voyer à son vis-à-vis tout en versant une autre rasade de vin dans son gobelet. Sachez, monsieur Montferrand, que j'ai une dette envers vous… Et je vivrai pas assez longtemps pour vous remettre tout ce que je vous dois…

Montferrand fit la grimace et, d'un geste de la main, signifia son désaccord.

— Rien, murmura-t-il, vous me devez rien du tout. C'est moi qui…

Voyer l'interrompit et secoua la tête.

— Vous avez risqué votre vie pour moi, ce soir, reprit-il d'une voix visiblement émue... et vous allez la risquer une autre fois dans trois jours...

Il hésita tout en se prenant nerveusement les mains.

— Je dois vous avouer quelque chose, finit-il par dire... Si les Anglais avaient fouillé l'auberge, ils auraient trouvé ce qu'ils venaient chercher...

Montferrand l'interrogea du regard.

— Y a cinq Français dans l'auberge, continua Voyer en baissant les yeux. Pour mal faire, c'est le nommé Ragueneau qui a craché sur la colonne à Nelson... Il est ici pour vendre des armes à des patriotes... Des anciens qui se sont battus avec le colonel de Salaberry à Châteauguay. C'est mon affaire, je le sais... Mais ça fait de moi un menteur... et vous... vous avez défendu un homme d'honneur au prix de votre vie... Je peux pas vous laisser faire ça ! Vous me comprenez ?

L'œil fatigué de Montferrand s'illumina d'un coup.

— Je devais bien ça à la mémoire de mon père, fit-il, l'air sibyllin.

— Je comprends pas...

— C'est dans le sang des Montferrand ! Mon père avait la tête, les bras, le cœur et l'âme d'un soldat. Y a laissé son honneur dans la boue des champs à Abraham, comme il disait...

Il y eut un silence. Voyer leva son gobelet, Montferrand imita son geste. Ils choquèrent leurs gobelets et les vidèrent d'un trait.

Du coup, Montferrand éprouva un vertige, prenant conscience que la vie n'était qu'un bien court passage. Durant ce bref espace, il revit son père, les yeux d'un bleu intense, la profonde cicatrice qui lui barrait la joue, la main droite toujours gantée de noir, conséquence d'une vilaine blessure, avait-il dit. Ce n'était pas l'homme bedonnant qui se déplaçait péniblement vers la fin de sa vie qu'il revoyait, mais le gaillard vif qui n'avait de cesse de vanter ses origines, son appartenance à une lignée de braves qui avaient fait souche dans cette cité d'Auvergne dont il avait reçu le nom. Tel un troubadour, il avait passé des soirées à conter tout ce qu'il savait de cette Montferrand médiévale : le château sur la butte, les sombres couvents, l'allure des maisons à pans de bois et à encorbellement, avec des façades taillées dans la fine lave de Volvie. « Jamais prise de force, pas plus que les Montferrand qui y sont nés », se plaisait-il à répéter en évoquant la réputation de place imprenable que la cité avait acquise au fil des siècles. Mais aussitôt, se prenant pour un foudre de guerre, il se lançait dans de violentes diatribes au sujet de cette bataille honteuse, dont il avait senti la cuisante humiliation le jour où ce général anglais, James Wolfe, avait fait monter ses troupes par un sentier menant à des pâturages. La France venait de perdre la guerre de Sept Ans et sa colonie d'Amérique du Nord. En quête de l'honneur perdu, il s'était improvisé maître d'escrime.

— Moi aussi, j'ai menti, laissa tomber Montferrand. J'ai menti toute ma vie, une manière de dire… Ça fait des années que c'est pogné là… et là !

Il se frappa la poitrine, puis désigna son front. Voyer avança les coudes sur la table. Son visage s'approcha de celui de Montferrand.

— Ça ne change rien à ma dette envers vous… ni à mon respect, fit-il d'un air décidé.

Montferrand soupira. Il regrettait presque son moment d'égarement. Le sang-froid dont il avait fait preuve face à l'officier anglais, et qui lui valait la reconnaissance d'Antoine Voyer, se muait en angoisse. Mais il était trop tard pour se taire.

— C'est au sujet de mon père, commença-t-il d'une voix rauque. Vous savez, rapport à ce qui s'était passé à l'auberge des *Trois-Rois*… On en a fait un héros… Y a été mon héros… Mais la vérité…

Il hésita, renâcla…

— La vérité, c'est qu'y a pas eu de duel ! C'était le soir du jour de l'An de l'année 1776. Mon père fêtait avec quelques bretteurs de sa salle d'escrime et, comme à son habitude, il avait bu plus que de raison… Comme moi à soir ! Y a eu une bagarre entre des marins et des soldats anglais, quelques mornifles et quelques taloches pour savoir qui rabattrait le caquet de l'autre… Mon père, sans même chanter le coq, a tiré son épée et a foncé dans le tas… Quatre Anglais ont été sortis les pieds devant, percés de bord en bord, deux autres ont été estropiés. Y a eu un procès et y a été condamné pour homicide. Mais deux jours avant qu'y monte sur l'échafaud, le supérieur des Sulpiciens a rencontré le gouverneur de Montréal… L'Anglais a fini par accepter de changer la corde contre le fouet. Le père supérieur a refusé parce que la flagellation devait se faire au monument Nelson. Histoire de ménager la fierté, il a proposé le supplice de la marque, à la condition que ça se passe dans le secret du cachot…

— La marque du bourreau ? s'exclama Antoine Voyer, incrédule.

— La marque du bourreau, renchérit Montferrand. Mon père a été marqué trois fois dans la paume de la main droite, avec un fer rouge… Les initiales du roi d'Angleterre ! Pis à chaque fois, y a été obligé de crier : « Vive le roi ! »

Brisé par l'émotion, Montferrand se tut. Comprenant son désarroi, Voyer baissa les yeux, s'abstenant de tout commentaire. Il le savait libéré d'un lourd fardeau, mais toujours en proie à cette lutte continuelle pour conserver intacte la mémoire de son père. Ce dernier avait-il cru agir au nom de l'honneur du soldat qu'il avait été, ou avait-il simplement été mû par sa nature vindicative ? Peu importaient aujourd'hui ses motifs d'antan, la sentence avait été terrible par ses conséquences. L'anathème jeté sur François Favre frappait inévitablement sa descendance.

Montferrand avait repris quelque peu son sang-froid.

— Les Sulpiciens avaient fixé la dette de mon père à mille huit cents livres, ajouta-t-il. Y tenait à son honneur, y a signé un billet. Eux, ils ont vu à faire disparaître toute trace du procès et à ce que François Favre soit considéré partout comme un gentilhomme et comme une personne recommandable… Ça en échange d'un lopin de terre, d'un carré de maison, de quelques meubles et… de deux vocations !

— Des vocations ? reprit Voyer en écho.

— Hélène, ma petite Hélène, précisa Montferrand, chez les Hospitalières… Et mon Joseph, au séminaire. Pour ce qui est de ma fille, je veux ben croire qu'elle est dans les bonnes dispositions… mais mon gars, lui, a rien d'un curé. Oh ! y a l'âme d'un bon chrétien, le cœur sur la main, mais ça s'arrête là ! Joseph a la tête tournée vers le grand large, le bras de fer… Y a pas le corps fait pour une soutane.

Montferrand se frotta les yeux comme pour chasser un cauchemar, puis il passa machinalement sa main sur son crâne dégarni. Il pensa soudain qu'un seul coup porté en plein cœur le libérerait définitivement de ses malheurs, peu lui importait que ce fût par un pistolet ou une épée.

En face de lui, Antoine Voyer le fixait, attentif et digne à la fois. La tête légèrement inclinée, il semblait lire dans ses pensées. La dure physionomie du géant lui renvoyait une image de force tranquille. Il se sentait troublé, mais il sut que cet homme ne lui ferait jamais défaut. Ils restèrent encore quelques instants à se contempler en silence, histoire peut-être de prolonger un moment de grâce. La grande horloge sonna la première heure de la nuit. L'Anglais avait exigé que les conditions du duel lui soient transmises à l'aube.

— Ma vue n'est plus assez bonne pour un pistolet, laissa tomber Montferrand avec indifférence. Même à vingt pas, je n'arriverais pas à voir sa face d'Anglais ! Ce sera donc l'épée, monsieur Voyer… L'épée de mon père !

Voyer ne répondit rien. Montferrand avait choisi de mourir en vengeant la mémoire de tous les siens ; restait à souhaiter que sa mort fut prompte.

— Faites-moi l'honneur d'être mon témoin, demanda-t-il à Voyer.

— L'honneur est le mien, monsieur Montferrand, murmura Voyer sans que l'expression de ses yeux ne changeât.

— Et… et si vous pouviez veiller sur mon Joseph, enchaîna Montferrand presque à regret.

— Je serai comme un père pour lui, le rassura Voyer.

Montferrand se sentait en paix. Cette fois, tout se passerait dans l'ordre, suivant toutes les règles. Le marché en valait la peine : sa vie contre l'honneur retrouvé des Montferrand.

À moins d'un kilomètre de distance l'une de l'autre, deux diligences se mirent en route avant l'aube. La première, étroite et longue, portait les armoiries britanniques sur les portières.

Les rideaux de cuir, sur les côtés et à l'arrière, avaient été abaissés. La seconde était plus spacieuse, de forme presque ovale, avec un marchepied. Là encore, les glaces de portières étaient fermées par des rideaux.

Quatre hommes avaient pris place dans cette seconde diligence. Le dernier à y monter, d'allure robuste, gardait son large chapeau rabattu sur les yeux. Son visage n'était qu'une ombre.

Sans un mot, il prit l'épée que tenait son vis-à-vis et l'examina d'un œil de connaisseur.

— Une épée d'officier français, murmura-t-il avec un accent propre à l'aristocratie française. Une garde large, en coquille Saint-Jacques, et une lame coulée en Allemagne… bien rivée d'ailleurs.

Il vérifia le pommeau, joua subtilement du pouce et de l'index, avisa le fer acéré et la pique de la lame.

— Monsieur, poursuivit-il en s'adressant au propriétaire de l'épée, j'ai vu des dizaines d'hommes, des *doctores armorum* anglais, il va sans dire, se faire embrocher par semblable épée… l'arme favorite de l'empereur Napoléon d'ailleurs ! Dites-vous bien, mon ami, que votre Anglais maniera la sienne selon un code appris, strict, qu'il a en aversion… Il est probablement un de ces huguenots butés et peu inventifs pour qui se fendre, battre l'air, s'épuiser en tierce et en quarte est absolument rebutant. Eût-il eu le choix des armes qu'il se fût planté en face de vous, raide comme un piquet, pour vous tirer dessus à vingt pas sans faire le moindre pli à son uniforme. Par conséquent, il optera pour la force brute, à la manière prussienne, sans la moindre élégance, cherchant à vous pourfendre dès la première attaque. Prenez-le d'astuce… comme le fit le seigneur de Jarnac face à son adversaire la Châtaigneraie, favori du roi Henri II…

Notant que les trois autres passagers ignoraient manifestement cet événement survenu voilà plus de deux siècles, il leur raconta brièvement le désormais célèbre « coup de Jarnac », dont on décriait aujourd'hui encore le sens odieux.

— Retenez simplement que monsieur de la Châtaigneraie fut expédié *ad patres*, ironisa-t-il avant d'ajouter : Messieurs, nos routes doivent malheureusement se séparer à l'instant même, quoique j'eusse souhaité vous assister. Mais comme l'honneur me dicterait de cracher au visage de ce butor *inglish* et qu'on m'a déjà condamné par contumace pour semblable effronterie...

Il éclata d'un rire sonore et rendit l'épée à son propriétaire. Hélant le cocher, il ordonna qu'il arrêtât la voiture. Il tendit la main à son vis-à-vis.

— On m'a tout raconté, monsieur Montferrand, ajouta-t-il d'un ton empreint d'une sincérité véritable. Moi et mes compagnons vous devons probablement la vie, mais certainement la liberté ! Je... je ne crois pas que j'eusse trouvé geste plus noble en France... Et je ne savais pas que pareil courage pouvait se manifester ici, parole de Sébastien Rollet, général et comte de Ragueneau ! Messieurs les Canadiens, je vous salue... Et que Dieu maudisse les Anglais !

L'instant d'après, il avait disparu.

La diligence s'ébranla lourdement, emprunta la grand-rue Saint-Laurent, puis tourna rue Saint-Paul. La basse-ville s'éveillait. Un forgeron activait ses feux, des charretiers attelaient leurs chevaux, des marchands de hardes, des cordonniers, quelques boutiquiers ouvraient leurs commerces. Droit devant, une légère brume voilait le fleuve. La voiture s'engagea en cahotant sur un chemin boueux bordé de marais. Les coassements des grenouilles rythmaient la cadence des quatre chevaux. Plus loin s'étendaient quelques champs que jouxtait un sombre espace couvert de noyers et de coudriers. Le martellement soudain des sabots, amplifié par l'écho, indiqua aux passagers que la diligence s'était engagée sur un pont de bois branlant, précairement appuyé sur des chevalets. À cet endroit, une petite rivière boueuse à peine plus large qu'un ruisseau séparait la ville d'une pointe de terre qui s'avançait dans le fleuve. Le cocher fit retentir trois coups brefs de cor auxquels des sonorités tout aussi graves répondirent aussitôt.

— La Pointe du Moulin à Vent, annonça le cocher en pinçant adroitement l'épaule des deux chevaux de tête de son fouet.

Les bêtes, dressées au point de répondre instantanément à l'appel de leur nom et au claquement du long fouet, se dirigèrent vers une masse sombre qui sembla émerger brusquement du brouillard. Elles s'immobilisèrent à quelques pas d'une haute tour entièrement de maçonnerie. Les grandes ailes déployées, immobiles, étaient recouvertes de toiles de lin. Afin de conjurer les mauvais sorts, les charpentiers du moulin avaient muni la façade d'une niche dans laquelle trônait une statuette de la Vierge Marie. La nuit, cette structure projetait des ombres spectrales, ce qui en avait fait dès sa construction un lieu qui inspirait la crainte. On eut tôt fait d'y fonder des légendes. Par journée de grand vent, lorsque les ailes faisaient aller le moulin trop fort, l'obsession des démons dégénérait. Plusieurs juraient alors qu'on y célébrait un sabbat sous la houlette du diable en personne. Pareille réputation rendait ce lieu propice à des rencontres insolites. Il ne fallait pas s'étonner si des duellistes, rivalisant de manie homicide, choisissaient le « gros moulin » pour y venir laver un outrage, réel ou inventé, dans le sang.

On chuchotait encore que c'était là qu'avait eu lieu ce fameux duel, pistolets à la main, entre deux officiers britanniques du temps du duc de Kent. L'état-major avait évidemment nié que pareil duel eût eu lieu ; surtout entre militaires anglais. Dix ans plus tard, à la taverne du *Fort Tuyau*, le meunier Deschamps avait rompu le silence. Il avait raconté que tout s'était passé par une journée glaciale de mars 1795. Ce jour-là, on avait défendu aux habitants de transporter leur grain au moulin, sous peine de confiscation. Lui-même avait dû tenir les portes fermées sous prétexte que des craquements inhabituels l'avaient forcé à mettre les meules au repos. En réalité, il avait tout vu du haut de la tour. Les duellistes, en chemise blanche, avaient fait feu à courte distance. On avait évacué par diligence le corps ensanglanté du plus jeune. Puis d'autres langues s'étaient déliées. La rumeur avait couru que ce duel avait opposé un certain Samuel Lester Holland, lieutenant du 60e Régiment, quatrième fils du célèbre arpenteur général du Canada Samuel Holland, au lieutenant Lewis Thomas Shoedde, du même régiment. Une affaire de mœurs, à ce qu'il avait semblé. Toujours selon la rumeur, le père avait expédié au fils les pistolets dont le général Wolfe lui avait fait présent le jour même de sa mort, à Québec. Il n'en avait guère fallu plus pour faire de l'endroit le rendez-vous clandestin des bretteurs de Montréal.

Le capitaine Chalmers avait retiré sa perruque et laissé se répandre des cheveux tirant sur le roux, légèrement bouclés. Dès qu'il aperçut la diligence s'immobiliser à quelques pas de la sienne, il déboutonna sa tunique rouge, que son assistant l'aida à retirer.

— Vous n'êtes pas bien pressés, messieurs, lança-t-il à l'endroit des trois hommes qui s'approchaient. Pas plus que les Français à Waterloo !

Un sourire ironique sur les lèvres, il claqua des talons et, d'un petit hochement de tête, esquissa un semblant de salut. Il enfila soigneusement un gant de cuir et se mit à jouer avec le pommeau de son sabre.

— Qui est-ce ? interrogea-t-il en désignant le troisième homme, porteur d'une mallette de cuir.

Ce dernier s'avança. Drapé d'une cape, il était coiffé d'un chapeau à bord d'où s'échappaient des mèches de cheveux gris.

— Je suis le docteur Charles-Henri Voisine, répondit-il d'un ton poli mais ferme. Mes soins pourraient s'avérer utiles, ne croyez-vous pas, capitaine ?

Chalmers le détailla de la tête aux pieds comme s'il passait un détachement en revue.

— Docteur ? railla-t-il. Peut-être plus un... comment vous dites ici... un rebouteux... c'est bien ça ?

— J'ai été chirurgien-major avec les Voltigeurs canadiens à la bataille de Châteauguay, répliqua Voisine avec calme. Si cela peut vous rassurer, j'ai recousu plus de ventres ouverts que vous n'avez commandé de soldats et extrait plus de balles que vous ne parviendrez jamais à en tirer durant votre carrière. Pis j'imagine que j'suis pas ici pour donner des lavements !

Sans attendre de réponse, il ouvrit sa mallette, déplia une serviette à même le sol et y disposa méthodiquement quelques objets : un étui renfermant une dizaine d'aiguilles à sutures, deux bobines de fil à coudre, une petite bassine de fer-blanc dans laquelle il versa de l'eau distillée, deux bistouris, l'un courbe et l'autre droit, une seringue à injections, un paquet de linges-tampons, une demi-douzaine de flacons contenant des onguents, des poudres antiseptiques et des sels.

Satisfait, il se versa un doigt d'eau-de-vie dans un minuscule gobelet et se l'envoya cul sec.

— Je suis prêt, messieurs, annonça-t-il sans plus de cérémonie.

Pendant deux jours, Joseph-François Montferrand n'avait pas dormi. Il avait bu et fumé une pipe après l'autre, tout en regardant obstinément par une des fenêtres. Marie-Louise avait été incapable de lui arracher une seule parole.

La veille du duel, il s'était endormi comme un enfant. Un sommeil de plomb; le néant. Jamais il n'avait connu de nuit aussi paisible, sauf à l'époque lointaine où il courait encore les bois. Il s'était réveillé en entendant les premiers bruits de la ville. Assis sur son séant, il avait été surpris de n'éprouver aucun malaise. Il s'était imaginé guéri dans l'instant et avait souri devant l'ironie de la situation. Il s'était vêtu en silence, était monté aux combles y quérir l'épée de son père. Redescendu, il n'avait pas quitté des yeux l'endroit où sommeillait encore Marie-Louise. Peut-être avait-il résisté à l'envie de la prendre dans ses bras et de tout lui avouer en raison d'un pressentiment. Quoi qu'il en soit, ç'avait été au-dessus de ses forces. En guise d'adieu, il s'était contenté de la contempler amoureusement, pendant un court instant, tel un ultime hommage…

Montferrand fut tiré de ses pensées par l'appel de celui qui officiait le duel.

— Prêts, messieurs ?

Il regarda le ciel. L'obscurité cédait aux premières lueurs matinales. Il pensa que c'était une belle journée pour mourir; là, avant que le soleil ait passé la barre de l'horizon. Il huma l'air humide et constata qu'une forte odeur d'algues et de poissons fleurait tout autour. Puis il tendit la main à Antoine Voyer. Ce dernier la prit dans la sienne, la serra avec effusion. Il eut grand mal à cacher son émotion.

— Vous direz à ma famille que Joseph-François Montferrand est resté debout jusqu'à la fin, comme il se doit… Et dites à mon Joseph que la force du bras sera toujours préférable à celle de l'épée !

Il se signa pieusement, imité par son compagnon.

— Vous êtes l'honneur de notre race, Joseph-François Montferrand, murmura Voyer, et… et…

Il n'acheva pas sa phrase.

Un sabre contre une épée. Une arme conçue pour trancher contre une lame plus fragile destinée aux coups de pointe. La force brutale d'un militaire haineux opposée à un homme d'honneur, mais usé par les à-coups de la vie.

Chalmers, le corps bien droit formant bloc avec les hanches, tenait son sabre pointé vers le cœur de son adversaire. Sa ligne de garde semblait impénétrable.

Les lames vinrent en contact, fer sur fer. L'Anglais, sûr de lui, fit glisser la sienne le long de celle de Montferrand. Passant aisément par-dessus la garde de ce dernier, il trancha vif, atteignant l'autre à l'épaule. Le premier sang était tiré. L'officier fit pression jusqu'à faire trébucher Montferrand. Au coup d'œil, il décela le désarroi dans le regard de ce dernier.

— Monsieur, le nargua-t-il, je suis censé me battre contre un homme… et je ne l'ai toujours pas trouvé. Allez-vous me décevoir jusqu'à la fin ?

Montferrand sentit une immense fatigue l'envahir. Il perdait beaucoup de sang. Il comprit que, pour se relever, il lui fallait déployer une force qu'il n'avait plus. Le moment de vérité était donc arrivé. Il n'aspirait plus qu'à la grande paix ; finir dans une fosse profonde qui le scellerait dans l'oubli. Il souhaita que l'Anglais portât le coup de grâce qui le délivrerait de toutes les violences de la vie.

Mais si la flamme vacillait, elle n'était pas encore éteinte. L'autre part de lui n'acceptait pas l'outrage d'être achevé comme une bête à l'abattoir. À quatre pas devant lui, l'Anglais se déplaçait à pas mesurés, en demi-cercle, le sabre porté haut en prévision d'une détente soudaine. Montferrand le défia du regard et assura fermement la prise de son épée.

— Te prendrais-tu pour un homme, par un hasard du bon Dieu ? lança-t-il. Sans ton costume de carnaval, t'es ben juste un cochon d'Anglais !

La haine fit bondir Chalmers, qui porta une charge directe, visant la tête de Montferrand. Ce dernier sentit la violente morsure de l'acier sur son crâne. D'instinct, il étendit son bras armé ; un coup de pointe sec et franc. Puis il tomba à la renverse, les bras en croix.

Joseph-François Montferrand n'éprouvait aucun mal. Il sentait cependant que la vie l'abandonnait. Il voulut parler, mais n'arrivait plus à émettre le moindre son.

Une brise fraîche caressait son visage couvert de sang. Elle dissipait la brume matinale. Puis Montferrand vit une lueur. Il l'imagina de plus en plus vive et crut que le soleil brillait maintenant de tous ses feux. Il eut conscience qu'une volée d'oiseaux s'égaillaient en piaillant.

— Surtout, ne bougez pas, fit une voix assourdie.

Le docteur Voisine se penchait sur le blessé, tâtait son pouls, lui épongeait le visage. Il retira une première compresse imbibée de sang et en appliqua une seconde.

— Y va s'en tirer ? demanda le grand Voyer.

— Croyez-vous au miracle ?

Joseph-François vit une imposante silhouette au-dessus de lui, mais il ne parvenait plus à distinguer les traits du visage. Puis il ne vit plus qu'une ombre. Le soleil lui-même disparut enfin.

Antoine Voyer et le docteur Voisine échangèrent un long regard.

Marie-Louise ne voulut rien entendre. Elle se sentait comme la dernière des misérables, prête à n'importe quoi, à souffrir tous les maux. Mais pas à écouter cet homme qui lui disait qu'il ne voulait pas lui faire de peine. Il répétait la même phrase, lui disait qu'il serait là à tout moment pour veiller sur elle et sur les enfants. Mais elle ne l'écoutait pas. Elle avait le sentiment que chaque mot dans la bouche de cet homme était une pierre qui la lapidait. Des larmes gonflaient ses yeux, mais les pleurs ne crevaient pas sa douleur.

— Je veux voir son corps, ne cessait-elle de répéter.

— Y a pas de corps, madame Montferrand, insistait doucement Antoine Voyer. Votre mari avait plus ses forces d'autrefois... Le courant du fleuve est traître...

Elle était donc condamnée à entretenir un éternel doute au sujet d'une mort qui resterait entourée de mystère, pensa-t-elle. Mais aussi à la perpétuelle douleur qu'entretiendraient la culpabilité et la honte.

— C'est de ma faute, murmura-t-elle. Je le sentais pris par la tristesse... « Un Montferrand, ça meurt debout », qu'y disait... Y endurait plus de se savoir poitrinaire. J'aurais donc dû... Ah ! Mon Dieu, j'aurais dû...

Voyer la regarda sans répondre, presque gêné. Il se demandait s'il parviendrait longtemps à cacher la vérité. Mais il avait donné sa parole. Et jusqu'à ce jour, il n'était jamais revenu sur ce qu'il tenait pour un acte sacré.

· III ·

Pour les hauts gradés de l'armée britannique, ce duel n'avait jamais eu lieu. L'affaire tenait en peu de mots : une vaine conjuration parmi d'autres, fomentée par un groupuscule de Canadiens récalcitrants et vindicatifs, toujours mus par la même cause. En fait, ça n'avait été que pure fabulation. Après une enquête de routine, la police, en d'autres mots un constable du poste situé à l'encoignure des rues Saint-Laurent et Saint-Paul, avait conclu à la supercherie. Quelques mauvaises langues avaient suggéré qu'il avait été payé l'équivalent d'un mois de salaire d'un débardeur pour fournir cette conclusion. Quant au capitaine Chalmers, le commandant du 60e Régiment avait annoncé sa mutation au sein du corps expéditionnaire britannique en partance pour les Indes occidentales. Il y en eut pour dire que Joseph-François Montferrand avait connu une mort violente et qu'il avait été enseveli là même où il avait expiré, c'est-à-dire dans une fosse anonyme près du « gros moulin ». Certains ajoutèrent même qu'on avait passé outre le rite catholique habituel et qu'on avait jeté la terre sur le corps enveloppé d'une vieille couverture. Selon ces dires, l'esprit errant du malheureux duelliste allait dorénavant hanter la Pointe du Moulin à Vent.

Pendant quelques jours encore, la rumeur d'un duel épique courut à Montréal. Elle atteignit même Québec. Des conteurs en firent un récit passionné, digressant vers des descriptions interminables du combat sanglant que s'étaient livré deux escrimeurs du plus haut niveau. À voix basse, les détails furent colportés jusqu'aux oreilles des membres du haut clergé. « Et la loi ? » demanda-t-on dans les officines du palais épiscopal. On pendait celui qui avait volé du bétail ou qui avait commis un vol domestique, on flagellait publiquement celui qui s'était rendu coupable d'un petit larcin, le bourreau marquait au fer rouge ceux qui avaient porté haut une arme – pistolet ou épée – autrement que pour défendre la colonie, et voilà qu'on faisait un héros d'un vulgaire duelliste. Le nom de Montferrand, tant de fois prononcé, finit par causer un malaise et provoqua des commentaires scandalisés, mais cela sans que jamais l'on s'informât de son véritable sort.

La langue de bois imposée, on tenta de gommer de la mémoire populaire cet incident, que l'on décria comme l'exacerbation d'une imagination follement enflammée. Mais les habitants continuèrent à en faire le récit enjolivé, si bien qu'on lui attribua un rang de choix parmi le lot des narrations fantastiques devenues légendaires parmi le peuple.

Les bourgeons avaient éclaté en l'espace d'une nuit. Les verts des arbres tournèrent au vif. Les marguerites blanchirent les champs. Des colonies d'oiseaux rompirent le silence des derniers mois et réveillèrent la ville une bonne heure avant l'aurore.

Contrairement à 1816, où il avait neigé une nuit entière en juin, la semaine précédant la Fête-Dieu de 1817 fut marquée par la canicule. À la brunante, le tout-Montréal fut témoin d'un ballet inhabituel d'oiseaux criards. Lui succéda, l'obscurité venue, une volée inquiétante de chauves-souris, suivie d'une danse effrénée de milliers de lucioles. Les plus vieux y virent autant de présages, les uns prédisant une saison de grandes récoltes, d'autres, une épidémie prochaine de sauterelles, de chenilles et de quantité d'insectes piqueurs. Quelques illuminés fanatiques des textes bibliques prophétisèrent une prochaine manifestation divine de l'ampleur des plaies d'Égypte. On s'en amusa dans *La Gazette de Montréal* et le *Quebec Mercury*, alors que les journaux francophones de fondation récente comme *Le Canadien*, *Le Spectateur canadien* et *L'Aurore* se contentèrent de mentionner que ce fut en 1816 que le Bas-Canada avait subi sa pire récolte depuis le début du siècle.

En ville, l'eau commençait à se faire rare, l'absence prolongée de pluie ayant réduit considérablement le niveau des puits citadins. Les charrieux d'eau étaient épuisés ; du matin au soir, ils allaient quérir l'eau directement au fleuve pour ensuite la distribuer de porte à porte. Ils y remplissaient tant bien que mal cuves, baquets et barils, soit l'équivalent d'une provision journalière en eau potable, à laquelle s'ajoutaient quelques mesures pour la cuisson et la lessive.

Malgré l'approche de la Fête-Dieu, de nombreuses familles riches trouvèrent des prétextes pour quitter Montréal en direction de quelque bord de mer. Là-bas, vers la côte du sud ou le bas du fleuve, chacun allait jouir des vents du large qui charriaient un air salubre. On y multipliait les fêtes champêtres, les promenades riveraines et les excursions dans les îles du Saint-Laurent.

Mais la plupart des habitants de Montréal subissaient impuissants les tourments de la chaleur. On interrompit les travaux habituels tels le curage des fossés, pourtant comblés de détritus printaniers, et le chaulage des maisons, entrepris histoire de faire bonne impression à l'occasion de la grande procession de la Fête-Dieu. En réalité, le soleil plombait à tel point que le lait de chaux, en dépit de l'ajout d'un mélange d'eau bouillante et de sel, s'asséchait si rapidement qu'il craquelait et s'écaillait aussitôt.

Dans les grandes écuries, on eut beau curer les abreuvoirs, nettoyer les râteliers et les stalles des chevaux, il devenait impossible de laver et de brosser à grande eau, si bien que la vermine vint à pulluler, faisant craindre une épidémie.

Les gens parlaient peu, riaient encore moins. Le manger figeait dans les plats. Les ouvriers délaissaient les platées de lard salé, de crème sure, de lait caillé, de boudin, de ragoût ; boudaient les desserts. Ils cherchaient l'ombre, somnolaient, ou alors fumaient sans cesse, comme pour contrer les miasmes des ordures qui fleuraient tel un poison insidieux.

On vit arriver à Montréal des quêteux venus d'ailleurs. Et parmi ceux-là, un certain Pointu. Il était décharné, vêtu de haillons, appuyé sur des bâtons noueux, et brandissait sa besace vide. C'était un mauvais présage de plus. Il rôdait comme un chien errant, loin de sa paroisse, il intimidait les gens, prédisait des malheurs, maudissait le temps, jetait des sorts. Pour peu qu'on lui prêtât une oreille superstitieuse, il se mettait à raconter des histoires invraisemblables, allant de l'ensorcellement de troupeaux entiers jusqu'à des invasions de rats, de couleuvres et de crapauds.

Puis vint la mort. On la disait munie de sa faux et déambulant de nuit à bord d'une charrette chargée de cercueils, enveloppée de vapeurs nauséabondes. Chaque matin, au terme de sa tournée spectrale, on comptait toujours plus de morts : des ouvriers, des vieillards, mais surtout des enfants. Ils succombaient à la virulence de la dysenterie et de la diarrhée verte. Il y en avait suffisamment pour que le glas sonnât même aux heures de l'angélus. Il y en eut pour dire que la mort pactisait avec Pointu le quêteux.

Depuis le début de la canicule, ceux qui pratiquaient des métiers ambulants avaient disparu, sauf celui que tout le monde appelait tout bonnement le Boiteux, de son véritable nom Baptiste Saint-Pierre. Il avait une jambe plus courte que l'autre, un corps chétif, des yeux et des oreilles immenses. Peut-être étaient-ce ces attributs démesurés, couplés à son métier d'homme à tout faire, qui faisaient de lui celui qui savait tout. Rien ne lui échappait, ni les nouveaux arrivants au port comme au poste de diligence, ni les moindres potins de taverne.

Baptiste Saint-Pierre était ce vieil homme qui faisait du neuf avec du vieux. Il était connu dans le faubourg Saint-Laurent comme Barabbas dans la Passion, et chacun attendait sa venue avec impatience. Une fois l'an, il se déplaçait rue par rue dans une voiture d'une autre époque chargée d'un bric-à-brac et tirée par une rosse tellement vieille qu'on la croyait revêtue d'une peau d'âne à demi pelée.

Arrivé à la hauteur de la maison Montferrand, le curieux personnage hésita longuement avant de signaler sa présence en agitant sa cloche. Puis il la fit tinter brièvement tout en lançant quelques regards méfiants en direction des demeures voisines.

Marie-Louise Couvret transpirait abondamment. Elle avait relevé ses cheveux en chignon afin de dégager sa nuque. Ses yeux rougis, profondément cernés, témoignaient d'une grande fatigue.

Baptiste Saint-Pierre devina qu'elle avait passé une partie de la nuit à nettoyer les parquets; elle n'avait pas encore rangé le chaudron de fonte à demi rempli d'une eau brouillée, ainsi que la brosse de crins de cheval dont elle se servait pour cette corvée. D'ailleurs, une forte odeur de lessive de cendre de bois franc envahissait les lieux.

— Je m'attendais pas à votre visite par ces temps de chaleur, fit Marie-Louise en essuyant ses mains calleuses sur son tablier.

Baptiste Saint-Pierre esquissa un semblant de sourire, qui ressembla davantage à une grimace lorsqu'il découvrit ses dents gâtées.

— Beau dommage, madame Montferrand, gloussa-t-il. Y en a pas des masses qui s'envoient les garcettes en l'air quand ils peuvent pas se rincer le gorgoton... mais c'est mon cas. Y a pas plus franc du collier que Baptiste le Boiteux, j'vous l'dis!

— Vous seriez pas un peu faraud, monsieur Baptiste?

— Pas pour deux cennes, madame, s'empressa-t-il de répondre. Pas pour deux cennes! Aussi vrai que l'année du siège!

Un long silence suivit ce court dialogue. Malgré la sympathie que Marie-Louise feignit d'éprouver en échangeant ces quelques mots avec le vieux Baptiste, il devint vite apparent qu'elle avait l'esprit ailleurs et qu'elle préférait rester sur une prudente réserve.

Durant les deux heures suivantes, l'homme à tout faire se contenta de monologuer, passant du coq à l'âne, tout en déployant avec une surprenante ingéniosité ses talents de fondeur de cuillères, de crampeur de poêles, de raccommodeur de faïence. Il s'attaqua en premier lieu à deux plaques de poêle brisées en utilisant une simple tige de fer courbée après avoir habilement joué du vilebrequin. Il répara ensuite plusieurs pièces de vaisselle cassées avec du mastic et quelques coulées d'étain. Puis il entreprit de remettre en état une douzaine de cuillères abîmées à l'aide de moules dont les matrices imprimaient en relief des motifs allant des fleurons aux arabesques.

— Pour le même prix, je pourrais aussi aiguiser vos couteaux, finit-il par dire, peut-être même raccommoder vos parapluies… rapport que les grosses pluies vont finir par tomber… Puis, hésitant: Mais comme j'ai la langue pareille à du bardeau…

Sans dire un mot, Marie-Louise puisa dans une petite cuve de bois et lui tendit un gobelet rempli d'eau. Baptiste but d'un trait, avec avidité, puis déposa bruyamment le gobelet à la manière d'un habitué de taverne. Marie-Louise le plongea une nouvelle fois dans le récipient. L'homme ne la quitta pas des yeux. La lumière du jour, diffractée par les vitres, baignait pleinement le visage de la femme. Baptiste remarqua qu'il était blanc comme de la fleur. Un visage qui avait beaucoup vieilli depuis la dernière fois qu'il l'avait vu, un an auparavant. De profondes rides se marquaient aux yeux et autour de la bouche, traces indéniables d'épreuves répétées. Jadis plein et souriant, ce visage était maintenant creusé, empreint d'une gravité qui le vieillissait d'une bonne dizaine d'années.

Voyant qu'il la dévisageait, Marie-Louise déposa le gobelet rempli sur le comptoir et s'empressa de sortir quelques couteaux d'un tiroir.

— Y en a douze, annonça-t-elle sèchement tout en gardant les yeux baissés. Je vous remercie bien de votre offre, mais je me sens plus à l'aise de payer…

Elle allait s'éloigner, mais se ravisa aussitôt. Elle s'approcha de Baptiste et le regarda directement dans les yeux. Il crut y voir la trace d'une larme.

— Je vous demande de m'excuser pour l'accueil, monsieur Baptiste, fit-elle d'une voix adoucie, mais depuis quelque temps je me lève du mauvais bout… Je comprends bien que c'est pas aux autres à manger mon pain noir.

Sur ces mots, un long soupir s'échappa de la poitrine de la femme. Mal à l'aise, Baptiste se mit à examiner machinalement les couteaux, tournant et retournant chacun à plusieurs reprises, tout en passant autant de fois le pouce sur le tranchant de chaque lame.

Une fois de plus, Baptiste se mit à marmonner pendant qu'il affûtait à l'aide d'une petite meule les lames, dont plusieurs étaient ébréchées. Le travail fait, il inspecta chaque couteau en le levant à la hauteur des yeux. Finalement, il marqua sa satisfaction d'un hochement de tête. Il essuya ses mains rougies sur son tablier de cuir. Il émit un soudain grognement accompagné d'une vilaine grimace en constatant qu'il venait de briser deux ongles de sa main droite.

— Maudit diable, ragea-t-il, v'la que mes ongles sont rendus cassants comme du verre !

— Si c'est là votre plus gros malheur, fit Marie-Louise, dites plutôt que l'bon Dieu est de vot' bord...

— Sauf votre respect, madame, avec quoi j'va me gratter astheure ? répliqua-t-il le plus sérieusement du monde.

Voyant que le vieux Baptiste ne plaisantait pas, Marie-Louise lui demanda son prix pour les travaux.

— Ce sera selon votre bon vouloir, répondit-il presque timidement.

Elle insista en ajoutant que cette façon de faire la mettait mal à l'aise.

— Monsieur Montferrand a toujours été correct avec moi, fit-il en se grattant furieusement le cou. Ce serait bien le restant des écus si vous viriez le vent !

— C'est tout à votre honneur, dit Marie-Louise en déposant une dizaine de pièces devant lui.

Baptiste s'empressa de prendre l'argent et, sans même compter, le fit disparaître dans une poche de son tablier. Il fit une courbette, la remercia gauchement et, clopin-clopant, se dirigea vers la sortie.

— Vous avez peut-être rencontré un certain Pointu ? lui demanda brusquement Marie-Louise.

L'homme à tout faire prit un air confus et se remit à se gratter machinalement.

— Pointu le quêteux ?

— C'est ça, répéta Marie-Louise, le quêteux...

Baptiste marqua un temps, le regard fixé sur le parquet luisant. L'évocation de ce nom lui inspirait crainte et dégoût à la fois. Il était de coutume, pour les quêteux, surtout s'ils n'habitaient pas les environs, de dire de quel rang de village ils étaient issus et de décrire leur itinéraire. Mais nul ne connaissait la provenance du nommé Pointu. Les enfants s'enfuyaient à sa seule vue et les chiens se terraient à son approche. On chuchotait que son sac était plein d'argent du diable. Quelques-uns disaient même qu'il avait été enfanté par une sorcière sauvagesse, raison pour laquelle il possédait le secret des plantes sauvages et le don de jeter des mauvais sorts.

— Un mauvais quêteux, grommela finalement Baptiste. Faut pas l'écouter... Faut pas lui ouvrir la porte, même s'il prétend faire tous vos travaux de maison pour gagner son dû... Rapport que le Pointu peut aussi ben vous ensorceler !

Marie-Louise s'interposa entre Baptiste et la porte.

— Dites-moi juste si vous l'avez rencontré, ces derniers temps...

Les yeux dans le vague, Baptiste hocha la tête en guise de réponse. Du coup, le regard bleu de Marie-Louise, jusque-là tendre et triste, s'assombrit en même temps que la lumière oblique du soleil qui inondait la pièce fit ressortir la dureté de ses traits.

— Envoyez, le Boiteux, s'impatienta-t-elle, attendez pas une lune pour me répondre...

— C'est pas dans mon habitude d'avoir la langue fourchue, se défendit Baptiste. Je préfère attendre l'adon...

Marie-Louise se planta devant lui, les poings sur les hanches. Elle le dépassait de presque une tête. Elle était si près du petit homme qu'elle respirait à plein nez les odeurs que répandaient les hardes crasseuses de Baptiste. Elle ne s'en préoccupa guère.

— L'adon, c'est tout de suite, répliqua Marie-Louise en le dévisageant et en marquant une certaine exaspération.

— C'est rien que des racontars, comme avec tous les mauvais quêteux, vous savez ben. Le Pointu est connu comme le loup blanc, ça fait qu'y débite son barda comme d'autres récitent leur chapelet...

Marie-Louise ouvrit sa main droite, fit miroiter quatre pièces de monnaie et les fit tinter pendant quelques instants.

— Quel barda ?

— C'est ben de l'embarras, murmura-t-il en fixant les pièces tout en affectant un air affligé.

Sans le quitter du regard, Marie-Louise lui prit une de ses mains crasseuses et y fourra les pièces de monnaie. D'un geste, il les escamota aussi prestement que les précédentes. Il pensa qu'après tout il ne ferait que répéter une histoire répandue par un autre. Peut-être ne s'agissait-il que pure invention d'un semeur de guigne que personne n'inviterait même à partager le tapis du chien près du poêle.

— Si c'était un effet de votre bonté, fit-il d'une voix hésitante, il faudrait que j'me rince le bec encore un peu...

Marie-Louise réprima une soudaine envie de saisir le gringalet par le collet et de le faire valser contre un mur, se rendant compte que ce serait stupide et surtout inutile. D'un geste, elle lui indiqua le baquet d'eau. Il ne se fit pas prier et cette fois, il but tout son soûl. Il buvait encore lorsque le carillon de l'horloge sonna les douze coups de l'angélus.

— L'ange du Seigneur annonça à Marie et elle conçut du Saint-Esprit, récita aussitôt Marie-Louise en se signant et en s'agenouillant. Je vous salue Marie...

Le regard sévère qu'elle lança à Baptiste l'incita à la même dévotion. Il esquissa un signe de croix et entreprit d'émettre des sons incompréhensibles se voulant un Ave Maria. Cela en disait long sur l'essentiel de sa croyance.

Sa prière terminée, Marie-Louise n'eut pas à insister davantage. Baptiste sortit de son mutisme. Avec l'habileté d'un conteur, il fit le récit, par le long et le large, de ce que le Pointu avait répandu à la taverne du *Fort Tuyau*, et une autre fois à celle du *Coin Flambant*. La mémoire du Boiteux s'avéra surprenante, tant il rendit compte des détails et du ton de mépris qu'avait affecté le redoutable quêteux. Jamais Marie-Louise n'eût imaginé pareil choc. Non seulement la rumeur qui avait franchi le seuil de sa porte se révélait fondée, mais au fil des propos que débitait le vieux Baptiste, elle devint un cauchemar. Reparaissait ce qu'elle avait cru enfoui à jamais dans le secret absolu de la confession. Un à un, les mots la glaçaient comme autant d'échos d'une chose coupable, inavouable. Des mots qui échappaient presque à son entendement. Seul l'émoi nouant sa gorge l'empêcha de pousser un cri indigné pendant que Baptiste le Boiteux débitait son récit en insistant gravement sur les mots les plus troublants.

— « Sapré maudit, qu'y disait le Pointu, c'est drette ça qui est arrivé... Vous avez qu'à demander à tout ce qui porte une soutane de sulpicien... Y est né un soir de pleine lune pendant les grands vents d'automne... Y est né dans les grandes douleurs de sa mère comme s'il l'avait brûlée avec un fer rouge... Mais la mère savait qu'elle s'était attiré le danger... Un danger pire que d'aller à la chasse un vendredi saint ! Elle savait que, si l'enfant mourait, il serait condamné aux limbes, pis qu'on l'aurait même pas enterré dans un cimetière, rapport que le premier-né des Montferrand était l'enfant du péché... aussi ben dire l'enfant de Satan ! »

Marie-Louise se souvint brutalement. La séduction qu'elle avait ressentie sous le charme du regard de cet homme au port noble, de sa parlure, de ses gestes amples, de son odeur semblable à celle du blé mûr. Il avait surgi dans sa vie de jeune fille vertueuse comme par enchantement, par un soir d'hiver, porté par un impétueux vent du nord. On eût dit qu'il avait charrié avec lui les traces de tous les chemins qu'il avait parcourus ; un survenant en quête de répit. Telle une bourrasque, il avait soufflé au loin l'ennui des jours d'hiver. Le désir l'avait emporté sur toutes les convenances, avait balayé les interdits. Et lorsque les pluies d'avril avaient purgé les restes de l'hiver de 1802, elle avait deviné qu'elle était enceinte du futur Joseph Montferrand. Elle était mineure, mais surtout elle était en état de péché mortel. Seul un miracle pouvait alors la sauver de l'anathème, sans quoi un curé appellerait sur eux, mais particulièrement sur elle, la colère divine. Son malheur personnel allait devenir la honte de tous, et la malédiction poursuivrait l'autre génération.

— « Sapré maudit, qu'y disait encore le Pointu, y a ben juste le diable pour continuer l'ouvrage qu'y avait commencé avec l'autre Montferrand, celui qui s'appelait François Favre dit Montferrand le bretteur ! Paraîtrait qu'y avait jamais fait venir un prêtre pour bénir la marque du bourreau qu'y cachait dans sa main, mais qu'y a même pas vu l'ombre de la potence ! Autant dire un marché conclu avec le malin... Et v'là qu'arrive à la fine épouvante le Joseph-François... un tison du diable capable de tromper un ange du paradis avec des chimères et de parader comme un croquignole pour déviarger la fille de feu Jean-Baptiste... Je vous l'dis, aussi vrai que les saints du ciel, y a du sorcier là-dedans... À moins qu'un Montferrand se soit mis à chatouiller la queue du diable avec l'argent de la messe ! »

Le cercle se refermait. Marie-Louise était consternée, abattue. Elle se revoyait, des années plus tôt, tremblante, incapable ne serait-ce que de murmurer l'innommable dans le sombre isoloir. Le prêtre n'était qu'une ombre, une voix : « Je vous écoute, ma fille... » Le souffle exhalait une forte odeur de tabac. Des larmes avaient jailli. Les mots s'étaient étranglés dans sa gorge. Que des balbutiements. Elle avait deviné un regard accusateur, des yeux qui la fixaient sans ciller, de l'autre côté de l'ouverture à claire-voie. « Parlez ma fille, insista la voix, Dieu vous écoute... » Elle s'était senti faiblir. Elle avait confessé son péché et tous les autres péchés. Et elle s'était douté que deux générations vivraient dans l'opprobre et seraient probablement ruinées.

Quinze ans plus tard, par la bouche d'un mauvais quêteux, le secret avait été révélé. Non pas à mots couverts dans quelque salon bourgeois, mais haut et fort dans des coins malfamés de Montréal. Marie-Louise comprit pourquoi on n'avait fait obstacle ni au mariage ni à la naissance chrétienne de l'enfant. Le 7 juin 1802, après la publication d'un ban de mariage sans empêchement ni opposition, et après avoir obtenu la dispense de deux autres bans, elle fut mariée, mineure, à son amant Joseph-François en présence de François Favre dit Montferrand, que l'on avait dit consentant, tout autant que sa propre mère, Marguerite Masson. Près de cinq mois plus tard, le 26 octobre, le père Sauvage avait baptisé l'enfant du nom de Joseph et consigna au registre des naissances qu'il était né d'un mariage légitime. Ainsi l'ouverture de cette boîte de Pandore révélait-elle à Marie-Louise l'origine de la dette familiale envers les Sulpiciens.

La voix de crécelle du Boiteux résonnait toujours. Le vieux Baptiste débitait son propos, reproduisant machinalement les gestes et mimiques du quêteux.

— « Sapré maudit, qu'y racontait le Pointu, le diable, c'est comme un sorcier ; y peut prendre ben des formes... même celle d'un bretteur ! C'est comme ça que ça s'est passé pour le Joseph-François... châtié par l'épée d'un Anglais, rien de moins ! Enterré debout, pis condamné à hanter la Pointe du Moulin à Vent pour deux générations, avant d'être emmené aux Enfers... C'est pas moé qui l'dis, mais un voyageur de grands chemins de ma connaissance... Sapré maudit, y l'a vu et entendu ! »

Baptiste se tut. Il essuya la sueur qui dégoulinait de son front, baignait son visage et son cou. Son regard était vide et il affectait un air stupide. Il s'écarta de Marie-Louise et clopina vers la porte. Puis, d'un geste, il sortit les quatre pièces de monnaie de la poche de son tablier et les jeta sur le parquet. Marie-Louise fut stupéfaite.

— J'ai trop de respect pour monsieur Montferrand, lança-t-il. C'était un grand homme, madame, pis moé, je serai pas un Judas ! Faut avoir du casque pour rabattre le caquet à un Anglais comme il l'a fait... Surtout un pète-en-l'air qui a la chicane dans les sangs ! Avec tout mon respect, madame, vaut mieux finir son temps d'homme la parole en bouche que rester pris le mors aux dents ! Pis que l'bon Dieu maudisse ce quêteux de Pointu !

L'instant d'après, Marie-Louise se retrouva seule. Elle fixa longuement les pièces de monnaie répandues, qui renvoyaient chacune des éclats insolites. Perdue, elle se demandait si elle n'avait pas été victime d'un foudroyant coup de chaleur. Mais alors, ce récit ? Le simple fruit de son imagination ? Des mots privés de sens ? Et son désarroi ? Elle voulut crier, mais sa gorge refusa d'émettre le moindre son. Elle n'arriva pas davantage à pleurer. Peut-être n'avait-elle plus de larmes. Une douleur immense s'empara d'elle, parcourant son corps de la tête aux pieds. Debout dans l'embrasure d'une fenêtre, elle pensa à ses enfants, à Joseph surtout, qu'elle n'avait pas revu depuis son départ pour le séminaire, du moins le croyait-elle. Les détails devinrent flous. Puis les murs et les meubles se mirent à tourner follement autour d'elle. Elle ferma les yeux. Lorsqu'elle les rouvrit, elle vit le plafond au-dessus d'elle. La pièce baignait dans la pénombre. Sous l'effet de la chaleur moite, il lui semblait qu'elle collait au sol. Elle entendit un léger bruit, comme un grattement continu contre les vitres des fenêtres. Il y eut un éblouissement soudain, une lumière blanche suivie d'un roulement sourd qui se répercuta à l'infini. Une odeur de soufre. Un vent violent se leva, précipita la pluie qui tombait maintenant en trombes, ramena la tiédeur de l'air. Après tout, se dit Marie-Louise, c'était peut-être le miracle de la Fête-Dieu.

L'atelier du maître tonnelier Abraham Bourdon était une grande pièce basse encombrée de chevalets, de scies, de planes courbes, de tilles de rognage et de rabattage, ainsi que de quantité de gouges, de vilebrequins et de rabots. S'entassaient dans les quatre coins des cuves, des seaux et des boisseaux, des rameaux d'osier et quelques piles d'éclats de pin, de cèdre, d'orme, de mélèze et d'épinette parmi des tas de feuilles de jonc et de bouquets de quenouilles fraîchement tirés des marécages voisins.

Cet atelier occupait en grande partie le rez-de-chaussée d'une maison aux murs de pierre renforcés par d'épais colombages. Ni salon ni salle à manger, mais une vaste cuisine avec une table de bonne taille et des bancs en pin pouvant recevoir une douzaine de personnes à la fois. Ce second corps de logis abritait également une chambre dont le lit-carriole, la grande armoire à double vantail et un coffre de rangement orné d'une moulure étaient tous en merisier soigneusement ouvragé. D'ailleurs, Abraham Bourdon se vantait à la ronde que son armoire avait des caissons chantournés selon la mode d'un roi de France et que ce « chef-d'œuvrage » portait, semblait-il, la marque d'un maître ébéniste du nom de Villiard, jadis célèbre sous le Régime français. Toutefois, les apprentis du maître tonnelier, dont le nombre n'était jamais inférieur à dix, devaient s'entasser dans le grenier, sous les combles, et dormir sur d'infectes paillasses. L'hiver, ces jeunes gens grelottaient, l'été, ils étouffaient dans ce lieu devenu une véritable étuve. Ils n'avaient d'ailleurs aucun autre choix, pendant les quatre années que durait habituellement leur apprentissage, étant sous l'autorité exclusive, par contrat notarié, de ce patron auquel ils devaient fidélité, obéissance et travail. Une sorte d'adoption forcée sans échappatoire. Les prêtres avaient passé un contrat d'apprenti avec le maître tonnelier Abraham Bourdon au nom de Joseph Montferrand, âgé de quatorze ans et cinq mois, parce qu'il était le fils mineur de Joseph-François Montferrand, débiteur envers la Compagnie de Saint-Sulpice.

Joseph était le cadet des apprentis, aussi Abraham l'appelait-il « garçon » sans jamais faire allusion à son prénom ni à son patronyme. Les termes du contrat liant le jeune Joseph étaient particulièrement contraignants : un salaire de cent vingt livres l'an remis aux Sulpiciens, que ces derniers appliquaient en réduction de la dette paternelle ; les outils fournis, à la condition que tout dommage que Joseph pourrait causer aux biens du maître tonnelier Abraham serait aux dépens du jeune homme ; une obligation de travailler tous les jours, de cinq heures du matin jusqu'à sept heures du soir, sans permission de s'absenter de l'atelier en aucun temps, sauf pour la messe du dimanche, le jour de Noël et le premier de l'an. Il y était précisé de plus que, si Joseph ne remplissait pas les tâches convenues à la satisfaction d'Abraham Bourdon, il devrait alors une semaine de plus de travail pour chaque heure perdue. Entendu entre le maître tonnelier et les Sulpiciens, ceux-là étant avec la garnison anglaise de Montréal les principaux clients de la tonnellerie, que tous les samedis soir après sept heures et tous les dimanches après-midi, Joseph se rendrait au séminaire afin d'y étudier l'orthographe d'usage et la lecture du français et du latin, ainsi que la compréhension des Saintes Écritures.

En cette veille de la Fête-Dieu, le maître tonnelier était dans tous ses états. Depuis des mois, il avait prévu qu'un reposoir tout décoré serait élevé sur son terrain, à proximité de la tonnellerie. Il avait rêvé d'un grand rassemblement, de prières, de cantiques et, surtout, des louanges de la communauté des Sulpiciens. Toutes les confréries allaient défiler derrière leurs bannières respectives et, bien sûr, on parlerait de lui, de son importance, pendant que les prêtres encenseraient le parcours parsemé de fleurs fraîchement coupées et de rameaux. Il voyait déjà sa maison ornée d'images pieuses et de rubans multicolores, alors qu'aux quatre coins des drapeaux pontificaux battraient au vent.

Mais voilà que l'armée anglaise lui avait commandé de produire trois cents barils au cours des trois prochains mois, ce qui l'obligeait à hausser sa production de deux à cinq barils par jour. Ces barils devaient servir au transport de la poudre des armes à feu. Afin d'éliminer le risque d'étincelles lors de la manipulation des tonneaux dans les poudrières, il devait remplacer le cerclage de fer par des cercles de cuivre et ajouter huit cercles de frêne.

Sept heures du matin venaient de sonner lorsque le lieutenant Nigel Hayward, un officier d'intendance, se présenta au domicile d'Abraham Bourdon en compagnie de deux soldats d'escorte. C'était un grand sec au nez busqué. Il avait toutes les allures d'un vérificateur soupçonneux qui examinait tout lui-même.

Hayward fit le tour des lieux à pas lents, comme s'il inspectait des soldats lors d'une revue. Bourdon le suivait de près, expliquant tant bien que mal que tout était bien propre dans son atelier et que ses apprentis étaient dressés comme des chiens savants. Ignorant le monologue de son hôte, le militaire anglais enfila la paire de gants qu'il portait sous son ceinturon et passa ses mains dans les moindres recoins. Il grimaça plus d'une fois. Puis, à l'aide d'un marteau, il frappa des tonneaux au hasard. Au bout de plusieurs minutes, il tourna son visage autoritaire vers le maître tonnelier.

— Trois shillings par jour, annonça-t-il finalement à l'artisan.

— Ça ne paye même pas mon bois de chauffage, sans compter le linge de mes apprentis, rétorqua le tonnelier.

— Plus cinquante shillings pour vos rations et du bois, fut la réponse du militaire.

— Regardez mes mains, se plaignit Abraham, toutes déformées à force de travailler pour du pain noir... J'ai besoin d'outils neufs, d'un autre poêle de fonte, d'assez de viande salée, de farine et de mélasse pour passer le prochain hiver... Pis des mocassins et des mitaines... Je veux aussi que les égouts soient creusés plus profond, rapport aux odeurs...

— L'odeur, c'est votre affaire, répondit l'Anglais, dont l'impatience était devenue manifeste.

— Mon métier, c'est tonnelier, insista Abraham... J'ai pas le tour du diable pour chasser vos odeurs de marde ! C'est vous autres qui m'amenez des barils défoncés pis qui les entassez partout autour de ma maison... Pas de ma faute si ça sent le goudron, la potasse, le poisson... pis les trous du cul de tout un chacun...

En peu de mots, le militaire mit fin à la tentative de marchandage du tonnelier. Il lui rappela malignement que lui et ses apprentis étaient entièrement au service de la Couronne anglaise et que l'état-major ne manquerait pas d'élever une voix impérieuse au moindre signe de fléchissement de la production. Il mentionna quelques exemples récents de marchands qui risquaient de se retrouver cités en justice, après quoi les attendrait la sombre prison. Abraham se vit déjà à demi brisé, enfermé derrière une lourde porte de fer sur laquelle on tirait les verrous.

Le reposoir serait donc pour une autre année. Malgré l'orage qui avait dissipé la canicule, une chaleur insupportable régnait toujours dans l'atelier, alors que le tonnelier avait imposé un rythme de galérien à ses apprentis. Deux d'entre eux s'étaient évanouis, deux autres s'étaient infligé de profondes entailles en manipulant pendant plusieurs heures, et presque sans arrêt, les lames tranchantes des doloires. Trois autres avaient subi des brûlures sur des fers chauffés à blanc à l'aide desquels ils traçaient la marque du tonnelier Bourdon sur chaque tonneau assemblé.

Depuis des heures, Joseph tournoyait les gros barils pendant qu'Horace Dallaire, l'aîné des apprentis, un lourdaud fort en gueule et bagarreur, y rabattait les cercles de cuivre et de frêne. De plus en plus exaspéré par la cadence soutenue du jeune Joseph, le gros Dallaire se mit à persifler des moqueries manifestement destinées à son compagnon de travail. Joseph ignora le stratagème. Il travaillait avec une belle précision et une maîtrise telle qu'on l'eût cru bien capable d'assembler à lui seul un tonneau de gros gabarit.

Joseph balayait machinalement du revers de la main une mèche rebelle qui lui tombait sur les yeux, dégageant chaque fois son visage encore juvénile et d'un bel éclat de santé. Sous l'effort, ses joues se teintaient d'un rouge vif, presque sauvage, et son regard, candidement lumineux, d'un bleu azur, s'assombrissait alors qu'il fronçait résolument les sourcils. En manipulant les barils, Joseph pensait à sa mère, qu'il n'avait pas vue depuis plusieurs mois. Lorsqu'il avait quitté la maison, elle lui avait coupé deux boucles de ses cheveux blonds en lui disant d'une voix émue qu'il était de coutume que l'aîné laissât des mèches à sa mère, en souvenir. Elle l'avait également exhorté au culte de la Vierge Marie, vénération qui, sans devenir immodérée, marquait profondément sa dévotion. Si la vision du corps torturé du Christ en croix lui inspirait une crainte toute chrétienne, l'image votive de Marie, l'allure gracile, le regard ténébreux et l'abondante chevelure à peine dissimulée sous un voile blanc le troublaient jusque dans sa chair adolescente.

D'un coup, Dallaire, l'œil mauvais, suant et soufflant, envoya valser les cercles à barrique.

— J'en ai plein le collet, aboya-t-il en s'adressant rageusement à Joseph.

— Tu t'arranges pour que le patron vienne nous brasser, opina le jeune Montferrand tout en continuant à rabattre vigoureusement les cercles qu'il tentait de ramasser.

Dallaire le toisa avec arrogance. Il mit ses pieds sur les cercles de cuivre qu'il avait laissé choir, empêchant ainsi Joseph de poursuivre le travail.

— Hey, le parfait ! lança-t-il. Tu veux nous faire des accroires comme quoi tu serais du bord du bon Dieu, pas vrai ? Mais moé, j'sais des affaires… J'pense que t'es plutôt de la *gang* à jouer sous les soutanes…

Joseph accusa l'allusion malveillante sans broncher. Il enfonça le dernier cercle à l'aide d'un maillet, égalisa les douves aux extrémités, les resserra, puis fit rouler le tonneau en direction du brasero. Sans se troubler, il s'approcha de Dallaire. Ses prunelles tournaient à l'orage, mais il ne laissa rien paraître d'équivoque, sinon qu'il serra davantage le manche du maillet qu'il tenait toujours dans sa main droite.

— Pourquoi tu cherches le trouble ? demanda-t-il. Je t'ai jamais insulté, pis je t'ai jamais beurré...

Tous les apprentis avaient cessé de travailler, et tous les regards étaient tournés vers Dallaire et Montferrand.

— Pas besoin de maillet, moé, railla Dallaire en brandissant son poing sous le nez du jeune Joseph. Les Dallaire, on est capable de régler nos affaires comme des hommes, pas comme des chieux ! T'es ben un Montferrand, avec ton califourchon fendu sur le long, mais ça m'empêchera pas de te virer boutte pour boutte dans tes caleçons !

Les autres formaient maintenant un cercle autour d'eux. L'atelier avait l'allure d'une arène. C'était un moment de vérité qui annonçait une bagarre en règle. Les paroles de Dallaire, considéré comme le boulé de la bande, signifiaient le chant du coq. Si Montferrand se défilait, on le tiendrait pour lâche, peu importait son jeune âge. Or, l'effet de la couardise était dévastateur pour quiconque tenait ne fût-ce qu'à une parcelle d'honneur. Dans l'entourage de celui-là, on ne cesserait de se remémorer l'événement qui, de fois en fois, ferait ressurgir l'humiliation.

Le jeune Joseph, du haut de ses six pieds, était nettement plus grand que Dallaire, mais de moindre corpulence. Ce dernier avait le torse épais, un cou de taureau et une sorte de rage chevillée au corps en permanence. Il prenait plaisir à répandre l'insulte et la provocation, sachant que les deux menaient inévitablement à l'affrontement physique. Et pour le boulé qu'il était, le règne de la force n'admettait aucun partage. C'était l'héritage du père, un vétéran des tavernes montréalaises, transmis à coups de trique avec une autorité et une brutalité soutenues. Dallaire avait adopté une position de garde, les poings levés à la hauteur du visage.

— Paraît que la p'tite Montferrand va porter la capine, railla-t-il encore, mais en vrai elle va traîner en cachette des bonnes sœurs au Champ-de-Mars, après le couvre-feu... À ce qu'on dit, elle serait la meilleure botte du coin... Même pas besoin de beurre frais pour l'enfiler...

Il tourna lentement autour du jeune Joseph tout en ricanant.

— Quand je t'aurai serré les chnolles, j'irai peut-être bien montrer à la p'tite Montferrand ce que c'est, un chaud de la pipe... Qu'est-ce que t'en dis, le parfait ?

Hormis un bras de fer amical et des semblants de bousculades avec son oncle Masson, alors que ce dernier le taquinait au sujet de ses membres démesurés pour un si jeune garçon, Joseph Montferrand ne s'était jamais battu. Pas plus qu'il n'avait éprouvé le moindre sentiment de haine, ni même d'animosité, envers qui que ce soit. Et jusqu'à ce moment précis, les histoires d'hommes, souvent marquées de fourberie et de ressentiment, ne l'avaient jamais atteint. Au contraire, son imaginaire se nourrissait de récits passionnés, de dangers surmontés grâce à des conduites courageuses, chevaleresques, et de fins heureuses. Le reste, ainsi qu'il l'avait appris de la bouche même des prêtres sulpiciens, tenait à l'observance stricte des enseignements de la religion et la crainte des « grands et plus énormes péchés ».

Pendant un moment d'immobilité fugace, Montferrand tenta de retenir inconsciemment la part d'enfant qui l'habitait encore. Mais la bête qui sommeillait dans l'homme se manifesta avec fulgurance, charriant avec elle une haine terrible. Et ce sentiment qui l'envahit d'un coup lui rappela brutalement la morsure des deux gifles que lui avait administrées son père. Ce jour-là, l'enfant s'était mué en homme.

La jambe droite du jeune Joseph se détendit avec la force d'une ruade de cheval. Le coup atteignit Dallaire en pleine poitrine dans un bruit sourd. Il fut projeté dix pieds vers l'arrière, s'écrasant au milieu de barils en cours d'assemblage. Plusieurs de ceux-là, dont les douves plutôt fragiles n'avaient pas encore été cerclées à plein, se défirent sous le choc, jonchant d'éclats le plancher déjà encombré de l'atelier.

Devant ce dénouement invraisemblable, les apprentis restèrent d'abord figés de stupeur. Nul n'eût cru possible une réaction aussi sauvage et foudroyante de leur cadet. On le savait obéissant, travailleur, pieux et peu loquace, on le disait même innocent, ce qui incitait à le croire d'une soumission béate. Mais cette charge violente leur révéla un jeune prodige doté d'une force peu commune. Peut-être l'imagina-t-on déjà capable du pire.

— Y est mort ! lança un des apprentis d'une voix surexcitée, alors qu'il se penchait sur le corps inanimé de Dallaire.

— C'est vrai qu'y respire plus, constata avec effroi un autre. Même qu'y a du sang plein la bouche... pis la face qui vire au violet...

Consternés, les apprentis regardaient tour à tour le corps inanimé, puis Joseph, immobile, l'air absent.

— Il faut aller chercher le patron, suggéra l'un d'eux.

— Oui, mais fais pas le porte-panier, fit un autre en ajoutant : C'était ben juste un accident...

— Pas vrai, objecta Alcide Beauchamp, que plusieurs surnommaient « la Fouine » en raison de son visage émacié et de son regard fureteur. Rien qu'à le voir, on dirait qu'y est passé dans un moulin à battre...

L'apprenti n'en entendit pas davantage et sortit précipitamment. À son tour, Beauchamp fit mine d'examiner le corps inerte. Il haussa les épaules et fixa Joseph.

— J'ai rien contre toé, Montferrand, dit-il, mais j'veux pas être dans la marde à cause de ce que t'as fait. T'as rien qu'à dire la vérité, pas vrai la *gang* ?

Il y eut plusieurs hochements de tête et des regards apeurés, ce que Beauchamp prit pour une approbation tacite.

La porte s'ouvrit avec fracas, laissant le passage à un homme de stature imposante. Il avait le crâne presque chauve, une tête large et des lèvres minces au point que sa bouche n'était qu'un trait sur son visage, accentuant son air sévère. Une petite femme corpulente et toute joufflue le suivait de près. Elle s'époumonait à invoquer tous les saints du ciel.

— Ah ! farme-toé donc, la femme, fulmina le maître tonnelier, avisant la scène du premier coup d'œil.

Il s'accroupit, palpa le torse de Dallaire, puis souleva successivement les bras et la tête de celui-ci ; ils retombèrent mollement, tel un amas de chiffons. Victorine leva des yeux exorbités.

— Mon Dieu, mon Dieu, gémit-elle, v'là qu'on est pris avec un mort sur les bras... À la Fête-Dieu en plus ! Une vraie malédiction ! Mon Dieu ! Mon Dieu !

Le tonnelier, livide, leva sa main en guise de menace.

— Si tu retiens pas ta langue sale, Victorine, c'est deux morts qu'y va y avoir à la Fête-Dieu ! Dans mon atelier, j'suis le seul maître après Dieu ! Toé, tu retournes à tes chaudrons, pis tu te barres les mâchoires !

La femme prit un air borné tout en secouant la tête, ce qui fit branler les chairs molles qui pendaient sous son menton.

— Vas-tu faire venir un prêtre ? insista-t-elle. Pis va ben falloir que la milice vienne, rapport au sang... Qu'est-ce qu'on pourra ben leur dire ?

— Dehors, la femme ! hurla Abraham Bourdon, hors de lui, le visage cramoisi.

Elle se retira en continuant d'invoquer le nom de Dieu et de débiter des suppliques au même rythme qu'elle eût égrené un chapelet. Le tonnelier marmonna quelques jurons tout en dévisageant tour à tour les apprentis. Ils affichaient tous un air piteux, sauf le jeune Montferrand. Ce dernier regardait fixement devant lui. Seul un léger tremblement de ses lèvres trahissait son désarroi. Dans sa main droite, il tenait toujours le maillet. Il le serrait avec une telle force que ses jointures en étaient blanches.

— Qu'est-ce qu'y s'est passé ? fit le maître tonnelier.

Les apprentis baissèrent tous les yeux sans répondre. Abraham Bourdon durcit le ton.

— Ça va se mettre au mauvais pour vous autres si vous essayez de m'amancher... La trappe fermée, c'est mentir... Pis me mentir à moé, c'est comme mentir à votre père...

Il ramassa le gourdin qu'il gardait toujours à vue, appuyé contre son chevalet de travail. C'était une pièce redoutable qu'il avait lui-même taillée à même la maîtresse blanche d'un frêne, dur, pesant, de taille à assommer un bœuf.

— Mentir à son patron est un péché aussi grave que mentir à ses parents, poursuivit-il. Le patron, c'est moé... Pour au moins quatre ans ! Vous me devez obéissance, loyauté... Y est dit dans le contrat que vous devez éviter de suivre les mauvais exemples... Pis en aucun cas abuser de la boisson, des gros mots pis de la grosse chicane...

Levant son gourdin, il pointa Alcide Beauchamp.

— Envoye, la Fouine, c'est le temps d'avoir de la jacasse.

L'apprenti fixait obstinément le sol de l'atelier, se dandinant d'une jambe à l'autre.

— Envoye ! gronda le tonnelier.

— Montferrand, avoua Beauchamp d'une voix précipitée.

— Montferrand... répéta le maître tonnelier, comme pour se convaincre.

Sur le coup, Abraham se sentit coincé tel un juge devant choisir entre deux supplices.

— Garçon, fit-il gravement en s'adressant au jeune Joseph, t'as intérêt à tout me dire...

Joseph Montferrand demeura figé, ses grands yeux fixés droit devant lui, une longue mèche blonde trempée de sueur lui barrant le front.

— Garçon, insista le tonnelier, si la milice s'en mêle, tu risques une rôdeuse de volée... Pis moé, personne voudra plus me donner le bon Dieu sans confession...

— Il a insulté ma famille, murmura le jeune Joseph avec l'air de quelqu'un qui émergeait d'un cauchemar.

— C'est vrai, lança aussitôt un des apprentis.

— Le boulé l'a cherché, ajouta un autre.

— On a rien vu, opina un troisième, ça s'est fait trop vite... Y se pourrait ben que le gros Dallaire se soit enfargé... Après tout, c'est lui qui a couru après... Toujours en train d'enfirouaper quelqu'un !

— C'est vrai ça, garçon ? questionna le tonnelier en se plantant en face de Joseph.

Ce dernier approuva en silence.

— Y a rué aussi raide que votre « grise », l'an passé, quand le maréchal-ferrant y avait brûlé le flanc, s'empressa d'ajouter Alcide Beauchamp, visiblement désireux de ne pas faire bande à part.

— Pas vargeux, celui-là, murmura Abraham. Y avait des mains de laine, pire qu'un arracheur de dents...

Puis on entendit un gémissement. Joseph le premier sursauta. Une profonde surprise se peignit sur son visage. Pour lui, il s'agissait d'un signe de vie.

— C'est le gros Dallaire ! cria un apprenti.

Les autres se ruèrent. Dallaire avait les yeux grands ouverts, mais son regard exprimait une totale hébétude.

Il remua péniblement, respirant mal et grimaçant de douleur. Du sang plein la bouche, il chercha vainement à parler. Mais en apercevant Joseph, il le montra d'un index tremblant.

— ... Maudit... sauvage, parvint-il à balbutier après maints efforts.

Le souffle lui revenait peu à peu. Son teint violacé s'estompait, alors que le tonnelier, aidé de deux apprentis, aida le blessé à s'asseoir.

— C'est lui... Montferrand, ajouta Dallaire, y m'a frappé en sournois...

— T'as eu un coup de chaleur, trancha le maître tonnelier. La Fouine, ordonna-t-il, tu vas atteler « la grise », pis te rendre chez le docteur Veilleux... Tu y diras ben que c'est pour moé. Je t'avertis, tu files grand train, tu passes par la porte de derrière, pis tu fais pas le porte-paquet. T'as besoin d'être d'équerre... Tu m'as ben compris ?

Alcide Beauchamp n'en demandait pas plus ; lui qui cherchait par tous les moyens à s'attirer les faveurs du maître tonnelier, il se sentit gonfler d'orgueil par ce qu'il tenait pour une marque absolue de confiance du patron.

En franchissant la porte en coup de vent, il entra presque en collision avec Victorine. Cette dernière, une écornifleuse invétérée, n'avait pu résister à l'envie de coller une oreille indiscrète à la porte de l'atelier, en dépit des menaces de son mari. Elle parvint à s'écarter en poussant un gloussement de surprise, alors que son corps pesant tituba pendant un instant.

— Qu'est-ce qui arrive, la Fouine ? lâcha-t-elle tout haletante.

— Un miracle ! lança l'autre en se précipitant vers l'écurie.

À l'intérieur, Abraham Bourdon avait repris le contrôle de son atelier et recouvré toute son énergie.

— Une semaine pour chaque heure qu'on a perdue aujourd'hui, gronda-t-il. Vous me devez tous un mois de travail de plus... Ça vous apprendra à faire vos farauds avant même d'avoir mangé vos croûtes ! Vous allez ramasser drette là tout ce qui traîne, me faire des tonneaux avec ça, chauffer le four à blanc, pis tremper chaque baril dans l'eau bouillante… Si j'en pogne un seul à rechigner, vous allez tous goûter à ça !

Joignant le geste à la parole, il brandit son gourdin et le rabattit dans la paume de sa main.

Hormis le gros Dallaire, toujours geignard, les apprentis avaient repris les corvées. Les bruits familiers des maillets, des tilles de rabattage et des planes se répandaient de nouveau dans la place.

Tout en s'activant de son mieux, Joseph Montferrand ne parvenait pas à détacher son regard de la silhouette recroquevillée de Dallaire. En regardant fixement son aîné de presque cinq ans qu'il avait mis à mal, il sut véritablement ce qu'était la haine. Cette force, qu'il avait sentie pousser hors de lui, le brûlait encore. C'était grâce à cette arme qu'il avait eu le dessus et qu'il avait défendu son nom. Grâce à elle, aussi, il avait infligé un châtiment. C'était un mal, certes, et il allait devoir se confesser en invoquant le cinquième commandement, en expliquant qu'il avait frappé son prochain. Mais à l'instant même, il n'éprouvait aucun regret, pas plus qu'il n'éprouverait de contrition dans le confessionnal. Peut-être même que Dieu, le miséricordieux, ne lui accorderait pas le pardon. Il ne lui resterait que Marie, secours de tous les chrétiens, refuge des pécheurs.

Les mêmes invocations revinrent sans cesse : *Ave Maris Stella… Dei mater alma… Atque semper Virgo… Felix cœli porta…* Des mots latins dont il ne comprenait pas le sens. Mais Joseph Montferrand était convaincu que la Vierge Marie le couvrait entièrement d'un regard maternel et aimant.

Le père Loubier étant absent, Joseph Montferrand n'eut d'autre choix que de se confesser au père Justin. Ce dernier était, selon la rumeur séminariste, le plus craint des confesseurs. Il avait d'ailleurs toutes les allures d'un mystique : un corps maigre, voûté, un visage tourmenté, une voix grave, un regard qui défiait les secrets de l'âme. On l'eût aisément pris pour un ange exterminateur, n'eût-il été un simple mortel. En guise de conversation, il citait à profusion les *Confessions* de saint Augustin et confiait qu'à défaut de finir martyr il était de ceux qui désiraient mourir au « bruit pacifique des oraisons ». Le père Justin avait écouté le jeune Joseph sans l'interrompre une seule fois. Ce silence pesa à Joseph et, n'eût été le souffle d'une respiration qu'il entendait, il eût eu l'impression de s'adresser à un fantôme.

— Est-ce que tu regrettes ? murmura la voix caverneuse du prêtre.

La réponse fut un « oui » sans conviction.

— Mon fils, continua la voix toujours aussi grave, tu es en présence de Dieu partout et toujours. Dieu qui habite ton esprit et ton âme ; Dieu qui met ta vie dans la balance de l'éternité et qui mesure ta contrition par la sincérité de ton remords. Est-ce que tu regrettes d'avoir offensé aussi gravement Dieu en pensée et en gestes, par vanité et violence ?

Joseph ne put répondre. À l'étroit dans ce confessionnal qu'il associait à une geôle, il sentit que le prêtre le forçait à l'aveu. Chaque mot sorti de la bouche de ce dernier préfigurait l'enfer et des supplices éternels.

— J'ai jamais voulu y faire de mal, finit par répondre Joseph d'une voix tremblante.

Le père Justin émit un long soupir. Joseph imagina aussitôt le prêtre le fixer de ses yeux noirs, creux, pareils à ceux d'un bourreau.

— Mon fils, tu ne peux choisir à la fois Dieu tout-puissant et le diable ! Ou bien tu tends l'autre joue à celui qui t'a déjà frappé, ou alors tu abandonnes le reste de ta vie au malin... Et au lieu de mourir dans l'espérance de joindre la légion des anges pour l'éternité, tu maudiras le jour où tu auras choisi de brandir ton poing comme une épée... mais il sera alors trop tard !

Le père Justin n'en avait pas fini. Il enfonça davantage Joseph dans la culpabilité. Il lui fit sentir qu'il avait gravement manqué non seulement aux commandements de Dieu, mais aussi à ceux de l'Église. Il lui reprocha l'orgueil, qui était un péché capital. Un orgueil que Joseph n'avait jamais affiché, mais dont le prêtre l'accusait. Le confesseur finit par l'accabler d'hypocrisie, de colère, de vanité, de pensées impures, de désobéissance ; de quoi rougir de se prétendre encore chrétien.

— Mon fils, je t'ordonne de reconnaître devant Dieu tout-puissant le nombre et la gravité de tes péchés... Tu demanderas aussi à Dieu, dont le regard pénètre jusqu'au fond de ta conscience, de te faire valoir la laideur de cette faute abominable comme tu la verras au jour de ta mort, quand tu seras jugé par Lui...

Le propos du prêtre avait le poids d'un jugement; chaque péché était vu comme une infraction criminelle grave. Et ce fut avec horreur que le jeune Joseph entendit le prêtre ajouter qu'à défaut d'aveux et de totale contrition il lui refuserait l'absolution. Cela équivaudrait à faire de lui, malgré son jeune âge, une brebis égarée *ipso facto*. Et ne disait-on pas de ces profanateurs des lois divines que, à l'exemple de Caïn, l'œil de Dieu les poursuivait jusqu'à leur dernier souffle et au-delà ? Joseph sentit un froid glacial l'envahir. Il éprouva brusquement un sentiment d'épouvante qui lui noua les entrailles.

— Je t'ordonne une dernière fois de reconnaître devant Dieu tout-puissant le péché mortel que tu as commis, répéta le père Justin avec une voix devenue tout à coup terrible.

Dieu tout-puissant ? Joseph n'entendait rien à son mystère, sinon qu'il écrasait le monde vivant. Il fallait croire à une Trinité, dont un Père invisible, éternel, créateur du ciel, de la terre et de toute chose... *Sicut erat in principio et nunc et semper et in sæcula sæculorum*, tels étaient les mots latins qu'on leur avait appris au séminaire, parmi de nombreuses louanges; des mots qui incarnaient la foi aveugle, seule voie du salut éternel. Et ces pensées impures... Lesquelles ? L'œil du jeune Joseph ne s'était encore jamais posé sur un corps de femme, du moins pas à la façon d'un jeune mâle. Il ne savait rien des envies lubriques qui viraient les sangs, et pas davantage de ces baisers qui ôtaient la raison. La seule émotion qu'il avait jusque-là ressentie, encore que toute chaste, il l'avait éprouvée à la contemplation des effigies de la Vierge Marie, et il n'allait certainement pas confesser ce qui n'était que pure dévotion ! Certes, il avait entendu parler, encore qu'à mots couverts, d'escapades nocturnes de quelques séminaristes plus âgés. On les disait adeptes d'un ouvrage mis à l'Index, dans lequel l'auteur, un certain de Sade, exaltait de la manière la plus débridée les plaisirs du libertinage et d'une infinité de pratiques charnelles. Ces séminaristes se seraient même approprié le langage de l'auteur, un ramassis de termes indécents et blasphématoires. Ce qui n'empêchait pas ces fils de riches marchands de servir toutes les messes et de porter la croix et l'encensoir aux premiers rangs de la procession de la Fête-Dieu !

— Tu m'as compris, mon fils ? l'apostropha la voix du père Justin.

Pendant un instant encore, le jeune Joseph craignit le farouche confesseur, qui se voulait presque l'égal de Dieu. Et pendant cet instant, il redouta la manifestation d'un démon qui viendrait réclamer son âme et l'entraîner en enfer. Mais rien de la sorte n'arriva.

— Je n'ai pas commis ce péché, murmura Joseph avant de répéter ces mêmes mots d'une voix plus convaincante.

Le père Justin les accueillit avec un grondement de dépit. Rabattant le capuchon de sa bure sur sa tête, il se leva brusquement et sortit du confessionnal. D'un geste rageur, il retira l'étole qu'il portait au cou. Le bruit de ses pas résonnait encore dans l'enceinte de la chapelle lorsque Joseph quitta à son tour le réduit, qu'il prenait maintenant pour un lieu de supplice. La chapelle elle-même lui parut lugubre. Son regard se fixa sur le grand crucifix qui surplombait l'autel. Il n'y voyait plus le Christ rédempteur de l'humanité, mais un supplicié dont la tête affaissée exprimait l'horreur d'une trop longue agonie. Le corps tordu aux côtes saillantes percées d'un coup de lance évoquait autant la sauvagerie que la haine. Et l'ombre que projetait cette croix évoquait un immense oiseau de proie, les ailes déployées, prêt à s'abattre sur quiconque s'en approcherait.

Une voix intérieure, impérieuse, lui commandait la génuflexion, le signe de croix. Mais Joseph refusa de se plier à la sainte obéissance. Ce visage sanglant, défiguré, symbole du martyre du Fils de Dieu, le laissait tout à coup insensible Il fit quelques pas de reculons, les yeux toujours rivés sur la silhouette du crucifié, en proie à un dernier doute. Il se demandait pourquoi le père Justin lui avait refusé la miséricorde, alors que Celui dont il invoquait le nom et l'autorité avait pardonné au larron et à la terre entière. Se détournant brusquement, il quitta la chapelle à grands pas. Lorsqu'il referma la porte derrière lui, il ne put s'empêcher de penser que les portes du royaume des cieux lui seraient interdites. Il murmura presque malgré lui : « Souvenez-vous, ô Vierge Marie, qu'on n'a jamais entendu dire qu'aucun de ceux qui ont eu recours à votre protection n'ait été abandonné... » Il avait oublié le reste de la litanie.

Joseph Montferrand se sentit las. Il avait faim. Petit à petit, l'image de la croix s'estompa et, avec elle, les paroles du confesseur. Il sut qu'il ne retournerait pas au séminaire, pas plus qu'il ne prendrait le chemin de la tonnellerie. Il n'avait qu'une envie, revoir son père et sa mère, dont il était sans nouvelles depuis bientôt quatre mois. La dernière fois qu'il avait vu son père, ce dernier avait le souffle court, des accès de toux et les mains qui tremblaient sans cesse. Ses bras avaient perdu toute vigueur, et il s'exprimait à demi-mot. Sur le pas de la porte, au moment de partir, il lui avait mis la main sur l'épaule et lui avait dit d'une voix oppressée : « Joseph... mon Joseph, y a ben juste l'honneur d'un nom qui suit le corbillard ! » Sa mère avait eu le sourire triste lorsqu'elle lui avait coupé les deux mèches de cheveux. Sa douce figure, qui jadis exprimait la joie de vivre, était devenue pâle, marquée par l'angoisse, comme chez toutes les personnes chargées d'un poids insupportable.

La silhouette voûtée d'un homme vêtu d'une bure franchit le portail de pilastres qui rehaussait une longue façade de pierre donnant sur la rue Notre-Dame. Il s'engagea dans une allée étroite bordée d'arbres, en direction d'un bâtiment de pierre dont la porte principale était surmontée d'une horloge. Unique à Montréal, elle rythmait le quotidien des habitants de la ville. En cette veille de la Fête-Dieu, elle marquait sept heures précises. Des massifs floraux jouxtaient cette avenue du séminaire des seigneurs de l'île, les messieurs de Saint-Sulpice.

Le religieux emprunta un escalier de bois et accéda à l'énorme galerie extérieure, qui aboutissait à la sacristie de la paroisse. À mi-chemin, il ouvrit une porte donnant sur un long corridor et, finalement, entra dans une pièce aux murs chaulés tapissés de livres et éclairée par quelques grosses lampes.

Le religieux n'attendit pas longtemps. Le nouveau venu était un petit homme dont le visage semblait empreint de malice en permanence. Il portait le col romain et une croix pectorale. Il resta un moment silencieux, se contentant de regarder fixement le père Justin.

— Mes respects, seigneur-curé, murmura ce dernier en s'inclinant.

— Soyez le bienvenu, comme toujours, mon frère, répondit l'autre avec un accent qui révélait ses origines françaises.

Il nota la physionomie sombre du père Justin.

— Vous me semblez troublé…

— Montferrand, seigneur-curé, répondit l'autre.

Le supérieur fronça les sourcils.

— Montferrand ? On aura finalement retrouvé son corps ?

— Il s'agit plutôt de son fils, seigneur-curé…

Le supérieur se mit à tripoter sa croix pectorale et secoua la tête à quelques reprises.

— Alors… ? s'exclama le petit homme, manifestement impatient.

Évitant soigneusement toute allusion au confessionnal, le père Justin fit le sombre récit des événements, attribuant à Joseph Montferrand les pires comportements. Il conclut que le jeune homme portait en lui une violence qu'il n'avait nul désir de contenir, ce qui faisait de lui un être qu'on ne pouvait côtoyer sans danger.

— Dans l'enceinte de notre séminaire, il est de notre devoir, de notre mission, de façonner des chrétiens dans le moule sacré de l'obéissance et de tous les devoirs que nous dicte notre religion catholique… Montferrand n'a rien d'un grand cœur, d'une âme élevée. Il n'éprouve pas cette sainte frayeur en présence des mystères de la foi…

Le supérieur leva la main. Le père Justin cessa de parler. Il connaissait ce signe, l'équivalent d'un ordre.

— Vous savez ce que cela veut dire, n'est-ce pas, mon frère ? fit le supérieur d'une voix presque irritée.

— Certes, seigneur-curé... Qu'il faudra séparer le bon grain de l'ivraie...

Le père supérieur passa une main sur son front, puis porta sur le père Justin un regard autoritaire.

— Il y en aura toujours pour faire rire le diable... Notre cause est le triomphe de Dieu ! *Ab homine iniquo et doloso erue me...*

— *Quia tu es, Deus fortitudo mea*, ajouta le père Justin.

· IV ·

La lune se levait, pleine, blanche, majestueuse. Elle prêtait vie aux ombres. Avec elle revivaient les légendes, surgissaient les fantômes, veillaient les sorciers.

Joseph avait marché droit devant lui. Il s'était ravisé et avait préféré ne pas inquiéter ses parents quelques heures avant la Fête-Dieu. Il avait franchi les derniers vestiges des fortifications de la ville et avait trompé la vigilance du corps de garde. Parvenu à la croisée des quatre chemins, il se retrouva au pied du grand calvaire. La croix avait une hauteur d'au moins trois toises. Entourée d'un imposant muret de pierres des champs, elle était fraîchement fleurie, probablement de la fin de la journée même. Le visage du Christ lui parut paisible et, malgré sa posture de supplicié, il ne lui inspira ni crainte ni dégoût. Il le regarda fixement, comme s'il cherchait à croiser le regard du Fils de Dieu, bien qu'il eût les yeux fermés, pensa à prier mais, faute de mots, se contenta de s'incliner. Il allongea le pas et respira l'air de la nuit. Lorsqu'il se retourna enfin, les lueurs de la ville avaient disparu. Joseph eut l'impression que tout en lui s'apaisait. Même la faim s'était calmée. Il communiait librement avec l'infinité d'un ciel où coulait la Voie lactée parmi une myriade d'étoiles. Il n'y vit aucun signe hostile et se l'appropria à la façon d'un découvreur qui fait siennes des terres sans horizon.

Il marcha une autre heure et parvint à un bosquet d'arbres mêlant des chênes, des frênes, des érables et quelques bouleaux aux branches pleureuses. Celui-ci se dressait au sommet d'un long chemin pierreux et pentu. Plusieurs de ces arbres avaient été fraîchement coupés. Alentour, le sol noirci, jonché de débris calcinés, indiquait qu'on y avait brûlé le couvert végétal en même temps que des troncs d'arbres et ramassé les cendres.

Ce boisé masquait une masure à proximité de laquelle s'entassait un nombre impressionnant de tonneaux. À l'odeur, Joseph devina que leur propriétaire produisait de la potasse. Il la tirait des cendres végétales. Traitées à l'eau, elles donnaient cet extrait alcalin qui servait à blanchir les fibres de coton et que le royaume d'Angleterre importait par bateaux entiers. Avisant les tonneaux de plus près, Joseph en reconnut facilement la provenance. Il avait lui-même assemblé la bonne moitié d'entre eux.

Un chien aboya. Il y eut un bruit de chaîne et un autre, semblable à un meuble que quelqu'un eût heurté par mégarde.

— Qu'est-ce que t'as à faire du ravaud, Orémus ? fit une voix d'homme manifestement avinée.

Les aboiements redoublèrent. Au mélange des sons rauques et grêles, Joseph devina que la bête ne devait plus être de première jeunesse, tout en la soupçonnant d'être un molosse. Néanmoins, il ne chercha pas à se dissimuler, encore moins à fuir.

— Avec tes oreilles drettes comme un lapin, on dirait que t'as vu le Windigo, grogna l'homme.

Puis il alluma une lampe. La lueur vacillante passa d'une fenêtre à l'autre. Dehors, la silhouette de Joseph projetait une ombre démesurée. Il entendit une exclamation sourde lui rappelant les jurons du maître tonnelier, ainsi qu'un nouveau bruit de chaîne.

— Passe ton chemin, glapit la voix, j'veux pas de quêteux icitte… Si tu vires pas d'bord, j't'envoye Orémus… Tu vas te retrouver ben mal amanché ! Ça fait que sacre ton camp !

Le chien continuait son grabuge.

— Je suis pas un quêteux, répondit Joseph d'une voix tranquille. Je voudrais juste votre permission pour dormir une petite heure là-bas, dans votre étable… J'ai pas d'argent, mais j'ai du nerf et je pourrais ben travailler à la *job* un jour ou deux… Si c'était un effet de votre bonté…

La porte s'ouvrit brusquement. L'homme qui se tenait dans l'embrasure ressemblait à un épouvantail. Il était coiffé d'un bonnet fait de peau tannée, placé de travers, duquel émergeaient des touffes de cheveux gris. Deux colliers garnis de fragments d'os et de dents de carnivores pendaient sur sa poitrine, et il était chaussé de mocassins semblables à ceux que fabriquaient les Sauvages. Il retenait solidement un chien aussi large que haut et qui continuait d'aboyer de plus belle. L'homme tira violemment sur la chaîne pour le faire taire. La bête se contenta de gronder, les babines retroussées.

— Ton nom ?

— Joseph Montferrand…

L'homme se gratta la tête à travers le bonnet.

— Ça me dit quelque chose… Approche, voir…

Joseph se présenta devant l'autre, qui leva aussitôt la lampe à la hauteur de son visage. Joseph distingua des traits ravagés marqués d'une profonde balafre et des yeux rougis par l'alcool.

— T'as quel âge ?

— Quinze ans…

— T'es pas parti pour t'endormir sur le manchon, grommela l'homme. Montferrand, t'as dit ? J'ai entendu parler d'un Montferrand… un bretteur… Paraît qu'y se gênait pas pour moucher les Anglais…

— Mon grand-père, précisa Joseph.

— Correct, fit l'homme. Moé, c'est Maturin Salvail… J'ai de la soupe aux pois pis un restant d'lard.

Il régnait une odeur rance dans l'unique pièce. Les murs avaient été assemblés avec de gros madriers et jamais lambrissés. La pièce de bonne dimension servait autant de cuisine que de chambre à coucher. Autour d'une table à tout usage traînaient des chaudrons et divers outils. Une paillasse plutôt qu'un lit, un buffet de rangement et une armoire en bois blanc, grossièrement fabriqués, de même que quatre chaises complétaient le mobilier. Un manteau en peau de chat sauvage, des frocs, une veste en cuir ornée de broderies perlées, une ceinture de wampum et quelques chapeaux de paille pendaient çà et là aux murs, témoignant des fréquentations indiennes de Maturin Salvail.

À travers les larges fentes du plancher, on voyait le sol, la maison ayant été bâtie sans fondations. Et ce *shack* semblable à un terrier, Salvail le partageait entièrement avec le gros chien borgne et des créatures des champs. Les mulots logeaient dans les coins obscurs et les criquets avaient investi par dizaines les murs et le plancher, d'où s'élevaient leurs incessantes stridulations.

Maturin Salvail mit la nourriture sur la table et, d'un geste, invita Joseph à y prendre place. Il mangea avec appétit. Salvail l'observait en silence, se contentant de fumer une longue pipe qui ressemblait davantage à un calumet.

— Le bon Dieu vous le rendra, dit Joseph dès qu'il eut terminé.

— J'suis pas pour les bondieuseries, répondit Salvail. C'est toé qui me l'rendras demain… Y a vingt arbres à bûcher dans le p'tit bois, là-bas… Va falloir aussi débiter et brûler. Après, tu passeras ton chemin.

— Beau dommage, fit Joseph. Je serai d'adon.

Il hésita, puis :

— Dites-moi, monsieur, c'est quoi un Windigo ?

Le visage de Salvail s'éclaira. Il partit d'un rire sonore qui fit sursauter son chien. Il retira son bonnet et passa ses doigts dans sa chevelure ébouriffée. Il fit semblant de réfléchir, les yeux fermés, tout en triturant son couvre-chef.

— Ah ! Le Windigo ! Le Windigo ! lança-t-il avec ferveur. Une ben étrange créature !

Il se lança aussitôt dans un long récit, aussi captivant qu'invraisemblable. Du coup, par cette nuit de pleine lune et en présence de ce personnage rencontré au hasard de ses pas, Joseph Montferrand crut entendre les histoires que racontait son père et dont il ne tolérait jamais que l'on doutât de la véracité. Ainsi en fut-il du Windigo.

Couché à même le plancher sur une vieille peau d'ours, la tête reposant sur un ballot de fourrure de rat musqué, Joseph s'endormit.

Le Windigo hanta la courte nuit. L'animal invisible pour la plupart des humains se manifesta. Il passa avec la vitesse du vent, affichant de grandes oreilles, un panache d'orignal et des yeux qui lançaient des flammes. Il était entré par les fenêtres, sans bruit, sans briser de carreaux. Il s'était penché sur Joseph, l'avait couvert de son souffle impétueux avant de disparaître.

— Montferrand, c'est l'temps! tonna la voix.

Assis à la table, Maturin Salvail, une meule à la main, affûtait les tranchants de deux haches de bonne taille. Les yeux bouffis, Joseph se redressa sur un coude. La faible lueur qui pointait à travers les fenêtres indiquait la barre du jour.

— Y a pas à douter, le Windigo est passé par icitte cette nuit, fit Salvail d'un air grave.

Surpris, Joseph se leva d'un bond et regarda autour de lui. Tout lui sembla normal, jusqu'au chien, qui n'avait pas encore bougé. Il questionna l'homme du regard.

— Tu vois ben, poursuivit Salvail toujours sérieux, j'avais d'la viande séchée et du fruitage… Y est parti avec… Mais faut dire qu'en échange le Windigo m'a débarrassé des mauvais esprits qui rôdaient encore.

Il tendit une des haches à Joseph.

— Tu mettras la veste de sauvage, là-bas, fit-il en désignant le vêtement de cuir finement brodé, rapport que la fraîche peut surprendre…

Joseph soupesa la hache et sembla hésiter.

— Y a quelque chose qui t'achale ? Peut-être ben que t'as pas le bras aussi raide que j'pensais…

— C'est la Fête-Dieu, aujourd'hui, répondit timidement Joseph. On n'est pas supposé travailler à la Fête-Dieu…

Salvail décrocha la veste du mur et la déposa sur le dossier d'une chaise.

— C'est l'bon Dieu qui a dit ça ?

Déconcerté par la réplique de Salvail, Joseph haussa les épaules.

— C'est ça, trancha l'autre. En attendant qu'y te l'dise en personne, montre-nous que tu commences à être un homme !

Cela devait être un jour béni. La fête solennelle par excellence qui célébrait le plus grand mystère de la foi catholique et qui annonçait, par la même occasion, la venue prochaine de l'été.

Les hommes de Dieu allaient élever à la vue des simples mortels le Saint Sacrement, et tous les fidèles allaient profiter de la manifestation pour étrenner leurs vêtements d'été neufs. Ils avaient attendu ce moment avec impatience puisque, à la sortie du carême, les intempéries avaient marqué, à la suite, le dimanche des Rameaux, Pâques et la Quasimodo.

Marie-Louise allait enfin se montrer au grand jour, revenir parmi le monde des vivants. Vers neuf heures, le soleil brillait déjà de tous ses ors dans un ciel bleu à l'infini. Elle prit le chapelet qu'elle gardait sous son oreiller et sur lequel elle égrenait des dizaines d'Ave, puis le rangea dans la petite bourse qu'elle garderait à son poignet durant une partie de la journée. Elle y rangea également sa petite image de la Vierge Marie marquée par l'usure et le temps ; un souvenir de sa mère. Elle se souvint que cette dernière lui redisait sans cesse que, pour gagner son ciel, il fallait patiemment accomplir, chaque jour, du matin au soir, les tâches les plus humbles, et ne pas oublier d'en remercier avec une égale ferveur Dieu, la Sainte Vierge et les anges. Puis, du premier tiroir de la grande commode, elle retira un mouchoir finement brodé et l'introduisit délicatement dans la bourse. S'y trouvaient enveloppées les mèches de cheveux de Joseph.

Depuis un long moment, Louis, le cadet, soliloquait, répétant de sa voix claire des histoires racontées par son frère Joseph qu'il avait réinventées à sa façon.

— Louis, arrête ta jacasse pis grouille! lui lança Marie-Louise. T'as besoin d'avoir bon visage et belle apparence, aujourd'hui !

Elle-même se regarda dans le miroir. Elle remarqua sa pâleur, les cernes marquant ses yeux, la tristesse de son regard. Ses cheveux tirés vers l'arrière lui dégageaient entièrement le front, et elle vit à quel point les événements récents l'avaient éprouvée. Le miroir lui renvoyait impitoyablement toutes les marques de ces tourments. À défaut de se trouver encore belle, elle se pinça les joues pour en raviver le carmin et esquissa un sourire.

Elle avait maigri, aussi se trouva-t-elle plus à l'aise dans un chemisier d'un blanc éclatant et une longue jupe noire, filée avec soin à l'ourlet, d'où dépassaient des souliers français vernis, fabriqués de cuir fin, le dernier cadeau que lui avait fait Joseph-François. Satisfaite, elle enfila le mantelet gris qu'elle étrennait pour l'occasion et dont elle avait achevé la confection aux petites heures du matin. L'horloge sonna le coup de la demie.

— Grouille, Louis ! Ce serait bien péché si on manquait la procession !

Elle se garda bien d'ajouter que, en cette journée consacrée à Dieu, ce qu'elle souhaitait le plus au monde était de voir son Joseph défiler au milieu des autres séminaristes.

Les cloches de Montréal sonnèrent à toute volée. L'immense procession avait regroupé, dans un ordre soigneusement réglé par les messieurs de Saint-Sulpice et les marguilliers, les prêtres, les acolytes, les séminaristes selon l'ancienneté, les enfants de chœur, les marguilliers porteurs du dais, sous lequel avançait le seigneur-curé, lui-même porteur du corps du Christ enchâssé dans l'ostensoir, ainsi qu'un détachement de miliciens en armes qui fermait le défilé. À chaque reposoir, toutes ces voix avaient entonné le *Tantum ergo Sacramentum*, dominées par le registre juvénile aigu des séminaristes. Dans un nuage d'encens, le seigneur-curé élevait l'ostensoir, récitait une oraison, bénissait l'assistance. Cette cérémonie fut répétée devant cinq reposoirs différents avant que le cortège ne reprît le chemin de l'église Notre-Dame.

Marie-Louise, mêlée à la procession, tenait le petit Louis par la main. Elle avait répété avec ferveur les litanies, les invocations, entonné les hymnes et les cantiques. D'un reposoir à l'autre, elle s'était faufilée, gagnant quelques rangs, espérant se rapprocher suffisamment de la tête du défilé et ainsi apercevoir ne serait-ce que la silhouette de Joseph. À travers les bannières et les drapeaux, elle vit bien quelques têtes blondes, mais aucune qui ressemblât à celle de son fils. Elle se dit alors qu'il avait peut-être mérité l'honneur de servir la messe. Mais une fois celle-ci commencée, Joseph demeurait toujours invisible. Il y eut un murmure de surprise lorsque le célébrant invita le père Justin à prononcer le sermon. D'habitude, ce privilège revenait au seigneur-curé. L'austère sulpicien monta en chaire avec une lenteur délibérée. De là, il toisa longuement l'assistance. Puis il se signa, imité par tous les fidèles. Lorsqu'il ouvrit enfin la bouche, on crut entendre une voix venue d'outre-tombe. Il ne fallut que quelques phrases pour que chacun sentît que ce religieux n'attendait rien de moins que la soumission totale de chaque âme. Il y eut un long silence durant lequel son regard transmit son message de la manière la plus impérieuse.

— Cinq siècles ! poursuivit-il. Depuis cinq siècles, notre mère l'Église célèbre le triomphe du corps du Christ... Et vous tous êtes conviés à manifester haut et fort votre foi en Dieu et en son Église...

Il leva les bras, symbolisant le Christ en croix.

— Je dis vous tous, sans exception ; je le dis au nom de notre Seigneur tout-puissant...

De sa place, Marie-Louise eut l'étrange impression que le prêtre la fixait. Elle le vit étendre le bras, la montrer du doigt comme pour la soumettre à sa volonté.

— Aujourd'hui, chacun de vous doit communier avec la plus grande ferveur après avoir exprimé une véritable contrition, un repentir sincère, en ne songeant qu'au jugement de Dieu...

Il ne quittait toujours pas Marie-Louise des yeux. Autour d'elle, on tournait les têtes dans sa direction. Elle ferma les yeux.

— En ce jour où nous honorons le Très Saint Sacrement, je proclame que les portes de son Église se refermeront sur tous ceux qui sont coupables de quelque péché mortel public et scandaleux... Sur tous ceux qui ne veulent pas pardonner à leurs ennemis... Sur tous ceux qui sont coupables d'impénitence... Sur tous ceux qui refusent de s'adonner avec fidélité aux saintes pratiques que commande notre mère l'Église...

Sur tous ceux qui, pour d'obscurs prétextes, portent atteinte à la gloire de Dieu en désertant son temple…

Marie-Louise n'en pouvait plus. Sa vue se brouillait ; elle allait se sentir mal. Elle se leva, tirant par le bras le jeune Louis. Pendant qu'elle se frayait un passage pour gagner l'allée centrale de l'église, il y eut un soudain silence, un moment de sidération. Puis, un murmure monta et des sourires ironiques s'affichèrent sur plusieurs visages alors que s'élevaient de-ci de-là des toussotements nerveux. L'air désespéré, Marie-Louise se précipita vers les grandes portes du temple. Le petit Louis eut peine à la suivre. La voix du prêtre résonnait encore.

— … Sur tous ceux, clamait-elle, qui commettent l'abus intolérable de sortir de la maison de Dieu lorsque son représentant, oint du Seigneur, fait le prône, et qui causent un embarras pour ceux qui veulent entendre la parole de Dieu…

Il y eut un nouvel instant d'arrêt. Une dizaine de personnes, parmi lesquelles un homme de très haute taille, s'étaient levées à leur tour et s'apprêtaient à quitter l'enceinte. Le bruit de leurs pas fut aussitôt couvert par une agitation collective. De toutes parts, on tournait la tête, chacun y allant de son interprétation des événements. Les gens des premières rangées, des notables, pour la plupart, étaient visiblement troublés. D'autres chuchotaient. Au bout de quelques instants, un nom courait sur toutes les lèvres.

Parvenue à l'extérieur, les grandes portes refermées, Marie-Louise eut peine à reprendre son souffle et ses esprits. Les terribles paroles du prédicateur lui résonnaient encore dans la tête. Elles constituaient une déclamation de culpabilité contre les êtres qu'elle chérissait le plus. Autant elle eût voulu retourner à l'intérieur de l'église et crier son indignation, sa propre furie contre l'injustice, autant elle n'éprouvait qu'impuissance devant un sermon devenu prétexte à un jugement d'exclusion. Elle sentit une présence derrière elle. Quelqu'un lui mit doucement une main sur l'épaule. Marie-Louise sursauta bien involontairement. Elle se retourna.

— Madame Montferrand, permettez-moi de vous raccompagner jusqu'à votre porte, fit Antoine Voyer.

Voyant les paupières gonflées et les yeux rougis de Marie-Louise, il lui tendit un mouchoir.

— Merci, murmura-t-elle en s'essuyant le coin des yeux, mais je pense bien pouvoir trouver mon chemin toute seule, monsieur Voyer.

— Il faudrait p't'être ben qu'on se parle, ajouta-t-il.

Elle prit le bras que lui tendait Antoine Voyer. Le petit Louis leur emboîta le pas en chantonnant.

À la sortie de la messe de la Fête-Dieu, les hommes se regroupèrent spontanément sur le parvis de l'église. Les femmes se tinrent à l'écart, les épiant, curieuses d'en savoir plus. On échangeait à voix basse, parfois avec des gestes évocateurs. Le moindre commentaire dégénérait en récit. Les plus volubiles s'avéraient ceux qui, d'habitude, n'étaient guère portés à se faire des confidences. Mais personne n'appelait un chat un chat.

— Vous l'avez vu tout comme moé : le grand Voyer s'est levé pendant le prône pour sortir en même temps qu'elle...

— Beau dommage ! Y est même parti avec elle.

— J'l'ai toujours dit ! La Couvret faisait sa fraîche-pette du temps que le Montferrand faisait des bidous ; astheure qu'y est parti à pic, j'gage qu'elle va amancher le grand Voyer...

— À ce qu'y paraît, le grand Voyer compte pas ses cennes...

— Apparence que le grand a de l'atout même avec les Anglais...

— Y virerait protestant que j'tomberais même pas en bas de ma chaise...

Une voix s'éleva au-dessus des autres. Celle d'Anselme Dallaire. Engoncé dans un habit de grosse étoffe noire, l'homme avait une tête singulièrement grosse, le visage boursouflé par l'alcool et des yeux porcins. Tout le monde connaissait et craignait ce personnage prompt à l'interpellation, à la grossière familiarité, aux interjections furibondes et à la bagarre.

— C'est l'Pointu qui a raison, pérora-t-il. La malédiction est sur les Montferrand ! En passant, c'est qui qui sait où y est enterré, le Montferrand ? J'vous l'dit drette icitte, y est dans aucun cimetière... Y a été comme qu'on dit excommunié, rapport au duel avec l'Anglais... Pis ça va être pareil pour son damné fils, le Joseph... Lui, y porte déjà les cornes du diable… Y a ben failli tuer mon gars… Il l'a fessé en traître, juste parce qu'y a la malédiction des Montferrand dans les sangs !

Ce fut un récit bien différent qu'entendit Marie-Louise Couvret de la bouche même d'Antoine Voyer.

Pas un mot n'avait été échangé, mais au bruit que faisaient les haches entaillant les grands arbres, on eût dit que deux bûcherons rivalisaient d'adresse. En réalité, un adolescent se mesurait à un homme. Et il avait suffi d'une seule heure pour que Maturin Salvail jugeât de la puissance des muscles de Joseph. Ce dernier maniait la lourde hache avec une aisance qui tenait de l'exploit. Chaque fois que Joseph abattait la hache, l'arbre tremblait. Après trente coups, il agonisait. Cinq coups encore, et il s'abattait avec fracas en répandant aussitôt une forte odeur de sève ou de résine.

Vers midi, Joseph Montferrand avait abattu son douzième arbre lorsqu'il entendit carillonner les cloches de l'église Notre-Dame. Il s'épongea le front, se signa et marqua le temps de l'angélus par une prière muette, quoique sachant que les cloches célébraient la Fête-Dieu. Ses mains le faisaient souffrir. Il constata que les chairs étaient à vif et que le manche de la hache était taché de sang.

— Un p'tit coup d'eau, Montferrand ? lui lança Maturin Salvail. Tu l'as ben mérité ! Jamais j'aurais cru une jeunesse capable de trimer des arbres comme tu l'as fait !

Joseph sourit tout en tassant les mèches mouillées qui lui collaient au front.

— C'est pas de refus, monsieur…

— Ho ! T'es ben le seul qui m'appelle « monsieur », s'amusa l'autre. Par icitte, on m'appelle la « tête croche », mais pour toé, ce sera Maturin… Maturin tout court !

Embarrassé, Joseph baissa les yeux.

— C'est pas de refus… euh… m'sieur… euh… Maturin, bafouilla-t-il.

Salvail ricana et lui tendit une outre de cuir ornée de piquants de porc-épic. Joseph la manipula avec une grande prudence et la contempla avec étonnement.

— Y a pas de poison dedans, blagua Salvail, visiblement amusé par l'air troublé de Joseph. Envoye, rince-toé l'gosier !

Joseph ne se fit pas prier davantage. Il but longuement. Lorsqu'il eut terminé, Salvail lui prit les mains et les examina. Il dodelina de la tête.

— Un p'tit remède de chamane va t'arranger ça, murmura-t-il. Après, tu vas avoir une couenne de cochon à la place de la peau.

Joseph retira brusquement ses mains et recula de quelques pas. Son regard exprimait suspicion et crainte à la fois.

— Euh… merci, mais pas besoin d'un remède… C'est ben juste des écorchures… J'suis d'adon pour bûcher encore un bon coup…

Salvail le regarda et sourit. Il ne s'étonna nullement de la réaction de Joseph. Il pensa bien que l'adolescent avait associé le mot « chamane » à de la sorcellerie, et celle-ci, aux « faiseurs de malices ». C'est ainsi qu'on désignait, en guise de raillerie, les guérisseurs des Sauvages. Même que toutes les occasions étaient bonnes pour les rendre responsables des maux qui tuaient. Toutefois, on se gardait bien de juger l'impuissance des médecins blancs parmi les plus réputés à contrer les épidémies de variole et de fièvres malignes qui décimaient ces mêmes Sauvages au rythme du Déluge biblique.

— Un autre arbre, opina Salvail avec un haussement d'épaules, mais ben juste par orgueil… Au couchant, tes mains vont être enflées à pus pouvoir les fermer… Au lever du soleil, tu vas avoir du poison dans les sangs…

À ces paroles, le visage de Joseph prit une expression d'étonnement. Il regarda ses mains une fois de plus. Elles étaient sanguinolentes, entaillées, avec de grands lambeaux de peau arrachés.

— La femme du tonnelier Bourdon avait un remède contre les crevasses aux mains, fit Joseph. Elle faisait fondre d'la moelle de bœuf pis du gras de veau… Elle étendait ça avec une spatule. Ça soulageait.

— Bon remède, approuva Salvail. Elle aurait pu mettre un peu de miel sauvage, ça donne à la peau une bonne mollesse… Moé, vois-tu, j'garde la moelle pour mon chien, pis le gras de veau pour mon estomac… Ça fait qu'y te reste juste à retourner voir le tonnelier…

Joseph le fixa de ses yeux bleus.

— Non ! lâcha-t-il avec force.

Salvail n'ajouta rien. Il était fatigué, ses rhumatismes le faisaient souffrir, lui rappelant le parcours de sa vie. Il s'éloigna de quelques pas, suivi par son chien. Il caressa la bête, lui tapota les flancs, prit le mufle entre ses mains. Le molosse se mit à gronder.

— Cherche, lui souffla l'homme à l'oreille. Va chercher !

Le chien gronda de plus belle, puis fila d'un trait. Salvail s'accroupit au pied d'un arbre et avisa le chantier. Il en aurait pour plusieurs jours à ébrancher, tronçonner, brûler, entasser les cendres, les laver à grande eau, recueillir la potasse dans les tonneaux. Il regarda Joseph. Ce dernier n'avait pas bougé et semblait perdu dans ses pensées. En le voyant de la sorte, si grand pour son jeune âge, aussi fort que fragile, mais déjà téméraire et volontaire, il pensa à un autre.

La dernière fois, lui et cet homme d'exception avaient combattu un ennemi disposant d'une écrasante supériorité en hommes et en armes. Cela s'était passé quatre ans plus tôt, en bordure de la rivière Châteauguay, dans un endroit entrecoupé de ravines et entouré de terrains marécageux. Des jours et des nuits à détruire des ponts, à abattre des arbres. D'autres jours et nuits à attendre l'ennemi sous une froide pluie d'automne. Il y avait là trois cents hommes regroupés dans deux compagnies de Voltigeurs et quelques Sauvages. Tous des volontaires parlant la langue du pays, prêts à mourir pour défendre ce qui leur restait de patrie contre le nouvel envahisseur. Personne, chez les Canadiens, ne portait la tunique rouge des Anglais, mais un uniforme distinctif, gris avec collet, quelques parements et des boutons noirs, de courtes bottes et des bonnets en peau d'ours. Lorsque les quatre mille soldats américains se présentèrent, personne ne doutait qu'ils allaient prendre Montréal, sauf le chef, le lieutenant-colonel Charles-Michel de Salaberry. Enrôlé à l'âge de quatorze ans, il avait gravi tous les échelons à force de bravoure.

En ces derniers jours d'octobre 1813, de Salaberry passa à l'histoire. Il y eut des assauts, les bruits des canons, les odeurs de la poudre et du sang. Au milieu des abattis, on vit se dresser sa silhouette, sabre au clair. Il haranguait ses troupes au mépris de la mitraille. « Force à superbe, mercy à faible », criait-il sans arrêt. Le 26 octobre, les Américains, qui n'avaient jamais douté de la victoire, se replièrent en désordre sous les tirs d'enfilade foudroyants de la poignée de défenseurs.

De Salaberry aurait aisément pu s'attribuer la gloire et son cortège d'honneurs. Il préféra en partager l'essentiel avec ses soldats. Ce jour-là, de Salaberry avait appelé chacun par son prénom, sans omettre personne. Il s'était longuement attardé auprès des Sauvages, les traitant ainsi comme des égaux devant tous. Ce ne fut que plus tard que Salvail entendit raconter que ce militaire au gabarit herculéen avait écrasé d'une main de fer un fier-à-bras qui entendait défier la discipline régimentaire, et qu'il prenait plaisir à traverser Montréal en portant un quart de farine sous chaque bras.

Dans le bois, en haut de la rivière Châteauguay, le colonel de Salaberry avait achevé une lettre qu'il adressait à son père. Il l'avait écrite en anglais, étant plus habitué à cette langue qu'à sa propre langue maternelle, en raison de sa longue absence du pays. La missive terminée, il avait demandé à voir Maturin Salvail. « Tu as fait un travail remarquable, avec tes éclaireurs indiens, lui avait-il dit avec son lourd accent. Je t'attribue cinquante acres de terre libres de toute servitude et le droit de te proclamer un héros de Châteauguay ! » Il avait tenu parole. Pour la première fois de sa vie, Maturin Salvail avait connu la grandeur véritable d'un homme blanc. Ce fut aussi un moment de réconciliation.

Deux ans plus tard, par temps d'automne, un cavalier déboucha du boisé. Il était suivi d'un gros chien noir, une sorte de bâtard hirsute, la lippe dégoulinante de bave. Salvail reconnut l'homme sans peine. Ce dernier le salua d'un geste, mais ne descendit pas de sa monture. Il demanda à boire et étancha sa soif à même l'outre que lui tendit Salvail. Puis il demanda à ce dernier s'il avait bien reçu ses titres de propriété. Sans plus, il lui confia le chien en lui disant que la bête l'avait suivi pendant des heures, mais qu'il ne pouvait lui-même s'en occuper. Au moment d'éperonner son magnifique cheval à robe pommelée, il laissa tomber une bourse aux pieds de Salvail en lançant: « Tout homme doit suivre son destin. »

Salvail sursauta. Il s'était assoupi pendant un instant. Il se frotta les yeux. Là, devant lui, se tenait l'émule de Charles-Michel de Salaberry. Vingt-cinq ans séparaient le militaire de cet adolescent, mais Salvail voyait entre eux une troublante ressemblance. Joseph avait la même taille, bien qu'étant pour le moment de moindre corpulence. Un même port altier, la même chevelure couleur du blé mûr, le même regard lumineux où nichaient la droiture, l'audace, mais aussi l'orgueil et un impérieux besoin d'indépendance.

À quelque distance, le chien aboya. Salvail se remit debout assez péniblement. Ses genoux étaient raides et ses doigts gourds. La bête aboyait toujours.

— Beau dommage, Orémus ! cria Salvail. Ménage tes jappes pour les senteux !

Le raffut du chien avait alarmé Joseph.

— On dirait qu'y a découvert quelque chose…

— Ouais, fit Salvail. Y a trouvé le remède du chamane. Amène-toé !

Il avait suffi d'une violente torsion et de quelques coups de couteau d'une main experte pour dépecer les deux lièvres pris dans les collets de boyau. Salvail les tendait en toute saison, au gré des nombreux fourrés et des sentiers fréquentés par les lièvres sauvages.

— Ben meilleur à manger l'été, fit-il en taillant des filets à même les carcasses. L'hiver, ces bestioles-là goûtent trop le sapinage.

Il tendit à Joseph les peaux fraîchement écorchées des deux bêtes.

— Enveloppe-toé les mains dans ça, lui dit-il. Ça va tirer le mal.

— C'est ça, le remède du… ? s'étonna Joseph.

— Du chamane ? compléta Salvail en émettant un gloussement. Ça va venir après.

Dans l'heure qui suivit, Salvail avait fait chauffer à petit feu un chaudron de fonte dans lequel il avait introduit pêle-mêle des feuilles, des morceaux d'écorce, des bourgeons séchés, des résidus de sève et de résine. Il avait ajouté des fleurs et des plantes, des bleues, des violacées, des blanches piquetées de pourpre aux racines charnues. Vers la fin de l'après-midi, le mélange fut réduit à une décoction fumante à l'odeur âcre.

Durant toute cette heure, Joseph avait surveillé Maturin Salvail avec l'œil de l'élève qui observe son maître. Personne ne parla. Lorsque enfin Salvail se pencha au-dessus du chaudron, il marqua sa satisfaction par une mimique et adressa un clin d'œil complice à Joseph.

— Quelques gorgées de ça pour purifier tes sangs... Tu danseras pas la gigue de l'ours tout fin drette, mais à la barre du jour tu vas te sentir pas mal moins écréanché...

Salvail plongea un gobelet de bois grossièrement taillé dans l'étrange mixture.

— Bois ça, dit-il en tendant le récipient à Joseph.

Ce dernier fit une grimace. Il retira les peaux de lièvres qui recouvraient ses paumes. Aussitôt, des mouches tournoyèrent et se posèrent sur les chairs vives. Joseph se rendit à la douloureuse évidence en constatant les taches sanglantes.

— Votre remède a rien changé, fit-il avec une expression de dépit. Pourquoi j'devrais boire ça en plus ? À vous entendre, j'pensais ben que votre affaire de chamane me guérirait sur un vrai temps...

Salvail n'insista pas. Il déposa le gobelet. Pendant un moment, il se demanda pourquoi il s'était embarrassé de la présence de cet adolescent sans doute mal à l'aise dans un corps qui frôlait la démesure. Peut-être ne méritait-il pas d'être comparé au héros de Châteauguay. Ou alors, en ces heures, depuis le hasard de leur rencontre, sa conscience d'enfant vivait-elle son ultime transformation.

— Mon grand-grand-père racontait l'histoire d'un tout p'tit homme qui croyait faire des miracles, commença Salvail, en murmurant presque. C'était un tout p'tit homme qui avait réussi à battre un géant parce qu'il était pas mal ratoureux. À force de raconter son exploit, v'là que tout le monde s'était mis à croire qu'y était capable de faire des miracles.

Beau dommage ! Y a fini par y croire itou ! Un jour, notre p'tit homme a rencontré sur son chemin de gloire le sorcier d'un tout p'tit village... Oh ! à peine une dizaine de cabanes. « C'est toé, qui a battu le géant ? » que le sorcier y a demandé. Le p'tit homme s'est pris pour un plus gros casque encore. « J'ai battu tous les géants », qu'y a répondu. « Aurais-tu un défi à ma taille ? » qu'y a demandé au sorcier. Lui, le sorcier, y a pointé le soleil : « Juste attraper ça. » Le tout p'tit homme a pensé à son affaire pendant des jours pis des nuits. Un matin, y a décidé de poser un grand collet... Assez grand pour cercler la montagne où se levait le soleil tous les matins. Faut dire qu'y a pas manqué son coup. Un vrai miracle ! Une fois le soleil pris dans le collet, le p'tit homme a tiré ben fort sur la corde. Un coup assez fort pour pogner tous les géants ! Disparu, le soleil ! Au fond d'un grand trou noir. Y restait pus au p'tit homme qu'à aller faire son jars chez le sorcier. Mais comme y cherchait le chemin du village, rapport qu'y avait pus de clarté, c'est lui, le tout p'tit homme qui faisait des miracles, qu'est tombé dans le grand trou noir... Personne l'a jamais revu. Le soleil, lui, y est revenu tout seul.

Salvail se tut. Il laissa passer un bon moment, le regard perdu au loin, comme s'il remuait le passé au fil de cinq générations. Perplexe, Joseph fixait le gobelet. Il essaya de déceler le mystère.

— Comment y faisait, votre grand-grand-père, pour savoir tout ça ? finit-il par demander.

— Il l'a appris de son grand-père.

— Et lui, comment y faisait ?

— Lui, on l'a appelé dans son temps le renard, le chevreuil... Un autre tantôt, le castor, la tortue... Même le grand oiseau des marécages. Son vrai nom, c'était Anishinabe... Ça veut dire « premier homme », dans la langue des Ojibwés, un peuple qui venait des Pays-d'en-Haut, près des grands lacs d'eau douce...

— C'était un Sauvage ?

— C'est comme ça que les blancs nous appellent... des Sauvages. Anishinabe était un chamane... pis c'est lui qui est venu habiter ma mémoire !

L'étonnement qui se lisait maintenant sur le visage de Joseph, également marqué par une ombre de crainte, se mua en fascination. Du coup, Maturin Salvail lui parut comme un homme sans âge, une sorte de messager qui avait chevauché le temps et que l'on avait mis sur sa route. De son côté, Salvail vit une lueur fiévreuse dans le regard de Joseph : celle de toutes les témérités.

— La peau d'ours est toujours là pour la nuit, lui rappela-t-il doucement, le remède itou !

Il n'attendit pas de réponse. Il prit le chaudron à deux mains et se dirigea vers sa cabane d'un pas mal assuré.

L'arôme du civet de lièvre fleurait bon, alors que la longue cuisson répandait une chaleur moite dans la pièce. S'y mêlait une forte odeur de feuilles de tabac séchées que Salvail avait fait macérer pour s'en faire des chiques.

— Du lièvre avec des vieilles patates, annonça-t-il, un vrai repas des Fêtes ! Ça va faire changement d'avec le lard des quêteux… T'as déjà goûté du bon lièvre des bois ?

Joseph fit non de la tête. Assis à la table, son regard passait du chaudron à cet étrange objet qui pendait au mur d'en face. C'était une pièce superbe, entièrement montée en ceinture, de la taille d'une ceinture fléchée. L'assemblage comprenait des perles de diverses couleurs, de l'écorce d'orme et du chanvre sauvage, le tout attaché avec des tendons d'animaux. La nacre, lisse, polie par le temps, changeait de couleur au gré des jeux d'ombre et de lumière.

Voyant le manège, Salvail devina que Joseph, par crainte d'indiscrétion, n'osait pas le questionner afin de satisfaire son évidente curiosité. Lui-même avait senti, tout au long de cette journée, se relâcher sa propre méfiance envers cet adolescent. La venue fortuite de ce dernier avait en quelque sorte éliminé, ne serait-ce que partiellement, la barrière qu'il avait dressée en permanence entre lui et les autres humains, symbole de deux violences opposées. Peut-être cette proximité inespérée lui permettrait-elle enfin de retrouver sa propre trace, après avoir traversé tant de turbulences.

— Tu m'as pas dit que tu savais lire ? demanda Salvail en posant une assiette bien garnie et fumante devant Joseph.

— Pis écrire aussi, précisa Joseph.

— Beau dommage ! Avec ça, tu vas pouvoir apprendre toutes les choses du vaste monde...

Sur ces paroles, il alla décrocher l'objet du mur et le déposa sur la table.

— Es-tu capable de lire ça ? fit-il avec le regard de celui qui veut surprendre.

Joseph examina gauchement la pièce et ne cacha pas sa confusion.

— Un wampum, fit Salvail. Celui du grand-père de mon grand-grand-père. Les lignes, les formes, les couleurs racontent la vie, la mort, les guerres, la paix, les maladies, la famine... Le wampum contient les mémoires de mes ancêtres... C'est un livre tout ce qu'il y a de précieux avec plein de messages... Un vrai trésor ! On appelle ça la tradition !

— Vous savez lire tout ça ?

Salvail ne répondit pas. Il se contenta de grimacer un vague sourire.

— La bonne viande, faut manger ça chaud, fit-il en entamant le repas.

Tel un présage, le ciel avait changé de couleur. Au loin, il avait pris une teinte de plomb. Un soudain coup de vent avait couché les herbes. Puis un orage, aussi bref que violent, transforma le chemin de terre en un véritable ruisseau. Il semblait bien que la nature se réservait encore quelque caprice, puisque les lourds nuages qui masquaient le coucher du soleil allaient également voiler le lever de lune.

Un loup hurla. Suivirent des cris de chouettes et les croassements plaintifs de corbeaux. Même le chien se mit de la partie en émettant des grognements rauques.

— Ben quoi, Orémus, ricana Salvail, nous annoncerais-tu une nuit de malheur ? P't'être ben qu'y va y avoir des morts qui vont sortir la tête de terre dans les parages ! Qu'est-ce t'en penses, Joseph ?

Joseph le regarda d'un air inquiet. Voilà une heure encore, le ciel était si pur. Nul ne soupçonnait alors un orage tapi derrière l'horizon. Fallait-il redouter les ombres ? Les nuées de corbeaux annonçaient-elles le retour du Windigo, ou alors de quelque bête à face humaine ? Machinalement, il joignit ses mains. Le contact des paumes raviva la douleur. D'un geste, Salvail désigna le chaudron.

— Le remède est toujours là...

Un sursaut de méfiance. Finalement, Joseph puisa dans le chaudron et but une rasade. Par hardiesse peut-être. Il en éprouva le goût amer et se retint de ne pas recracher la décoction. Au bout d'un instant, il ressentit des picotements autour de la bouche. Des rougeurs lui montèrent aux joues et une chaleur inhabituelle gagna son corps en entier. Puis tout se brouilla. Les objets perdaient leurs contours, enveloppés d'une brume de vapeur. La pièce elle-même devint vaste, tantôt baignée par une lumière éclatante, tantôt plongée dans des ténèbres. Certains objets prenaient des reflets d'or, d'autres semblaient reposer sur des braises. Les plantes séchées accrochées sur les murs se mirent à ramper jusqu'à s'entremêler. Un véritable chaos trop indescriptible pour être réel, trop effrayant pour être compris.

Il entendit distinctement une voix qui s'adressait à lui. Elle ressemblait à celle de Maturin Salvail, mais plus profonde, empreinte de gravité, pleine d'éloquence. Joseph s'abandonna. Il se trouva aussitôt tiré hors du temps, avalé par l'ombre, confronté à de terribles révélations. La voix parla de luttes, de conflits sanglants et de guerres cruelles, tous résultant de la rapacité et de la convoitise. Elle parla de nouveaux conflits, prétextes à de nouveaux traités de paix : autant de palabres, de promesses illusoires, de fourberies. Elle décrivit l'échange de monceaux de fourrures contre quelques fusils sans poudre ; des territoires entiers de chasse contre de la pacotille ; amitiés feintes au profit de trahisons. Elle évoqua des nations anéanties par des épidémies, des peuples souverains dépossédés d'un pays entier.

« Celui qui est en haut, qui connaît toutes les choses, fit la voix, avait envoyé des signes aux anciens : il viendra des hommes qui ne mériteront même pas d'être comparés à des loups. Ils feront de l'amitié un commerce... Ils vous graisseront les mains avec des dentelles, des pierres luisantes, des épées rouillées… Ils vous mettront à genoux devant des robes noires qui vous passeront des médailles au cou pendant que des soldats vous mettront des chaînes aux pieds… Vous deviendrez alors de grands arbres qu'on aura fait tomber et qu'on oubliera de replanter… »

Un défilé de visages passa devant les yeux de Joseph. Les uns bariolés de couleurs vives, avec des yeux cerclés de noir, d'autres tatoués d'un véritable bestiaire, quelques-uns scarifiés, mais beaucoup affreusement marqués par la vérole. Autant de masques tragiques rappelant qu'il y avait eu une rencontre de deux mondes. Un choc plutôt qu'un voisinage, puisqu'il désagrégea le monde des nations dites sauvages au profit de celui qui revendiquait l'art des mots, le génie de la persuasion, mais surtout la suprématie des armes à feu.

Émergea de ce passé englouti un autre visage, vénérable celui-là, au regard d'aigle. En un instant, son abondante chevelure passa du gris au blanc. Les traits s'altérèrent à coups de rides profondes, traces de tant d'épreuves.

« Si tu veux être sûr de ton seul ami, fit la voix, creuse un trou dans lequel toi et lui jetterez vos tomahawks, un trou assez profond pour que ni vous ni personne ne puisse les retrouver. Alors vous pourrez échanger des cadeaux de paix ! »

La voix se tut. Les spectres se fondirent dans l'obscurité. Les derniers roulements de tonnerre cédèrent aux seuls bruissements nocturnes. Les grandes cimes des arbres se découpèrent de nouveau sous le clair de lune, alors qu'apparaissaient les premières étoiles de la nuit.

Salvail passa la main sur le wampum. Il alla le fixer au mur, à sa place habituelle, puis il souffla la lampe. Il jeta un coup d'œil à la silhouette de Joseph, étendu sur la peau d'ours. L'adolescent semblait libéré des sombres rêveries. Son sommeil était profond.

Si la silhouette était celle d'un homme, ce devait être un chef. En pleine lumière, son visage était entièrement peint en rouge vif, rehaussant ainsi l'anthracite de ses yeux. Il portait sur la tête une coiffe de plumes d'aigle surmontée des ramures d'un cervidé et, sur les épaules, une couverture aux motifs géométriques. Il avançait à pas lents, avec beaucoup de gravité. Il s'approcha d'un arbre, tira le couteau qu'il portait à la ceinture et entreprit d'y graver deux pictogrammes, l'un représentant un grand oiseau aux ailes déployées, l'autre, un ours debout sur ses pattes de derrière.

L'expression de calme de son regard dissipa la crainte que l'adolescent avait ressentie à sa vue, et plus encore lorsque l'homme lui avait tendu une main qu'il avait sentie de glace. L'apparition se pencha alors vers lui et se mit à murmurer à son oreille. Incompréhensibles durant les premiers moments, les mots prirent progressivement leur sens, quoiqu'ils fussent prononcés dans une langue étrangère, au grand étonnement de l'adolescent.

Tout à coup, les mots se muèrent en sons confus avant de céder à un troublant silence. La lumière, si blanche encore l'instant d'avant, sombra dans les ténèbres. La vision disparut. L'adolescent se trouva seul, un arc et des flèches dans les mains. Il n'en parut pas surpris. Sans plus, il entreprit son erre, franchissant, de distance en distance, montagnes, vallées, rivières, rapides et forêts. Il ne redoutait rien, et aucune pensée ne venait plus le troubler.

La quête dura indéfiniment. Lorsque enfin il se retrouva devant l'ours géant, il n'éprouva nul effroi. L'énorme bête était maculée du sang de ses plus récentes proies. Elle dévisagea l'adolescent, et il lui rendit son regard avec respect et sang-froid. Lorsque la bête se dressa sur ses pattes de derrière, son ombre couvrant entièrement le jeune homme, ce dernier déposa l'arc et les flèches devant le monstre.

Un vent impétueux se leva, gonflant comme une voile la couverture que portait l'adolescent. Il ressemblait ainsi à un grand oiseau prêt à prendre son envol. De nouveau, il entendit la voix, mais tel un écho voyageant sur les ailes du vent : « Te voilà devenu le chasseur adopté par le clan de l'ours », fit-elle. Aussitôt, l'adolescent s'imagina grandir démesurément, devenir lui-même un ours, alors qu'une fourrure aux longs poils lui poussait sur le corps… Joseph sentit un souffle fétide alors qu'une substance visqueuse se répandait sur son visage et son cou. Il ouvrit brusquement les yeux. Il ne distingua d'abord qu'une lueur rougeâtre, une grosse tête noire, une rangée de crocs. Il faillit pousser un cri d'épouvante. Puis il reconnut la bête. Elle le fixait de son œil unique, un regard à la fois triste et tendre.

— Bon chien, Orémus, murmura-t-il en lui caressant le poitrail.

Le molosse frissonna et vint se blottir contre Joseph, comme pour s'approprier toute la chaleur de son corps, son énorme tête posée sur ses pattes de devant.

Tout en continuant de caresser le chien, Joseph regarda autour de lui. Rien n'avait changé ; le wampum était à sa place, sur le mur, la paillasse de Salvail était vide, la voix étrange, si tant est qu'elle eût existé, s'était tue. Mais alors que Joseph tentait de se convaincre qu'il ne s'était rien passé d'anormal, sa bouche laissa machinalement échapper des mots entrecoupés, incompréhensibles.

Brusquement, il se rendit compte que la lumière du jour inondait la pièce. En fait, le soleil était déjà haut dans le ciel. Il entendit des voix et reconnut celle de Maturin Salvail. Des chevaux piaffaient et s'ébrouaient.

Joseph se leva d'un bond, conscient qu'il avait dormi trop longtemps. Il se rendit compte tout à coup qu'il était torse nu. Sa chemise, hier encore crasseuse et maculée de sang, était déposée sur le coin de la table. Soigneusement pliée, elle était immaculée, sentait le frais, ayant probablement été passée au lessi et séchée au grand air. Il l'enfila et se précipita dehors, suivi du chien.

Le soleil était éblouissant et l'air, chaud. Les insectes tourbillonnaient et bourdonnaient, attirés par les effluves chevalins. Joseph vit deux chevaux de trait couverts de sueur, attelés à une charrette dans laquelle Salvail et un homme portant un tablier de cuir hissaient péniblement les tonneaux de potasse.

— Te v'là enfin, lança Salvail en voyant l'adolescent. Un peu plus, tu faisais deux fois l'tour de l'horloge !

Joseph fit face aux deux hommes. L'inconnu était de la même taille que Salvail et probablement du même âge. Il avait une grosse tête dégarnie, une mâchoire carrée, le visage mal rasé. Il observait Joseph en gardant les yeux mi-clos.

Il renâclait sans cesse, s'essuyant le nez machinalement du revers de la manche.

— C'est Baptiste Poissant, fit Salvail en guise de présentation, le charroyeux de potasse… Y vient icitte deux fois par année pour collecter la part du curé…

Il avait prononcé les derniers mots d'une façon presque méchante.

— Comme ça, c'est toé, l'Montferrand, fit Poissant d'une voix éraillée en examinant Joseph de la tête aux pieds avant d'ajouter : Tu ressembles à ton père !

— Faut dire que not' charroyeux, y connaît tout l'monde pis leur père, ironisa Salvail.

Surpris, Joseph ne sut que répondre. Il se contenta de dévisager l'autre, notant ses lèvres comprimées aux commissures tombantes et ses yeux gonflés, rougis par la fatigue.

— Ça jasait fort su'l'perron de l'église, continua Poissant. T'aurais fait du ravaud chez l'tonnelier…

Mal à l'aise, Joseph baissa les yeux. Il croisa et décroisa les mains pour se rendre compte qu'il n'éprouvait plus la moindre douleur. Il regarda ses paumes et constata avec stupéfaction que les plaies étaient presque entièrement guéries. N'y paraissaient plus que quelques écorchures. Poissant, l'air un peu borné, prit cette réaction pour du désarroi.

— Y en a ben qui voudraient avoir le jeune au bout d'leur fourche, poursuivit-il à l'endroit de Salvail. Y s'est pogné avec le gars à Dallaire ; y a magané le canayen pas pour rire… À croire qu'y voulait l'tuer… Y a mis en sacre le bonhomme Bourdon, qui se demande ben qui qui va y payer le dû de son apprenti, rapport qu'y s'est poussé du séminaire…

— En v'là au moins un qui a du gripette dans l'corps, l'interrompit Salvail, visiblement réjoui de ce qu'il venait d'entendre. De savoir que l'Joseph a retroussé le troufignon à un Dallaire, ça me brasse les sentiments !

Il regarda Joseph bien en face.

— Si c'est vrai, c'que raconte le Baptiste, t'as pas à rougir… Il plissa les yeux… C'est t'y ben vrai ?

— J'me suis juste défendu, murmura Joseph.

Salvail le gratifia d'une tape amicale sur l'épaule.

— Qu'est-ce que ça va être le jour où un Anglais va se mettre en travers de son chemin comme ç'a été pour son père ! ajouta Poissant en prenant un air narquois.

— Mon grand-père, le corrigea Joseph.

— Moé, c'est de ton père que j'parle, pas d'un revenant... J'parle de Joseph-François, s'obstina Poissant. J'parle de ce qui s'est passé à la Pointe du Moulin à Vent...

Abasourdi, Joseph n'entendit rien d'autre, sinon un bourdonnement très audible dans sa tête. Il ne pouvait certainement pas s'agir de son père, se disait-il. La dernière fois qu'il l'avait vu, il était cloué dans sa berçante tel un moribond qui attendait que la maladie l'emportât. Comment un homme miné à ce point par la consomption aurait-il pu affronter qui que ce soit ? se demandait-il, se rappelant son visage cireux, ses yeux enfoncés dans leurs orbites, ses mains tremblantes, son souffle court, sa voix cassée.

Si Salvail fut lui-même étonné des propos de Baptiste Poissant, il n'en feignit pas moins l'indifférence. Quoique n'ayant jamais entendu parler de ce Joseph-François, il se souvenait de l'autre Montferrand, celui que Joseph appelait le grand-père. Pour les uns, il était supposé avoir bravé tous les dangers, mais pour beaucoup d'autres, il avait été le suppôt des mauvais desseins d'agitateurs. En attendant, Salvail décida que ce ne serait pas ce livreur de potasse commissionnaire des Sulpiciens qui confronterait Joseph à une quelconque évidence. Il interpella Poissant.

— Un p'tit cruchon, ça ferait pas tort... Pendant qu'on va se poncer les tripes, le jeune va donner une battée...

Il tâta le bras de Joseph tout en fixant le regard bleu de l'adolescent.

— Penses-tu être capable de nous accoter ?

Il restait une douzaine de tonneaux à charger. Rempli de potasse, chaque tonneau faisait le poids de deux hommes, une charge énorme, même pour quatre bras robustes rompus aux manœuvres de chargement.

Joseph retira sa chemise, dévoilant un gabarit densément musclé. Il resserra la ceinture de cuir autour de sa taille et dégagea son front en repoussant la mèche de cheveux qui l'envahissait. Il s'approcha du tonneau le plus éloigné, en fit le tour, s'accroupit, l'enserra de ses bras démesurés et le souleva. Pendant un instant, l'adolescent fléchit sous le poids, mais d'un brusque mouvement des reins, il parvint à se redresser. Il franchit ainsi la quinzaine de pas qui le séparaient de la charrette.

— Des vrais bras de fer ! s'exclama Poissant, qui n'en croyait pas ses yeux et dont le visage passa en un clin d'œil de l'ironie à la stupeur.

— Dire qu'un jour y sera un homme, murmura Salvail.

Tout à côté, le jeune Joseph avait soulevé un deuxième tonneau avec une plus grande aisance qu'il ne l'avait fait pour le premier. Salvail secoua la tête alors que Poissant, fasciné par un tel déploiement de force, regardait la scène avec les yeux écarquillés de celui qui assiste à une scène invraisemblable.

— Amène-toé, le charroyeux, fit Salvail, le whisky va te changer les sangs…

— Y a du démon là-dedans, fit Poissant avec la même incrédulité dans la voix.

— Surtout pas de parlotage en ville, fit rudement Salvail. Tu pourrais te faire pogner par le chignon du cou… Tu m'as ben compris ?

— J'suis pas un rapporteux, se défendit Poissant.

Au bout de quelques pas, Poissant toucha Salvail au bras.

— Il s'agit ben de son père, souffla-t-il. Ce serait rapport à une dette…

Salvail parut contrarié devant l'insistance de l'autre, mais nullement surpris.

— Tous les chiens de cul ont des dettes, répliqua-t-il.

Quelques minutes et quelques rasades de whisky plus tard, Salvail, ouvrant brusquement sa chemise, dénuda sa poitrine. Poissant découvrit avec effarement qu'elle était marquée de nombreuses et profondes cicatrices.

— C'est avec ça que, moé, j'ai voulu payer mes dettes, lança Salvail non sans crânerie. Mais faut croire que j'avais pas assez de sang à donner… C'que la terre voulait pus boire, les propriétaires du pays l'ont sucé jusqu'à la dernière goutte…

Alors que les deux hommes vidaient le cruchon, Joseph hissait le douzième tonneau dans la charrette.

Au cours de cette dernière soirée que Joseph allait passer sous le toit de Maturin Salvail, l'adolescent parla comme jamais encore il ne l'avait fait. Tour à tour, l'amertume et l'émotion lui avaient noué la gorge. Et jamais, depuis son enfance, n'avait-il été si près des larmes.

La pénombre s'installa, et Salvail alluma une lampe. En éclairant directement le visage de Joseph, la flamme dansante en accentua les traits, leur donnant une surprenante sévérité.

Salvail ne parla guère. Les yeux plissés, il écoutait avec attention. Il lui arriva de sourire, parfois ironique, mais surtout compatissant. Lorsque la nuit tomba, Salvail souffla la lampe. Il s'affala sur sa paillasse et n'eut pas à chercher le sommeil. Mais Joseph ne parvint pas à s'endormir. Pour la première fois de sa courte vie, il redouta les rêves qui allaient venir l'agiter; du moins le crut-il. Obsédé par cette redoutable perspective, il resta éveillé dans le noir, à l'affût du moindre son. Il sursauta même lorsqu'une mouche vint se poser sur son front. Il adressa une prière muette à la Vierge. Puis il pensa à son père, imagina sa haute silhouette. Tout à coup, ce dernier se trouva devant lui, bien droit. Il n'avait plus le regard glauque du moribond. Son œil, au contraire, était ardent et portait à l'infini.

Joseph avait alors fermé les yeux. C'est en sombrant dans le néant qu'il vit l'éblouissante lumière de la révélation. Il sut que ce serait en homme qu'il vivrait dorénavant tous les matins du monde.

Lorsqu'il rouvrit les yeux, Joseph vit poindre une aube teintée de rose. Il aperçut la silhouette de Salvail, qui se tenait dans l'embrasure de la porte, les mains dans le dos, immobile. Il semblait contempler le demi-jour dans lequel tournoyaient déjà des oiseaux en quête d'insectes. Peut-être était-il tout simplement perdu dans ses pensées, ou alors réfléchissait-il aux placotages de Baptiste Poissant. Il se râcla la gorge et cracha le liquide brunâtre de sa chique. Se retournant brusquement, son regard croisa directement celui de Joseph. Surpris, ce dernier eut un sourire contraint, gêné par l'idée que Salvail connût peut-être ses pensées.

— Ben des choses d'la vie sont mal faites, évoqua ce dernier comme s'il réfléchissait à voix haute, mais c'qu'y a de certain, c'est qu'un homme, un vrai, ça doit suivre son destin…

Il éclata d'un rire sonore, auquel le chien fit écho en y allant de quelques aboiements.

— Ça fait un boutte qu'Orémus a compris ça… même si y est pas un homme, ajouta Salvail avec humour. Pis toé, Joseph Montferrand, t'as intérêt à tailler ton chemin dans la vie… Mais ton chemin à toé tout seul !

Il fit signe à Joseph de s'approcher et l'entraîna sur le perron.

— Par là, fit-il en désignant l'ouest, c'est le chemin du grand large… Vers les Pays-d'en-Haut… T'auras pas assez de ta vie pour en faire le tour… Les arbres y sont tellement hauts qu'y touchent le ciel… Et pis chaque lac que tu vas trouver a quasiment la grandeur d'un océan.

Il étendit son bras dans la direction opposée.

— Par là, c'est la ville… C'est ce qu'y a de pire ! Celui qui l'a inventée devait filer un ben mauvais coton ! Beau dommage que la ville ça vous dételle un homme… Mais s'y faut que tu fasses le détour pour mieux trouver ton vrai chemin, pousse sur la charrue pour que tout le monde voie ben ton sillon…

Le regard de Joseph porta au loin, comme pour mesurer l'ampleur du défi. Le soleil s'était arraché à l'horizon et dissipait lentement les brumes de l'aurore. Un léger souffle de vent dégageait cette fraîcheur toute particulière des premiers moments de la journée, embaumés de l'odeur des fleurs sauvages. Salvail l'observait, conscient du violent combat intérieur que soutenait l'adolescent. Le courage de se décider à partir, de rompre tous les liens, mais en errant sans but, ou alors celui de faire front, en payant chèrement de sa personne le prix de la liberté ? Plusieurs chemins s'ouvraient devant lui et, parmi eux, le plus périlleux d'entre tous.

— Une belle journée pour trouver ton chemin, ajouta Salvail en marmonnant. Mais pas avec la panse vide… Viens déjeuner !

Ce fut un repas rapide, frugal, sans qu'un seul mot ne fût prononcé. D'instinct, le chien vint se blottir contre les jambes de Joseph. Ce dernier sentit la bête frissonner. En se levant de table, il éprouva une étrange émotion. Salvail s'en rendit compte. Lui-même eût souhaité que la séparation fût toute simple, avec ce détachement qui permettait l'oubli. Mais rien n'était moins sûr. Il posa un regard complice sur Joseph. Il connaissait bien le monde que celui-ci allait devoir affronter. Il savait que ceux qui revendiquent le droit du plus fort n'hésitent pas à devenir des loups parmi les hommes. Il savait surtout que le destin des êtres d'exception était souvent confronté à l'envie et à l'injustice de la majorité.

L'homme et l'adolescent franchirent ensemble une centaine de pas, jusqu'à l'orée du boisé. Orémus, qui trottinait devant eux, s'arrêta net, comme s'il avait été tout à coup retenu par une chaîne invisible. Il se mit à geindre doucement, puis à gronder d'une façon plus sourde.

Joseph et Maturin Salvail restèrent un instant plantés l'un devant l'autre, sans savoir quoi dire. Puis Salvail tendit à l'adolescent un sac en cuir tanné entièrement décoré de petites perles de verre.

— Juste en cas que l'chemin serait plus long, fit-il.

Au lieu d'un sourire, ce furent des larmes que Joseph s'efforça de réprimer. Aussitôt, la couleur des yeux de Salvail changea. Il tourna la tête et se passa la main sur le visage. Puis il murmura quelque chose qui ressemblait à un adieu.

— Merci, fit Joseph… Merci, Anishinabe !

Visiblement ému, Maturin Salvail hocha la tête et s'éloigna lentement. Orémus lui emboîta le pas. Le soleil était haut lorsque Joseph parvint au calvaire des quatre chemins. Les fleurs qui avaient été fraîchement cueillies pour la Fête-Dieu étaient fanées. Au lointain, le chant tardif d'un coq se fit entendre ; un autre lui répondit. Joseph discerna les rumeurs de la ville. Il imagina les grandes rues animées que coupaient à angle droit nombre de ruelles qui serpentaient entre des maisons serrées les unes contre les autres. Il pensa à ses parents.

· V ·

L'homme paraissait gigantesque. Lorsqu'il prit place dans la calèche, il enfonça davantage le grand chapeau de feutre dont il était coiffé. Il plaça entre ses jambes une sacoche de cuir, si bien qu'il se retrouva les genoux presque sous le menton tellement il était à l'étroit dans l'habitacle du véhicule.

— Vous êtes-t'y pressé ? lui demanda le cocher, rapport qu'y a encore de la démolition de murailles sur plusieurs arpents...

— J'vous demande seulement de pouvoir arriver tout d'un morceau, répondit l'homme avec une pointe d'humour, sachant bien qu'il serait passablement ballotté durant une bonne partie du trajet.

— Craignez pas, relança le cocher, j'ai un *coach* qui s'use à p'tit train mais qui brise pas ; et avec ça, deux bonnes bêtes fiables comme la grande horloge...

— Ben d'adon, s'empressa de répondre l'autre, pour mettre un terme à une conversation qu'il ne souhaitait pas entretenir.

Pendant une bonne demi-heure, la voiture longea un vaste chantier fait d'amoncellements de pierres et de gravois, résultat du démantèlement des anciennes fortifications de Montréal. Elle louvoya entre des buttes encore occupées de pièces d'artillerie, pour finalement déboucher sur une voie de circulation nouvellement aménagée et qui longeait un canal.

Tout à coup, la calèche s'immobilisa. On entendait des éclats de voix à proximité. L'homme écarta les petits rideaux et vit des militaires portant des tuniques rouges, l'arme au poing, qui formaient une haie protectrice autour de la colonne Nelson. Aux ordres lancés en anglais de se disperser sur-le-champ, les badauds répliquaient par des sobriquets injurieux. Certains menacèrent même de lancer des pavés. La milice anglaise finit par charger, distribuant des coups de crosse à la ronde. Les protestations se changèrent en hurlements suivis de gémissements. Un instant plus tard, il ne resta qu'une dizaine de blessés gisant sur le sol, que les militaires traînèrent à l'écart sans ménagement. C'est alors que l'homme vit que le monument en imitation de calcaire anglais avait été couvert de suie et barbouillé d'inscriptions hostiles.

— Maudits anglais ! grommela l'homme.

Le cocher attendait docilement que la milice lui signifiât le droit de passage. Un militaire ouvrit brusquement la portière et dévisagea le passager. Ce dernier releva le bord de son chapeau et rendit à l'autre un regard grave.

— *Where are you going ?* questionna le milicien.

— Seigneur-curé, répondit simplement l'homme en retirant de la sacoche un pli portant le cachet de la seigneurie de Montréal.

Le militaire jeta un coup d'œil négligent au document et fit un signe de la main.

— Envoye, cocher, lança l'homme d'une voix autoritaire. J'ai pas envie de passer la journée à aller à hue et à dia.

Deux claquements de fouet auxquels répondirent aussitôt des hennissements lancèrent la paire de chevaux au grand trot.

Parvenu à destination, l'homme longea la haute façade de pierre s'ouvrant sur le fleuve, avant de s'engager sous le portail. Une fois dans la cour, il lui sembla que les murs de la demeure seigneuriale des messieurs de Saint-Sulpice se refermaient sur lui.

Par des pièces en enfilade, un jeune religieux conduisit l'homme jusqu'à l'enceinte d'un parloir. Il entrebâilla une porte et amorça une brève conversation, la tête penchée, les yeux rivés au sol. Puis il ouvrit la porte complètement en priant l'autre de pénétrer dans la vaste pièce.

— Attendez que monseigneur vous adresse la parole, murmura-t-il à l'endroit du visiteur avant de se retirer.

Les murs étaient lambrissés, couverts de tableaux aux motifs religieux, le plancher fraîchement astiqué, la table de travail immense, couverte de livres et de documents. Alors que l'homme pénétrait dans l'enceinte, l'horloge installée dans un coin sonna. Onze coups s'égrenèrent lentement, l'écho de chacun répercuté par les murs et le haut plafond.

— Merci d'être à l'heure, monsieur, fit l'hôte en affectant une réserve presque arrogante.

L'homme nota la posture rigide du prêtre, tel un coq dressé sur ses ergots, comme s'il voulait se grandir. Il avait le visage marqué par la couperose et des veines saillantes aux tempes. Son regard était fixe, dénué de bienveillance. D'ailleurs, quelqu'un lui avait dit de se méfier de ce religieux français, surtout lorsqu'il chaussait ses lorgnons cerclés d'or et qu'il se mettait à tripoter sans arrêt sa croix pectorale.

Tout de suite, le sulpicien avait remarqué les cernes profonds sous les yeux du visiteur, signe évident d'un manque de sommeil et d'une fatigue accumulée. Mais l'homme était un véritable géant, une figure légendaire dans tout Montréal, et le religieux souffrait mal la comparaison, car lui-même était petit, presque malingre. Intérieurement, il sentait bouillir une forme de jalousie. Aussi s'empressa-t-il de s'asseoir dans son fauteuil de supérieur des messieurs de Saint-Sulpice. Il l'avait fait relever d'un cran et recouvrir d'un épais velours de couleur pourpre. Sitôt son visiteur assis sur une chaise plus basse, la différence de taille n'y paraissait plus, même si ce dernier avait presque une tête et demie de plus que lui. Le père Dessales se consola donc à l'idée que, dans ce lieu, c'était lui, le petit homme, qui commandait, conformément à l'ordre des choses et à la raison.

— J'ai dû surseoir à des affaires plus urgentes, monsieur, mais je vous accorde néanmoins cette audience, annonça le père Dessales en coulant sur l'homme un regard malicieux.

— Merci ben, curé, fit le visiteur d'un ton qui suggérait son envie de quitter l'endroit au plus vite.

Le supérieur se tordit quelque peu sur son siège et commença à jouer avec sa croix pectorale.

— Monseigneur... On dit « monseigneur », corrigea-t-il en haussant la voix et en détachant les syllabes. Les frères de l'ordre m'appellent « seigneur-curé » ; pour les paroissiens, tous les paroissiens sans exception, je suis « monseigneur ». Je vous serai obligé de respecter cette convention de notre Sainte Église...

— J'ai toujours eu l'habitude d'appeler un chat un chat, rétorqua l'homme sur le même ton.

— Il y a des habitudes qui finissent par rendre des personnes malheureuses parce qu'elles les mettent en marge de tous, répondit le religieux après un court silence. Aussi est-il sage de changer ces habitudes lorsqu'on est invité à le faire, autant celles de la pensée que de l'ordinaire de la vie... Me comprenez-vous ?

Il tira de sa manche ses lorgnons et les posa sur son nez, ce qui donna à son regard une expression encore plus froide et plus dure.

— Mais j'entends que nous ne sommes pas ici pour philosopher, poursuivit-il en esquissant un petit sourire narquois. Vous avez, m'a-t-on fait savoir, des documents importants à me montrer... ou à me remettre. Faites donc !

L'homme ouvrit posément la sacoche de cuir qu'il tenait sur ses genoux et en tira trois documents soigneusement pliés. Il en tendit un premier au supérieur des Sulpiciens. Celui-ci le prit du bout des doigts, avec un semblant de nonchalance. Il ajusta ses lorgnons, le déplia et y jeta un coup d'œil.

— Votre écriture ? demanda-t-il avec une ironie évidente.

— L'écriture, c'est pas ma hache, rétorqua l'homme. C'est celle du maître notaire...

Le père Dessales prit un air dubitatif.

— Il y a des charlatans pour bien des choses, ironisa encore le religieux. Parlons-nous de quelqu'un que nous avons l'avantage de connaître ?

— Le maître notaire Dumont Frenette de La Salle...

Le père Dessales changea aussitôt d'air. Il se mit à lire attentivement le document. Lorsqu'il releva enfin les yeux, sa malice coutumière avait cédé à l'étonnement. Il retira ses lorgnons et secoua la tête, visiblement contrarié.

— Pour quel motif vous êtes-vous mêlé de cette affaire ? questionna-t-il.

— Parce que j'ai donné ma parole à un homme d'honneur, répondit l'autre en regardant le religieux sans ciller.

— Savez-vous seulement quelle est la gravité de cette situation ? En mesurez-vous les conséquences ?

L'homme entendit les interrogations du religieux sans broncher, sans le moindre tressaillement. Il se contenta de se redresser légèrement.

— Autant que vous, curé.

Le père Dessales accusa le coup mais se garda bien de répliquer, et encore plus de livrer sa pensée. Il fit volontairement durer le silence, espérant que son visiteur se laisserait aller à une quelconque confidence. Au contraire, ce dernier resta de glace, comme pour forcer le religieux à se compromettre. De guerre lasse, celui-ci, après avoir lu et relu le document, reprit un air grave, presque solennel, tout en joignant les mains.

— La loi risque d'être strictement appliquée, ce qui veut dire, dans le cas de Joseph Montferrand, six mois de travaux forcés... Deux comme apprenti désobéissant et quatre pour son absence sans permission – qui ressemble aujourd'hui à une désertion. Et je ne parle pas des conséquences pour le séminaire...

— Je vais m'arranger avec le tonnelier.

— Si vous devenez son tuteur, monsieur Voyer, précisa le supérieur d'un ton tranchant, c'est avec la loi qu'il vous faudra vous arranger... Pas avec un vulgaire marchand de tonneaux. Et la loi, ce sont les seigneurs de Montréal qui la font... C'est-à-dire moi et mon conseil !

Antoine Voyer voulut répondre, mais l'autre l'arrêta d'un geste autoritaire.

— Je n'en ai pas terminé, monsieur. Joseph Montferrand n'est pas ce que nous appelons un apprenti volontaire... Il est notre propriété, ne vous en déplaise. Son travail nous appartient. Ses gages nous appartiennent. Ils sont saisis en remboursement de l'énorme dette contractée par l'imprévoyance et la prodigalité malheureuses de deux générations de Montferrand.

Alors que le père Dessales parlait ainsi, Voyer lui tendit le deuxième document. Le religieux s'interrompit, remit ses lorgnons et lut rapidement le pli. L'incrédulité parut aussitôt dans ses yeux. Il rougit violemment. La note était brève, mais le supérieur la scruta méticuleusement comme pour s'assurer de la portée de l'engagement autant que de l'authenticité du cachet notarial.

— Vous êtes bien certain de comprendre tout ce qui est écrit là-dedans ? finit par demander le père Dessales.

— Vous voulez savoir si le maître notaire m'a ben expliqué ce que c'est qu'une reconnaissance de dette ? J'suis certain que vous devez encore avoir toutes celles de mon défunt père dans vos coffres, fut la réponse d'Antoine Voyer.

— Sauf que, dans le cas des Montferrand, il ne s'agit pas seulement de bois de chauffage, monsieur Voyer, précisa le religieux.

— Trois mille six cent soixante-quinze livres, rétorqua Voyer, moins les gages du jeune Joseph. J'veux ben croire qu'on pourra s'entendre au sujet de l'absence sans permission… mettons un trois cent vingt-cinq livres, ce qui ferait, à tout ben compter, le même montant.

Le père Dessales parut étonné.

— Il me semble que vous avez une façon assez étrange de faire ce calcul…

— J'sais pas lire ni écrire, mais la vie m'a forcé à apprendre à calculer, fit Voyer. Joseph Montferrand est pas un nègre que vous avez acheté au marché de Québec pour devenir un *body servant*… On se comprend-t-y ben, curé ? Vous lui avez retenu six mois de gages et il vous en doit autant… Ça fait qu'y reste une dette de trois mille six cent soixante-quinze livres. C'est ça que je m'en va vous rembourser drette-là…

Joignant le geste à la parole, Antoine Voyer déposa devant le père Dessales le dernier des trois documents.

— Ça s'appelle une traite, ajouta Voyer en souriant pour la première fois. Tout juste signée par un des patrons de la

Bank of Montreal. J'suis pas mal certain que vous allez faire du gros commerce avec ces gens-là !

Une fois encore, le sulpicien retira ses lorgnons et se remit à triturer sa croix pectorale.

— Cette traite, monsieur Voyer, ne porte aucune date, observa-t-il. Elle est donc nulle...

— Beau dommage, curé ! Mais un calumet, ça se fume à deux, comme qu'y dit le maître notaire...

— Vous me parlez de conditions ?

— En échange d'une date sur la traite, ben sûr ! répondit Antoine Voyer.

Le père Dessales ferma les yeux. Il eut brusquement l'impression que ce personnage plus grand que nature commençait à l'intimider. Non seulement parce qu'il émanait de lui une grande puissance physique, mais surtout parce qu'il semblait en parfaite maîtrise de la situation. Cela portait directement atteinte à sa propre autorité. Et cela le frustrait. Sur-le-champ, il eût souhaité être un homme de loi en train de lire une ordonnance, sans que personne n'y trouvât à redire ou à donner tort.

— Nous n'avons pas pour habitude de nous laisser dicter des conditions par qui que ce soit, monsieur Voyer, finit par dire le supérieur, en chargeant le ton d'une pleine autorité.

Antoine Voyer continua de sourire, ce qui eut pour effet de déconcerter son interlocuteur. Ce dernier fit un grand effort pour garder l'air calme.

— Pourquoi cela vous fait-il sourire ? risqua le père Dessales.

— J'm'en va vous l'dire, curé... mais j'suis certain que, vous, ça vous fera pas sourire. En m'en venant vous voir, je passais devant la grande colonne de l'Anglais... Vous savez ben de quoi je parle, curé... Elle était maganée comme si le diable lui-même s'en était mêlé. Assez en tout cas pour faire damner tous les Anglais, si c'était pas déjà fait !

Le religieux poussa un soupir de dépit.

— Vous avez raison, monsieur Voyer, je ne trouve pas votre historiette particulièrement drôle. Je pense plutôt que nous commençons à perdre notre temps.

Antoine Voyer reprit un air grave.

— Vous venez d'me dire, curé, qu'y a personne pour vous dicter des conditions, c'est ben ça ? Vous avez ben en belle de faire des accroires longs comme le bras à qui vous voudrez, mais pas à moé ! J'suis peut-être souvent en travers des autres, mais y en a pas trop pour m'enfirouaper. V'là dix ans, vous autres, les messieurs de Saint-Sulpice, vous vous êtes mis à genoux devant les Anglais. En chaire, vous avez prêché pour des collectes spéciales, comme qu'y disaient. Des collectes qui ont servi à faire construire la fameuse colonne Nelson. Mais ça, vous le disiez pas en chaire ! Vous avez vidé les poches du pauvre monde pour être du bon bord, pas vrai, curé ?

Le père Dessales accusa le coup. L'homme disait vrai. Et pourtant, la règle sévère de l'ordre était de ne jamais parler des affaires temporelles de cette nature, sinon de parler sans rien compromettre. Il serra sa croix pectorale entre ses doigts et demeura silencieux un long moment, les yeux rivés sur la traite bancaire. Il se rappela fort bien que, lorsque les manigances avaient eu lieu, toutes ces tractations et ce marchandage avec les émissaires du gouverneur anglais, puis avec le lord lui-même, il n'était pas encore le supérieur des Sulpiciens, mais un simple religieux français qui entendait profiter des négociations avec les nouveaux propriétaires du pays pour s'élever dans la hiérarchie de Saint-Sulpice. Grâce à ses qualités de diplomate et à l'éloquence de son verbe, il y parvint. Il fallait bien amadouer le pouvoir britannique, car de lui dépendaient le statut de la religion et la reconnaissance des droits seigneuriaux. Aussi, financer l'érection d'une statue d'un héros anglais était le prix à payer, du moins en grande partie. Or, voilà un mois à peine, cette collaboration avec les autorités britanniques avait été récompensée dignement. Le parlement de Westminster venait de reconnaître enfin la liberté religieuse et les droits de l'Église catholique pour le Bas-Canada. N'était-ce point là, en fin de compte, que se trouvait toute la légitimité ? Celle par laquelle toute chose se rapportait de nouveau à Dieu et à ses représentants sur terre. Il se détendit, s'efforça d'adoucir le ton.

— D'où tenez-vous cela, monsieur Voyer ?

— Une auberge, c'est comme le confessionnal, curé, fut la réponse immédiate. À la différence qu'à l'auberge, une langue ça se délie jusqu'au boutte. Tout ça pour vous dire que vous avez vos rapporteurs, pis que moé j'ai les miens...

Estimant que pour cette brève circonstance son visiteur était en position de force, le supérieur ravala sa colère.

— Qu'attendez-vous de moi ? fit-il en baissant le ton comme s'il craignait d'être entendu par un tiers invisible.

— Votre signature comme quoi les Montferrand vous doivent pus une cenne...

— Datée d'aujourd'hui même, bien évidemment, précisa le père Dessales.

— Beau dommage...

— Je vous l'accorde, fit le religieux, en ajoutant aussitôt: Ce qui mettra aussi un terme à notre entretien.

— C'est pas toutte, curé, le corrigea Voyer, dont les traits s'étaient durcis.

— Vous avez la main dure, monsieur Voyer, répliqua le père Dessales avec une moue de dépit. Peut-être espérez-vous une certaine remise ?

— Pantoute, curé ! J'préfère encore le pain noir ! C'que j'veux, c'est pas pour moé. C'est pour celui à qui j'dois plus que j'pourrai jamais y remettre de mon vivant.

Voyer se tut brusquement.

— Montferrand... le père, n'est-ce pas ? fit le religieux sans la moindre hésitation.

— L'honneur d'un père est un héritage qu'on enferme pas dans un coffre-fort ! s'exclama Voyer d'une voix vibrante d'émotion, tout en posant ses énormes mains sur la table de travail.

— En quoi cela me concerne-t-il ? demanda le père Dessales en feignant l'indifférence.

— Vous savez ben que Montferrand est exclu d'absolution, poursuivit Voyer. J'veux vot' parole de curé que vous lui donnerez la sépulture qu'y mérite...

Le religieux n'était pas sûr d'avoir bien entendu. Aussi son semblant d'indifférence se mua-t-il en étonnement. Il haussa les sourcils et pinça ses lèvres déjà ascétiques. Sa bouche n'était plus qu'un trait sur son visage rempli d'ombre. Jusqu'à son regard, qui perdit son expression ironique. Il tourna et retourna sa croix pectorale avec une sorte de frénésie. Son œil d'oiseau de proie rivé sur Antoine Voyer, il dit enfin :

— Je suis sensible aux questions d'honneur, pour tout dire, monsieur, mais je n'ai pas ce pouvoir que vous m'attribuez et je vais vous dire pourquoi. Tous les prêtres d'ici sont liés par les *Mandements* dictés en 1694 par feu sa Grandeur de Saint-Vallier, Dieu l'ayant en sa sainte garde. Ces *Mandements* nous interdisent de donner l'absolution à des individus jugés scandaleux et qui commettent les plus grands et les plus énormes péchés. Seuls les pasteurs supérieurs ont le privilège d'absoudre les grands pécheurs. Quant à la sépulture… Hélas ! absolution et sépulture sont indissociables. Un cimetière est un lieu consacré séparé des lieux profanes. On n'y traite pas d'affaires temporelles, ni d'autres choses profanes. On n'y admet que les défunts qui ont fait profession de la religion catholique et qui portent les marques du repentir. J'ai grand regret de vous dire, monsieur Voyer, et croyez bien mes paroles tout à fait sincères, que nous n'avons d'autre choix que de refuser la sépulture ecclésiastique à tous ceux qui auraient été tués en duel, quand même ils auraient manifesté un signe de contrition au moment de mourir. Pour son malheur éternel, le corps de Montferrand père restera donc enfoui dans un lieu que je préfère ignorer…

Antoine Voyer se leva d'un bond. Cette soudaineté effraya le père Dessales, qui ne put s'empêcher de sursauter. Il imaginait déjà les puissantes mains lui enserrer le cou. Il vit l'homme se pencher en avant, par-dessus la table de travail, puis lui souffler au visage d'une voix sourde :

— Vous ignorez tout, curé… Montferrand n'a jamais été reconnu coupable de duel par personne… Pas même par les damnés Anglais ! Y est coupable de rien pantoute ! Personne sait rien à part les racontars des mauvaises langues comme c'te quêteux de Pointu…

— Mais vous… vous savez ? risqua finement le religieux.

Voyer ne répondit pas. Il gardait les yeux fixés sur le père Dessales.

— Dites-moi ce que vous savez, monsieur Voyer, continua ce dernier en détournant légèrement la tête.

Antoine Voyer baissa les yeux. Pourquoi parlerait-il ? Que raconterait-il que l'autre ne savait déjà ? Et d'ailleurs, que pourrait-il bien dire qui puisse trouver grâce aux yeux du supérieur des Sulpiciens ? Cette histoire au sujet d'un Montferrand qui, l'épée à la main, fit un carnage, à une époque lointaine, et dont la dette de vie envers ces messieurs avait racheté le prix du sang ? Ou cette autre histoire au sujet d'un autre Montferrand qui, lui, à son corps défendant, mais la même épée à la main, avait voulu montrer à ceux de sa race qu'il y avait un temps pour la justice et l'honneur ? Ces religieux n'avaient que faire de l'étrange destinée de ces êtres. Probable, d'ailleurs, que les faits eussent déjà été suffisamment déformés, enjolivés mais surtout enlaidis, au gré des besoins ou des fantaisies des uns et des autres, pour que la part de vérité n'ait pu résister, emportée par l'exaction de l'imaginaire.

En réalité, Antoine Voyer savait si peu de choses. Ç'avait été l'histoire d'un soir, d'une nuit, et d'une petite heure, avant l'aube, où tout homme eût souhaité vivre plutôt que mourir. Pourtant, Joseph-François Montferrand, quoique habité par le sentiment de sa mort certaine, avait commis l'acte d'un vivant. Était-ce cela qu'il devait dire au père Dessales ? En essayant surtout de le convaincre que Montferrand ne portait en lui aucune haine ? Qu'au contraire il avait choisi d'aller à la rencontre de son bourreau avec le cœur d'un patriote et l'âme d'un chrétien ?

L'hésitation persistait, prolongeait un silence déjà lourd. Au fond, pensa Voyer, tout cela pour ouvrir les portes d'une église et mériter une fosse dans un cimetière ? Après tout, on ne plantait ni arbres ni vignes dans un cimetière. On n'y laissait entrer aucune bête pour y paître l'herbe qui poussait entre les tombes. La nuit venue, on prêtait à ce lieu toutes les terreurs en acceptant de croire qu'y prenaient forme tant les spectres, les fantômes et les feux follets que les loups-garous. Et s'il disait ce qu'il savait, Antoine Voyer allait livrer le secret qui le liait à celui envers qui il avait une dette d'honneur. En plus de compromettre les autorités militaires britanniques, autant dire la royauté elle-même.

Cette longue réflexion n'égara pas le religieux. Il ne voyait déjà plus le grand Voyer comme cet homme à poigne de fer, craint de tous, mais comme une simple pièce plantée sur un échiquier. Il le savait vulnérable, faiblesse causée par son sens profond de l'amitié et de la loyauté. Certes, Voyer avait fixé très haut le prix apparent d'une âme. Il fallait donc s'assurer que cette rencontre fût occultée. Nulle trace, sinon une signature au bas d'un document que lui, le supérieur des Sulpiciens, consignerait ailleurs que dans la voûte aux archives. La rétribution en espèces sonnantes pourrait alors être versée dans les coffres de la seigneurie sous un quelconque prétexte, mais sans qu'un nom et un motif y fussent attachés.

Mais l'homme d'Église voulait autre chose. Maintenant qu'il avait gravi les échelons de la hiérarchie ecclésiastique, il n'allait pas concéder à Voyer le moindre avantage sur lui ; c'eût été entacher le pouvoir absolu de l'Église sur les actions des hommes et la soumission de leurs âmes.

Le père Dessales se leva, contourna sa table de travail et vint se planter devant Antoine Voyer. Sa taille parut encore plus insignifiante, ainsi comparée à celle de son visiteur. Prenant sa croix pectorale, il l'éleva à la hauteur de son visage d'un geste qui rappelait une offrande.

— « Par ce signe tu vaincras », a dit un jour le Seigneur Notre Dieu à un empereur de Rome, énonça-t-il solennellement. Faites comme cet empereur, monsieur Voyer, mettez-vous à genoux et confiez-vous à Dieu !

Voyer ressentit la fascination du symbole de la croix sur sa propre âme religieuse, son effet propitiatoire. Il comprit l'intention du religieux de l'enfermer dans le secret de la confession et de le soumettre à l'obligation de la pénitence.

— À genoux, monsieur Voyer, répéta le père Dessales d'une voix plus impérative, et confiez à Dieu ce que vous ne pouvez révéler aux hommes…

Ce que le religieux voulut absolument savoir, il l'entendit de la bouche d'Antoine Voyer. Mot à mot, avec un grand respect, ce dernier confia au prêtre comment un homme écrasé par le sort, diminué par la maladie, condamné à coups de calomnies, s'était élevé au rang de patriote tout en libérant sa conscience. Et alors qu'il avait donné l'impression d'avoir plongé dans le péché, il l'avait au contraire combattu. Car en affrontant au nom des siens un ennemi de l'Église catholique, il s'était fait le défenseur de la destinée chrétienne.

— *Indulgentiam, absolutionem et remissionem peccatorum vestris, tribuat vos omnipotens et misericors Dominus,* murmura le père Dessales en traçant un grand signe de croix.

— *Amen,* souffla Antoine Voyer, toujours prosterné.

Lorsqu'il quitta enfin la grande pièce, Voyer se sentit l'âme en paix. Sa sacoche de cuir était vide. Le supérieur des Sulpiciens avait apposé sa signature au bas d'une quittance que personne ne verrait, mais il avait donné sa parole d'homme d'Église que Joseph-François Montferrand était libéré de sa dette et absout. Chacun, dans son for intérieur, avait souhaité ne jamais revoir l'autre.

C'était le 24 octobre 1817. Le lendemain, le jeune Joseph allait avoir quinze ans. Et les Montferrand n'étaient plus des brebis égarées.

Joseph avait craint les retrouvailles. Il s'était senti comme un sans-terre revenu d'exil, pris de remords d'avoir laissé les siens affronter seuls les dangers, les mensonges, les calomnies, les insultes, les humiliations. Ce qu'il tenait en horreur, il l'avait lui-même fait : se cacher pour ne rien entendre, ne rien savoir. Et comme il n'avait rien su, il ne pouvait rien dire.

Lorsqu'il revit sa mère, il resta planté devant elle à quelques pas, avec un air stupide, refoulant de son mieux toute émotion apparente. Marie-Louise avait enfoui son propre visage entre ses mains tremblantes et pleuré à chaudes larmes. Il la trouva vieillie, voûtée. Dans son regard étaient passés tant de sentiments contradictoires – toutes les horreurs qu'elle avait connues et entendues, et autant de doutes sur les intentions bienveillantes de l'humanité.

Après une longue hésitation, Joseph avait franchi le seuil de la porte et enfermé les mains de sa mère dans sa poigne d'homme. Sans dire un mot, il les serra longuement. Puis il s'attendrit.

— J'vais prendre soin de vous autres, murmura-t-il enfin pendant que Marie-Louise trouvait refuge entre les bras de son fils.

Pendant les premières heures, la mère et le fils parlèrent peu. Marie-Louise s'étonna de la taille de Joseph, qu'elle avait la veille encore imaginé être un enfant et qu'elle revoyait maintenant avec ses allures de colosse. Mais en croisant son regard, elle sut qu'il ignorait encore ce qui se passait véritablement dans le cœur des hommes. Joseph, croyait-elle, ne savait rien de la méchanceté, de l'envie, de la prétention, de la diffamation, de la vengeance ; de toutes ces tares et de ces vices qui les font se haïr jusqu'à s'entretuer.

— J'voudrais savoir, rapport à mon père, finit par demander Joseph à voix basse, presque douloureusement.

— C'est monsieur Voyer qui va te raconter, répondit Marie-Louise en évitant de le regarder, la voix entrecoupée de quelques sanglots.

— Pourquoi pas vous ? demanda encore Joseph en fixant sa mère de ses yeux suppliants.

— Parce que monsieur Voyer est maintenant ton tuteur, dit-elle en essayant de dominer ses émotions.

Joseph posa les coudes sur ses genoux et se mit à fixer le plancher. Il vit sur la surface luisante le vague reflet de sa silhouette. Son regard devint triste. Il se rendait compte que son retour ne dissipait point la douleur qu'éprouvait toujours sa mère.

— J'ai mes quinze ans, murmura-t-il.

— Ça fait pas de toi un homme, mon Joseph, même si t'en as tous les airs…

— Pourquoi que c'est pas mon oncle Masson qui est mon tuteur ? s'obstina Joseph.

— C'était la volonté de ton père, insista Marie-Louise. Et la volonté du père, c'est sacré.

Marie-Louise étouffait. Cela durait maintenant depuis des mois. À la moindre contrariété, une main invisible lui enserrait la poitrine, l'empêchant presque de respirer. Elle voulut reprendre son air. Elle y parvint difficilement. Elle se rendit jusqu'à la petite statue de la Vierge, emblème de toutes ses dévotions, et s'effondra en larmes. Elle l'invoqua avec ferveur :

— Ô Marie, ma Mère ! Je m'offre à vous. Je vous consacre ma personne. Défendez-moi comme votre bien. Soulagez mes douleurs et mes peines…

Elle éleva ses bras, les maintint en croix, marmonnant la même supplique sans relâche. Derrière elle, Joseph, les mains posées sur les épaules de Marie-Louise, entama une autre litanie, en latin.

— *Dei mater alma, Atque semper Virgo, Felix cœli porta…*

Le temps de ces prières, il sembla à la mère et à son fils que la Vierge portait sur eux un regard de miséricorde comme seule le pouvait celle qui accordait des grâces infinies. Car c'était elle qui avait incité le Fils de Dieu à changer l'eau en vin et à ressusciter les morts.

Marie-Louise avait d'autant plus la foi en Marie qu'elle avait des doutes sur la miséricorde de Dieu, ses anges et ses saints. À ses yeux, et malgré sa naïveté, les convaincantes démonstrations du mal sur terre l'emportaient sur la prétendue puissance divine.

S'étant finalement relevée, Marie-Louise déplissa son tablier et sourit enfin à son fils. Joseph vit le visage de sa mère marqué de rides et ses yeux qui semblaient noyés dans un brouillard. De la poche du tablier elle retira une clef forée surmontée d'un anneau.

— Pour tes quinze ans, dit-elle tendrement en lui tendant la pièce. Ton père aurait ben voulu te la remettre lui-même… Avec ça, tu vas pouvoir ouvrir le coffre des Montferrand !

Joseph ne comptait plus les fois où il s'était réfugié dans les combles de sa maison natale. C'était le lieu de toutes les évasions de son enfance. C'était là qu'il avait donné libre cours à son imagination, là que la réalité et la fiction se fondaient pour ne plus faire qu'une.

Mais en cette journée de fin d'octobre, l'enchevêtrement de poutres, d'esseliers et de chevrons qui prenait forme au-dessus de sa tête, alors qu'il arrivait au sommet de l'escalier, avait une autre signification. Car au milieu de ces pièces de bois de pin, de frêne et de chêne, il allait à la découverte d'un trésor: celui que dissimulait ce coffre de tous les mystères.

S'entassaient dans ces combles un vieux lit à baldaquin, des images religieuses, quelques chandeliers, un ber, des tonneaux, des fusils rouillés datant d'une autre époque, et jusqu'à un soc de charrue. À l'écart, quatre coffres dont un, plus massif, orné de plusieurs fleurs de lys, était marqué d'initiales stylisées: deux lettres « F » superposées. Ce coffre en bois dur, aux pieds moulurés, avait été assemblé à l'aide de clous forgés et peint de sang de bœuf, sans aucune retouche apparente. La serrure, de main de forge, était en fer et solidement rivée au bois, avec la marque du maître serrurier bien en évidence.

Sachant qu'il s'agissait du coffre en question, Joseph introduisit la clef dans la serrure. Il imprima un double tour et entendit le déclic du déverrouillage. Son cœur battait la chamade. Il hésita un long moment avant de soulever le couvercle. Lorsqu'il le fit, il ne vit d'abord que des vêtements. Visiblement déçu, il regarda le contenu sans y toucher. Puis, il les retira un à un. Un habit sombre de bonne coupe, des chemises aux cols passablement élimés, deux paires de hauts-de-chausses blancs, des guêtres hautes, également blanches, entaillées à plusieurs endroits, une écharpe blanc et bleu, deux cartouchières de grenadier, un tricorne noir surmonté d'un plumet écarlate, une casaque couleur azur perforée à deux endroits et maculée de sang séché. Ce barda recouvrait un attirail d'escrime comprenant un plastron rembourré, un masque à gorgerin et une paire de gants de cuir munis de poignets mousquetaires. Ce qui séduisit toutefois Joseph, ce fut un vieux haut-de-forme de velours noir, mou, doublé d'une étoffe rouge que l'on avait grossièrement marquée des deux initiales de son propriétaire: François Favre. D'un geste instinctif, Joseph se coiffa du couvre-chef. Il eut aussitôt le sentiment d'avoir découvert un porte-bonheur.

Une autre surprise l'attendait. Le coffre dissimulait une équipette munie d'un tiroir secret. Ce dernier renfermait un livre dont la couverture, rongée par l'humidité, portait les motifs dorés de deux épées croisées, et dont le titre en rouge était: *L'Art des armes ou La manière la plus certaine de se servir utilement de l'épée*, suivi du nom de l'auteur, *Guillaume Danet*, et de l'année : *1776*. À l'intérieur, des dizaines de planches doubles et nombre d'illustrations décrivant parades, gardes, feintes, ruses et ripostes.

L'ayant feuilleté plusieurs fois, au hasard, Joseph tomba sur la page de garde. Elle portait une dédicace à l'encre rouge manifestement destinée à François Favre :

De notre Roy tu as conservé toute loyauté,
De ton arme tu n'as oublié le moindre trait,
Monstrant à l'un et par l'autre
Ton hardy courage.

La signature, malgré des lettres épatées par une pointe de plume ébréchée, était nette, audacieuse par le tracé : *François Gaston de Lévy, chevalier de France, gouverneur d'Artois, compagnon d'armes reconnaissant*. L'estampe des armoiries de ce dernier figurait sur fond de cire brune, bien en relief sur l'épais papier à filigrane jauni par les ans. Ce n'est qu'en y regardant mieux et en tâtonnant que Joseph découvrit que le coffre recelait un second tiroir. Il contenait plusieurs feuillets pliés en quatre et retenus par un ruban noir. On pouvait y lire : *Moi, François Favre de Montferrand, soldat du Roy et maître d'escrime, Ad honores, annum Dei 1776.*

C'était un très long récit, écrit avec le plus grand souci calligraphique. Les feuillets, quoique intacts, avaient été froissés, souillés par des mains sales. En réalité, le texte datait de plus de quarante ans. Joseph entreprit une laborieuse lecture.

Nous, Gabriel Chaigneau, maître clerc agréé par la Compagnie de Saint-Sulpice du Canada, avec l'approbation du Commissaire de Paix de la prison de la Seigneurie de Montréal, agissant par ordre de Son Excellence le colonel Carleton de Newry, gouverneur du Canada par commission de Sa Majesté britannique George III, sommes et nous prétendons habile à recueillir la pensée du sieur François Favre, déclaré marié le vingt octobre de l'an mil sept cent soixante à dame Marie-Anne Ethier, en la paroisse de Saint-Pierre-de-Saurel en Bas-Canada. Le susnommé étant détenu par devant nous en la prison de la Seigneurie de Montréal, après avoir été examiné pour le meurtre de quatre soldats de l'armée de

Sa Majesté britannique et condamné, ce que de droit, à être pendu jusqu'à ce que mort s'ensuive.

Nous déclarons que nous sommes et nous nous prétendons habile à soutenir que les mots que nous emploierons et écrirons par devant nous seront ordonnés par l'esprit et le sens de ceux que nous dictera en pensée le sieur François Favre. En suite de quoi, il apposera en notre présence les lettres premières de ses noms, étant réputé ne pas savoir écrire autrement. Cette disposition nous étant rendue dans la cellule portant le numéro trente-quatre de la prison de la Seigneurie de Montréal, ce neuf du mois d'avril de l'an mil sept cent soixante-seize.

Déclaré ante mortem par le sieur François Favre et consigné par nous en ce jour comme points de fait.

Je suis né à Montferrand, de Blaise Favre et de Jeanne Digabelle, mais j'ignore en quelle année de Dieu et du Roy. Tout jeune, j'ai appris de mon père que Montferrand dominait l'Auvergne. Notre château était aussi notre forteresse. Si l'ennemi abattait une tour, nous en reconstruisions deux. Pour chaque enceinte éventrée, nous érigions de nouveaux remparts. Pour chaque fossé comblé, nous en creusions un autre, plus large, plus profond. Montferrand a ainsi traversé les siècles en demeurant imprenable. Les Anglais, les Gascons, les protestants, les traîtres et qui sais-je encore ont attaqué par la force, par la ruse, sans jamais parvenir à franchir une des quatre portes de l'enceinte.

On nous voulait morts, nous, les Montferrandais. Nous étions puissants, braves, riches ; on nous voulait soumis, obscurs, pauvres. Nous avions vécu mille ans lorsque deux rois de France nous ont assimilés à Clermont la rivale, toujours jalouse, irritée par notre prestige et notre histoire.

C'est ce que mon père m'a raconté. Lui n'en voulut jamais, de cette étrangère qui nous volait notre passé, nos traditions, nos armoiries, nos faits d'armes. Il lutta pour l'indépendance. Il joignit les rangs des irréductibles que l'on appelait les « mulets blancs ». Mais cela, je ne l'appris qu'à sa mort. On l'avait dénoncé, jugé et exécuté dans le plus grand secret. J'étais encore jeune, mais je sus qu'il eût pu aisément se mettre à l'abri en se rangeant du côté des seigneurs, des banquiers, des négociants. Il préféra la cause des paysans, des vignerons, de tous ceux qui chérissaient Montferrand la pure.

Quelque temps avant son sacrifice, il me dit: « C'est l'épée à la main que l'homme découvre ses seules vérités. » Il avait espéré que, malgré mon jeune âge, je le comprisse. Je suis fort aise de dire que son vœu se réalisa, puisque ce fut avec son épée que je vins en Nouvelle-France et que je lui rendis justice dans la victoire comme dans la défaite, sans que l'honneur des Montferrand faillît. C'est en mémoire de mon père que je devins soldat. Pour lui, pour Montferrand, pour la patrie, pour le Roy. Et c'est pour défendre l'honneur de la France que j'ai porté les armes en Nouvelle-France. J'y ai tout perdu. J'ai crevé de faim, j'ai versé mon sang et celui des Anglais, j'ai défendu un drapeau que d'autres avaient déjà rendu à l'ennemi.

Je me souviens encore d'un général qui nous avait dit qu'un père n'abandonnait jamais ses enfants et qu'un roy n'abandonnait jamais ses sujets. Je sais aujourd'hui que le Roy de France, notre père jadis, nous a abandonnés comme le dernier des bâtards et que le reste du monde nous a oubliés.

Je maudis tous ceux qui ont choisi de partir, au lendemain de la honte de 1759. Je maudis ceux qui ont inventé le titre de Nouvelle-France et qui l'ont tenu pour glorieux. Nous ne l'avons jamais mérité, puisque nous n'avons eu aucun courage. Ni celui de défendre les couleurs de cette colonie, encore moins celui d'imaginer quelque révolution pour nous remettre dans nos droits. Nous nous contentons de gémir tout en nous accoutumant presque familièrement au gouvernement des Anglais.

Que nous reste-t-il, sinon notre défroque de défenseur vaincu? Rien qu'une épée évoquant un jouet. On nous ordonne de dissimuler le moindre objet qui puisse témoigner de nos origines. Nous voilà ridiculisés, après avoir été mutilés. Ainsi oublié de la France, comment avoir le désir de demeurer français? Je ne le suis plus. Je suis de Montferrand, rien d'autre. Ballotté entre deux rivages lointains, je ne fus qu'une monnaie d'échange contre un vulgaire traité. On a hissé sous mes yeux le pavillon de la reddition et on m'a humilié en m'ordonnant de me terrer sans jamais me montrer patriote.

Le seul homme digne fut le chevalier de Lévy, que son rang força à retourner vers son Roy.

En tirant mon épée dans cette auberge des Trois Rois, je n'ai pas, au contraire du jugement et de ma condamnation, provoqué un duel et entaché l'honneur de nos gouvernants ; j'ai repris mes droits, parmi lesquels le plus précieux, mon honneur. J'affirme par devant le maître clerc Chaigneau que, si mon épée donna la mort à quatre Anglais, durant cette nuit où nous eussions dû fraterniser plutôt qu'étriper, la justice immanente voulut que le sang anglais témoignât de la revanche du supplicié à l'endroit de ses tortionnaires. Le bras qui porta la mort accomplit cette nuit-là un destin redouté mais attendu : le mien.

Pendant que nous tombions devant l'Anglais dans la boue des champs d'Abraham, un milicien nous a répété les paroles d'un Sauvage mis à la torture et dont il avait ouï dire : « Je ne crains ni le feu ni la mort, parce que je suis un véritable homme ; faites-moi bien souffrir, car c'est ce que je demande. » J'ai admiré ce Sauvage sans jamais avoir connu son histoire et son nom.

Il me restait mon épée, la seule arme digne de trancher toute affaire entre gens d'honneur. C'est ce que je fis dans cette auberge. On voulut ramener cette action à la simple rixe. Je proclame cette idée fausse – celle que se font des gens d'Église et des bourgeois en comparant des épées qui se croisent à la manie homicide des gens de guerre. C'est faire bien peu de cas du prix de l'honneur. Ou alors, c'est de trahir ce dernier. Personne n'est dupe lorsqu'il s'agit d'éloigner consciemment le danger de l'honneur, car ils sont frères. Sachez que jamais une mort ne saurait être déshonorante si elle est donnée l'épée à la main. Et si tant est que l'Église et le Roy, surtout s'il est anglais, désapprouvent, j'affirme que Dieu seul nous juge.

Hélas, trois de mes enfants déjà ont été rappelés au paradis. Ils n'auront jamais connu leur père et ne sauront rien de son sacrifice. Mais il demeure Joseph-François, celui pour qui je fais cette déposition. Dieu fasse que, par un miracle, le bourreau ne puisse accomplir son œuvre, ou bien qu'un jour Joseph-François comprendra que l'honneur habite désormais le nom de Montferrand. J'exprime ma volonté que lui et les générations qui lui succéderont portassent ce patronyme et lui fassent honneur. Si aujourd'hui je ne crains pas la justice des hommes, je ne craindrai pas celle de Dieu.

Donné par devant nous, en la prison de la Seigneurie de Montréal, ce neuvième jour d'avril 1776.

Gabriel Chaigneau

Avec cette marque:

FF (dit Montferrand)

Joseph Montferrand ne trouva rien d'autre, ni or, ni argent, ni quelque bien précieux qui eût la moindre apparence d'un trésor. Que des hardes et l'histoire d'une vie tragique. Mais au terme d'une lecture qu'il dut recommencer quelques fois afin de bien saisir le sens des mots, il eut la saisissante impression que ce récit allait dorénavant l'imprégner, marquer sa mémoire, de la même façon que s'il l'eût entendu de la bouche même de son grand-père. Il en imagina les traits et eut aussitôt la sensation de sa présence. Il crut voir glisser une ombre et frémit à l'idée que François Favre, son grand-père, pût hanter les lieux.

Durant un moment fugace, Joseph Montferrand se substitua à cet homme et se vit en pleine action, déchaîné, au mépris de tout danger.

· VI ·

Dans la pénombre bleutée par les volutes de fumée de l'auberge du grand Voyer, on parlait fort et on buvait sec aux tables. Même que, de temps à autre, on se rappelait brutalement à l'ordre. Mais la plupart du temps, dès qu'il s'agissait des Anglais, on s'égarait volontiers et on se laissait aller tant aux maladresses qu'aux excès de langage.

— Paraîtrait que les *Inglish* vont faire construire une autre église de protestants par icitte…

— Ça fera la troisième… Mon père, y avait rouspété quand les rouges s'étaient installés dans la vieille église des Jésuites… Ils l'ont sacré en prison pour six mois…

— Le mien itou… pis mon oncle, parce qu'y avaient voulu arracher la clôture forgée que le bouffon de gouverneur avait fait monter alentour des terrains des Jésuites pour se faire un jardin privé…

— On devrait aller pisser not' bière tous ensemble sur son jardin, une de ces nuits…

On s'esclaffa à la grandeur de la buvette.

— Moé, j'ai su par mon beau-frère Alcide que les rouges lorgnaient du côté du séminaire, rapport à des nouvelles installations militaires pis d'autres écuries…

— Encore des dîmes pis des taxes…

— Pas une cenne de plus, lança un gros homme en déposant bruyamment sa chope de bière. C'est un gros feu de joie qu'on va leur organiser, aux *Inglish*...

Une lourde main s'abattit sur son épaule et le força à se rasseoir.

— Ménage tes ardeurs, Tancrède Boissonneau, l'intima Antoine Voyer d'un ton calme. T'aurais quand même pas envie de faire partir toute la ville en fumée... Qu'est-ce t'en dis ?

— J'dis que ça ferait pas de tort de leur chauffer l'cul, aux cochons, rétorqua l'homme, parce qu'au train où ça va l'étoffe du pays commence à se faire rare, si tu vois c'que j'veux dire, *boss* !

Antoine Voyer vint se placer en face de Boissonneau. L'homme était costaud, avec des mains épaisses, un vétéran charretier rompu aux rudes besognes et friand d'empoignades. Il ne cessait de dévisager l'aubergiste.

— Tu trouves peut-être qu'on est pas assez canayen à ton goût, rétorqua Voyer, mais ça t'empêche pas de charrier des barils de poudre à l'arsenal... Pis t'es pas dans la file pour te prendre aux poings avec la milice... À moins que tu fasses ça la nuit ! Mais c'est vrai que, toé, c'est le gros feu de joie que tu voudrais... C'est-y ça ?

Boissonneau promena son regard d'une table à l'autre.

— J'ai dit c'que j'ai dit, répondit-il d'une voix mal assurée, rapport que j'suis pas tout seul à penser de même...

— Parce que tu penses, toé, Tancrède Boissonneau ! fit Voyer avec dérision tout en rabattant une main sur la table. Voyons voir un peu... Ton père a ben dû te parler des gros feux qui ont quasiment rasé Montréal... Des centaines de maisons y ont passé, tout l'faubourg icitte, l'Hôtel-Dieu, qu'on a été obligé de reconstruire par trois fois, pis le couvent des bonnes sœurs hospitalières... Sans compter les entrepôts... T'imagines quand même pas que les Anglais ont payé !

Le gros homme parut décontenancé.

— C'est pas toé qui s'fait crier après du matin au soir, lâcha-t-il en détournant les yeux.

Puis il se leva brusquement.

— J'pense que j'vais changer d'air, lança-t-il en retrouvant sa morgue. Je connais quelques tavernes où ça sent pas mal plus le canayen qu'icitte!

Il frôla Voyer comme pour le narguer et s'éloigna en titubant. Au même moment, Joseph Montferrand franchit la porte d'entrée. L'apercevant, Boissonneau lui lança un regard méprisant.

— Tu te serais-t-y encore perdu, l'jeune? ricana-t-il. Si t'étais pas assez bon pour monter des tonneaux, tu penses toujours ben pas devenir charretier, hein?

— Beau dommage que je vais le devenir, répondit Joseph avec une totale assurance, rapport que vous l'êtes ben devenu...

Boissonneau se rua sur Joseph.

— Maudit bâtard! rugit-il en lançant un violent coup de poing.

Le jeune homme esquiva l'attaque, évita quelques moulinets désordonnés et prit l'homme à la gorge. En un instant, il le souleva de terre, le secoua comme un pantin et le précipita à dix pas. Il allait fondre sur lui lorsque la voix de stentor d'Antoine Voyer le stoppa net dans son élan.

— Joseph! Pas plus toé qu'un autre!

Voyer avait saisi Tancrède Boissonneau par le collet et l'avait relevé sans ménagement. Toujours sous le choc de la riposte de Joseph, le gros homme n'entendit même pas les quolibets peu flatteurs qui fusaient de toutes parts. Voyer traîna Boissonneau jusqu'à la sortie, puis le força à le regarder droit dans les yeux.

— T'es barré d'icitte, souffla-t-il à son oreille. Si j'apprends que t'as traité une autre fois, rien qu'une fois, le jeune Montferrand de bâtard, t'as la parole du grand Voyer que j'te fais moé-même lever l'ancre pour un bon boutte!

Dans la buvette, beaucoup n'étaient pas encore revenus de leur surprise. L'affaire tenait de l'exploit. Ils entouraient Joseph, lui tapaient familièrement sur l'épaule; soudainement, ils le proclamaient un des leurs. À mots couverts, d'aucuns se prétendaient même des vieux compagnons de l'autre Montferrand, le père.

Un habitué des lieux lui tendit une chope et l'invita à trinquer. On forma aussitôt un cercle autour du jeune homme. On se mit à scander son prénom, à entrechoquer les gobelets.

— On y va ! Cul plat... cul à l'eau... cul de poule... cul du diable... cul d'la vieille... cul sec pour Joseph !

Il ne savait plus où se mettre, gêné et bouffi d'orgueil à la fois. Il rougit autant que s'il avait bu deux pintes d'ale du coup, lui qui n'en avait pourtant avalé la moindre goutte. On le pressa.

— Envoye ! Net frette sec, comme un homme!

— Dis-nous pas que t'as peur de te neyer d'dans !

Antoine Voyer, qui avait tout observé jusque-là d'un œil complaisant, comprit qu'il devait s'interposer.

— Le jeune a pas besoin de boire pour pisser dru, fit-il en s'efforçant de garder son air sérieux. Même qu'y devrait pas être icitte...

Ces paroles rendirent Joseph mal à l'aise, alors que Voyer lui lançait un regard sévère et l'invitait d'un geste à le suivre.

— Hey ! Grand capot ! lança quelqu'un d'une voix caverneuse. Faut pas être ben ferré pour brasser le gros Boissonneau... Tu feras ton jars quand tu m'auras viré, moé !

Le silence se fit. Toutes les têtes se tournèrent. Le visage d'Antoine Voyer s'assombrit, son front se rida.

— Garde ça pour les Anglais, Bébère, fit Voyer en s'efforçant de paraître calme.

Celui qu'il avait nommé Bébère était un authentique colosse. Il devait peser plus de trois cents livres, avait la carrure d'un bœuf, les avant-bras semblables à des troncs d'arbres, un front étroit surmonté d'une tignasse malpropre, et un air béat, conséquence d'un léger strabisme.

— Rien que pour voir si y a quelque chose dans l'bras, fit Bébère en s'approchant de Joseph pour le scruter d'un œil, rendant ce singulier regard encore plus effrayant.

— Pas de bataille icitte, insista Voyer.

— Craignez pas, patron, ironisa Bébère. Y en aura pas, de bataille... Mon vouloir, c'est un p'tit bras de fer...

On entendit un murmure vague, confus, puis des voix plus fortes qui approuvaient aux quatre coins de la buvette, se transformant en un véritable chahut.

— Bras de fer ! Bras de fer ! scandait-on, les mots rythmés par des trépignements saccadés.

Voyer avait l'instinct infaillible du bagarreur d'expérience. Il savait que la plupart du temps c'étaient les circonstances qui choisissaient les hommes d'exception, ceux-là qui marquaient ensuite la mémoire collective. Il connaissait Bébère. Une force de la nature que nul n'avait encore renversé au bras de fer, ou encore rossé. On l'avait déjà vu soulever une enclume d'une seule main comme un jouet, culbuter six miliciens britanniques un jour de marché, mais aussi provoquer le premier venu sans raison, pour le plaisir d'infliger une raclée avec cette moue irritée et ce langage grossier qui l'abaissaient au rang de voyou.

Le corps bien charpenté, Joseph dépassait Bébère en hauteur. Mais en dépit d'un regard pénétrant qui évoquait le bleu du ciel, il affichait encore la naïveté de ses quinze ans. En fait, Voyer ne doutait pas des moyens de Joseph, seulement de la manière dont il aborderait un tel affrontement. Ce dernier ignorait tout des redoutables techniques du bras de fer, des intimidations et des ruses qui semaient le doute dans l'esprit d'un jouteur de moindre expérience. Suffisamment pour que l'autre lui cassât un bras. Bébère en possédait tout l'arsenal, aidé de surcroît par une force bestiale. Son visage joufflu, qu'il travestissait à volonté en masque grimaçant, inspirait un respect craintif tel qu'il déconcertait suffisamment ses adversaires pour les écraser sans peine dès le déclenchement des hostilités.

Antoine Voyer réclama le silence. Le tohu-bohu persistait. Il leva le ton. Rien n'y fit. D'un geste rageur, il rabattit son poing sur la table devant lui avec une telle force que toutes les chopes se renversèrent en éclaboussant à la ronde. Le calme revint presque par enchantement. Il regarda tour à tour Bébère et Joseph. Le premier prenait plaisir à bomber son torse épais en émettant de petits rires énervés. Joseph se tenait les bras ballants, les yeux fixés au plafond. Il était visiblement sous l'emprise d'une sensation nouvelle : celle d'être brusquement devenu un personnage important.

— Pas de bras de fer aujourd'hui, lança d'autorité Antoine Voyer.

On protesta à voix haute. Il réclama un nouveau silence.

— Le premier samedi du mois de mai prochain, icitte, sur cette table, annonça-t-il d'une voix solennelle.

— Ça fait six mois, lança quelqu'un, aussi déçu que mécontent. Ça serait-y que l'Montferrand a le maigre des fesses qui y en tombe ?

Des éclats de rire fusèrent.

— C'est ton dire, Valmore, répliqua Voyer en empruntant le ton de dérision de l'autre. Dans six mois, ce sera p't'être ben toé qui vas avoir la tremblette…

Puis Voyer se tourna vers Bébère.

— Ce sera dans six mois ou rien pantoute, lui dit-il d'un ton qui n'admettait guère de réplique. C'est à prendre ou à laisser, Bébère…

— Tu m'as pas toujours parlé d'même, patron, fit l'autre. Même que j't'ai jamais rien chargé pour arranger le portrait des cochons quand ça faisait ton affaire…

Voyer s'efforça de maîtriser son exaspération.

— Mêle pas les affaires… Tu mangeras icitte sur mon bras pour les prochains six mois, annonça-t-il au colosse suant, à la condition de boire avec toute ta raison pis de laisser le trouble à la porte… Les seuls à qui tu feras baiser ta main, ce sera des Anglais. Es-tu d'adon pour faire ça d'même ?

Bébère dodelinait de la tête comme quelqu'un qui essayait d'assimiler tout ce qu'il venait d'entendre. Il finit par émettre un long grognement que Voyer prit pour une approbation.

Dans la buvette, les hommes avaient formé de petits groupes animés. Déjà on parlait ferme.

— Cinq livres que l'gros lui pète le bras aussi sec que du bois d'épinette…

— As-tu déjà vu Bébère, quand y se met en verrat ? Ça peut t'envoyer drette au cimetière…

— Rien à voir avec le bras de fer… Moé j'dis que le grand Voyer, y sait ce qu'y fait…

— Ouais, ça en a tout l'air... Y en a même pour dire qu'y serait comme un père pour le jeune...

— Le bon Dieu le sait pis le diable s'en doute... Mais c'que moé j'sais, c'est que l'jeune a trimé le gros Boissonneau avec quasiment une main dans l'dos... Moé j'mets cinq livres sur Montferrand !

— Y a pas fini de s'faire r'garder croche, le Montferrand... Le gros Dallaire a raconté qu'y frappe en sournois pis qu'y rue comme un cheval qui a pris le mors aux dents... Ça peut vous donner son coup de mort, rapport qu'y est quand même amanché, l'jeune...

Chacun y allait de son propos mi-vérité mi-fantaisie. On y mêlait l'envie, la jalousie, l'admiration. Les hommes s'enflammaient tant pour le faux que pour le vrai. Et les enchères grimpaient.

Antoine Voyer eut tôt fait de ramener le jeune Joseph sur terre. Et pendant qu'il débitait ses impressions, ses mises en garde et qu'il justifiait ainsi sa décision, Joseph parut calme, presque distrait.

— J'te reproche pas d'avoir bourrassé Boissonneau, lui avait dit Voyer. Y a eu ce qu'y méritait. Mais Bébère, c'est une autre amanchure. Drette de même, mon Joseph, ratoureux comme je l'connais, y t'aurait estropié le bras sans même se suer la cervelle... Moé qui te parle, j'ai jamais voulu l'prendre au poignet...

Voyer avait parlé gravement, comme un père parle à son fils, passant de la sévérité à la douceur, en lui disant que dorénavant il devait apprendre à se méfier des apparences, puisque, plus souvent qu'autrement, on chercherait à le faire tomber dans quelque piège. S'il fut troublé, Joseph n'en laissa rien paraître.

— T'es un Montferrand, Joseph, et tu pourras rien changer à ça. Tu m'as dit tout ce que j'savais pas, rapport à ton grand-père... C'est ce qu'on appelle une réputation... Une réputation, mon gars, c'est tout c'qu'y reste quand t'as plus rien d'autre. Souviens-toé de ça ! Une réputation, c'est plus fort que la justice, c'est plus noble que toutes les fortunes... Une réputation, ça s'enterre pas... Pis c'est trop gros pour être enfermé dans un coffre-fort... La réputation, Joseph, c'est le seul habit que portent les grandes âmes...

Ce seul mot, réputation, avait résonné aux oreilles de Joseph avec cet accent de grandeur qu'il avait aussitôt associé à son propre patronyme, celui de Montferrand. Touchante séduction d'un mot portant autant de grâce. Réputation... réputation... ce mot revenait sans cesse.

— Est-ce que mon père était une grande âme ? lâcha brusquement Joseph.

La soudaineté de la question avait surpris Voyer, qui toutefois n'en laissa rien paraître. Il fit simplement durer le silence.

— Ma mère m'a dit que c'était à vous de me raconter... rapport à mon père, ajouta Joseph.

— Beau dommage, murmura Voyer, sachant que Joseph avait tous les droits de connaître la vérité au sujet de son père.

Voyer débarrassa un coin de la table qui occupait à elle seule la moitié de l'annexe et sur laquelle on entassait des pains, des fromages, du beurre, plusieurs mesures de sel et de sucre, et une impressionnante quantité de vaisselle. Il tira une chaise et fit signe à Joseph de s'asseoir.

— Oui, Joseph. Ton père était une grande âme, fit Voyer d'une voix lente, en pesant sur chaque mot. Un homme de parole surtout. Un homme d'honneur.

Joseph sentit l'émotion le gagner, le serrer à la gorge. Voyer, qui ne quittait pas le jeune homme des yeux, posa une main sur son épaule.

— Ton père a pas seulement défendu la réputation des Montferrand, poursuivit-il sur le même ton. Il s'est tenu debout pour tous ceux de sa race. Pour nous autres. Pour toé comme pour moé...

En levant les yeux, Joseph vit le visage de Voyer envahi d'ombre. Sentant la main de ce dernier trembler sur son épaule, et malgré la puissance de cet homme, Joseph comprit à quel point toute vérité était difficile à dire.

— C'est vrai qu'y s'est battu avec un Anglais ?

Voyer se contenta de serrer l'épaule de Joseph avant de faire un pas en arrière.

— Avec l'épée de mon grand-père ? poursuivit Joseph.

Voyer approuva d'un hochement de tête.

Joseph tressaillit. Il passa ses mains sur son visage, puis rejeta sa longue mèche blonde vers l'arrière. Ses yeux se mouillèrent.

— C'était le duel ou le déshonneur, laissa tomber Voyer.

Joseph secoua la tête. La mèche rebelle retomba sur son front. Il la tritura nerveusement, la roula et la déroula autour de son index droit.

— Ça s'est passé comment ?

Voyer ne pouvait priver davantage un fils de la vérité au sujet de son père.

— À la Pointe du Moulin à Vent, au petit matin, expliqua-t-il. L'Anglais qui avait insulté et provoqué ton père était un vrai tueur… Un officier habitué à s'battre avec des armes… Ton père a eu ben juste le temps de s'mettre en garde que l'autre avait déjà tiré le premier sang… Quand y a vu ton père à terre, l'Anglais a décidé que ça irait jusqu'au boutte… Y a chargé ton père pour l'achever…

Joseph se leva si brusquement qu'il renversa la chaise. Son corps était secoué de sanglots. Il se crispa et serra les poings à s'en faire blanchir les jointures. Le jeune homme fut frappé par une soudaine évidence : les Montferrand, tant le père que le grand-père, avaient subi la pire des humiliations ; ils avaient terminé leur vie en misérables. Et quoi qu'eût dit le grand Voyer au sujet de l'honneur et du mérite de son père, Joseph se percevait comme un enfant sans père et sans réputation.

Il fixa Voyer de ses yeux bleus.

— J'veux l'épée des Montferrand. Pis j'veux voir la tombe de mon père…

Antoine Voyer s'approcha de lui.

— C'est pas en mon pouvoir de te donner l'épée, parce que c'est pas moé qui la garde, précisa Voyer. Rapport à la tombe, j'peux pas…

Joseph poussa un cri de désespoir.

— Vous pouvez, s'indigna-t-il, vous êtes mon tuteur... J'ai l'droit de savoir. J'ai l'droit d'aller faire une prière sur la tombe de mon père, surtout que c'est le mois des morts...

Lentement, Voyer leva les bras et prit Joseph par les épaules. Il comprenait le désarroi du jeune homme, aussi se contenta-t-il de l'attirer vers lui et de l'étreindre avec une force aussi tranquille que rassurante. Joseph s'abandonna à sa douleur et pleura, la tête appuyée sur l'épaule du colosse. Au bout d'un long moment, ce dernier repoussa doucement le jeune homme.

— Beau dommage que t'as l'droit d'savoir, mon Joseph, fit-il. Si je te dis que j'peux pas, rapport à la tombe, c'est parce qu'y en a pas, de tombe...

Il vit l'étonnement sur le visage de Joseph et inspira profondément.

— Y a pas d'tombe, poursuivit-il avec peine, parce que... parce que ton père est pas mort !

Les mots étaient finalement sortis. Joseph crut que le sol allait se dérober sous ses pieds. Tout ce qui était amassé au fond de sa poitrine voulut sortir, et tout ce qu'il avait en tête s'embrouilla. Il voulut douter de cette vérité brutale que lui révélait le grand Voyer, mais il ne put que bégayer d'une voix qui s'étouffait sous l'émotion. Voyer n'entendit rien à ces mots balbutiés. Il vit de grosses larmes couler des yeux de Joseph et, lorsque ce dernier releva la tête, il vit distinctement une lueur de reconnaissance dans les grands yeux clairs du jeune homme. Il lui alors fit le récit entier de ce matin-là, alors que la clarté rougeâtre de l'aube avait découpé deux ombres mouvantes croisant le fer.

D'abord, cette fureur de l'Anglais, le regard plein de morgue, prêt à donner la mort du premier coup. En face, Joseph-François Montferrand, résigné, se déplaçant lentement avec effort, mais déterminé à ne pas céder. La seule vue du militaire chargeant avec une telle volonté meurtrière eût effrayé la plupart des hommes, même les plus braves. Devant la mort imminente, Montferrand avait éprouvé une courte angoisse, mais il avait réussi à la dominer. La détente de son bras armé avait été si soudaine qu'elle s'était avérée imparable.

Alors que la lame anglaise avait entamé profondément le crâne et tranché vif une partie du visage de Montferrand, l'épée de son père avait empalé le militaire. Pendant un instant, l'épais matériel de la tunique avait résisté, mais Montferrand s'y était pris de tout le poids de son corps. La lame avait traversé l'Anglais de part en part, étranglant le cri de douleur sans que la moindre goutte de sang tachât l'uniforme écarlate. Les deux corps s'étaient trouvés étalés, les bras en croix. On les avait crus morts. Leurs visages étaient livides, le souffle absent. Et alors que les témoins s'apprêtaient à emporter les corps, convenus d'effacer toute trace du duel et d'en taire le fait, un vacillement avait paru dans l'œil de Joseph-François Montferrand. Malgré tout le sang qu'il avait perdu, le cœur qui n'avait plus son rythme, le souffle à peine perceptible, son regard qui sombrait lentement dans le grand noir, la vie était demeurée plus forte que la mort.

Il avait fallu des semaines avant que la clarté perçât la longue nuit dans laquelle il avait été plongé. Et des mois avant qu'il prononçât un premier mot, qu'il éprouvât une sensation autre qu'un froid glacial. Mais son regard était demeuré absent. Il ne se souvenait de rien. Toute sa vie demeurait enfouie dans les tréfonds d'une mémoire qui lui faisait cruellement défaut. Il lui était arrivé, au fil des mois, d'éprouver un éblouissement, une soudaine inspiration, comme si tous les souvenirs si brutalement effacés lui revenaient. Mais chaque fois, les images disparaissaient, emportées par le vent de l'oubli. Pendant tout ce temps, la maladie empirait, aggravait son état.

Joseph abattit violemment son poing sur la table.

— J'veux voir mon père ! fit-il, la voix étranglée.

Puis il demeura planté sur ses longues jambes, le corps raide, les poings crispés. La douleur se répandait en lui, l'écrasait.

— J'veux qu'on me rende l'épée des Montferrand... C'est à moé d'la porter ! fit encore Joseph de la même voix accablée.

Voyer ne répondit rien. Il ne fit aucun geste et se contenta de partager la douleur de Joseph tout en ravalant sa propre émotion. Plusieurs minutes s'écoulèrent. Finalement, Joseph s'affala sur la chaise, la tête basse, le cœur crevé. La pâleur de son visage disait tout le choc que lui avaient causé les dernières révélations de son tuteur. Une fois de plus, Voyer posa une main sur l'épaule de Joseph.

— Y a des paroles que tu dois entendre, mon gars, dit-il calmement. C'est un peu comme un boutte de testament… Ce sont les dernières paroles de ton père, juste avant le duel… « Vous direz à ma famille que Joseph-François Montferrand est resté debout jusqu'à la fin, comme il se doit… Et dites à mon Joseph que la force des bras sera toujours préférable à celle de l'épée. »

Quelques larmes coulèrent encore. Peu à peu, le regard affolé de Joseph céda à la résignation. Il comprenait que, même s'il ne retrouvait jamais le père qu'il avait connu, en revanche, un lourd secret lui avait été révélé et, dorénavant, il n'aurait plus jamais à supporter la moindre honte. Il aurait de son père le souvenir vivant d'un homme qui avait risqué sa vie pour l'honneur de son nom et de sa race, en bravant tout ce à quoi ses semblables s'étaient soumis.

— J'voudrais le voir, balbutia-t-il.

Voyer fronça les sourcils. Pendant un moment, il resta sans bouger, les mains dans le dos, indécis. Maintenant que Joseph savait, pouvait-il, tout tuteur qu'il était, empêcher le fils de retrouver son père ? D'un autre côté, à quoi servait-il d'attiser le malheur, puisque la vue de cet homme affreusement diminué provoquerait tant pitié que répulsion ? Mais au fond de lui, Voyer ressentait une grande fierté. Il découvrait en Joseph un de ces êtres d'exception.

— J'vais respecter ton vouloir, dit-il simplement.

Déjà glacés, les vents de novembre, après avoir couru au-dessus du fleuve, s'engouffraient dans les rues de la ville par longues rafales.

Voyer marchait de son pas habituel, tellement allongé que seul quelqu'un de sa taille pouvait l'emboîter. C'était pourtant ce que parvenait à faire Joseph Montferrand.

Ils marchèrent une bonne heure sans échanger la moindre parole. Quittant les rues des commerçants, ils empruntèrent des ruelles faiblement éclairées par quelques fanaux. De tous les côtés s'élevaient de chétives habitations, dont plusieurs, gravement lézardées, semblaient près de tomber en ruine. En bordure des ruelles coulait un mélange nauséabond d'eaux pluviales et ménagères auxquelles se mêlaient des résidus de fumier.

Joseph remarqua à peine un édifice en maçonnerie surmonté d'un toit mansardé recouvert de tuiles d'ardoise. Il suivit Voyer à l'intérieur. Ils descendirent des escaliers de pierre, traversèrent plusieurs espaces voûtés jusqu'à un caveau en terre battue. Une religieuse, lampe à la main, les attendait. Voyer s'entretint avec elle à voix basse. Elle jeta un rapide coup d'œil en direction de Joseph, hocha la tête, puis leur fit signe de la suivre. Ils s'enfoncèrent dans l'obscurité. Pendant un bon moment, on ne vit plus que trois ombres dansantes se déplacer le long des murs de pierre.

Ce que vit Joseph dans l'autre caveau le glaça. Un corps émacié, d'une affreuse pâleur, recroquevillé. Sa tête, surmontée d'une broussaille grise clairsemée, était marquée d'une horrible cicatrice qui courait jusqu'à la bouche. L'œil gauche, crevé, était recouvert d'un bandeau noir. Était-ce encore un homme ? Joseph en douta, bien qu'il reconnût les traits de son père. La religieuse aida Joseph-François Montferrand à se redresser. Elle lui enveloppa les épaules d'une épaisse couverture. Elle lui parla à l'oreille, lui passa doucement une main sur le visage. Il bougea à peine, l'œil glauque, le regard vide, englué dans sa dégénérescence.

Voyer poussa Joseph, l'invitant à s'approcher de son père. Le jeune homme se raidit involontairement.

— Va lui parler, lui souffla-t-il.

— Venez, fit la religieuse au même moment.

Joseph s'approcha, mais ne risqua aucun geste. Il se contenta de regarder fixement son père. Sur le visage défait, il vit toutes les marques d'une très longue souffrance. Elle devenait sienne, l'infiltrait, lui crevait le cœur. Il tendit timidement une main, puis l'autre, pour enfin prendre celles de son père dans les siennes. Elles étaient décharnées, glacées comme celles d'un mort. L'homme eut un brusque sursaut. Son œil s'alluma, son corps entier se contracta, sa bouche s'ouvrit dans un effort pour parler. Il finit par émettre des sons, lesquels, par miracle, devinrent des mots.

Joseph s'approcha davantage, jusqu'à coller une oreille contre la bouche de son père. Il perçut un souffle irrégulier, des râles, mais chaque mot intelligible que Joseph-François Montferrand parvint à prononcer fut une découverte pour son fils. Les rumeurs, les mensonges, les fantômes s'estompaient, s'effaçaient, disparaissaient au profit de cet instant réel.

Entre le père et le fils, il y avait eu une longue et étrange séparation causée par une dette irréparable. Réunis de la manière la plus inattendue, l'un et l'autre partageaient maintenant, si brièvement que cela fût, la certitude d'un monde toujours vivable.

Par ces quelques mots, le père avait confié toutes ses peines à son fils, tout comme il avait élevé ce dernier à la dignité du nom des Montferrand. Puis, au bout de cet effort considérable, Joseph-François Montferrand sombra de nouveau dans une totale atonie. Son œil avait perdu tout reflet, son corps s'était voûté jusqu'à se casser en deux, son esprit avait semblé l'abandonner. Il paraissait tout bonnement regarder dans un épais brouillard, quoique Joseph vît une larme rouler sur sa joue, une seule. Il la reçut comme une manifestation de reconnaissance, une grâce accordée.

Antoine Voyer et la religieuse échangèrent un regard entendu. Elle inclina la tête en guise d'approbation tacite.

— Il faut le laisser, maintenant, annonça-t-elle aux deux visiteurs. Il a eu assez d'émotions et il faut qu'il se repose. Je vais vous reconduire.

— Y a pas de soin, ma sœur, fit Voyer, j'connais le chemin... En vous remerciant pour le dérangement.

Et pendant que Joseph avait encore le dos tourné, le grand Voyer remit prestement une bourse bien garnie à la religieuse, qui s'empressa de la faire disparaître dans les plis de sa tunique.

Joseph étreignit son père avec une tendresse infinie. Ému, Antoine Voyer imagina que le jeune Joseph serrait dans ses bras trois générations de Montferrand.

Sur le chemin du retour, Joseph marcha dans l'ombre de Voyer. Un mot échangé ici et là, des chuchotements plutôt qu'une conversation sans détours. Cela durait ainsi depuis une demi-heure lorsque Joseph se décida.

— Est-ce que ma mère sait ce qui est arrivé à mon père ? Est-ce qu'elle l'a vu ?

— Ta mère sait tout c'qu'elle doit savoir. C'était la volonté de ton père de pas devenir un fardeau pour elle. Y voulait pas qu'elle devienne consomption elle itou, rapport que c'est contagieux... Pis comme y risquait de tomber dans les confusions, y voulait pas qu'elle le prenne en pitié. Ton père avait pour son dire qu'un Montferrand, ça se faisait pas des accroires, pas plus que ça en faisait aux autres.

Ils marchèrent en silence durant le reste du trajet. Ce n'est qu'une fois qu'ils furent parvenus à la hauteur de l'auberge que Joseph risqua le propos qui lui brûlait les lèvres depuis qu'ils avaient pénétré dans cette voûte aux allures de crypte.

— C'est une vraie prison ! lâcha-t-il.

— Quoi ça ?

— Le trou où est caché mon père.

— Tu connais ça, la prison ?

— Non, mais j'en ai entendu parler.

— C'est pire qu'une prison, mon gars, renchérit Voyer. Mais y faut le cacher des Anglais... pis tant qu'à faire, de toutes les langues sales. Les Anglais pensent qu'y est mort, les Sulpiciens en doutent, mais ça fait leur affaire... Comme ça, pas de duel, pas de procès, pas de coupable. Les Anglais ont pas perdu la face, les soutanes ont pas à faire les méchants...

— Rien que des menteries ! s'indigna Joseph.

— Ça fera un temps, le corrigea Voyer. Mais j'te promets une chose, Joseph Montferrand... Quand ton père partira, il va rentrer à l'église par la grande porte. Y va reposer dans un cercueil du plus beau bois, pis y va porter un habit tout c'qu'y a de plus fin, bleu comme le ciel, avec des broderies à la bonne place.

— Avec l'épée des Montferrand, s'empressa d'ajouter Joseph.

— Beau dommage ! L'épée des Montferrand entre les mains.

— Comme un chevalier, fit le jeune homme avec conviction.

Joseph avait accompagné ces derniers mots d'un sourire. Voyer éprouva un grand soulagement.

Minuit sonnait. Les forts vents avaient cédé à une faible brise, mais la pluie tombait maintenant avec force. En quelques minutes, les eaux ruisselantes transformèrent routes et chemins en longues étendues boueuses.

— La nuit va être courte, remarqua Voyer. Tu coucheras dans le coqueron, derrière l'auberge, comme ça tu vas être d'adon à la barre du jour. Autant te dire que c'est le temps de l'année où les charretiers attrapent la morfondure… À toé de montrer si t'as mangé toutes tes croûtes…

C'était avec une certaine raideur que l'aubergiste avait jeté cette dernière remarque à la face de Joseph, mais simplement dans l'idée d'aviser la réaction de ce dernier. Le jeune homme était demeuré impassible, du moins en apparence. C'était à son père qu'il pensait. Il imaginait le moment fatidique où le sabre de l'Anglais s'était abattu sur le crâne de son père. Il imaginait la scène, le sang, puis, au terme du combat entre les deux hommes, le duel entre la mort et la vie. Puis il revoyait son père, agonisant en secret, sans guérison possible. Et pendant qu'il écoutait Voyer d'un air distrait, son regard muait, devenait froid. Un lent poison s'infiltrait en lui : le désir de vengeance.

Deuxième partie

Le chant du coq

· VII ·

Le glas sonnait tous les jours depuis le premier novembre. On prétendait célébrer la Toussaint; en réalité, on subissait ce temps de l'année où le monde des vivants cédait la place à celui des morts. L'obscurité tombait tôt, tranchait brusquement, avalait le jour, conviait à d'étranges croyances. Le surnaturel se mettait à rôder, l'humain cherchait à se protéger, qui des influences démoniaques, qui des lugubres apparitions. Un religieux à peine débarqué à Montréal évoqua un étrange ballet de langues de feu qui avait survolé la diligence et importuné les chevaux pendant une partie du trajet. « Des feux follets, avait-il expliqué, des créatures du malin… Ceux qui décèdent en état de péché sont condamnés à cette éternelle errance… »

Le deuxième dimanche de novembre, on reprit la criée des âmes. Les marguilliers de l'église Notre-Dame, à l'incitation du seigneur-curé, demandèrent une nouvelle fois aux paroissiens d'apporter de tout, depuis des étoffes du pays jusqu'à des mains de tabac, en passant par des poches de grain et des barils de poisson salé. Dès l'après-midi, sur le perron de l'église, et en dépit des vents et de la pluie, le crieur soumit la vaste collecte à l'encan. Et le soir, les comptes faits, le seigneur-curé reçut en don la quête la plus lucrative de l'année. Il promit que, pour le reste du mois de novembre, il ferait chanter des messes sans relâche pour les âmes des fidèles défunts, précisant que les noms seraient proclamés en chaire durant les vêpres et que, pour ces disparus, la somme des indulgences leur ouvrirait les portes du paradis. Le nom de Joseph-François Montferrand ne fut pas prononcé.

Comme d'habitude, on buvait sec et le ton montait vite à la taverne du *Fort Tuyau*. Entouré d'une quinzaine de curieux, le Pointu se grattait sans cesse. D'une excessive maigreur, il avait le visage couvert de rides, les joues creuses et un regard de furet. Il tenait serré contre lui un petit baluchon rapiécé qui, à l'évidence, contenait les résidus de ses quêtes. Il débitait ses histoires en bredouillant, baissant et haussant le ton, affectant tantôt une mine épouvantée, parfois une expression hideuse.

— La carriole de l'homme s'était embourbée dans le chemin du boisé, juste devant la maison du Sauvage… Vous savez ben… la Tête croche… Y a ben essayé de faire avancer son cheval, mais à force d'y donner du fouet, la bête a pris le mors aux dents… Elle a rué sans bon sens… Pis là… là…

Le quêteux ouvrit la bouche, découvrant les quelques chicots noirâtres qui lui servaient encore de dents. Il fit claquer sa langue et vida le gobelet qu'on lui tendait. Puis il mit sa main droite à la place du cœur comme pour indiquer que ce qu'il allait dire était la pure vérité.

Autour de lui, les hommes s'impatientaient. Avec force grimaces, il leur fit savoir qu'il allait poursuivre son récit. Il agita le gobelet. Aussitôt, quelqu'un s'avisa de le faire remplir.

— Pis là, enchaîna-t-il d'une voix chevrotante, à la place du cheval, y est apparu… haut de même, avec une tête de loup, des crocs longs comme des lames de couteaux, la gueule pleine de sang… un loup-garou !

Si une profonde surprise se peignit sur plusieurs visages, quelques autres raillèrent l'excentrique personnage. Certains s'amusaient de ses mimiques.

— Pis le cheval ? lança un habitué de la taverne avec dérision. Y s'est quand même pas envolé !

Le Pointu grimaça, puis affecta une mine exagérément douloureuse.

— Cent pieds plus loin… c'est là qu'y était… étendu raide mort… égorgé… vidé de son sang !

On s'attendait si peu à un tel dénouement d'une histoire que l'on tenait pour fantaisiste qu'il y eut une exclamation de stupeur. Fier de l'effet produit, le quêteux s'empressa de vider un autre gobelet.

— C'est qui qui l'a vu, hein ? lança quelqu'un.

— Ben voyons, c'est le Pointu en personne, ironisa un autre. Tu sais ben qu'y lui pousse des ailes pour être partout en même temps!

— J'ai connu un vieux qui m'a raconté que son père avait couru le loup-garou dans sa jeunesse, fit l'un d'eux d'un ton grave. Ça se passait quelque part à Trois-Rivières… Une affaire de mauvais sort, comme qu'y disait le vieux. Paraît que la personne pouvait devenir un bœuf, ou ben un cochon, ou un gros chien… Toujours est-il qu'y s'est passé ben des malheurs… Quand ça le prenait, y faisait un carnage terrible ! Ce serait un curé du coin qui l'aurait délivré de son sort…

— Comment ?

— Une nuit, ils ont saigné celui qu'on soupçonnait, rapport que ce serait la seule façon… Il faut que le sang coule !

— Le loup-garou, c'est la punition du Satan, poursuivit le quêteux. Chaque nuit, pendant sept ans et sept mois, celui qui a été maudit doit trouver du sang à boire, rapport qu'y se trouve sans feu ni lieu… C'est un prêtre qui me l'a dit en personne !

— C'est qui, le loup-garou ?

Le Pointu se gratta furieusement.

— P't'être ben quelqu'un qui a pas fait ses Pâques… Ou ben quelqu'un qui a refusé de rendre le pain bénit… P't'être ben la Tête croche, le Sauvage… Celui qui joue au sorcier pis qui a enfirouapé le jeune Montferrand.

— On va finir par me croire, lança quelqu'un d'une voix rageuse.

C'était Anselme Dallaire. Le gros homme bouscula sans ménagement ceux qui se tenaient devant lui pour se frayer un passage. L'air farouche, le visage en sueur, il vint se planter en face du quêteux. Ce dernier recula instinctivement.

— Chaque fois que t'envoyes le nom de Montferrand en l'air, tu me fais étouffer bleu, gronda Dallaire. C'te fois, le Pointu, tu vas arrêter tes finasseries pis tu vas nous dire tout c'que t'as à dire rapport aux Montferrand... On veut t'entendre toute la *gang* en même temps... Que l'diable te vienne en aide si la langue te fourche !

La bouche de travers, le quêteux jeta un regard effrayé sur les hommes qui l'entouraient. On eût dit une meute de chiens affamés prêts à se jeter sur la moindre pitance. Il renifla, essuyant la morve coulant de son nez d'un revers de manche.

— En plus d'la gratelle, te v'là goutteux, railla Dallaire. Envoye, le Pointu, c'est pas le temps d'chier su'l'bacul !

— T'as ben raison, Dallaire, intervint Tancrède Boissonneau. Ça fait un boutte que j'veux en avoir le cœur net, moé itou. C'est certain qu'y a quelque chose de pas catholique chez les Montferrand, rapport qu'y a pas un torrieu d'homme pour me virer boutte pour boutte comme c'te bâtard de Montferrand l'a fait. Faut qu'y soit pogné par le diable ! Ça fait que tu vas accoucher de ton évangile, le Pointu, ou ben tu vas décamper d'icitte pour de bon !

Boissonneau avait prononcé les derniers mots en se composant un air menaçant, sachant bien que le quêteux n'avait pas le temps de se ressaisir, encore moins le désir de filer. En fait, le misérable personnage, confronté à la suspicion de tous ces hommes, jouait sa réputation, et celle-ci était son gagne-pain. Mis en doute, il ne tirerait plus le moindre bénéfice des ragots qu'il semait à tous vents et que d'aucuns tenaient, par d'étranges ressorts, pour des vérités obscures ou encore des présages.

— Trois générations de moutons noirs, commença le Pointu, trois générations de brebis égarées. Y a des secrets qui sont enfermés par les curés, rapport au premier des Montferrand... Des papiers secrets. Y aurait dû être pendu, il l'a pas été... Y aurait dû être exclu de l'absolution, il l'a pas été... Y aurait dû être banni d'la ville, il l'a pas été... On devait confisquer ses avoirs, y s'est retrouvé avec une belle maison. L'autre Montferrand aurait dû être excommunié, il l'a pas été... Y est où, le corps ? À la Pointe du Moulin à Vent ?

Pantoute! On l'a jamais trouvé... C'est p't'être ben parce qu'on voulait pas l'trouver! Mais le restant des écus, c'est le Joseph... le jeune. Un bâtard, pour sûr! Y a des papiers qui disent que le Joseph-François pis la Marie-Louise se sont mariés à l'été... avec dispense de bans. Pis d'autres papiers qui disent que le Joseph est né à l'automne, par soir de pleine lune. C'était un signe, pour sûr! Un vrai diable! Pis v'là qu'y s'est poussé de chez les curés. Pis qu'y s'est poussé de chez le tonnelier après avoir tout reviré bord pour bord. Pis qu'y s'est retrouvé chez la Tête croche pour apprendre la magie des Sauvages en pleine Fête-Dieu!

Il y eut des murmures, quelques échanges à voix basse.

— Y a le charroyeux de potasse, Baptiste Poissant, qui disait que le Sauvage a des marques creuses de même sur l'poitrail, remarqua un des hommes en montrant l'épaisseur d'un de ses doigts.

— J'ai entendu dire que le jeune appelle le grand Voyer presquement son père, fit un autre.

Dallaire et Boissonneau échangèrent un regard complice.

— Mon défunt père avait pour son dire que t'es mieux de saigner le renard avant qu'y se pointe dans ton poulailler, fit Dallaire.

— *Amen,* répondit aussitôt Boissonneau en invitant les autres à trinquer.

Le supérieur des Sulpiciens reçut le père Valentin Loubier de la manière habituelle: assis bien droit dans sa chaise de velours pourpre, le nez chaussé de ses lorgnons cerclés d'or, l'air grave, sans la moindre émotion apparente.

— *Dominus vobiscum*, seigneur-curé, le salua le père Loubier, en s'inclinant profondément.

— *Gratias agamus Domino Deo nostro*, frère Valentin, fit le père Dessales du bout des lèvres, tout en traçant un rapide signe de croix en direction de son subordonné.

— C'est au sujet de la démarche dont vous m'aviez chargé...

— Eh bien?

— Je dois avouer que c'est une affaire délicate... Bien plus délicate que je ne le croyais, répondit le sulpicien, visiblement mal à l'aise.

— Délicate ? répliqua le supérieur d'un ton glacial. Mais là n'est pas la question ! Vous deviez m'apporter le consentement signé de la main de cette femme, quand bien même ce serait une simple croix...

Le père Loubier observa un silence. Il revit le regard suppliant de Marie-Louise. Une seule bougie brûlait dans la maison. Et comme le soir tombait tôt, la petite chaleur du jour avait vite cédé à un froid glacial. Lorsqu'il l'avait informée du but de sa visite, Marie-Louise avait eu un mouvement de frayeur. Elle s'était détournée et avait longuement regardé par une fenêtre. Puis, le souffle court, elle avait demandé pardon pour sa réaction émotive. Les mains croisées dans le dos, sans élever le ton, il avait pris le temps de lui expliquer la nature de la demande, en précisant que cela était absolument conforme aux coutumes paroissiales. Elle l'avait entendu, avait tenté de se raisonner, mais avait cependant compris qu'elle était à court de tout argument. Elle avait longuement fixé la statue de la Vierge sans éprouver le moindre soulagement. Puis elle avait sangloté, debout, le visage dans les mains.

Après avoir marqué ce temps et constaté le trouble du père Loubier, le supérieur s'efforça de prendre un ton moins autoritaire.

— Admettons que nous montrions de la sollicitude, fit-il, que dis-je, de la pitié ! Que vais-je dire à nos marguilliers ? Nous nous exposons de suite à une véritable anarchie ! Pensez-y ! À tout moment, on se précipitera ici en nous jouant de viles comédies pour engendrer notre pitié... On implorera grâce pour tout et pour rien, avec comme résultat que la populace fera de nous la risée. Nous perdrons tout respect et, du fait, nous perdrons la dernière parcelle d'influence que nous détenons encore sur le gouverneur anglais. Est-ce cela que nous voulons ?

Le père Loubier écoutait poliment le propos du seigneur-curé, les yeux rivés au plancher. Cela lui permit d'ailleurs de comprendre davantage les traits de caractère de cet homme. Il était bien évident qu'en surface il feignait la sympathie pour certaines causes, encore qu'il ne s'engageait à rien. Autrement, son seul désir consistait à s'accrocher au pouvoir, duquel il tirait une autorité absolue. En cela, il était loin des enseignements du Christ et restait sur une prudente réserve quant à la pratique des exercices spirituels de l'ordre. Le père Dessales ne soulageait pas les âmes, il les commandait. Pire, il les négociait.

— Mais nous n'avons toujours pas la certitude du décès du sieur Montferrand, intervint le père Loubier, pas de corps, pas de funérailles, pas d'inhumation... Rien qui nous autorise à disposer d'un bien qui lui est toujours acquis.

Le père Dessales le toisa avec une expression de mépris. L'autre se tut instantanément.

— Je vous remercie de cette précision, bien inutile d'ailleurs, fit le supérieur d'un ton cassant. Nous savons ce qu'il nous est nécessaire de savoir dans cette triste affaire. Par conséquent, il m'appartient d'adjuger le banc des Montferrand au plus haut enchérisseur. À moins, bien sûr, que la famille soit capable d'en couvrir l'enchère. Est-ce le cas, frère Valentin ?

— J'en doute, murmura le père Loubier.

— Alors, il est entendu que vous obtiendrez l'accord de cette femme, ce qui lui évitera à tout le moins certains déchirements.

Sur ces derniers mots, le supérieur congédia le père Loubier d'un signe de la main.

— *Pax Domini sit semper vobiscum,* murmura ce dernier en s'inclinant.

— *Et cum spiritu tuo,* répondit machinalement le père Dessales, la tête rejetée en arrière.

Mais à l'instant où le père Loubier, après avoir fait deux pas en arrière, se détourna et s'apprêta à quitter la pièce, le supérieur se ravisa. Quelque chose l'embêtait. Peut-être cette façon de serrer les mâchoires qu'il avait observée lorsque le père Loubier l'avait salué, le manque de conviction qu'il avait décelé dans le ton de sa voix, le mal qu'il avait à cacher sa déception.

— Frère Valentin...

Ce dernier s'immobilisa sur le pas de la porte, puis fit volte-face.

— Seigneur-curé, fit-il, une ombre de crainte dans le regard.

— Je veux que vous sachiez que vous avez encore ma confiance, dit alors le père Dessales d'un ton qu'il voulut rassurant. Approchez et prenez un siège…

En prononçant ces paroles, le supérieur se mit à triturer sa croix pectorale pendant que, stupéfié par cette familiarité aussi soudaine qu'inattendue, le père Loubier prenait docilement place sur la chaise que lui montrait le père Dessales.

— Il me semble que vous ne vous êtes pas suffisamment exprimé, continua le supérieur. Peut-être que cette affaire qui, selon mes vues, paraît simple ne l'est pas autant… Et peut-être qu'en ces circonstances nos intentions devraient être… ou à tout le moins devraient paraître plus aimables. Je ne vous demanderai pas de vous mettre à ma place, mais de comprendre que je me dois aux affaires de l'Église avant toute chose, comme à celles de notre ordre, de la seigneurie, du séminaire. Comprenez-vous cela, frère Valentin ?

Le père Loubier fit oui de la tête.

— Je n'agis pas seul, poursuivit le supérieur. J'ai à mes côtés les marguilliers, et chacun de ces hommes voit dans cette charge une forme de prestige, pour ne pas dire une consécration qu'il tient pour l'équivalent d'un titre de noblesse, ou alors d'une fortune qui n'est pas encore faite. Si je vous dis cela, c'est que ces marguilliers ont leurs entrées chez notre évêque, et qu'une fois en sa présence ils se prétendent, l'un comme l'autre, les gardiens du bon ordre. Voyez-vous où je veux en venir ?

Le père Loubier refit le même geste, mais en affichant cette fois un air affligé.

— Cela vous trouble, j'en conviens, ajouta encore le père Dessales, mais cela ne change en rien la gravité de ce que vous savez. Une action vile est méprisable aux yeux de tous ceux qui tiennent feu et lieu dans une paroisse. De la sorte, il est de notre devoir sacré d'en prendre acte, de la réprouver et de la sanctionner au nom de Dieu et de son Église, en sachant bien que cela peut exclure un pécheur de son salut éternel. Frère Valentin, le nom de Montferrand est synonyme de troubles, de désordres, sans parler d'inconvénients encore plus graves. Des paroissiens réputés sages, paisibles et pieux sont venus vers moi afin de m'exposer leurs craintes et davantage. Certains pour me demander de conjurer ce qu'ils croient être devenu une malédiction… la malédiction des Montferrand ! Un exorcisme en ce siècle, en ce Nouveau Monde, et quoi encore !

Il avait esquissé un vague signe de croix et s'était levé brusquement.

— Voilà beaucoup d'embarras, ne croyez-vous pas ? Parlez, je vous le demande.

C'étaient justement les paroles que craignait le père Loubier et qu'il eût préféré que le supérieur ne prononçât pas. Une façon du père Dessales de le piéger, de le confronter au paradoxe. S'il n'exprimait pas son point de vue, s'il refusait de se compromettre, l'autre lui reprocherait le manque de sincérité, voire la désobéissance. Et s'il faisait valoir ses opinions par devoir de conscience, même en invoquant toutes les raisons supérieures, y compris les intentions les plus pures, le supérieur le convaincrait d'entretenir des idées coupables.

Le père Loubier savait par ailleurs que le supérieur avait porté un intérêt manifeste à un manuscrit qui avait été mis à l'Index pendant deux siècles. Par une rare distraction, le père Loubier, en sa qualité de maître d'étude et d'archiviste des Sulpiciens du Canada, en voulant ranger des volumes, avait vu le titre *Le Prince*, d'un certain Nicolas Machiavel. Après l'avoir feuilleté avec fébrilité, il avait retenu ce passage : « … il a commencé par agiter de grandes épouvantes, des arguments très efficaces si on ne les examine pas de près. Mes partisans sont de parfaits hommes de bien, mes ennemis de parfaits scélérats… Tout lui était bon pour frapper la partie adverse et fortifier la sienne. » Ces mots avaient été écrits à Florence, le 9 mars 1498, à l'intention d'un certain Ricciardo Bechi, ambassadeur florentin auprès du pape Alexandre VI. Et Machiavel, afin de donner de l'effet à son texte, avait cité le livre de l'Exode et la *Somme théologique* de saint Thomas en rappelant que « la prudence est un bon guide de l'action ».

Cette intrusion fortuite dans les arcanes de la pensée politique de son supérieur avait éclairé le père Loubier. Il ne voyait maintenant plus le père Dessales comme un religieux lié par la charité sacerdotale et le don de soi au service de ses frères de l'ordre. Pas plus qu'il ne percevait en lui l'élu sacerdotal animé par l'esprit apostolique et le sens de l'adoration selon les enseignements du fondateur des Sulpiciens, Jean-Jacques Olier. Il le voyait comme un dirigeant qui supputait froidement les tenants et les aboutissants, les faveurs et les obstacles ; qui admettait l'équilibre des forces opposées tout en cherchant constamment à faire pencher la balance en sa faveur.

— Parlez, frère Valentin, insista le père Dessales.

Le père Loubier sursauta. Il eut encore un moment d'hésitation. En fait, il lui suffisait de dire qu'en pareille circonstance il comprenait les arguments du père Dessales, reconnaissant par là les lourdes responsabilités qui accablaient ce dernier. Mais de tels propos eussent été lâches. Et cette lâcheté eût été contraire au serment qui le liait, non pas aux hommes, mais à Dieu, pour le reste de sa vie. Il se rappela ce que son directeur de conscience, le père Clermont de Sorval, ne cessait de lui répéter : « Il était une fois cet âne qui mourut de faim parce qu'il ne put choisir entre un seau d'eau et un boisseau d'avoine… Beaucoup finissent comme cet âne faute de choisir… » Il fit son choix.

— Seigneur-curé, depuis que je fus ordonné prêtre, je me suis enraciné dans l'esprit de Jésus-Christ, Maître, Prêtre et Pasteur. Je me suis abandonné à la *pietas seminarii* et placé sous la protection de la Vierge Marie, selon notre devise *Auspice Maria*. J'ai toujours exercé en totale obéissance le ministère de l'enseignement que votre prédécesseur m'avait confié, et je me suis efforcé de discerner des vocations avec le souci de les éduquer à la vie intérieure, à l'esprit apostolique, à la sanctification, à l'expansion de l'Évangile et au dialogue fraternel au sein de notre communauté…

Le père Dessales jeta un regard rapide en direction de l'horloge. Il leva brusquement la main, visiblement excédé par ce préambule.

— Je vous autorise à vous exprimer, dit-il en regardant

malicieusement le père Loubier, mais épargnez-moi le récit de votre vie et laissez-moi seul juge de votre supposée sollicitude pastorale et des façons dont vous vous nourrissez de la Parole de Dieu…

Le père Loubier se raidit. Le ton âpre et l'allure courroucée du supérieur l'humilia. Malgré lui, ses traits se durcirent. Il éclata :

— Seigneur-curé, j'ose prendre ouvertement la défense des Montferrand contre toutes les calomnies, lesquelles, je l'affirme, n'ont pour seul but que de les détruire, corps et âme…

Le père Dessales fronça les sourcils en même temps qu'il se mordit les lèvres. Il n'était pas certain d'avoir bien entendu les paroles de son subordonné. L'effet de surprise passé, il retira ses lorgnons et toisa le père Loubier. Il constata que toute apparence de soumission avait disparu de son regard où il lisait à présent une lueur de défi.

— Êtes-vous conscient de vos paroles, frère Valentin ? demanda le père Dessales en s'efforçant de modérer le ton. Parlez-vous en connaissance de cause ? Nous n'avons pas affaire ici à quelque vaniteux qui a fait galoper ses chevaux à la sortie de l'église ou à un pénitent fautif d'avoir mangé de la viande pendant le carême… Et passe encore quelque abuseur d'eau-de-vie…

Il fit une pause, prit sa croix pectorale dans une main, inspira profondément et éleva le ton.

— Les Montferrand représentent trois générations de dépravation, de corruption morale, et c'est cela que nous avons le devoir de combattre. Et vous… vous, notre frère estimé de cette communauté, vous voulez défendre ceux qui portent ce patronyme, qui sont la source même du mal ?

— Je le veux, affirma le père Loubier sans broncher.

— Êtes-vous sourd et aveugle ? vociféra alors le supérieur en agitant sa croix pectorale devant le visage du père Loubier. Les Montferrand ont vécu par l'épée, répandu le sang, offensé Dieu et son Église, fait fi de tout repentir et scellé un pacte avec le malin sans que l'un d'eux ait jamais demandé quelque clémence… Et il faudrait que nous leur accordions notre bienveillance. Est-ce cela que vous plaidez ?

Le père Loubier fit un signe de dénégation.

— *Justum est bellum quibus necessarium et non erit pax*[1], murmura-t-il.

— Vous vous égarez, s'indigna le père Dessales, et je vous ordonne dès maintenant de vous en tenir à la règle d'obéissance de notre ordre, que vous prétendez servir avec une grande docilité envers l'Esprit Saint...

— Je sers aussi la vérité, répliqua le père Loubier. Et cette vérité soutient que, si la cause est juste, l'épée et l'Église sont liées par une même vertu...

— Hérésie !

— Je l'affirme devant Dieu !

Le visage enflammé de colère, le père Dessales étendit impérieusement le bras, signifiant qu'il congédiait le père Loubier.

— Je vous retire la charge qui était vôtre auprès de la femme Montferrand, ordonna-t-il. Vous verrez votre confesseur dans l'heure qui vient, à la suite de quoi vous serez en réclusion pour une période indéterminée durant laquelle vous méditerez sur vos égarements tout en pratiquant la mortification. Allez !

Le père Loubier se leva et fit face à son supérieur.

Pendant un moment, il le regarda. Il se sentit libéré, presque euphorique. Puis ce fut plus fort que lui ; ses yeux trahirent une expression ironique.

— Je ne crains aucune mortification, dit-il, et je ne regrette pas de vous avoir exprimé la vérité. Que vous vouliez l'entendre ou pas, peu m'en chaut, car voici : il y a plus de sept siècles, en pleine campagne d'Auvergne, au pied de la forteresse curieusement nommée Montferrand, le pape Urbain II appela tous les chrétiens à la première croisade et fit de l'épée et de la croix un même symbole de ralliement et de serment. Depuis ce temps, siècle après siècle, les papes réunirent des chevaliers, des religieux et des laïcs, les bénissant, dressant leurs mains au combat, leur permettant par une disposition salutaire de la Providence l'usage du glaive pour réprimer

1 « La guerre est juste pour ceux à qui elle est nécessaire et ainsi, il n'y aura jamais de paix » (citation de Tite-Live).

sur la Terre la malice et la perfidie... Voilà deux siècles, mon ancêtre, un homme valeureux, juste et bon, élevé dans la crainte de Dieu, fut fait chevalier de l'Ordre du Saint-Sépulcre de Jérusalem. Il fut adoubé par le gardien, en présence de l'évêque de Poitou, et reçut des mains de ce dernier une sainte épée, au nom du Père, du Fils et du Saint-Esprit, afin qu'il s'en servît à sa propre défense et à celle de la Sainte Église, et afin de confondre les ennemis de la croix de Notre Seigneur et de la religion chrétienne. Cette épée tira le sang et fut vénérée, hier comme aujourd'hui, par tous ceux qui portent son nom. N'est-ce pas ce qu'ont fait les Montferrand, seigneur-curé ?

Cette vérité laissa le père Dessales sans réaction. Le père Loubier se retira sans le moindre salut, indigné par la folie tyrannique des hommes. Au même moment, la ville gelait et les pauvres ne parvenaient plus à se chauffer.

Le dernier navire de la saison, en partance pour l'Angleterre, avait levé l'ancre et s'éloignait de Montréal en suivant le vif courant d'un fleuve brumeux.

En attendant la première véritable chute de neige, une fébrilité particulière s'était emparée des marchands de la ville. Cette dernière ressemblait à une fourmilière. Les berges du Saint-Laurent grouillaient de charrettes, de cabrouets, de débardeurs et de marins. On maniait des longes de bois, on empilait des planches, le tout destiné à l'entreposage dans des hangars en prévision des grands froids. Déjà des journaliers s'annonçaient pour fendre les billes, en même temps que des vendeurs ambulants se pressaient afin de s'attribuer des secteurs de distribution pour le bois de chauffage.

La guerre des charretiers avait débuté. On se battait pour se faufiler en première ligne, pour gagner la course des livraisons. Craignant de voir leurs voitures s'enliser, les plus expérimentés avaient rapidement réglé la largeur des roues de manière à éviter les profondes ornières, afin de rouler à côté des traces habituelles et d'éviter les cahots, ménageant ainsi les essieux et les bris de harnais, si fréquents à l'approche de l'hiver. L'habileté du conducteur y était pour beaucoup, mais il était aidé en cela par la tradition voulant que les plus anciens aient droit à certains égards. Ainsi, on ne les forçait pas à imposer à leurs bêtes un train épuisant, on s'abstenait de commenter l'allure de leurs chevaux, on ne les doublait pas, on acceptait même qu'ils ne déviassent pas d'une ligne de leur chemin, au point de renverser des piétons. Piqués au vif, ils pouvaient donner du fouet à leur guise, crier à tue-tête le familier « Hue donc ! » qu'ils adressaient, sans la moindre courtoisie, autant à leurs chevaux qu'à quiconque se mettait en travers de leur route.

Une telle promiscuité ne pouvait que susciter des désordres. D'ailleurs, le moindre écart à ces rituels coutumiers entre charretiers appelait des représailles. Aussi n'était-il pas rare qu'un coup de gueule dégénérât en foire d'empoigne. Et comme la confrérie des charretiers était morcelée, les berges du fleuve devenaient fréquemment le théâtre d'affrontements entre clans. Parfois, les belligérants se donnaient rendez-vous le soir même, au « coin flambant », ainsi que l'on désignait une encoignure où s'élevait une taverne borgne réputée pour ses bagarres. La joute de coups de poing prévue était généralement brève, puisque charretiers, marins et hommes de chantier présents en venaient tous aux mains, souvent à coups de gourdins, sinon de couteaux.

Il pleuvait dru depuis deux jours. Par endroits, les hommes s'enfonçaient jusqu'aux genoux dans les berges du fleuve. On eût dit des sables mouvants. Les cageux, pourtant expérimentés, peinaient pour amener à portée des charrettes les derniers radeaux chargés de pin et de pruche en provenance des forêts de Châteauguay.

Sur la grève, c'était la cohue. Contraints par une ordonnance de la seigneurie de Montréal d'employer le premier charretier qui se présentait, les contremaîtres du déchargement avaient pratiquement perdu toute maîtrise de la situation. De surcroît, ils ne voulaient pas se mêler des luttes de préséance, par crainte de représailles.

Quelques charretiers étaient aux abois. Bien que ceux-ci se fussent époumonés à crier des « Hue ! » et des « Dia ! », les chevaux, attelés en flèche à leurs charrettes, embourbés jusqu'au ventre, n'obéissaient plus à la voix de leur maître. Paniquées, l'écume à la bouche, les bêtes cherchaient désespérément à se libérer de l'étreinte visqueuse, s'épuisant en vains soubresauts.

Derrière, des charretiers en attente ne se contenaient plus. Cédant à un coup de colère, ils se précipitèrent vers les chevaux englués et commencèrent à tirer violemment sur les mors. Au milieu de cette fureur de gestes et de cris, certains chevaux, emportés par un suprême élan, parvinrent à se libérer de leur carcan boueux pour se retrouver dans les eaux glacées du fleuve, entraînant la charrette derrière eux. Blêmes de colère, des hommes en vinrent aux mains. On entendait leurs grondements sourds, des injures, des sons rauques, des râles, des claquements de fouet. En quelques instants, une dizaine de charretiers étaient devenus de sombres brutes. Et un moment plus tard, ils étaient affalés, livides, à bout de souffle, transis, incapables d'émettre un son.

Peu à peu, les hommes reprirent leur souffle. Les uns et les autres, un peu honteux, les dents serrées, s'évertuaient maintenant à libérer chevaux et charrettes du lit de boue qui les emprisonnait. Grelottants, ils juraient à voix basse. Les plus vieux s'affaiblissaient à vue d'œil. Une raideur glacée paralysait leurs membres, réduisait leurs efforts à la seule force de petits mouvements devenus futiles. Impuissants, ils regardaient stupidement autour d'eux. Sous cette pluie qui tombait sans relâche, ils apparurent complètement désarmés. Çà et là, un haussement d'épaules machinal exprimait toute la frustration qu'ils éprouvaient.

— On va quand même pas attraper not' coup de mort! fit l'un d'eux d'une voix enrouée, tout en crachant de dépit.

— Moé, j'me sens pus les jambes, fit un autre entre deux souffles creux. Mais si j'arrive pas à sortir de là mes deux jouaux, fini, la *job*, pour moé...

— Ben ça sera ça, râla son voisin, en bégayant les mots, tellement son corps était agité par les frissons. Pas question de me vider de mon sang pour des vieilles picouilles!

— Un bon coup de whisky pis une petite prière au bon Dieu, ça nous fouetterait p't'être les sangs, lâcha quelqu'un, comme pour donner l'illusion que, au milieu de ces berges inondées et puantes, il suffirait d'une croyance tranquille pour qu'arrivât le miracle.

— Laisse faire le bon Dieu, grommela son voisin. Si y avait pas voulu qu'on se prenne dans la marde, y aurait pas inventé la pluie!

Les hommes se turent. Quelques-uns demeurèrent prostrés, face à face, sans trouver rien d'autre à faire, trop fourbus pour même tenter de quitter la berge. Des cageux vinrent à la rescousse. Ils étendirent des planches afin que les charretiers englués puissent s'y agripper et ainsi, sur les mains et les genoux, regagner la terre ferme. Plusieurs perdirent pied en s'aventurant sur les traverses gluantes. On les rattrapa non sans qu'un autre culbutât en crachant des jurons.

Restaient les bêtes. La plupart étaient de forts chevaux à l'encolure et au garrot puissants, à la poitrine profonde, large, et à la croupe rebondie. Dressés pour le trait lourd, ces chevaux, généralement dociles, avaient perdu leurs allures tranquilles. Dans leur affolement, ils se cabraient, tentaient des ruades, lançaient des hennissements aigus. Les quelques charretiers qui tentaient encore de saisir le mors et de reprendre le contrôle de leurs bêtes risquaient gros. Les animaux couinaient aussitôt, secouaient violemment la tête, les oreilles couchées vers l'arrière, retroussant les lèvres sur des dents prêtes à mordre. Il n'en fallait pas davantage pour que le moindre sursaut des chevaux épuisés ne provoquât un accident grave. Déjà trois charretiers avaient été projetés à plusieurs pas et deux chevaux s'étaient fracturé les jarrets en tentant des ruades désespérées, se fracassant les postérieurs contre les brancards d'attelage des charrettes.

Le véritable drame se joua brutalement. Mû par une colère aveugle, Boissonneau ignora les pulsions désespérées de ses chevaux et les accabla de violents coups de fouet. En sifflant, la lanière mouillée zébra à maintes reprises la croupe, l'encolure, le poitrail des bêtes, allant jusqu'à meurtrir leurs oreilles. Simultanément, les chevaux se tournèrent vivement, la gueule pleine de bave. Un dernier coup de fouet atteignit l'un des chevaux à l'œil. Le sursaut de la bête fut tel qu'elle rompit net les brancards, soulevant l'avant-train de la charrette, ce qui la fit basculer. Le cri de Boissonneau se mêla aux hennissements des chevaux. La lourde charge de billots se répandit, ensevelissant le charretier, dont la main droite tenait encore le fouet et la gauche demeurait prisonnière des guides, qui lui enserraient le poignet et les phalanges des premiers doigts. Roulant les uns sur les autres, les gros rondins s'entassaient sur l'homme, l'enfonçant inexorablement dans le carcan de boue. Bientôt, on ne distingua plus qu'une masse gluante.

Boissonneau n'y voyait plus rien, sinon l'affreux voile noir qui l'enveloppait et préfigurait sa mort. L'image qui lui vint alors fut celle d'un poisson qui crevait la gueule ouverte. La respiration coupée, le corps mollissant dans la souffrance, il abandonna la lutte. Il ressentit à peine le violent choc en plein visage, résultat d'un billot qui le heurta au front, lui fracturant le nez. Le jet de sang qui jaillit l'égara complètement. Il sentit un grand frisson le parcourir. Le cri de désespoir qui montait en lui s'étrangla dans sa gorge. C'en était fait de sa vie. Il mourait dans un mystère ; il mourait de douleur ; il mourait dans la souffrance et l'agonie… Il mourait enlacé par un démon, ou alors son âme serait sauvée de l'éternelle mort par d'ultimes regrets… Il y eut un grand vide, la sensation de la terre qui s'ouvrait brusquement, le néant…

À quelques pas de là, un autre charretier tentait l'impossible. Il était grand, coiffé d'un chapeau de velours noir mou, qu'il portait enfoncé jusqu'aux yeux. Il s'approcha du lieu du drame en sautant d'un billot à l'autre à grands bonds de chèvre. Il manœuvra les pièces de bois une à une, les soulevant comme si elles avaient été des fétus. La face rouge, les veines du cou gonflées à se rompre, les dents serrées, il atteignit le moribond. Il dégagea avec peine le corps inerte. En retirant la boue, il vit un visage gravement tuméfié, déjà bleuâtre.

— Lâchez pas ! lui souffla-t-il en le tirant vers lui.

Il finit par le dégager suffisamment pour l'étendre sur la traverse de fortune sur laquelle lui-même se ramassa, sur les genoux, prostré dans une attitude de prière. En réalité, il se remettait du suprême effort qu'il avait fourni, et le sang lui battait aux tempes à la cadence de coups de marteau.

Durement éprouvé, Joseph Montferrand resta sans bouger pendant un instant. Il avait les membres meurtris, les muscles tétanisés, et il sentait le froid qui l'engourdissait.

La pluie ruisselante lava progressivement la figure, jusque-là méconnaissable, de l'homme qu'il venait d'arracher à une mort certaine. En voyant ses traits, un frémissement le parcourut tout entier. Celui qui gisait à ses côtés, toujours sans connaissance, était celui-là même qui l'avait traité de « bâtard », qu'il avait rossé en public à l'auberge du grand Voyer, et qui l'avait très certainement voué aux gémonies par la suite : Tancrède Boissonneau. Du coup il s'en voulut, puis, se ressaisissant, il adressa une prière muette à la Vierge.

Brusquement, tout se mit à tourner autour de lui. Une fatigue immense le terrassa. Sentant la défaillance, il voulut appeler à l'aide, mais sa voix n'était plus qu'un filet, et les mots moururent une fois les lèvres franchies. Sa vue se voila et il ne distingua plus alentour que des ombres qui remuaient à peine. Il comprit qu'aucun charretier ni cageux ne viendrait à son secours. De soudaines larmes jaillirent. Il respira du mieux qu'il put. Puis l'asphyxie qui l'oppressait relâcha peu à peu son étreinte alors que s'éveillait une fois de plus en lui l'esprit du devoir. Rassemblant ses dernières forces, il se redressa. Sa vue redevenait nette, son ouïe distinguait de nouveau les bruits des chevaux et les cris des hommes. L'odeur écœurante de l'urine des chevaux lui monta au nez. Il eut un haut-le-cœur, mais domina la nausée. Sa conscience immédiate lui dicta le reste. Il souleva le corps inerte de Boissonneau comme il l'eût fait d'un quart de lard et le hissa en travers de son épaule. D'un coup d'œil, il avisa la disposition des billots. Tel un funambule, il assura chaque pas, les yeux mobiles, les dents serrées, réprimant sa peur. Petit à petit, il progressait, même s'il reculait parfois d'un pas, oscillait de gauche à droite, s'arrêtait pour maintenir son équilibre. Vers la fin, son visage avait pris une couleur de cendre. Ses genoux mollirent et il chancela. Mais il entendait les cris d'encouragement de tous ceux qui, voilà quelques instants à peine, s'étaient résignés à l'impuissance et à l'abandon.

On avait déposé Tancrède Boissonneau à l'arrière d'une charrette. Les hommes regardaient Joseph, stupéfaits, sans trouver un mot à lui dire ; ils étaient visiblement dépassés par l'événement. C'était la première fois qu'ils étaient témoins d'une chose pareille. Un hochement de tête incrédule, un clin d'œil complice, un sourire fugitif, un regard admiratif, tout cela au milieu d'un profond silence qui évoquait ce moment surréaliste. Puis Joseph Montferrand leur tourna le dos et marcha seul, ombre mouvante, vers son propre attelage, qu'il avait laissé en retrait. Il caressa tour à tour la tête de ses deux chevaux. Une brusque émotion le saisit. Il tremblait de froid. Il éprouva une étrange sensation qui lui laissa la tête vide, les yeux brouillés de larmes. Lorsqu'il voulut monter dans la charrette, le paysage vacilla brutalement. Vidé de toute substance vitale, son corps l'abandonna.

Quelques charretiers qui l'avaient vu s'écrouler se précipitèrent à son secours. Lorsqu'ils le soulevèrent, Joseph, inerte, avait la bouche pleine de boue.

· VIII ·

Marie-Louise avait entassé les dernières bûches de sa réserve de bois de chauffage sur les braises fumantes du feu qui se mourait dans l'âtre. Quelques minutes plus tard, la chaleur se répandit. La buée sur les fenêtres se dissipa, et une forte odeur de résine fleura jusque dans les combles.

Elle gravit péniblement les marches et s'arrêta au sommet de l'escalier pour reprendre son souffle.

— Dites-moi qu'il va guérir, docteur, le pria-t-elle entre deux soupirs étouffés.

L'homme vêtu de noir, sec et maigre, ne répondit pas immédiatement. Il restait penché sur Joseph. Étendu sur un lit de fortune, ce dernier avait le visage livide et marqué de traces bleuâtres, celles-là accentuées par les lueurs dansantes de la lampe de chevet. Le docteur Athanase Landry l'ausculta une fois de plus, frappant à petits coups répétés de la main droite sur la poitrine de Joseph, dénudée et couverte de sueur froide.

Finalement, le docteur Landry se redressa lentement. Sa maigreur et son visage en lame de couteau, dont le menton affichait un bouc soigneusement lissé, le faisaient paraître plus grand qu'il ne l'était en réalité. Son regard était sans véritable expression, attitude typique des gens de cette profession, habitués de voir et de recevoir un grand nombre de personnes troublées, inquiètes, affaiblies par la maladie, ou même éprouvées par la mort trop soudaine d'un être cher. Lui-même avait été le témoin impuissant de tant de douleurs inexprimables, de scènes où des mères effondrées serraient dans leurs bras le cadavre gisant de leur enfant, qu'il avait choisi, tôt dans l'exercice de sa profession, de garder la distance nécessaire à la lucidité.

— Votre Joseph a une très vilaine fièvre, annonça-t-il en regardant fixement Marie-Louise, très, très vilaine. Ça pourrait ressembler à la typhoïde. Franchement, madame Montferrand, faut être fait fort pour passer à travers...

La phrase demeura inachevée. C'était la manière habituelle du docteur Landry de placer les gens devant la réalité. Tout était dans son regard, dans sa façon de se tenir bien droit, presque immobile, surtout dans le silence qu'il observait à la suite d'un court diagnostic.

Marie-Louise s'approcha de son fils et le regarda avec une infinie tendresse.

— C'est encore un enfant, murmura-t-elle. Jamais j'peux croire que l'bon Dieu va me faire ça.

Elle se retourna tout à coup et fit face au médecin. De grosses larmes coulaient sur ses joues.

— Il me reste de l'eau de Pâques, fit-elle d'une voix pleine de tendresse maternelle. Ma mère m'a toujours dit que l'eau de Pâques, mélangée avec de l'eau des premières pluies de mai – ça aussi j'en ai –, pouvait guérir tous les malaises. Ça se pourrait-y, d'après vous, docteur ?

Le docteur Landry se contenta d'un vague signe de la main. Il sortit un flacon de sa mallette, l'agita et le tendit à Marie-Louise.

— Vous allez le frictionner avec ça aux deux heures, conseilla-t-il. C'est de l'huile camphrée. C'est fort pis ça pue l'diable, mais... Oubliez pas de la brasser. Toutes les deux heures, jour et nuit, vous me comprenez ?

Marie-Louise acquiesça tout en lui lançant un regard empreint de reconnaissance.

— Ça va le guérir, hein docteur ?

L'autre demeura impassible et, une fois encore, il éluda la question. Il fouilla une nouvelle fois dans sa mallette.

— Tenez, dit-il de sa même voix tranquille en exhibant deux nouveaux flacons. De l'ammoniaque avec du sel marin dans celui-ci, du borax et de l'acide salicylique dans celui-là. Vous mélangerez tout ça avec votre eau de Pâques et vos eaux de pluie de mai et vous lui mettrez des compresses sur la poitrine et sur le front, après l'avoir frictionné à l'huile camphrée.

Sur ces mots, il jeta un regard à Joseph.

— Priez fort, madame Montferrand, poursuivit-il en touchant le bras de Marie-Louise d'un geste bref, ça fera pas de tort.

Marie-Louise tressaillit en entendant le médecin évoquer la prière. Elle voulut répondre, mais retint les mots qu'elle avait mentalement conçus. Elle resta sans bouger lorsque le médecin redescendit les marches en la priant de ne pas l'accompagner. Lorsqu'elle insista pour le payer, il lui répondit sans se retourner qu'elle ne lui devait rien, puisque quelqu'un avait déjà acquitté les frais de la visite et des médicaments. Elle pensa aussitôt à Antoine Voyer, mais elle voulut s'en assurer.

— Qui ça, docteur ?

— Quelqu'un qui a une grosse dette envers votre Joseph, répondit Athanase Landry.

Levant la tête, Joseph vit filer des nuages lourds dans une charge désordonnée, alors que le vent soufflait à écorner les bœufs. À perte de vue s'étendait une mer gluante, noire comme de la suie. Dans cette boue d'enfer, des corps se débattaient. Il y en avait tellement que nul n'eût pu les compter. S'élevaient de partout des hurlements de terreur. Impuissant, Joseph les voyait sombrer, les bras tendus, la bouche ouverte pour lancer une ultime supplication. Ils disparurent tous, empoissés de cette boue meurtrière, leurs yeux exorbités rivés sur lui, l'accusant manifestement de couardise.

Joseph demeurait paralysé au milieu de ce champ de morts, sous cet affreux ciel plombé. Il n'osait faire un seul pas, de peur qu'un de ces malheureux n'émergeât pour le saisir et l'entraîner par vengeance dans ces ténèbres sans fond.

Lorsqu'il voulut enfin se retirer, il commença à s'enliser à son tour. Il voulut se débattre, mais se trouva sans forces. Il s'enfonçait lentement et, soudainement, se sentit encastré dans la glaise puante…

— Non ! Non ! hurla-t-il. *Sumens illud Ave, peccatorum miserere…*

Ses cris et ses supplications redoublèrent. Il se débattit avec un tel désespoir qu'il ébranla la maison entière. Puis il y eut un éblouissement, suivi d'un grand silence.

En reprenant vaguement conscience, Joseph sentit quelque chose qui lui glaçait le corps et la tête. Il ouvrit les yeux, du moins crut-il qu'il les ouvrait, mais ne vit rien d'autre que les vagues contours de deux silhouettes qui semblaient hanter le lieu où il se trouvait. Ses oreilles tintaient violemment. Il voulut bouger, mais fut incapable de se mouvoir. On l'immobilisait. Il voulut respirer à fond, mais il manqua d'air. Parmi ses idées brouillées lui vint celle d'un mort-vivant.

Dans les ténèbres qui l'enveloppaient maintenant, il crut entendre d'interminables gémissements, suivis de soupirs étouffés, ce qui suggérait l'horrible perspective de corps entassés, condamnés à la lente asphyxie. C'était comme si le spectre de la mort tentait de souffler définitivement la flamme vacillante de son restant de vie.

Cette inconscience prolongée, altérée par la forte fièvre, provoquait un abrutissement qui mêlait, dans un flou prodigieux, tant les souvenirs de sa courte vie que des visions. Ces dernières jaillissaient des entrailles de la terre, prenaient l'aspect de gigantesques personnages se transformant à leur tour en bêtes fabuleuses. Tantôt, c'était un chat d'une longueur démesurée qui se déplaçait par bonds en faisant un bruit assourdissant, puis, toutes griffes dehors, se transformait en une vieille bougresse hideuse. Tantôt, trois hommes, étrangers l'un pour l'autre, se rencontraient dans un espace quasi désertique et, par quelque tour de magie noire, poussaient hors d'eux-mêmes, devenaient énormes, de véritables géants, et finissaient par s'entretuer, chacun se vantant d'être l'homme le plus fort de la terre.

Une silhouette noire se pencha sur Joseph et l'examina avec une attention redoublée. Les yeux bleus du malade étaient ouverts mais n'y voyaient pas, ce qui donnait au regard une étrange fixité. Son corps était en nage, son visage boursouflé, ses lèvres sèches et crevassées.

— Il faut absolument que la fièvre baisse, fit une voix contrariée.

Venant du médecin, ces mots résonnèrent lugubrement aux oreilles de Marie-Louise.

— Si seulement j'pouvais prendre sa place, trouva-t-elle à dire, mais faut croire que l'bon Dieu voit ça autrement! Qu'est-ce qu'y avait donc à se décarcasser autant, mon Joseph? C'est ben le pire des métiers, de charroyer du petit jour à la noirceur!

— Le bon Dieu a des choix cruels à faire à longueur d'année, murmura le docteur Landry.

Il vit les yeux de Marie-Louise, rougis par les larmes et la fatigue. Il savait bien que la mère veillait son fils jour et nuit, sans répit, sans sommeil. Il soupira tout en lui glissant un flacon dans la main. Elle voulut voir de quoi il s'agissait, mais il lui pressa fermement la main.

— De la part du droguiste, murmura-t-il. C'est un calmant...

Il pointa un index en direction de Joseph et regarda Marie-Louise avec plus d'insistance.

— Joseph a déjà dépassé toutes les limites du supportable, fit-il le plus calmement possible. Si les voies du bon Dieu sont impénétrables, comme disent si bien nos bons curés, votre garçon a peut-être les siennes, pour défier la mort comme il le fait...

À l'instant, le corps de Joseph eut un violent sursaut. Il cligna des yeux, lâcha une suite de balbutiements incompréhensibles, puis se mit à respirer de plus en plus vite. Alarmée, Marie-Louise regarda le docteur Landry d'un air affolé. Ce dernier se contenta d'un léger hochement de tête.

— Craignez rien, la rassura-t-il. Votre Joseph veut juste nous faire savoir que parfois il arrive que la volonté de vivre soit plus forte que la médecine et les prières... Enfin... sauf vot' respect, madame Montferrand.

Comme pour défier les paroles du médecin, le coup de barre survint brutalement. Joseph se redressa comme s'il était possédé et vomit aussitôt une substance aussi noire que de l'encre. Il retomba tout aussi brutalement, le corps agité par des spasmes violents, les yeux révulsés.

D'un geste assuré, le docteur Landry s'agenouilla près de lui. Il pressa légèrement avec la main le creux de l'estomac de Joseph, ce qui provoqua chez ce dernier quelques convulsions.

— Le flacon ! ordonna le médecin en tendant la main vers Marie-Louise.

Voyant qu'elle ne comprenait pas, le docteur Landry, d'un geste brusque, reprit le flacon qu'il avait remis à la femme un instant auparavant. Il le déboucha et pressa le goulot contre les lèvres de Joseph.

Marie-Louise, sidérée, ne trouva rien d'autre à faire que d'agiter stupidement les lèvres pour marmotter quelque prière.

Il fallut un moment pour que Joseph se calmât. Il gisait maintenant immobile, le teint cireux, une écume rosâtre aux commissures des lèvres. En voyant ainsi son fils privé de toute vie apparente, dans la fraîcheur de son âge, Marie-Louise redouta le pire.

— Docteur... dites-moé pas que...

Le médecin la calma aussitôt.

— Votre Joseph est sans connaissance, expliqua-t-il, juste engourdi par le remède...

— C'est quoi, ce remède-là ? s'alarma Marie-Louise.

— Du laudanum, se contenta de répondre le docteur Landry.

— Pas un poison, toujours ?

Le médecin hésita un instant. Que pouvait-il dire à cette mère désespérée ? Surtout, comment le dire sans proférer de mensonge ? Certes, le laudanum pouvait être considéré comme un poison en sa qualité de dérivé de l'opium. Un poison à coup sûr, si le dosage n'était pas soigneusement établi, si la prise était trop fréquente, si la posologie n'était pas rapidement dégressive pour faciliter le sevrage. Autrement, ce qui n'était d'abord qu'un breuvage calmant opiacé allait se transformer en une dépendance cauchemardesque.

— Du laudanum, madame Montferrand, ça vient des vieux pays. Ça calme. Ça fait disparaître les douleurs...

— Est-ce que ça fait guérir ?

— Y a juste vot' Joseph qui a la réponse à cette question, madame. Et peut-être un brin le bon Dieu.

Pendant plusieurs jours encore, Joseph Montferrand demeura plongé dans les ombres. Il dormit comme une brute.

Marie-Louise gardait une lumière tamisée à longueur de nuit. La clarté fixe et jaune de la veilleuse baignait les traits émaciés de son fils. Lorsqu'il s'agitait sous l'effet des crampes qui lui tordaient l'estomac, elle le frictionnait avec le camphre jusqu'à ce que les douleurs diminuassent. Et lorsque arrivait le docteur Landry, elle poussait un long soupir de soulagement. Elle s'était habituée à l'odeur âpre des gouttelettes noires qu'il administrait à son fils. Parfois, Joseph entrouvrait les yeux et, lorsque le médecin l'aidait à se redresser quelque peu, sa tête retombait sous l'effet d'une grande lourdeur.

À chacune de ses visites, le docteur Landry l'auscultait. Il mettait sa poitrine à nu et découvrait les scapulaires dont Marie-Louise le ceignait. Et chaque soir, lorsqu'il quittait le chevet de Joseph, il trouvait Marie-Louise prostrée devant la statue de la Vierge, le visage tourmenté, récitant une suite de prières et de litanies à mi-voix.

Puis vint le jour où Joseph Montferrand distingua un minuscule carré de lumière. Sa mémoire, jusque-là prisonnière d'un lieu habité par des ombres denses, reprit contact avec la réalité. Il entendait distinctement le vent qui sifflait, après s'être infiltré par une ouverture dans les combles. Il se rappela vaguement certains cauchemars, des visions, des chimères, dont il avait été possédé pendant cette très longue nuit.

Une à une lui revinrent les scènes qui l'avaient entraîné à se porter au secours de Tancrède Boissonneau. Il revit les visages effarés des charretiers, leurs gestes d'impuissance, les gueules baveuses des chevaux, les uns et les autres envasés dans la boue liquide. Et au milieu de cette nappe sournoise, Boissonneau qui s'enfonçait d'un bloc, écrasé par son propre chargement de billes de bois. Qu'est-ce donc qui l'avait poussé, lui, Joseph, à braver le pire ? Où avait-il trouvé cette force de géant pour remuer tous ces troncs d'arbres, dont chacun était de taille à broyer un homme ? Il ne trouva aucune réponse.

Marie-Louise avait pris les mains de son fils dans les siennes. Elles étaient glacées. Elle constata combien il avait maigri ; sa poitrine parut osseuse et ses côtes saillaient. Son regard bleu était perdu au fond des orbites, et sa voix n'était encore qu'un filet.

— Un vrai miracle, mon Joseph, murmura-t-elle. Je l'savais, que la Sainte Vierge viendrait à notre secours. Je l'savais donc !

Joseph lui adressa un pâle sourire.

— J'ai prié, moé itou...

Une quinte de toux le secoua pendant un moment. Marie-Louise passa la main sur son front. Ce seul geste l'apaisa. Puis il s'assoupit. Lorsqu'il ouvrit les yeux de nouveau, il eut l'impression d'avoir dormi une journée et une nuit entières. Il se sentait beaucoup mieux. Il aspira les odeurs de la maison, se souleva sur un coude, comme pour mesurer l'état de ses forces. Soudain, tout à fait au fond de lui, il entendit une voix murmurer. Cette voix, il l'avait déjà entendue au plus profond d'une nuit pas comme les autres, là-bas, chez Maturin Salvail. Elle s'était exprimée dans une langue étrangère, l'avait poussé vers une quête, l'avait confronté à l'ours géant. Cette même voix lui avait soufflé que le clan de l'ours l'avait adopté. La voix d'Anishinabe. Il entendit frapper trois coups, puis sa mère qui actionnait le loquet de la porte d'entrée.

— Encore vous ? s'exclama-t-elle. Vous en avez donc jamais assez ?

— Rassurez-vous, madame Montferrand, je viens pas vous importuner, bien au contraire. Je suis ici, bien humblement, pour apporter un réconfort spirituel à votre fils. Je suis au courant de l'épreuve qu'il a traversée... De son dévouement aussi. Surtout de son courage.

— Il aurait pu en mourir, vous savez ça, aussi ?

— La mort est l'affaire de Dieu, madame, pas des hommes.

Joseph avait finalement reconnu la voix. Il l'avait entendue maintes fois, au séminaire, après ses longues heures de travail à la tonnellerie. Cette voix qui répandait, comme celles de ses semblables, les sentences véridiques et immuables des philosophes de Dieu ; habile à dire tout et son contraire, prompt à juger et à condamner, capable de mentir, de trahir et de renier, pour autant que cela plût à Dieu et à ses puissances invisibles.

— Je ne vois pas votre autre fils. Louis, qu'il s'appelle, si j'ai bonne mémoire, c'est bien cela ?

— Louis est chez son oncle Masson. Y a certains malheurs qu'on doit éviter à nos enfants, vous pensez pas ?

— Dieu n'abandonne jamais les enfants.

Joseph entendit le pas lourd du visiteur dans l'escalier menant aux combles. Il aurait préféré que sa mère trouvât une raison quelconque pour empêcher le religieux de se trouver en sa présence. Il appréhendait l'instant où il apercevrait sa silhouette émerger de la pénombre.

La vue de la soutane noire allait-elle, une fois encore, le ramener à la sainte frayeur qu'elle évoquait chez tous ceux qui fréquentaient, de gré ou de force, le séminaire ? Au douloureux souvenir d'une piété débordante, contrainte, à l'usage immodéré du chapelet, au culte mystérieux des médailles ? Ou encore au rappel des semonces disciplinaires ? Surtout aux évocations incessantes d'obéissance, d'abnégation, d'application constante ?

Quelques instants encore et il croiserait le regard de celui qui avait dit à son père que le poids de la dette des Montferrand équivalait à celui d'une vocation religieuse. Par ces mots, le sulpicien prétendait que l'appel de Dieu se trouvait enraciné dans l'âme de Joseph, et ce dernier avait senti s'engloutir toutes ses espérances. Il revit d'un trait sa cellule de séminariste, les murs nus, hormis un crucifix, le petit lit poussé dans un coin, une commode à trois tiroirs mal équarris qui servait aussi de table de chevet, une chaise bancale, un bassinet avec son cruchon d'eau, un bougeoir, trois chandelles fortement entamées et un paillasson sur lequel il était tenu, chaque fois qu'il entrait dans la pièce, d'essuyer les semelles de ses chaussures. Rien d'autre, ni poêle, ni bûches, ni savon. « C'est dans le moule sacré de l'obéissance et de tous les devoirs que le prêtre de Saint-Sulpice trouve sa discipline ecclésiastique et s'élève vers Dieu », tels étaient les mots usuels qui conjuguaient la règle de l'ordre.

D'instinct, Joseph ferma les yeux, tourna la tête et feignit un profond sommeil. Cela ne l'empêcha pas de sentir peser sur lui le regard du prêtre. Il entendit la respiration courte et sifflante de sa mère.

— Voyez, y dort, observa cette dernière à mi-voix. Le médecin a dit qu'y va lui falloir du repos en masse...

Le sulpicien ne l'écoutait pas. Il huma l'air, renifla à quelques reprises, chercha du regard. Il remarqua le flacon déposé sur la petite table de chevet. Il le prit, le déboucha, grimaça tout en fronçant les sourcils.

— C'est le médecin qui a prescrit ça ? interrogea-t-il en remettant le flacon en place.

— Pour sûr ! répondit Marie-Louise sans la moindre hésitation. J'suis d'avis que c'est ce médicament-là et toutes les prières à la bonne Sainte Vierge qui ont sauvé la vie de mon Joseph.

— Hum ! C'est qui, déjà, le médecin ? s'enquit le religieux en continuant de fixer le flacon.

— Le docteur Landry, un vrai bon docteur !

Le père Loubier ne dit rien d'autre. L'air sombre, il observa les traits de Joseph. Il connaissait le laudanum, sa provenance, ses effets. La décoction était tirée des têtes du pavot oriental. Ses vertus narcotiques étaient indéniables, et davantage encore ses conséquences toxiques. Si le laudanum était réputé pour son puissant pouvoir calmant sur la douleur, il avait aussi la redoutable propriété d'aliéner l'esprit et, faute de sevrage dégressif, d'entraîner une dépendance qui pouvait s'avérer mortelle. Des vies entières avaient été sabotées sous son emprise perverse. Quelque part, dans les bas-fonds de Montréal, des intoxiqués étaient à ce moment même allongés sur un mauvais lit, tirant la fumée lourde de l'opium, le regard perdu dans un lourd brouillard. Ils étaient perdus. Le poison lent les tirait vers le bas, les soustrayait à toute volonté, les privait du moindre sentiment. Bientôt, ils seraient cloîtrés à perpétuité dans un habitacle peuplé de cauchemars. Un an plus tard, au terme d'une ration quotidienne de cent pipées, on enlèverait au petit matin leur corps anémié.

— Vous attendez la visite du docteur Landry prochainement ?

— Beau dommage ! D'une heure à l'autre.

— Vous permettez que je l'attende en votre compagnie ?

— J'peux pas vous refuser.

Le père Loubier la remercia en joignant les mains.

— Nous pourrions prier ensemble, enchaîna-t-il, mais je ne trouve pas la présence visible de Notre Seigneur…

— Ah ! fit Marie-Louise, vous voulez dire que vous voyez pas de crucifix… C'est parce qu'on a pas l'habitude d'en accrocher un dans les combles. Mais craignez pas…

Elle s'approcha du lit de Joseph et glissa doucement sa main sous l'oreiller. Elle la retira et exhiba un chapelet.

— Le chapelet de ma sainte mère, précisa-t-elle. Je l'ai placé sous la tête de mon fils pis, chaque soir, j'ai récité trois *Ave Maria*…

Sa voix trembla d'émotion.

— C'est rapport que… la Sainte Vierge nous fait entrer au ciel le premier samedi après notre mort, même si… même si on est un grand pécheur.

— Heureux donc celui qui trépasse un vendredi, ne put s'empêcher d'ajouter le père Loubier.

Du même souffle, mais en empruntant le ton du recueillement, il enchaîna :

— *In nomine Patris et filii et Spiritus Santi*…

Il se signa, attendit que Marie-Louise en fasse autant et :

— *Emitte lucem tuam et veritatem tuam Deus mens, ipsa me deduxerient et adduxerient in montem sanctum tuum et in tabernacula tua*…

Prenant conscience tout à coup que cette femme, comme d'ailleurs tous les fidèles, n'entendait rien au latin, le père Loubier se ravisa :

— La Vierge Marie vous écoute, madame Montferrand. Priez-la à votre façon.

Enroulant le chapelet autour de sa main droite, Marie-Louise murmura :

— Ô ma souveraine, ô ma Mère ! Je m'offre à vous tout entière et, pour vous donner une preuve de mon dévouement, je vous consacre tout moi-même…

À la surprise de Marie-Louise et du père Loubier, ce fut une voix de jeune homme, quoique encore altérée et hésitante, qui se fit entendre :

— Souvenez-vous, ô très pieuse Vierge Marie, qu'on n'a jamais entendu dire qu'aucun de ceux qui ont eu recours à votre protection, imploré votre secours, ait été abandonné...

Joseph priait avec sa mère. Dans le clair-obscur du lieu, les traits figés comme s'ils eussent été coulés dans la cire, seuls ses yeux ouverts trahissaient un être vivant. Pendant un moment, le religieux parut décontenancé.

— Mon cher Joseph, balbutia-t-il. Comme je suis heureux de te voir guéri. Ta mère et moi rendions justement grâce à Dieu et à la Sainte Vierge.

Joseph fixait le père Loubier.

— Tu peux être fier de ce que tu as fait, continua ce dernier.

Joseph ne l'écoutait pas. Le père Loubier, pensait-il, comme tous les autres, du seigneur-curé au modeste portier des Sulpiciens, ignorait tout des misères et des dangers qui guettaient jour après jour les charroyeux, les cageux, les débardeurs des bords du fleuve. Tous ceux-là, qui dormaient à peine quatre heures par nuit, qui reprenaient à la barre du jour le travail qu'ils avaient interrompu au crépuscule, qui tenaient péniblement debout, encore assommés par la fatigue, éreintés par les charges écrasantes. Ce religieux ne pouvait donc savoir ce qu'il avait éprouvé au dernier moment, alors qu'il arrachait de ses dernières forces le corps inanimé de Boissonneau du néant qui l'avalait.

Joseph vit sa mère, le corps tassé, qui se tenait en retrait du religieux. Il sentit monter en lui l'envie de dire tout haut la seule chose qui, en cet instant, avait valeur à ses yeux.

— Les Montferrand vous doivent plus rien. Pis moé, je retournerai plus jamais au séminaire, pas plus que je vais remettre les pieds à la tonnellerie. On est maître chez nous, icitte... Pis on va le rester !

Le moment de surprise passé, le père Loubier baissa les yeux comme pour se recueillir. Il hésita, puis :

— Je vous annonce que j'ai quitté le séminaire. Le seigneur-curé m'a relevé de toutes mes fonctions. Pour dire vrai, il m'a libéré d'un bien lourd fardeau. Je retourne chez nous, de l'autre bord de l'Atlantique, dans le Périgord.

Il n'épilogua pas davantage sur sa situation personnelle. En quittant la seigneurie de Montréal, il renonçait à tous les avantages matériels que lui avaient procurés ses fonctions de maître d'étude et de gardien des archives des Sulpiciens. L'année précédente, il avait reçu une lettre de son frère, lui-même prêtre rural, qui l'informait bien tristement que leurs père et mère arrachaient dorénavant de la pomme de terre pour le compte d'un aristocrate récemment anobli par le successeur de Napoléon. Ses jeunes sœurs, quant à elles, passaient leurs journées à faire sécher du lin et à le mettre en bottes. Tel était devenu le sort de sa famille qui, jadis, tenait une métairie dans le Périgord. Le code rural avait fini par forcer le père à morceler ses terres, puis à louer des parcelles à bail. Plus tard, il avait vendu, une à une, ses plus belles bêtes. Et ainsi, de propriétaire bourgeois qu'il était, il avait été réduit à l'état de petit paysan, contraint au fauchage du sainfoin, au labourage et au binage de ses maigres sols.

— Je retourne vers la terre paternelle… répéta le père Loubier dans un murmure. Vers ce qu'il en reste !

Joseph s'était endormi. Le père Loubier resta encore une bonne heure en compagnie de Marie-Louise. Il ne trouva pas grand-chose à lui dire, sinon que de lui répéter qu'il ne fallait jamais douter du divin pouvoir. Ne trouvant rien à ajouter, Marie-Louise se mit à remuer les chaudrons et à activer le feu pendant que le religieux regardait anxieusement la porte d'entrée. Il s'apprêtait à quitter les lieux lorsque les deux entendirent résonner un bruit de pas à l'extérieur. Puis on cogna.

— C'est le docteur ! lança Marie-Louise en poussant un soupir de soulagement.

Après de brèves salutations, le docteur Landry se rendit au chevet de Joseph. Il en revint au bout de quelques minutes, affichant une mine satisfaite.

— Puis-je m'entretenir avec vous seul à seul, docteur ? lui demanda le père Loubier.

Pressentant qu'il se tramait quelque chose, ce dernier acquiesça d'un hochement de la tête.

— Je pense que Joseph lèvera pas le nez sur votre excellent bouillon, fit-il à l'endroit de Marie-Louise.

Les deux hommes la regardèrent verser la soupe fumante dans un bol, couper un bout de pain et s'engager dans l'escalier. Lorsqu'elle fut hors de vue, ils se mirent à échanger à voix basse. Puis aux chuchotements succédèrent quelques éclats de voix.

Tout à coup, le médecin sentit que ce prêtre qui se tenait devant lui, les traits courroucés, semblait le tenir pour coupable. Il voulut bien croire que les propos du religieux étaient provoqués par l'ignorance, de même qu'un aveuglement passager. Le docteur Landry se raidit et, même s'il n'avait aucun compte à rendre au père Loubier, il décida de le confronter.

— C'était ça ou une mort presque certaine, fit-il d'une voix âpre sans quitter l'autre des yeux. D'ailleurs, où étiez-vous, vous et vos semblables, alors que Joseph agonisait ?

Les dents serrées, le père Loubier ignora la dernière remarque du médecin.

— Je connais cette fleur du mal et le poison qu'elle cache, répliqua-t-il. Un poison traître. Lent, peut-être, mais infiniment destructeur. Un puissant calmant sans doute, mais un bourreau sans pitié pour l'esprit et pour l'âme.

— Vous prétendez-vous médecin ? rétorqua aussitôt le docteur Landry en évitant tant bien que mal de hausser davantage le ton. Vos paroles sont vides de sens, tenez-vous-le pour dit ! Certes, le laudanum peut conduire à une malheureuse dépendance, et je dis bien peut conduire, dans l'hypothèse où il est administré sans surveillance ou manipulé par quelque charlatan, ou alors par des mains incompétentes, ce qui n'est pas le cas dans cette affaire, croyez-moi. Ce que contient ce flacon a été méticuleusement préparé, le dosage bien calculé afin de le réduire à la seule quantité nécessaire. Chaque jour, j'ai dilué un peu plus le produit afin d'éviter justement cette accoutumance que vous craignez tant.

Le père Loubier n'en démordit pas.

— Une drogue assassine d'un point de vue moral, et quoi que vous en disiez…

— J'affirme que ce que vous tenez pour une drogue... assassine, pour reprendre votre épithète, est considéré, selon les règles de la médecine, comme un breuvage calmant opiacé. Je suppose donc que, si vous comprenez ce que je vous explique, vous voilà rassuré sur l'état de mon patient, lequel, je me permets d'insister, a aujourd'hui la vie sauve.

Les arguments semblèrent soudain manquer au père Loubier. S'ensuivit un bref silence au cours duquel le prêtre jeta un regard furtif en direction de la statuette de la Vierge, objet de la dévotion des Montferrand. Devant lui, le médecin restait immobile.

— Comprenez-vous ? insista ce dernier.

— J'ai très bien entendu ce que vous avez dit, répondit le père Loubier, mais j'insiste... J'ai vu de mes propres yeux de jeunes hommes réduits à l'état de squelettes, défigurés, pâles comme des cadavres, étendus les uns à côté des autres dans l'ignorance totale du lieu où ils se trouvaient, indifférents à toute vie. Cela ressemblait à un cimetière de naufragés, et je ne crois pas que malgré votre vigilance, dont je ne doute pas, vous puissiez contrôler le mal moral, la tristesse, la perte de volonté, toujours présents après l'usage. Le pouvez-vous ?

Le docteur Landry avait écouté le prêtre avec attention, l'air impassible. Il avait remarqué que le visage de ce dernier s'était empourpré, signe de sa vive désapprobation. En haussant le ton, le prêtre semblait avoir oublié que Marie-Louise pouvait tout entendre, même si elle se trouvait à l'étage. Cela le contraria.

— Baissez le ton, je vous prie, souffla-t-il. C'est à moi seul que vous vous adressez. Sinon, je vais finir par croire que vous récitez une harangue apprise par cœur.

Le religieux accusa le reproche sans broncher. Néanmoins, il changea aussitôt de ton.

— Veuillez m'excuser, murmura-t-il, j'ai pris le mauvais chemin, malgré mes bonnes intentions. En vérité, je me sens responsable de tout ce qui est arrivé et arrivera à Joseph.

Le propos surprit le docteur Landry, d'autant plus que l'aveu du prêtre lui parut sincère. Mais il n'en laissa rien paraître.

— Vieux comme le monde, mon père, n'est-ce pas ? remarqua-t-il en esquissant un sourire. Vous tâchez de percevoir l'âme, tout invisible qu'elle soit. Et nous, médecins, nous cherchons à manipuler le corps, à tenter de le réconforter, si compliqué et fragile qu'il puisse être. Alors, laissez-moi tenter une réponse à votre question. Vous me demandiez si je pouvais contrôler la dérive morale et la défaillance de la volonté après usage du laudanum, c'est bien cela ?

— Tout à fait.

— Eh bien, franchement… non ! Mais Joseph, lui, le peut. Et il le peut le plus sûrement avec votre aide, père Loubier.

En entendant les dernières paroles du médecin, le père Loubier sursauta. Il marqua son étonnement d'un regard presque affolé.

— Moi ?

— Oui, vous, insista le docteur Landry.

— Mais… je n'ai pas la… la moindre intention de… bredouilla-t-il sans parvenir à achever sa phrase.

— Ça, c'est votre affaire, relança le médecin sans s'émouvoir. Cela dit, c'est vous, le médecin des âmes… Qui plus est, le messager de Dieu.

Les yeux du père Loubier restaient rivés sur le docteur Landry, mais leur expression était vide. Le médecin lui tapota l'épaule et prit congé. Le religieux demeura figé sur place, l'air hébété.

— Vous vous sentez bien, révérend ?

Marie-Louise s'approcha du père Loubier. Elle remarqua ses lèvres sèches et son regard presque vitreux.

— Révérend, s'inquiéta-t-elle, ça va-t-y ?

Le religieux haussa les épaules et essuya d'un geste automate la sueur qui perlait sur son front. Il sortit enfin de son mutisme.

— Pardonnez-moi, madame Montferrand, murmura-t-il, j'écoutais cette voix qui me parlait… là… tout au fond.

De son index, il montrait l'emplacement du cœur.

Vents et brumes envahirent les premiers jours de décembre. Tous les oiseaux avaient déjà filé vers le sud, bien qu'on entendît quelques coups de fusil destinés aux dernières volées d'outardes et de canards huppés. Les bourrasques qui suivirent soufflèrent avec une telle force que les cages de bois flottantes, pourtant solidement arrimées les unes aux autres, se disloquèrent sous les assauts du fleuve et se répandirent au gré des eaux noires. Puis, en une seule nuit, toute cette agitation céda brusquement au silence et à l'engourdissement. À la petite barre du jour, la ville était devenue méconnaissable. La cime des arbres, les toits, les rues étaient couverts de la première neige. L'eau qui s'était infiltrée dans les moindres craques des maisons, des fondations aux toits, avait gelé, d'où les sinistres craquements qui survenaient à tout moment et ne manquaient pas de raviver toutes les histoires de fantômes et de revenants. Le froid perdura, un gel à pierre fendre, jusqu'à épuiser le bois de chauffage qui devait durer jusqu'à la fin de janvier. Pour les gens de la ville, le siège du froid s'annonçait long et pénible. On réclamait un bois « sec et bien flambant », on obtenait de peine et de misère des bûches trop humides provenant de coupes hâtives et trop récentes. On pestait alors, à force de battre le briquet, avant qu'une étincelle enflammât timidement le bois mal séché.

Les Montferrand n'échappaient pas à cette misère. Marie-Louise regardait son fils d'un air découragé. Depuis bientôt trois semaines, Joseph n'avait presque pas bougé. Il passait de son lit à la berçante qu'avait occupée jadis Joseph-François, alors que son mal empirait. En voyant ainsi l'aîné de la famille, elle revoyait le drame de son époux. Comme lui, Joseph mangeait à peine, se plaignait d'avoir constamment soif, puis retournait se coucher. Il avait le teint jaune, le regard fixe, la voix morne des grands malades. Son esprit perdu semblait avoir abandonné le grand corps maigri. En son for intérieur, Marie-Louise maudissait maintenant le petit flacon dans lequel elle avait placé tant d'espoir.

— Y faut que tu manges, mon gars. C'est de même que tu vas prendre tes forces. Fais-le pour moé, mon Joseph.

Joseph porta un morceau de pain à sa bouche et se mit à le mâcher sans conviction.

— La soupe itou, insista Marie-Louise. Je l'ai faite exprès pour toé, mon grand, avec du bon lard salé, du chou, des p'tites fèves, un gros oignon pis du bœuf avec ça. J'ai aussi une surprise. Un bon gâteau au lait chaud avec plein d'œufs battus. Tu te rappelles ? Tu mangeais même la part de ta sœur et du p'tit Louis…

En entendant parler ainsi sa mère, Joseph parut troublé. La bouche pleine, il arrêta de mastiquer et recracha la mie dans l'assiette posée devant lui.

— J'ai pus faim, marmotta-t-il.

D'un geste lent, il repoussa le bol de soupe que Marie-Louise avait déposé à côté de l'assiette.

— Bonne Sainte Vierge, qu'est-ce qu'y va falloir que je fasse encore ? s'exclama-t-elle bien malgré elle.

Joseph se leva de table et se rendit d'un pas traînant à la berçante. Il s'y affala, la tête renversée, le regard perdu, plongé dans un monde crépusculaire où se succédaient sans fin des ombres et des rumeurs.

Marie-Louise sursauta. Les bruits étranges qu'elle entendit soudainement ressemblaient au grondement sourd d'une bête et à une chaîne qu'on secouait. Puis les marches du perron craquèrent sous le poids d'un pas lourd. S'ensuivirent trois coups secs cognés à l'aide d'un bâton.

Ce n'était pas le docteur Landry, et encore moins le père Loubier. Ces deux-là s'annonçaient avec tact. L'idée que cela pouvait être un mauvais quêteux effraya Marie-Louise.

— T'as-t-y entendu, mon gars ? fit-elle d'une voix mal assurée en regardant Joseph.

Il ne bougea pas. À peine cligna-t-il des yeux, tout en relevant un peu les épaules pour ramener sur elles la couverture dans laquelle il s'emmitouflait la plupart du temps.

— J'ai soif, murmura-t-il.

On frappa à coups redoublés.

— On a besoin de rien, lança Marie-Louise, apeurée. Je voudrais pas vous tarauder, ça fait que revenez un autre tantôt !

Elle entendit de nouveaux grondements. C'était un chien, à n'en pas douter, probablement un molosse, puisqu'il semblait retenu par une chaîne. Marie-Louise l'imagina gigantesque, avec une mâchoire énorme, capable de broyer tout ce qu'il attrapait dans sa gueule.

— Allez-vous-en ! insista-t-elle, de plus en plus troublée.

Quelqu'un renâcla, cracha ; un homme, assurément. La bête jappa.

— Tu vas pas commencer à mener le ravaud icitte ! gronda la voix. T'es mieux d'avoir du r'quiens ben, mon gros pas d'allure. Pour une fois que tu viens traîner en ville !

Il y eut un court silence, puis :

— C'est rapport à vot' bois de chauffage, madame Montferrand, fit la même voix.

Étonnée, Marie-Louise ne trouva rien à répondre.

— Du bon bois sec, ben flambant, continua la voix, du bois ben franc qui va rester vigoureux...

Cette voix sourde lui donnait le frisson. Pourquoi l'homme insistait-il autant ? Elle pensa à se barricader.

— J'ai pas besoin de bois de chauffage, finit-elle par répondre, en mentant bien sûr. J'ai rien demandé à personne... D'abord, vous êtes qui, pour vous démener comme le diable dans l'eau bénite à ma porte ?

L'allusion fit rire l'homme.

— T'entends ça, Orémus ? Me v'là le diable, astheure... Pis dans l'eau bénite, en plus !

La bête émit une suite de sons rauques.

— Beau dommage ! T'es de son dire, mon bâtard !

L'homme continua à rire un instant encore, puis il se racla la gorge.

— Salvail, mon nom, grommela-t-il. Maturin Salvail. Un soir, votre Joseph a cogné à ma porte.

Il n'eut pas à en dire davantage. Marie-Louise s'était précipitée vers la porte, qu'elle déverrouilla d'une main fébrile. Elle le vit de la façon dont Joseph l'avait décrit : coiffé de son bonnet de peau tannée, vêtu d'un manteau de chat sauvage marqué par une longue usure, chaussé de mocassins qui montaient jusqu'à mi-mollet, le visage mal rasé, balafré. Il avait les bras chargés de bûches fraîchement fendues. À ses côtés, l'énorme chien à demi pelé geignait comme s'il avait perçu une odeur familière.

— Comme vous voyez, madame, c'est pas une ruse de Sauvage.

En face de cet homme aux traits ravagés, presque repoussant, l'espoir renaissait.

— Comment avez-vous fait ? demanda-t-elle en bégayant presque.

— Vous voulez dire pour trouver la maison ? compléta Salvail en affichant un air malicieux. Difficile de cacher un Montferrand, par les temps qui courent… Y s'en vient connu comme le loup blanc, vot' Joseph…

Marie-Louise parut mal à l'aise. Elle eut un geste vague, comme pour s'excuser. Regardant par-dessus l'épaule de la femme, Maturin Salvail vit Joseph, pelotonné dans la berçante, qui le regardait de ses yeux bleus. Il remarqua sa figure pâle, ses traits émaciés. La vie semblait lui peser.

— Où c'est que je mets ce bois-là ? demanda-t-il à Marie-Louise.

— Oh ! excusez-moi, fit-elle, embarrassée. Là-bas, derrière le poêle…

En passant près de Joseph, qui ne l'avait pas quitté des yeux, il lui adressa un clin d'œil. L'autre tressaillit.

— Anishinabe, murmura-t-il.

Y se souvient de tout, pensa Salvail, *du premier homme, de l'homme sans âge, du messager qui chevauche le temps…*

En un rien de temps, il entassa les bûches.

— Y a encore d'autre bois à rentrer, annonça-t-il. Vous en aurez pas de reste pour l'hiver qui vient…

— Bonne Sainte Vierge, êtes-vous devin ?

— Disons que le grand Voyer y est pour quelque chose… Franc dans le manche comme lui, c'est rare pas à peu près !

La bête frissonna longuement, alors que la main courait depuis l'encolure, le long de son échine et jusqu'à la croupe. Orémus en avait le poil tout raide. Il geignait et léchait l'autre main de Joseph, la couvrant de bave.

Maturin Salvail tendit à Joseph l'outre de cuir qu'il connaissait bien.

— Y a toujours pas de poison dedans, fit Salvail. Ben juste un remède de Sauvage.

Joseph la repoussa mollement.

— Envoye, Joseph, insista Salvail, ça va te redonner du vouloir.

Joseph détourna la tête, le regard perdu.

— J'veux rien, laissa-t-il échapper à demi-voix.

Ne sachant que dire, Marie-Louise restait plantée à côté de la table. Elle maudissait intérieurement l'instant même où le docteur Landry avait exhibé le petit flacon d'apparence inoffensive, mais qui s'avérait maintenant responsable de la léthargie de son fils.

D'une ruade, Salvail repoussa son chien. Celui-ci geignit et alla se réfugier dans un angle de la pièce. Puis le visiteur se planta devant Joseph et, d'un geste brusque, lui prit les poignets, les tordit et força ce dernier à montrer les paumes de ses mains.

— J'vois rien, rien pantoute, ironisa-t-il. Pas une marque, pas la plus petite crevasse... Des mains ben propres... Quasiment des mains de quêteux, pas vrai ? C'est ça, des mains de quêteux !

Joseph voulut se dégager, mais Salvail resserra son emprise. Il eut un ricanement de dérision.

— J'me souviens d'une jeunesse qui s'était pointée devant ma cabane, par un beau soir de printemps... Orémus pis moé, on le pensait ben capable... Drette, le regard franc, la pogne solide, rien qu'une parole ! Douze arbres, qu'y abattrait en échange d'une nuit à l'abri pis d'un bol de soupe ! Y a tenu parole. Y nous avait dit qu'y s'appelait Montferrand... Joseph Montferrand. Un peu plus, je t'aurais pris pour lui ! C'est vrai que tu lui ressembles un brin... Mais là, à ben te regarder, j'vois ben que c'est pas toé ! L'autre, le Montferrand que j'ai connu, ça aurait fait longtemps qu'y m'aurait viré boutte pour boutte... Mais pas toé ! Le vrai Montferrand, c'est sûr qu'astheure y doit pousser su' sa charrue pour tailler son chemin dans la vie. Toé, c'est ben juste si t'arriverais à charrier quelques bûches sans courir après ton souffle.

Joseph remua dans la berçante. Le sang lui monta au visage. De grosses gouttes de sueur trempèrent son front. Une lueur parut dans son regard. Il lâcha un juron. Salvail ignora la réaction de Joseph.

— C'est à croire que le Windigo est passé par icitte pour te jeter un mauvais sort, poursuivit-il sur le même ton. C'est en plein ce qu'y cherche, le Windigo... Des p'tites natures, pour leur ficher la torquette.

D'un seul coup, par la force de ses poignets, Joseph se libéra de l'emprise de Salvail. Puis il se redressa d'un bond. Il fut pris de vertige, vit les objets de la pièce tournoyer, mais parvint à prendre appui sur la table. Il poussa d'abord une sorte de gémissement, suivi d'un râle énorme. Près de lui, Marie-Louise tremblait de peur. Des larmes coulèrent le long de ses joues. Orémus aboya joyeusement. Il s'approcha de Joseph, se dressa debout, les pattes contre sa poitrine, la gueule ouverte, haletant.

— Toé au moins, tu me reconnais, murmura Joseph à l'oreille du chien.

Maturin Salvail et Joseph demeurèrent une nuit entière assis l'un devant l'autre. Le premier parla, lentement mais sans relâche, de cette voix rauque que Joseph connaissait bien. Il parla comme s'il voulait transmettre à son jeune interlocuteur le savoir de toute une vie. Il lui parla de hautes forêts, d'immenses étendues d'eau, elles-mêmes formées par le gonflement de rivières venues des extrémités du continent. Il lui parla d'orages qui éclataient même par temps clair, de la fulgurance d'éclairs qui semaient le feu, de l'écho de tonnerres qui roulaient entre des montagnes en ébranlant les parois de roc. Il lui parla d'un bestiaire fantastique et, parmi celui-là, de l'ours géant, qui pouvait étriper un grand orignal d'un seul coup de patte et traquer un homme à l'odeur pendant toute une vie. Et il lui parla des hommes des bois, ces bûcherons et draveurs, virtuoses de la hache, de la sciotte et de la gaffe, capables de toutes les audaces. Puis de la liberté.

— J'ai connu c't'homme-là, fit Salvail alors que la nuit avançait et que la braise rougeoyait dans l'âtre, répandant une douce chaleur. Un gars comme y s'en fait plus... Y s'vantait d'être seul au milieu de c'qu'y avait de plus sauvage comme nature. Y disait que, pour lui, aucun bruit était endurable, pis que le pire bruit, c'était les jacasseries d'un sans-allure aux poches pleines qui voulait l'acheter. Beau dommage ! Tout c'qu'y avait, c'était sa cabane en bois rond pas de cadenas, la porte ouverte à tout vent, des raquettes fatiguées pour passer les bancs d'neige, une douzaine de planchettes pour faire sécher des peaux de rats musqués, pis son vieux chien... Pas mal plus magané qu'Orémus... Tout ben juste un restant de peau avec des puces ! Le temps venu, y câlait l'orignal, y finissait avec les loups, y sortait icitte pis là un maskinongé de trente livres pis une quarantaine de grosses truites, pis y sifflait aux oiseaux...

Salvail grimaça.

— Sais-tu quoi ?

Joseph, qui écoutait sans trop comprendre, fit signe que non.

— Y est mort de rire en criant qu'y était propriétaire d'un trésor caché au fond de ses tripes... Devines-tu quoi ?

Joseph haussa les épaules, persistant dans son incompréhension.

— La liberté ! Ben oui... la liberté ! Elle vient avec le vent, pis elle passe avec le vent... Si tu la prends pas, elle laisse pas de traces. L'homme, y est pareil... Y arrive, y passe, pis y disparaît. Entre les deux, y a la liberté. Tu comprends ?

Joseph esquissa une mimique. Il n'entendait pas grand-chose à la sagesse des mots, même lorsque exprimés aussi simplement que le faisait Salvail.

— J'aimerais ben comprendre, avoua-t-il en poussant un soupir.

Salvail le regarda avec une certaine tendresse. Le grand corps de Joseph lui parut si fragile, alors qu'il restait la tête basse, l'air perdu d'un enfant dépassé par les dures réalités de la vie. Il posa doucement une main sur son épaule. Joseph eut un sursaut involontaire. En même temps, il remarqua que le feu était sur le point de s'éteindre et que la pénombre allait céder à la nuit noire.

— Faudrait mettre une couple de bûches, fit-il à voix basse.

Salvail approuva d'un hochement de tête, mais demeura sur place.

— C'est ton bois... C'est toé qui l'a bûché...

D'un mouvement lent, pénible même, Joseph s'extirpa de la berçante. Éprouvant de douloureuses crampes, il comprit que l'essentiel de ses forces n'était pas revenu. Son ombre, démesurée, se profila sur le plancher alors qu'il se rendait jusqu'au foyer. Il alimenta ce dernier de quelques pièces de bois sec. Quelques instants plus tard, les flammes dansèrent au creux de l'assemblage de pierres, de maçonnerie brute, surmonté d'une grosse poutre servant de linteau. L'horloge sonna quatre coups.

— Un vrai trésor, cette horloge-là, fit Salvail. Elle nous rappelle itou que le temps file, pis qu'y faudrait ben que moé pis mon sac à puces on lève le camp... Ta mère va s'imaginer que chu d'ceux qui passent leur temps à regarder par-dessus la clôture des autres...

Joseph se redressa brusquement. Il s'aperçut qu'il avait le corps en sueur, que la tête lui tournait et qu'il avait si soif qu'il eût volontiers ingurgité une pinte d'eau.

— Non, pas tout de suite !

Il avait lâché ces mots malgré lui, comme pour se vider le cœur. Il en éprouva aussitôt un soulagement.

— Pas tout de suite, répéta-t-il d'une voix plus calme. Vous pouvez pas partir de même, à l'épouvante... Pis en pleine nuit.

— Ben vrai, renchérit Salvail en feignant une allure grave. Y a toujours le risque de rencontrer un fourchu...

— Un fourchu ?

— Ouais, poursuivit Salvail. Caché l'jour, en chasse la nuit ! C'est d'même, quand on parle du diable. Y s'montre les cornes !

Joseph frissonna.

— Le diable ?

— Pas juste un... Trois ! précisa Salvail en se déformant les traits pour emprunter les allures d'un masque grimaçant.

— Vous en avez déjà rencontré ? demanda Joseph avec un léger tremblement dans la voix.

Salvail lui fit signe de revenir s'asseoir. Puis il plongea son regard dans les yeux de Joseph.

— Beau dommage ! lâcha-t-il d'une voix sourde. J'en ai rencontré plein... Y avaient le poil rouge, les yeux brûlants comme des braises, la face en grimaces, les pieds fourchus… Pis d'autres, habillés en bourgeois, toujours à faire des courbettes… Y voulaient toutte la même chose…

Il se tut, jeta délibérément des regards méfiants alentour avant d'arrêter de nouveau ses yeux sur Joseph.

— Y voulaient toutte que je leur vende mon âme…

Joseph parut stupéfait.

— On peut vendre son âme ?

— Pour tout l'or du monde, répondit Salvail, ou pour trois vœux, c'qui revient au même…

— Ça veut dire qu'on devient tellement riche que… que…

— Ça veut dire qu'une fois que t'as été ensorcelé le diable viendra réclamer ton âme au bout d'un jour, d'un an, ou p't'être ben d'une vie… Pis même avec tout l'or du monde, tu pourras jamais racheter la chose la plus précieuse que t'avais au fond de toé… Ta liberté !

Joseph ne dit rien. Il continua de regarder la grosse figure ronde de Salvail. Il vit l'homme battre des paupières, et ses yeux luire d'une flamme étrange. Il le vit prendre sa gourde et la lui tendre.

— C'est juste un remède de Sauvage : des écorces, des racines, des plantes… Le cadeau d'Anishinabe. Un jour, quand tu seras devenu le grand Jos, t'auras juste à te rappeler de ça : « Force à superbe, merci à faible… Force à superbe, merci à faible… Force à superbe, merci à faible… Force à superbe… »

Cette fois, Joseph prit la gourde et, sans la moindre hésitation, la porta à ses lèvres. Il but. Il sentit une tiédeur dans sa gorge, puis une chaleur qui se répandait en lui. Brusquement, la nuit glaciale céda à une vive lumière. La voix de Salvail s'estompait. Il y eut un anéantissement, suivi d'un réveil. En s'abandonnant enfin à un espace infini de liberté, Joseph Montferrand éprouva le besoin de vivre.

· IX ·

Le ciel accoucha brutalement d'un hiver neigeux. En quelques semaines à peine, il y eut autant de bordées de neige qu'au cours des deux hivers précédents. Après la deuxième tempête, les cordes de bois de chauffage encore disponibles s'arrachèrent à prix d'or. Les anciens et les charlatans de tout acabit se perdaient en conjectures : neige, froid, redoux, humidité, autant de signes qui, couplés aux changements de lune, annonçaient un hiver pas comme les autres.

À quelques heures de la grande fête de Noël, le ciel se dégagea et un soleil d'une blancheur éclatante se leva sur un horizon infini.

Rapidement, la ville s'anima. On avait sorti les chevaux et attelé en grande pompe. Les moindres ruelles menaient droit aux églises. Les gens affluaient de partout, entassés dans les carrioles, emmitouflés dans d'épaisses fourrures, les pieds au chaud sur des briques chauffées.

Mille bougies illuminaient l'intérieur de l'église Notre-Dame, dont les cloches carillonnaient à grande volée. Et alors que le défilé des familles s'allongeait, chacun zieutait le banc vide des Montferrand. On chuchotait sans arrêt, les hommes surtout. Certains, d'un signe convenu, retournaient sur le parvis. Selon eux, il se passait des choses étranges. Les plus suspicieux allaient jusqu'à prétendre que c'était au cours de la nuit de Noël que les morts exclus de l'absolution sortaient de leurs sépultures maudites, où qu'elles soient, pour venir hanter des endroits consacrés par une croix, en une tentative d'expiation outre-tombe. On évoqua bien sûr le nom de Joseph-François Montferrand. Il fallut le rappel à l'ordre sévère d'un vicaire pour interrompre les palabres et ramener les hommes à l'intérieur de l'église.

La chorale venait à peine d'entamer un premier cantique, soulignant l'entrée en scène du seigneur-curé, quand tous écarquillèrent les yeux. Solennel, le grand Voyer s'avançait dans l'allée centrale, les cheveux soigneusement gommés, vêtu d'un épais manteau d'étoffe noire qu'une ceinture de laine serrait à la taille et chaussé de bottes de cuir souple dont les talons rehaussés accentuaient sa taille de géant. Le suivaient, quelques pas derrière, Marie-Louise Montferrand et ses trois enfants. Le jeune Louis, qui venait d'avoir dix ans, regardait distraitement autour de lui. Hélène, portant l'austère costume gris des novices, montrait une gêne perceptible. Par contraste, derrière elle, Joseph, le maintien raide, le teint pâle sous l'abondante chevelure blonde bouclée, attirait tous les regards. En cet instant, dans cette voûte immense, sa présence paraissait si hardie qu'elle ne laissa personne indifférent. Et davantage encore lorsque, son tour venu de faire la génuflexion, il se contenta de saluer d'une légère inclination avant de prendre place dans le banc des Montferrand. Tous comprirent que l'affaire avait été réglée : les Montferrand étaient restés propriétaires de leur banc. Quelqu'un devait avoir payé la rente annuelle, empêchant ainsi plusieurs marguilliers et autres notables de couvrir une mise à l'enchère qui n'était jamais venue. Cela, à n'en pas douter, au mépris du seigneur-curé, des adjudicataires les plus influents et du conseil de la fabrique.

Du haut de la chaire, le seigneur-curé s'inspira des évangiles pour magnifier la naissance d'un sauveur dans la plus extrême pauvreté, néanmoins célébrée par la communauté des anges et des rois terrestres. Il en profita pour rappeler aux fidèles que l'Église, comme il se devait, se parait de sublime en l'honneur de celui qui, après avoir sauvé l'humanité, avait pris place sur un trône céleste. De la naissance dans une crèche à l'alliance sur une montagne, à la rédemption sur une croix, à la résurrection dans la lumière, puis à un règne pour l'éternité… telles étaient les vérités immuables.

« Le temps est venu, prêcha-t-il, pour redoubler de dévotion ; car quiconque veut la délivrance, la préservation de toutes les malices, devra se tenir prêt à démasquer les possédés, à la manière de vigilantes sentinelles. Il n'y a que la dévotion pour combattre les vexations des perturbateurs, des scandaleux, des impies…

« Ceux-là doivent être combattus, de peur qu'ils se répandent comme une épidémie de peste. Et ils doivent être voués au feu. Notre communauté doit être préservée des ensorceleurs, car leur maître est le diable en personne… Prions, en cette nuit de Noël, pour que nous trouvions la force de repousser ces suppôts de Satan. Mettons-nous sous la protection de Notre Seigneur et de sa Sainte Mère. Je vous dis, ainsi que nous l'a prophétisé saint Jean, que le Dieu vivant ordonnera d'une voix puissante aux quatre anges auxquels il fut donné de malmener la terre et la mer : "Attendez, pour malmener la terre et la mer et les arbres, que nous ayons marqué au front les serviteurs de notre Dieu…" Cela a été écrit dans l'Apocalypse. Soyons parmi ceux qui vivront dans la crainte de Dieu. Soyons parmi ceux qui seront marqués au front par la miséricorde de Dieu. »

Les dernières paroles du seigneur-curé résonnèrent dans l'enceinte et semèrent un silence craintif. L'homélie terminée, non sans qu'il eût discouru quelque peu sur la morale, il rappela que tous les bancs vacants avaient été adjugés aux plus hauts enchérisseurs, que deux nouveaux marguilliers avaient été élus par l'assemblée des habitants et que la quête de l'Enfant Jésus se tiendrait dans la semaine suivant Noël, insistant sur les besoins impératifs de bois de chauffage de bonne qualité pour le séminaire et la résidence des Sulpiciens, seigneurs de Montréal, ainsi que de pièces de bonne viande, de sucre et de savon du pays.

Aussi sérieuse et solennelle fut la messe, aussi joyeuse et débridée fut la sortie nocturne de l'église. Aux piaffements et aux hennissements des chevaux, auxquels on retirait les grosses couvertures qui les protégeaient des coups de froid, s'ajoutaient les conversations animées et les farces qui fusaient de partout. On parlait graisse, lard, dinde, ragoût de pattes de cochon, whisky blanc et p'tit caribou. On vantait les plaisirs du ventre : les gros rôtis, les victuailles pour régaler dix tablées et la boisson pour en soûler dix autres. Mais tous, sans exception, même en peu de mots, ne fût-ce que par une allusion à voix basse, évoquèrent le nom des Montferrand. Et tous convinrent que le seigneur-curé leur avait destiné à eux ses traits empoisonnés.

À quelques pas de cette foule, on ourdissait un sinistre complot. Une demi-douzaine d'hommes, dont on ne vit que les ombres fugaces, s'étaient faufilés derrière le temple. Le rendez-vous convenu était une maison du faubourg récemment détruite par un incendie et dont il ne restait que les fondations en pierre, quelques troncs massifs que le brasier avait entamés et une cheminée au centre d'un amas de pierres noircies par les flammes, jadis les murs pignons.

Méfiants, les six hommes restèrent immobiles et silencieux pendant un long moment.

— T'as pas l'impression qu'on aurait pu attendre après le temps des fêtes ? chuchota l'un d'eux en s'adressant à celui qui était manifestement le chef du petit groupe.

— Pis quoi encore ? répliqua le gros homme d'un ton irrité. T'as pas entendu le seigneur-curé ? Attends-tu qu'y t'donne de l'eau bénite à boire pour comprendre ? Non ! C'est c'te nuitte que ça va se passer !

— Moé, chu du bord à Dallaire, fit un troisième. Quand c'est rendu que ça se prend pour des sorciers, ça devient de l'engeance à tuer. C'est ça itou qu'y a dit en chaire, le curé...

— On fait ça comment ? demanda un quatrième, visiblement impatient. Rapport que j'passerai pas la nuit de Noël à claquer des dents.

— Comment ? reprit Dallaire en ricanant. Ça fait des mois qu'on mijote l'affaire ! Qu'est-ce tu fais pour chauffer ta cabane ?

— Un feu? La nuit de Noël? s'exclama le premier homme en se signant d'un geste précipité. Ce serait un péché mortel. Comment veux-tu qu'on aille rapporter ça à confesse?

Tous affectèrent un air lugubre. Non loin, on entendait distinctement les bruits joyeux de la foule qui se dispersait. Au-dessus d'eux, le ciel d'une nuit de grande pureté était criblé d'étoiles. Chacun essayait de deviner la pensée de l'autre, et personne ne savait véritablement quoi penser.

Dallaire s'approcha de l'homme et, l'empoignant par les épaules, le secoua rudement. Ce dernier vit de près les traits empâtés, déformés par un rictus mauvais. Il vit toute la haine dans les yeux porcins du gros homme.

— Chaque chose en son temps, fit Dallaire en resserrant l'étreinte. P't'être ben qu'on va recevoir des indulgences pour avoir débarrassé tout le monde de la maison du diable. À ce qu'y paraît, la potasse, ça ravage le poil des jambes aussi raide que le poil d'un chien... On se comprend-t-y?

Moins d'une heure plus tard, les battements assourdis des sabots de deux chevaux tirant un lourd traîneau soulevèrent un fin nuage de neige. Une lune blanche éclairait la piste menant vers le grand calvaire, dont l'ombre spectrale se profilait par-delà la croisée des quatre chemins.

L'âtre et le four à pain fournissaient à peine de quoi combler les attentes et surtout l'appétit des convives. On rôtissait à la broche et on remplissait de pains fumants une quantité impressionnante de paniers de frêne habituellement suspendus aux poutres de la grande salle de l'auberge.

La cinquantaine de convives échangeaient joyeusement, pendant que les serveurs circulaient entre les tables, fioles, carafes et pichets à la main. On versait autant de whisky que de bière, sans compter le vin de cerise. Et pendant que chaudrons et marmites ronronnaient sur les feux, trois cuisiniers découpaient d'épaisses tranches de bouvillons, apprêtaient des volailles, brassaient trois chaudronnées de potage, retiraient des dizaines de beignets de leur friture.

Antoine Voyer avait fait les choses avec éclat. Il n'avait pas hésité à répandre une coutume venue des vieux pays qui consistait à décorer les lieux de papiers de couleur, de guirlandes et de festons. Il avait aussi aménagé une crèche dans un coin et l'avait illuminée de nombreuses chandelles.

Au début, toute cette agitation avait incommodé Marie-Louise. D'ailleurs, elle avait d'abord refusé l'invitation du grand Voyer en prétextant tout bonnement que sa présence dans un lieu public serait inconvenante et qu'il était préférable qu'elle demeurât dans l'intimité de sa maison. Ce à quoi Voyer avait répondu que l'invitation valait pour tous les Montferrand. Lorsqu'il fut question de la jeune Hélène, pour qui il s'agissait d'une première sortie du couvent depuis plus de deux ans, Voyer n'y vit aucune entrave aux règles et aux obligations de son noviciat, et observa que jamais jeune fille ne serait chaperonnée d'aussi près.

Au bout d'une heure, Marie-Louise éprouva un certain plaisir à entendre les blagues, les reparties, puis se laissa gagner par les jeux et les plaisirs dont elle avait pratiquement oublié les bienfaits; un délicieux contraste avec cette mélancolie qui rongeait son existence depuis si longtemps. Ici on agaçait, là on s'excitait par des provocations anodines, alors que les plus jeunes s'étrivaient. Les vieux eurent beau les rappeler à l'ordre, quelques-uns, plus bravaches et fouettés par les effets de l'alcool, se dressaient sur leurs ergots.

Hector Callière, fils de Dollier et petit-fils de Gaspard-Joseph, dont la petite histoire et un certain folklore voulaient qu'il fût le plus coriace des coureurs de bois de son époque, dompteur de Sauvages et certainement le seul canotier à avoir franchi les grands rapides de Lachine, avait bondi sur une table en poussant un semblant de chant du coq. Dollier Callière, bien que fier de son aîné, dont la stature et la vigueur du coup de poing lui valaient déjà une certaine notoriété, jugea préférable de calmer son enthousiasme. Ce n'était pas le moment et encore moins l'endroit pour faire du raffut. Il en fallait moins que cela pour provoquer l'ire du grand Voyer. Mais le jeune colosse faisait fi des mises en garde de son père.

— Montferrand ! lança-t-il d'une voix forte et en élevant les poings, tu serais-t-y d'adon pour une p'tite gigue frotteuse ?

Le silence s'installa comme par magie.

— Envoye donc, Montferrand, insista Hector sur le ton de l'insolence. Ça fait un boutte qu'on me casse les oreilles, rapport à ta vigueur… On pourrait faire ça dehors, au grand air…

Joseph, attablé près de sa mère et de sa sœur, parut étonné. Il laissa passer un instant, conscient que tous le regardaient. Un imperceptible tremblement gagnait ses jambes et le sang battait à ses tempes, mais il affecta une apparente immobilité. D'un regard en biais, il chercha le grand Voyer. Celui-ci s'était montré, les yeux rivés sur Dollier Callière.

— Envoye, Montferrand ! répéta Hector.

Joseph se redressa légèrement. Il sentit la main de Marie-Louise l'agripper, mais la dégagea avec délicatesse. Regardant droit devant lui, sans ciller, il marcha vers la table sur laquelle se tenait toujours Hector Callière, le torse bombé, les poings maintenant sur les hanches.

— C'pas l'temps, murmura Antoine Voyer, alors que Joseph parvenait à sa hauteur.

Bien que se sachant encore faible, Joseph afficha le plus grand calme. Il savait bien que le temps de quelque convaincante démonstration n'était pas encore venu. Pour autant, il n'avait pas l'intention de laisser qui que ce soit porter atteinte à son nom. Ce qui voulait dire qu'en cet instant, en cette nuit de Noël, lui, Joseph Montferrand, appliquerait ce qui allait devenir sa propre loi…

Il s'approcha de la table et se mit à dévisager Hector avec la plus grande gravité. Il le fit tant, et avec tant d'intensité, que l'autre eut de la difficulté à soutenir ce regard qui ne montrait ni crainte ni animosité. Il fut le premier à rompre le défi et se mit à promener les yeux autour de lui en simulant la désinvolture.

— J'ai pas entendu ton nom, fit Joseph avec le plus grand calme.

Callière hésita. Assez longtemps pour que, dans la salle, on rompît le silence. Aux chuchotements succédèrent des voix audibles et, çà et là, des plaisanteries. Quelqu'un recommanda même la plus grande prudence au jeune Hector en lançant que, s'il sortait en compagnie de Joseph Montferrand, il risquait de ne pas rentrer sur ses deux jambes.

Joseph s'avança d'un autre pas et, à la surprise générale, tendit la main à Hector. Trop heureux de ce dénouement inattendu, ce dernier serra la main de Joseph, qu'il eût volontiers rossé quelques instants auparavant. Joseph lui adressa un clin d'œil amical. Des cris d'approbation suivis d'une salve d'applaudissements saluèrent la réconciliation.

— J'ai toujours pas entendu ton nom, répéta Joseph.

— Hector Callière…

D'un seul coup, un grand sourire illumina les traits tirés et encore trop pâles du jeune Montferrand.

— À ce qu'y paraît, t'es le meilleur gigueux du faubourg, blagua-t-il.

Hector rigola franchement. Il descendit de la table et ne put s'empêcher de prendre la mesure de Joseph. Il reconnut que ce dernier le dépassait presque d'une tête.

— T'es pas la moitié d'un homme, fit Callière entre ses dents.

Bien qu'il décelât un peu de dépit dans la remarque et le regard d'Hector, Joseph n'y vit rien de répréhensible. Le fils de Dollier Callière n'était pas de ceux qui rêvaient de devenir la terreur du faubourg. Un peu honteux tout de même, Hector tapa légèrement du poing sur l'épaule de Joseph en ajoutant:

— Chu assez raide, t'sais… J'tiens ça de mon grand-père.

— C'est pas moé qui va te manquer de respect, répondit Joseph sans la moindre ironie.

Il remarqua qu'Hector Callière suait à grosses gouttes et qu'un léger tremblement agitait ses lèvres. Sous le prétexte de retourner auprès de sa mère, Joseph retraita. Il éprouva un singulier sentiment de satisfaction à l'idée qu'il avait imposé une forme de domination juste à dévisager l'autre sans proférer une seule parole, sans la moindre menace. « Force à superbe… », tels avaient été les mots répétés à maintes reprises par Maturin Salvail. Des mots que, dorénavant, il ferait siens.

Dans la salle enfumée, on faisait maintenant grand tapage. Jeunes et vieux giguaient au son des violons, alors que dans la plupart des maisons du faubourg on dansait sur la gueule, ne pouvant se payer le luxe d'un seul violonneux. Se succédèrent des gigues, des cotillons, des *reels* à deux et à quatre et, à l'occasion, un menuet français que seuls osaient de rares initiés.

Plusieurs jeunes gens, parmi les admirateurs de Joseph Montferrand, avaient sollicité la jeune Hélène pour partenaire d'une sarabande joyeuse. Ils s'en étaient retournés bredouilles avec comme seule consolation un regard et un sourire timide de la novice. D'ailleurs, elle n'entendait rien à ces jeux bruyants. Elle était là parce que Joseph avait insisté. Depuis son départ de la maison, Hélène n'avait connu que les rigueurs du couvent des Hospitalières, le silence de la chapelle, les enseignements du culte, les règles de l'obéissance, le renoncement aux plaisirs de la vie, si légitimes fussent-ils. Dès les premiers jours, la mère supérieure avait fait lecture aux novices d'une lettre signée par le saint évêque: « … Nous savons que votre mission dans le monde a pour objet principal de sanctifier les âmes. Vous vous consacrez à Dieu, déterminées à endurer toutes les peines et les tracasseries, afin d'imiter votre Sauveur, qui a fait le grand et pénible voyage du ciel en terre, non pour ceux qui étaient en santé, mais pour les malades. Mettez en honneur la vertu de pénitence, expiez par le sacrifice toutes les convoitises, et rachetez ainsi les tristes années que tant de pécheurs ont passées à outrager le Seigneur… »

Il en avait été ainsi pendant deux ans pour la petite Hélène Montferrand. Elle avait cru répondre aux pieux désirs d'un prêtre, tout comme elle avait cru sentir cette grâce à laquelle elle voulut consacrer piété et zèle. Elle était trop jeune pour se rendre compte que le chemin fleuri de la vie cédait d'ores et déjà à un jardin de pierre. Elle devint esclave de ses devoirs, prisonnière du moule d'obéissance que la congrégation, contrainte par l'état ecclésiastique et ses diktats, tenait pour sacré. Sa première enfance disparue, ce furent les dures leçons du noviciat qui possédèrent entièrement son cœur. Jusqu'à ce réveil brutal, en pleine nuit d'automne, alors qu'une étrange sensation s'était glissée en elle, qu'un frisson lui était passé sur l'épiderme, qu'elle avait senti une présence invisible, puis, aussi invraisemblable que cela semblât, un souffle ardent sur ses seins naissants. Elle s'était affolée, avait retenu un cri, s'était raidie instinctivement, puis avait étreint son ventre. Elle n'était pas parvenue à se rendormir. Elle avait voulu prier, avait égrené son chapelet, mais n'avait perçu nulle manifestation divine. Elle avait plutôt éprouvé un furieux besoin de palper ses mamelons et, sitôt, avait été tourmentée par une autre envie…

De partout s'élevaient d'épaisses volutes bleutées. Malgré la touffeur du lieu et la forte odeur du tabac, Hélène vivait des instants qui, peu à peu, enflammaient son imagination – une sorte de mirage qui l'entraînait à partager la joie commune. Cette douceur la troublait, et cela suscitait en elle un sentiment nouveau, quelque chose qu'elle n'avait encore jamais ressenti, tel un rêve qui ne cessait de s'embellir.

Autour d'elle, on se poussait, on riait aux éclats. Des jeunes filles et leurs prétendants soupiraient, roulaient des hanches, se laissaient aller à de subtils jeux de main. Les jeunes hommes laissaient tomber leurs vestes tellement ils suaient, et cette aigreur se mêlait aux effluves de whisky. La gêne qu'Hélène avait d'abord éprouvée s'était estompée. Lorsque Hector Callière la regarda en affichant un intérêt évident et une certaine émotion, elle lui rendit son regard, mais battit des paupières avant de baisser les yeux.

Tout à coup, Hélène s'inquiéta de son apparence. La coiffe dissimulait ses cheveux, et sa tenue de novice cachait ses formes. Elle ignorait tout des allures d'une jeune fille, et la sévérité de son maintien éliminait toute grâce naturelle. D'un geste, elle retira sa coiffe. Son épaisse chevelure blonde se répandit aussitôt, cascadant sur ses épaules et illuminant ses traits. Marie-Louise lui jeta un regard étonné ; Joseph sourit. Il en éprouva un soulagement. C'était comme si sa jeune sœur, rendue téméraire par un instant de grâce, venait d'annoncer à tous : « Je vais enfin vous dire la vérité… »

Marie-Louise, elle, était en nage. Sa première réaction fut de vouloir aller s'excuser auprès d'Antoine Voyer et de quitter l'auberge avant que d'aucuns ne prennent cette étourderie passagère pour un égarement scandaleux. Certes, toute l'animation autour d'eux pouvait faire en sorte que le geste d'Hélène passât inaperçu. Mais le détail, pour minime qu'il fût, n'avait besoin que d'un seul regard attentif pour que la rumeur se répandît et finît par mettre en cause la respectabilité de la mère et de la fille.

— Hélène, remets ta coiffe tout de suite! fit-elle sur le ton du reproche.

La jeune fille continuait d'échanger des regards avec Hector Callière et sembla ignorer le propos de sa mère. Marie-Louise s'approcha et lui souffla à l'oreille:

— Ma fille, tu trouves pas que j'en ai déjà assez sur le dos? As-tu oublié que, dans moins d'un an, tu vas prononcer tes vœux?

— Non, répliqua timidement Hélène, pas de vœux.

Marie-Louise ressentit un grand embarras. Elle regarda Joseph d'un air suppliant.

— T'as entendu ça, Joseph? Dis à ta sœur que c'est pas la place pour manquer à ses devoirs. Pis dis-y que...

— Au diable les devoirs, rétorqua Joseph sans laisser le temps à sa mère d'aller plus loin.

Sous le choc, Marie-Louise porta la main à sa poitrine. Elle voulut se lever mais, sentant que le plancher allait se dérober sous ses pieds, elle se rassit, le souffle court.

— Je prononcerai pas mes vœux, mère, ajouta Hélène avec une fermeté étonnante pour une jeune fille d'apparence aussi soumise. Prenez-le pas mal, mais je suis pas faite pour vivre en bonne sœur toute ma vie.

Tout en parlant, elle jetait sur sa mère un regard si intense, et avec cela des lèvres pulpeuses sur un teint rose clair, que Marie-Louise lui découvrit sinon la beauté, du moins un charme presque sauvage et l'assurance tranquille qu'affichaient depuis toujours les Montferrand.

— J'espère que vous vous amusez pour la peine, fit une grosse voix derrière eux.

C'était le grand Voyer, toujours endimanché, le visage baigné de sueur, un sourire adoucissant ses traits carrés. Il avait posé une large main sur l'épaule de Joseph. Des têtes se tournèrent, les yeux fixés sur eux. Marie-Louise parut troublée.

— Ben quoi, y a-t-y quelque chose qui est pas à votre goût? insista Voyer.

Joseph le regarda de ses grands yeux bleus et dit d'un air fier :

— Beau dommage, qu'on s'amuse ! On n'a plus rien à cacher !

Mais à peine eut-il prononcé ces mots qu'il se leva brusquement et s'éloigna de quelques pas. Le grand Voyer le rejoignit aussitôt.

— T'as quelque chose à me dire ?

Joseph fit oui de la tête.

— Mon père...

— Quoi, ton père ? relança Voyer avec la franche rudesse dont il était capable pour mettre un terme aux hésitations.

— J'peux pas croire qu'on va le laisser tout seul dans son trou, un soir de Noël !

Il y avait un mélange de rage et d'impuissance dans sa voix. Le grand Voyer s'assombrit. Joseph ne le quitta pas des yeux.

— Sois sans crainte, finit par dire l'aubergiste.

Le père Loubier quitta le séminaire à la dérobée, son chapeau en poil de castor enfoncé jusqu'aux yeux comme pour éviter de se faire reconnaître. La neige crissait sous ses pas alors qu'il empruntait le chemin haut du faubourg. La nuit s'annonçait glaciale. Il remonta le col de son capot de chat sauvage et serra contre sa poitrine le colis soigneusement enveloppé d'un épais papier brun.

Parvenu à la place d'Armes, il traversa l'étroit ponceau de planches hâtivement jetées sur le vieux puits Gadois, devenu depuis belle lurette un égout à ciel ouvert, que les magistrats qui dirigeaient les affaires civiques devaient faire combler définitivement. La puanteur que dégageaient les eaux sales qui y stagnaient lui arracha une grimace. Ce faisant, le père Loubier s'était dit qu'il empruntait peut-être ce chemin pour la dernière fois avant son départ pour la France. Une longue traversée dès le printemps venu, dès que le fleuve en aurait terminé avec la débâcle, à temps pour devancer les grandes marées, mais pas trop tard pour assister en passant au retour des oies blanches. Il emporterait avec lui le spectacle féerique de ces colonies ailées, qui cassaient des ailes avant de neiger sur les battures.

Puis ce serait la traversée de l'Atlantique. Qu'adviendrait-il alors ? Il n'en savait rien. En quittant le séminaire pour cause de désobéissance, il laisserait derrière lui tous ses privilèges de maître d'étude et d'archiviste des Sulpiciens. Dans le Périgord, il retrouverait une famille déchue, réduite à la charrue, au ramassage du bois, au glanage des châtaignes, à la chasse au lapin. Il avait entendu dire que la révolte grondait dans les régions rurales de la France profonde. Que les châtelains avaient été chassés de leurs terres par des paysans en colère. Et que ces campagnards périgourdins que certains appelaient des « croquants » levaient leurs armes de fortune au son du tocsin et pillaient tout ce qui leur tombait sous la main. Mais il n'y pouvait rien puisqu'il avait choisi son sort, en quelque sorte. Il avait contredit le seigneur-curé, avait pactisé avec les Montferrand, avait affiché sa dissidence. La lettre de prêtrise qu'il porterait sur lui, avec l'obligation de la remettre à un évêque du Périgord, ferait état de son attitude de refus, et par conséquent d'une atteinte à l'ordre ecclésiastique et d'une rébellion contre les autorités de son ordre. Il deviendrait alors un prêtre sans lieu, un religieux cherchant une cure. Peut-être lui serait-il même interdit de porter le saint viatique à des moribonds sur quelque chemin du Périgord…

Mais depuis plusieurs semaines, le père Loubier avait imaginé un tout autre projet. Il savait sa vie sacerdotale en péril, du moins chez les Sulpiciens, tout catholique convaincu qu'il fût, et tout prêtre qu'il avait choisi d'être. Or il ne voulait pas de cette mort lente. Dieu étant partout, Il était donc ailleurs également, sous d'autres cieux, jusqu'au bout du monde. Dans des lieux où de pauvres esclaves secouaient leurs chaînes, alors que la foi faisait germer chaque jour, dans leur cour, l'espoir d'une liberté promise. C'est en découvrant dans les archives ce livre vieux de plus de cinquante ans que le père Loubier avait reconnu que les voies de Dieu étaient vraiment insondables. Il s'agissait des écrits d'un certain Jean-Baptiste Labat, professeur de philosophie et de mathématiques qui, après s'être ennuyé ferme au couvent de Nancy, et après avoir encouru l'ire de ses supérieurs, avait débarqué dans les

Caraïbes. Il y avait trouvé sa voie. Il fallut cinq impressions de l'ouvrage pour satisfaire à la demande des lecteurs de ses récits. Il y avait communié avec le Dieu véritable au milieu des maîtres et de leurs esclaves, des coups de fouet, des épidémies, des nègres sorciers, des odeurs de poudre, des mixtures de plantes tropicales, des morsures d'espèces venimeuses, des dérèglements des océans, des péchés de la chair, des multiples expressions de la vie et de la mort.

Le père Loubier s'était alors demandé pourquoi il ne serait pas cet autre roi mage, à la poursuite de l'étoile annonçant une aube nouvelle. Ce serait la rencontre tellement attendue de ce Dieu qui, jusqu'à ce jour, avait toujours refusé de toucher son âme. Levant les yeux, il la vit, la plus brillante de la constellation de la Petite Ourse, qui semblait le défier. Il imagina plutôt qu'en cette nuit de Noël elle lui traçait la route à suivre.

Il s'engagea rue Saint-Laurent et nota qu'on y avait enfin posé des écriteaux portant le nom de cette artère. Les trottoirs de bois étaient encombrés, quoique, par endroits, certains commerçants avaient déneigé les devantures de leurs magasins. Les quelques fanaux qui éclairaient cette rue dégageaient une fumée noirâtre, et répandaient la trop forte odeur d'huile de loup marin. Dans tout le faubourg, on attendait avec grande hâte que l'on posât la centaine de lampes promises depuis quelque temps déjà par l'honorable Chartier de Lotbinière, qui présidait la cour des sessions spéciales de la paix à l'hôtel de ville de Montréal.

Passé une autre encoignure, le père Loubier entendit les sons de la grande fête donnée à l'auberge. Ils lui rappelaient sa tendre enfance, dans un Périgord sans neige. C'était au temps où sa famille était bien campée dans ses sabots campagnards, disposant à l'aise de grands champs, de jardins aux odeurs de lavande et de deux métairies. Le temps où son père portait la redingote en inspectant ses vignes, et se permettait tous les automnes de fastueuses parties de chasse. Le temps où les enfants se couchaient après avoir entendu avec émerveillement les récits d'un saint Nicolas, qui, durant la nuit de Noël, allait les couvrir d'étrennes et de jolis paquets d'amandes et de dragées.

Arrivé devant l'auberge, il hésita avant d'entrer.

— *Fiat volunta tua,* murmura-t-il, comme s'il espérait une quelconque magie de cette formule gravée dans la mémoire des siècles.

La porte s'ouvrit au milieu d'un nuage de vapeur. La musique et les chants redoublaient, accompagnés de blagues grivoises. Il y eut quelques regards obliques au travers du débordement de la fête, mais finalement, personne ne s'étonna de l'entrée du sulpicien. On continuait de mettre les marmites au feu, de servir de nouveaux plats, de remplir pichets et carafes. Les fenêtres, solidement fermées pour empêcher le froid du dehors de les givrer, étaient salies de fumée au point qu'elles ne laissaient plus passer la moindre lueur. Et avec tout ce bruit, personne n'entendait les heures sonner à l'horloge de l'auberge. Mais ce qui était certain, c'était que, une heure ou deux plus tard, la plupart des convives, assommés de fatigue, la tête lourde et les idées confuses, reprendraient péniblement le chemin du retour. Pour ceux-là, la nuit de Noël ne serait plus que le souvenir d'un répit, d'un moment de plaisir, ou alors d'un rendez-vous manqué, puisque l'attente de quelque aventure plus troublante pour les sens ne serait pas venue.

— Envoyez donc, laissez-vous aller... Vous devriez faire une steppette ou deux, fit une petite femme rondelette, tout sourire, les yeux pétillants, en avançant la main.

Il prit la main du bout des doigts, la serra, puis la repoussa avec délicatesse.

— Merci... Amusez-vous. Dieu vous bénisse, fit-il avec timidité.

Quelqu'un d'autre l'avait empoigné en riant, le forçant presque à entamer une gigue. Il esquissa quelques pas maladroits, puis se déroba en titubant et s'empressa d'atteindre le fond de la salle, le colis toujours serré contre lui.

On le toucha à l'épaule. Il se retourna brusquement et vit la haute silhouette d'Antoine Voyer, qui le regardait en souriant. Il lui tendit la main et s'inclina, ce que le père Loubier prit pour une marque de respect. En même temps, il sentit la formidable pression de la légendaire poignée de main.

— Bonsoir, révérend, fit Voyer d'une voix énergique, ajoutant à demi-voix : Vous excuserez ben la p'tite fête, mais y faut c'qu'y faut, une fois les mortifications faites !

— Je ne suis pas ici pour vous faire une leçon de morale, vous le savez bien. D'autres s'en chargeront... malheureusement.

Voyer leva les yeux en dérision tout en l'invitant à le suivre. Ils passèrent une porte basse, empruntèrent un corridor encombré de sacs de farine, de tonneaux et de barriques, puis débouchèrent dans une petite salle aux murs blancs, une pièce humide, sans fenêtre, faiblement éclairée par deux chandelles, avec pour seul mobilier une table de pin et quatre chaises. Joseph était assis sur l'une d'elles, les bras croisés. À la vue du père Loubier, il se leva et le salua de la tête, mais sans dire un mot.

Le père Loubier n'avait pas oublié le regard bleu de Joseph Montferrand ; il s'étonna néanmoins de le revoir ainsi, intense, déterminé, mais également froid, sceptique. Joseph lui parut tout à coup immense, de la même taille que le grand Voyer, ce qui en faisait presque un géant, alors qu'à peine deux semaines auparavant il n'était qu'une frêle silhouette courbée, grelottante, la mine résignée. Le religieux fit passer machinalement le colis d'une main à l'autre pendant que Joseph se contentait de le regarder de ses grands yeux fixes. Pas une parole n'avait été échangée.

Se retournant, le religieux comprit que Voyer les avait laissés seuls, face à face. Il s'était fait complice de cette rencontre mais était désireux qu'elle se déroulât sans témoin. Un instant embarrassé, le père Loubier rompit enfin le silence.

— Un jour, je suis arrivé dans votre maison et, au lieu de vous apporter la paix de Dieu, j'ai été le messager de vos malheurs, dit-il avec humilité.

— J'm'en souviens pas très bien, fit Joseph.

— Peut-être pas, poursuivit le père Loubier, mais c'était moi tout de même. Moi qui agissais aussi froidement que tout huissier l'eût fait, l'inventaire à la main, les chiffres en tête, prêt à déposséder votre famille. Tout cela pour une dette. Pour de l'argent...

Il avait prononcé ces derniers mots avec un accent de dépit, comme pour rappeler toute la brutalité de l'acte pour lequel il avait éprouvé depuis une honte extrême. Cette prétendue mission, qu'il avait accomplie dans la parfaite obéissance à son supérieur, il l'avait vue par la suite comme une vile tâche de mercenaire. Il s'était rendu compte que la dette des Montferrand avait été traitée ainsi qu'une affaire politique. Ce faisant, la religion avait été une fois de plus trahie, bien qu'elle s'en trouvât justifiée grâce à l'éloquence du seigneur-curé, qui, sans vergogne, ramenait comme toujours tous les actes à l'œuvre même de Dieu.

— C'est à mon père qu'y aurait fallu dire ça, murmura Joseph.

— Je prie pour le repos de son âme tous les jours, répondit le père Loubier, très ému.

Il s'en fallut de peu pour que Joseph s'ouvrît au prêtre, mais il se retint. À peine tressaillit-il, tout en gardant les yeux fixés sur le père Loubier. De son geste coutumier, il écarta la mèche rebelle qui lui tombait sur le front. Il ressentait cette douleur qui, intérieurement, l'étreignait chaque fois qu'il était question de son père. Le secret lui pesait davantage chaque jour.

— Vous devez bien être le seul au monde à prier pour lui, fit Joseph avec dépit.

La réponse de Joseph parut au père Loubier le signe d'une profonde colère.

— De quel monde parles-tu donc, Joseph ? Du monde qui pense du mal de tout ? De celui qui dit que le faux est partout ? De ceux qui croient que corrompre et se laisser corrompre, c'est ce qu'on appelle le monde ? Ce monde-là, c'est celui des ennemis du genre humain ; ce sont les faibles, ceux qui haïssent la vérité par peur qu'elle ne les juge... C'est le monde de ceux qui s'imaginent que seul vaut le droit de juger, mais pas celui de l'être... C'est aussi le monde de ceux qui condamnent un médecin parce qu'il n'est pas capable de guérir toutes les maladies, qui croient que la moindre faute commise par un autre renferme la condamnation de toutes les fautes...

Il s'arrêta un instant, comme pour laisser le temps à Joseph d'assimiler tous ces mots qui se pressaient autant à sa conscience qu'à sa raison. Ce dernier parut sur ses gardes. Son visage exprimait clairement l'amertume.

— Des comme ça, j'en ai rencontré, au séminaire, répliqua-t-il. Même qu'y en a qui portaient la soutane…

Le religieux poussa un long soupir.

— Tu n'as pas tort, fit-il. Et peut-être même que j'en fais partie. Enfin… Mais le monde, ce n'est pas que ça… C'est à la fois la communauté des hommes, de tous les hommes, et la communauté spirituelle qui vient de Dieu. Ce monde-là, Joseph, vit par l'esprit de vérité, et cette vérité nous est révélée par l'élévation de chaque être humain au-dessus de ses actes et de ses erreurs. C'est l'espérance ! Elle est dans notre chair, notre sang, notre sagesse humaine… Elle n'appartient ni à l'Église, ni au pape, ni à un roi ou un prince. Et nous, nous tous, avons besoin de cette espérance comme de l'air que nous respirons ! Nous avons pour nous soutenir, nous guider, l'exemple de Jésus. Bien qu'il fût Dieu, qu'il connût toute chose, il a vécu le doute, la tentation, le rejet. Et qu'a-t-il fait au moment d'entreprendre sa mission de sauveur sur terre ? Il s'en est allé jeûner quarante jours et quarante nuits dans le désert ! Pourquoi, penses-tu ? Pour trouver l'espoir dans son cœur d'homme. En le trouvant, il a aussi trouvé l'espérance dans le cœur de tous les hommes. Et le jour où cette espérance n'y sera plus, tout nous échappera, la nature même de notre monde nous échappera. Nous passerons comme la fumée, nous plongerons dans l'ignorance et la peur…

Il fit un pas vers Joseph et lui tendit le colis.

— Pour toi… En gage de réconciliation. Et en souvenir de cette nuit de Noël.

Joseph ne trouva rien à dire. Il hésita, se mordit les lèvres tout en cherchant à comprendre le geste inattendu du père Loubier. Finalement, il prit le colis, le tritura quelque peu, puis défit l'emballage. L'objet le laissa bouche bée. C'était une véritable œuvre d'art, un manuscrit liturgique d'une grande beauté, dont les lettrines de chaque section avaient été calligraphiées en broderie et terminées par des filigranes en volutes, puis enluminées par une main experte dans l'art médiéval du dessin au lavis. Chef-d'œuvre de grand prix, l'imposant ouvrage couvert de vélin teint en pourpre et à la tranche rehaussée d'or contenait une cinquantaine de gravures, de miniatures et de représentations de figures de saints réalisées par de réputés artistes de l'art religieux. De la première à la dernière page, la manière et la forme de l'écriture étaient de savantes applications de la recherche de l'élégance et de la proportion qui caractérisaient, quelques siècles auparavant, le secret de ces œuvres de génie.

Les mains tremblantes, il feuilleta la merveille. Deux mille pages du plus grand récit de tous les temps, rappelant aux hommes que s'il y eut un commencement, des puissances du jour et de la nuit, des signes et des symboles pour marquer les jours et les années, des épreuves de liberté, des chutes, des corruptions et un nouvel ordre du monde, il n'y aurait jamais de fin, puisque le Seigneur Dieu régnerait pour des siècles et des siècles. Cinq livres, quatre évangiles, des actes, vingt épîtres et l'Apocalypse, depuis l'histoire primitive du récit de la création, en passant par l'obéissance récompensée par une postérité et une terre promise, jusqu'à l'explication de la destinée du genre humain, la préfiguration d'un salut par la rédemption du Christ et une vision de l'éternité.

— Pourquoi ?

— Un cadeau d'exception pour quelqu'un qui est voué à un destin d'exception, répondit le père Loubier.

Les yeux fixés sur l'impressionnant volume, Joseph ne comprenait pas. Ni les paroles du religieux ni la portée de son geste. Pour lui, le livre des prières, le catéchisme, contenait tout ce que le bon chrétien devait savoir et réciter : l'ordinaire de la messe, les litanies, les prières à la Vierge et aux saints. Il y avait dans ces textes suffisamment de mots sacrés, d'invocations, pour que le peuple ordinaire y trouvât le chemin de la foi. La bible était autre chose ; c'était l'œuvre des prophètes, le monument inaccessible qui se dressait entre Dieu et les hommes. La bible, c'était le pouvoir des prêtres, seuls initiés à posséder les clés des révélations, à comprendre la fureur des mots qui décrivaient et expliquaient les intentions d'un dieu tantôt prodigue, tantôt vengeur, créateur d'une course éternelle pour toutes les générations.

— Je ne comprends pas, laissa-t-il tomber en guise d'aveu.

En voyant la stupeur sur les traits fatigués de Joseph, son corps trop grand pour la petite chaise qu'il occupait, le père Loubier éprouva une grande compassion.

— Qu'est-ce que tu ne comprends pas, Joseph ?

— Ce cadeau... Vos mots... Pourquoi moi ? J'suis personne. Pas assez bon pour devenir tonnelier, pas sûr de vouloir être charretier, obligé de me battre pour défendre le nom de mon père...

Le religieux avança ses mains fines et prit délicatement la bible des mains de Joseph. Ce dernier le laissa faire, se contentant de le regarder gauchement, l'air toujours aussi confus.

— Il est vrai que le destin de la plupart des gens est imprévisible, reprit le père Loubier d'une voix tranquille, mais il arrive, au sein de tous les peuples de la terre, que naissent ici et là, une fois par cent ans, des personnes qui sont prédestinées.

Il ouvrit la bible, tourna les pages avec le plus grand soin et s'arrêta au Livre des Juges. Toujours de sa voix tranquille, il lut deux extraits racontant le passage sur terre du douzième juge d'Israël, Samson. Il termina par l'épisode de la destruction du temple de Gaza, que Samson renversa en entraînant avec lui dans la mort trois mille Philistins. Il feuilleta encore l'ouvrage puis lut le récit de David, qui foudroya le géant Goliath en invoquant le nom de Dieu.

— C'est ça, un destin d'exception, Joseph, épilogua-t-il après avoir refermé le précieux volume. La bible nous rappelle que Dieu seul peut choisir, parmi tous les hommes, un élu capable des plus grands prodiges.

— Un élu ? fit Joseph

— Un sauveur. Un homme fort comme un géant, mais aussi fragile qu'un enfant, à qui Dieu a donné un don exceptionnel afin qu'il le mette au service des autres... peut-être même de tout un peuple. Samson et David ont été des élus choisis par Dieu.

— Ça veut dire que personne peut jamais battre un élu ? C'est comme s'il était le plus fort de tous les hommes ?

— Ça veut aussi dire que ce que Dieu donne, il peut le reprendre. C'est ce qui est arrivé à Samson. Il avait oublié ce pourquoi Dieu l'avait choisi, il a péché par orgueil, et Dieu l'a puni en le privant de sa force…

— C'est pas ce que vous avez lu, objecta Joseph. Il a détruit le temple…

— Seulement lorsque Samson a supplié Dieu de se souvenir de lui.

Le père Loubier déposa la bible sur la table, devant Joseph. Celui-ci réfléchissait avec force à quelque chose, puis redressa la tête.

— C'est peut-être juste une légende, risqua-t-il. Ça se peut que le bon Dieu en ait inventé quelques-unes…

Le religieux sourit.

— Dieu n'a pas besoin d'inventer des légendes, Joseph, répondit-il. Et la bible, c'est le livre sacré qui rend compte de la parole de Dieu.

Joseph reprit l'imposant volume, passa ses doigts sur le vélin, admira l'or qui garnissait les pages, l'ouvrit à l'endroit marqué par le signet de soie couleur safran.

— J'arriverai jamais à lire tout ça, avoua-t-il. Jamais de toute ma vie !

Le père Loubier s'en doutait bien. Comme il savait aussi que l'essentiel n'était pas que Joseph pût lire ce massif de révélations divines, mais bien qu'il éprouvât, à un moment ou un autre, la fulgurance de la foi jusqu'au tréfonds de son âme. Peut-être Joseph avait-il compris la même chose. Il avait ramené la bible contre lui, l'avait serrée sur sa poitrine, visiblement ému, puis il s'était levé, était resté un instant planté bien droit devant le père Loubier, le regardant de ses grands yeux dont la couleur avait tourné au sombre, et lui avait tendu la main. Peut-être leurs regards exprimèrent-ils quelque regret silencieux, mais ni Joseph ni le religieux ne prononcèrent un mot de plus. Ils se quittèrent ainsi.

À quelques heures de là, en passant par la grande croix des quatre chemins pour longer ensuite une terre gelée parsemée de quelques boisés, un feu violent devenu incontrôlable dévora la petite masure de Maturin Salvail, la réserve de bois et de potasse, ainsi que la grange qui se dressait derrière. Personne n'en sortit, bien qu'on entendît pendant de longs moments les jappements désespérés d'un chien. L'intensité du brasier avait effarouché les chevaux, qu'on avait attachés à quelques pas de là, au point qu'ils en prirent le mors aux dents. Les quatre incendiaires, à bout de nerfs, parvinrent finalement à les maîtriser, non sans que l'un d'eux eût à essuyer une violente ruade en pleine poitrine. On l'installa dans le traîneau et on l'enveloppa d'une couverture de fourrure pendant qu'il réclamait les soins d'un docteur. Sur le chemin du retour, il se mit à cracher le sang. Les trois autres s'affolèrent. Ils discutèrent à voix basse, revinrent au traîneau et soulevèrent le corps de leur compagnon. Ce dernier se mit à hurler, puis à se débattre tout en vomissant des caillots noirâtres. On l'accabla de coups, puis on l'abandonna, après l'avoir recouvert de neige.

Parvenus au grand calvaire, les bêtes se mirent à ruer follement avant de partir à l'épouvante. Aux cris des hommes succédèrent leurs vociférations, puis trois bruits successifs semblables à des détonations. Deux heures plus tard, la paire de chevaux s'arrêta à l'entrée de la ville. Les bêtes étaient couvertes de sueur et blanches d'écume. Les quatre hommes avaient disparu.

On fêtait encore dans certaines chaumières, alors que l'aube pointait. Une petite neige tombait, suffisante pour effacer les sillons des traîneaux, et, à certains endroits, poussée par le vent du nord, pour recouvrir les épinettes plantées dans la neige ayant servi de balises le long de la montée. Bientôt, les chemins qui partaient dans quatre directions différentes depuis le calvaire disparurent sous un couvert blanc. Pendant quelques heures encore, une vieille peau d'ours émergea du linceul blanc et, à quelques pas, des éclaboussures écarlates marquaient l'emplacement d'un drame nocturne. C'était juste avant que ne rôdent les loups.

· X ·

Marie-Louise avait la mine sombre. Ses yeux cernés trahissaient son manque de sommeil. Toutes ces histoires qui circulaient à propos de quatre hommes des faubourgs Saint-Laurent et Saint-Antoine l'avaient profondément troublée, et pour cause. Une fois encore, les rumeurs allaient bon train, et le nom des Montferrand en faisait partie. On jasait fort de revenants, d'un tintamarre nocturne de chaînes qu'agitaient avec fracas des mains invisibles et d'un gros chien noir qui rôdait aux quatre coins des faubourgs. Des témoins juraient avoir vu la bête au mufle sanguinolent, tirant sur une chaîne tenue par un personnage sans visage enveloppé d'une peau d'ours. D'autres racontaient avec effroi avoir aperçu deux silhouettes baignées d'une lumière mystérieuse se transformer en monstres hirsutes. D'ailleurs, on avait retrouvé, un certain petit matin, deux chevaux morts dont les flancs avaient été entamés par d'étranges morsures. On osait à peine le dire, mais on chuchotait, non sans se signer dévotement, que seuls des hommes métamorphosés en loups-garous pouvaient s'adonner à ce genre de festin charognard.

Mais il n'y avait pas que les rumeurs rampantes. Marie-Louise n'avait pas réussi à convaincre sa fille de retourner chez les Hospitalières, et elle en voulait à Joseph de ne pas l'avoir soutenue. Pour comble de malheur, le grand Voyer s'était rangé du côté d'Hélène en disant, de son air tranquille, que tous les bavardages finissaient par s'épuiser et qu'il verrait personnellement à régler « l'affaire » avec le seigneur-curé et la mère supérieure. Or, le bouche à oreille n'avait pas de cesse. Comment expliquer qu'une jeune fille pût ainsi mettre fin à un rêve religieux et se soustraire à la volonté immuable de l'autorité ecclésiastique autrement qu'en la traitant de fille dénaturée ? On se faisait donc fort de répandre son fiel sur fond de rancune. La seule fois où Marie-Louise interpella sa fille, Joseph lança à pleine voix qu'il n'aurait de repos que le jour où il aurait étripé tous les cochons qui marchaient pas à quatre pattes. Après ce brusque sursaut, il s'enferma dans un mépris silencieux. Reconnaissante, Hélène ne l'avait pas lâché depuis, marchant pour ainsi dire dans son ombre, où qu'il fût dans la maison.

Marie-Louise s'était résignée. Mais son humeur devint changeante comme les caprices de l'hiver ; pour un rien, elle se fâchait tout haut. L'instant d'après, elle se renfrognait, étranglée par une émotion soudaine. Parfois, elle pleurait à grosses larmes, puis se retirait, muette et accablée. Un matin, elle criait à la pauvreté, à l'injustice, à la méchanceté des hommes. Le lendemain, elle s'en prenait à l'hiver, qui anéantissait la vie ; à l'humidité de la maison, qui suintait, infiltrait les chairs, raidissait les os ; à l'air vicié par les coulées malpropres du suif des chandelles empestant jusqu'à l'étouffement ; à l'éternel recommencement des misères quotidiennes ; à la brièveté des jours et l'allongement des nuits ; à la cadence immuable de l'horloge, qui prolongeait les tristes réalités de la vie. Elle blâma même Joseph-François de l'avoir abandonnée par son entêtement de patriote écervelé, et même d'avoir disparu comme le dernier des misérables. Joseph s'en indigna.

— Mon père a fait ce qu'y devait faire, avait-il répliqué en fixant sa mère de ses yeux bleus.

Des larmes tant de colère que de désespoir coulèrent. D'une seule étreinte, Joseph entoura de ses bras démesurés la mère et la sœur. Marie-Louise, suffoquée, tremblait de tout son être.

— J'y peux rien, fit-elle d'un ton lugubre. Y ont pris mon homme… Pis avec lui, tout le reste…

— Le reste, c'est nous autres ? interrogea Joseph.

Les mains nerveuses de Marie-Louise palpèrent les bras et les épaules de ses enfants. Elle était toute pâle et demeura muette.

— On va s'occuper des affaires de la maison, fit alors Hélène.

Marie-Louise se rebiffa, recula d'un pas, redressa la tête et refusa net.

— C'est pas dans mes habitudes de manquer à mes devoirs, répliqua-t-elle en se fâchant presque. Je peux quand même dire ma façon sans avoir l'air de me plaindre, non ?

La brusquerie de leur mère étonna Joseph et Hélène.

— Y a gros à faire, insista cette dernière, préparer des viandes, couper le bois, couler des chandelles, carder la laine... Joseph pis moi, on est parés à faire notre part...

Marie-Louise haussa aussitôt les épaules avant d'affecter un air attendri. Après un court silence, elle esquissa un faible sourire.

— Mon faraud de Joseph ! V'là qu'y se met à rêver au vaste monde comme un marin qui arrive pus à jeter l'ancre... Pis toé, ma seule fille... Toé qui devais te consacrer à la Sainte Vierge, certaine que tu ferais ta vie au service des pauvres pis des malades...

Elle s'interrompit, les bras ballants, réprimant l'envie de les accabler de reproches avant de laisser tomber :

— V'là que tu me parles de carder la laine... Bonne Sainte Vierge, voulez-vous ben me dire c'que vous me réservez encore ?

Les trois se regardèrent et comprirent, chacun à sa manière. L'un comme l'autre avait exprimé sa douleur, la mesure de son exaspération, son droit à une forme ou une autre de révolte.

Sans un mot de plus, Joseph se munit de la courte hache. Il fendit à la suite, en quatre ou en six quartiers, selon la taille, les bûches qu'avait entassées Maturin Salvail. Deux heures plus tard, lorsqu'il eut cordé tout ce menu bois, il crut entendre la voix de ce dernier lui murmurer une fois encore ces mots qui lui avaient tant fait plaisir alors qu'il avait abattu son douzième arbre, le jour de la Fête-Dieu, au moment même où lui était parvenu l'écho du carillon de l'église Notre-Dame: « Jamais j'aurais cru une jeunesse capable de trimer des arbres comme tu l'as fait! » Il se jura que, dès la fonte des neiges, il retournerait là-bas, passé la grande croix, au sommet du chemin pentu, jusqu'à la cabane où logeaient toutes les souris et les criquets du pays, hantée par le Windigo et protégée par l'esprit d'Anishinabe.

On avait fait boucherie dès le nouveau croissant de lune à l'auberge d'Antoine Voyer, et ce dernier avait aussitôt fait livrer chez les Montferrand les meilleurs morceaux de trois porcs de commune grosseur, ainsi que deux quartiers de bœuf. Lorsque Marie-Louise demanda aux livreurs s'ils avaient du nouveau au sujet des quatre hommes disparus, ils haussèrent les épaules.

Stimulées par l'ardeur nouvelle de Joseph, la mère et la fille s'étaient elles aussi mises à la tâche. Elles débitèrent et salèrent les viandes, transformant les quartiers en saucisses, ragoûts, rillettes, rôtis, tourtières et boudins. Elles suspendirent également plusieurs jambons dans l'âtre, jusqu'à ce que l'odeur du bois de chêne cédât aux relents odoriférants de la viande fumée.

— Pour les jours gras, avait dit Marie-Louise en regardant d'un air satisfait les provisions entassées.

— Du ben bon monde, avait ajouté Hélène en faisant allusion à la générosité du grand Voyer.

— Sais-tu ce qui me ferait plaisir ? fit Marie-Louise.

Hélène scruta le regard de sa mère pendant un instant, puis, croyant deviner, afficha une face joyeuse.

— Dites rien, lança-t-elle, je reviens!

Elle releva son lourd chignon et, d'un mouvement aussi souple que rapide, disparut dans l'autre pièce. Elle revint au bout d'un moment, portant une grande couverture faite d'un assemblage de plusieurs pièces de tissus de différentes teintes.

— C'est ça qui vous ferait plaisir, annonça Hélène avec assurance, tout en étendant aux pieds de sa mère la courtepointe inachevée.

— Comment t'as su ? fit Marie-Louise, émue.

— Une courtepointe, c'est pas comme des mitaines... Y faut que la mère et ses filles soient rangées alentour pour piquer ensemble. C'est une affaire de famille. C'est ce que vous m'avez toujours dit.

— Et c'est ce que ma mère m'a toujours dit, elle qui le tenait de sa mère, compléta Marie-Louise avec gravité.

Elles étendirent la couverture sur le grand cadre de bois qui servait de métier à piquer et auquel Marie-Louise n'avait pas touché depuis le départ d'Hélène. Elles coupèrent ensuite une bonne quantité de pièces de lin, dans des teintes de rouille, de pourpre et d'autres couleurs vives dont on disait qu'elles étaient à la mode du jour, ce qui équivalait à dire qu'elles avaient les faveurs des dames anglaises et américaines. Pendant la première heure, Marie-Louise guida sa fille dans le maniement de l'aiguille et la disposition des figures géométriques afin que celle-ci retrouvât sa dextérité. Lorsqu'elle constata que les gestes d'Hélène devenaient plus précis, la main aussi solide que légère, elle décida de s'asseoir, bien calée dans sa chaise, de mettre son dé à coudre et d'enfiler sa propre aiguille. Elle poussa un long soupir, vit la chaude buée qui recouvrait les fenêtres et, pour la première fois depuis longtemps, ressentit une impression de bien-être.

Le crépuscule tombait rapidement et plongeait les coins de la pièce dans la pénombre. Les traits de l'une et de l'autre s'effaçaient peu à peu.

— Va mettre du bois dans le foyer, fit Marie-Louise, on s'arrache déjà les yeux pis y est pas encore trois heures...

— On verrait mieux si on allumait les deux bougeoirs, suggéra Hélène.

— À ce train-là, ma fille, on va être à court de chandelles ben trop vite, la reprit Marie-Louise. Fais comme j't'ai dit.

— On a rien qu'à brasser le suif que vous avez gardé en réserve dans le grand chaudron pis à faire des bougies...

— Le suif, c'est pas pour les bougies, trancha Marie-Louise.

Réfugié dans les combles, Joseph ne faisait plus de différence entre le jour et la nuit. Il n'entendait rien, ni la voix rieuse de sa sœur, ni les répliques des bûches qui flambaient dans le foyer ou les complaintes du vent qui poussait de lourds nuages dans un ciel déjà bas. Lorsque s'estompait le peu de lumière, il battait le briquet pour enflammer une bougie. Il reprenait aussitôt sa lecture, alors que la flamme luisait dans ses yeux, le nez presque rivé sur le texte, transporté par l'étrangeté du récit, grisé par la démesure des premiers temps, de ce souffle ardent qui avait animé tant de civilisations et obsédé l'humanité. Il découvrait une longue suite d'affrontements, de révoltes, d'opprobres, de châtiments, d'expirations sacrificielles, d'iniquités. Des guerres, des conquêtes, des partages de dépouilles, des autels dressés sur les restes d'idoles anciennes. Et tout se justifiait par le talion. C'était vie pour vie, œil pour œil, dent pour dent, main pour main, pied pour pied, afin que le sang versé pour la juste cause fût pardonné. Ce n'était jamais un pacte entre égaux. C'était Yahvé, dont le nom signifiait « Celui qui avait créé toute chose », qui réglait la conduite de ses créatures, qui ordonnait les conditions d'accomplissement des promesses, qui exigeait la fidélité au vouloir divin, qui inspirait et armait le bras vengeur des élus, mais aussi qui soumettait ceux-là à un itinéraire souvent tragique d'obstacles et d'épreuves.

Mais c'est le Livre des Juges qui fascinait le plus Joseph. Il relut une nouvelle fois le parcours initiatique de Samson, héros de la naissance à la mort. Consacré à Dieu, mais énigme pour les hommes, séducteur de toutes les femmes, bien que trompé par elles, monument d'orgueil et de colère, puis détourné de Dieu seulement pour mieux se réconcilier avec Lui en mettant en œuvre, dans une réelle grandeur et pour l'ultime fois, la force qu'il tenait de Lui. Durant le parcours de vingt ans durant lequel il avait jugé Israël, Samson avait mis un lion en pièces à mains nues ; brûlé les moissons entières des Philistins, les oppresseurs du peuple choisi par Dieu ; arraché les portes de Gaza en signe de défi, pour les transporter au sommet d'une montagne et abattu le temple dédié au dieu Dagôn en provoquant une véritable hécatombe, symbole ultime de la vengeance divine.

Et comme il le faisait à l'époque où il n'était encore qu'un enfant, bien que déjà dans un corps d'homme, Joseph ferma les yeux et se prit à rêver. Imaginant Samson tel un géant à la chevelure coiffée de sept tresses, il le voyait rompre les chaînes qui l'entravaient, abattre mille hommes avec une mâchoire d'âne, arracher d'immenses portes de leurs gonds, s'arc-bouter contre des colonnes de pierre et provoquer l'écroulement d'un temple sur des légions d'adorateurs païens, et cela tout en rêvant que lui-même se transformait en géant d'une autre sorte capable de tous les exploits.

C'est alors qu'il crut entendre une voix au timbre masculin. Il leva le bougeoir à bout de bras, éclaira le colombage, scruta chaque poutre de bout en bout comme s'il s'attendait à y découvrir un spectre tapi dans les ténèbres. Tout au plus vit-il son ombre et une mince trouée dans la toiture. Puis la voix se manifesta de nouveau, l'espace d'un instant, tel un éblouissement mais suffisamment intelligible pour qu'il distinguât l'appel de son nom. Cette fois, il n'osa bouger. Il se contenta de regarder danser la flamme de la chandelle. La cire brûlante coulait sur ses doigts sans même qu'il s'en préoccupât. Il restait là, scrutant la partie sombre des combles en pensant que, peut-être, d'autres yeux l'observaient depuis les ténèbres. Il attendit un bon moment face au néant, mais aucune créature n'en jaillit.

Maintenant, ce n'était plus la voix qu'il entendait, mais un bruit sourd qui provenait d'ailleurs. Un grondement indistinct semblable à un roulement, ou même à un branle-bas. Ce n'était plus le son d'une seule voix, mais un tumulte s'apparentant à une clameur sauvage.

Il y avait longtemps qu'un tel vacarme organisé avait eu lieu dans un faubourg de Montréal. Jadis, on considérait cette pratique coutumière comme la manifestation d'un jugement populaire, une sorte de rituel d'inspiration inquisitrice destiné à dénoncer des comportements prétendus scandaleux ou des actions impies, ou tout bonnement à intimider. Un simulacre connu sous le nom de charivari.

Ils étaient une trentaine, masqués pour la plupart, brandissant des torches et des haches et scandant le nom des Montferrand. Puis ils commencèrent à crier des bêtises assorties de diatribes; finalement, ils lâchèrent des bordées d'injures plus perfides, fielleuses et féroces les unes que les autres.

— Ça sent mauvais, icitte!

— Charogne! Charogne! Charogne!

— Banni, Montferrand, banni! Banni, Montferrand…!

C'était à qui lancerait l'invective la plus blessante, chacune provoquant l'hilarité furieuse, invitant du coup la suivante, encore plus cruelle. Et toujours ce gros homme qui se dandinait devant la meute en vociférant comme un enragé. Les autres lui emboîtaient le pas, agitaient les torches, accentuaient le concert des hurlements qu'ils accompagnaient d'un balancement rythmique. Le gros homme semblait enchanté devant l'effet que provoquait son autorité.

— Ça se vend… Ça se r'vend, un Montferrand! hurla-t-il.

Quelques-uns, l'allure dégingandée, le visage barbouillé de suie, reprenaient le refrain:

— Masque de nègre… Masque de nègre… Ça s'achète… Ça se vend… Ça se r'vend, un Montferrand!

— Ça s'enterre, un Montferrand! hurlait encore le gros homme.

On exhiba aussitôt un cercueil façonné à la hâte et sur lequel était cloué un écriteau portant le nom des Montferrand, scribouillé à la peinture noire. Puis on hissa un épouvantail bourré de chiffons et de paille, que l'on fit basculer dans le cercueil. On y mit le feu en scandant: « Charivari! Charivari! »

À l'intérieur, Marie-Louise était pétrifiée. Hélène, désespérée, s'était réfugiée dans les bras de sa mère. Cette dernière la tint serré contre elle, les yeux tournés vers la statue de la Vierge. Les deux se mirent à prier, répétant d'une voix étranglée:

— Sainte Mère de Dieu, défendez-nous contre tout mal… Sainte Mère de Dieu…

Elles égrenaient la courte invocation comme une litanie, le cœur serré, le corps tremblant, et tressaillant à chaque hurlement, à chaque juron.

Une pierre fut lancée à travers une fenêtre, qui vola en éclats. Les bruits du charivari s'amplifièrent brutalement.

— Joseph ! cria Hélène, prise de terreur.

Ce dernier était déjà parvenu au pied de l'escalier. Il avait enfilé une épaisse chemise à carreaux, relevé les manches aux coudes et jeté un rapide coup d'œil par la vitre brisée. Puis il s'était emparé de la hache, celle avec laquelle il avait fendu des dizaines de bûches au cours des jours précédents. Devinant son intention, Marie-Louise vint se placer entre son fils et la porte. Il la vit toute pâle, entendit sa respiration sifflante ; il souffrait de voir sa mère amaigrie encore soumise à une nouvelle torture.

— Vas-y pas, mon gars, le supplia-t-elle. J'ai ben assez d'avoir perdu ton père...

— Tu perdras personne d'autre, fit Joseph sans la moindre insolence ni méchanceté dans la voix.

Marie-Louise ne trouva rien d'autre à dire. Elle comprit que Joseph était déjà ailleurs, poussé par une force invisible, peut-être irrésistible. En cet instant, planté devant elle droit comme un chêne, il paraissait gigantesque. Tout autant il semblait insensible à la clameur haineuse qui s'élevait dehors. On eût dit qu'il avait souhaité que ce moment arrivât. Il se dirigea vers la porte. Au dernier instant, il passa la hache dans sa ceinture ; peut-être voulait-il donner l'impression qu'il ne craignait pas d'affronter la meute à mains nues. Décrochant du porte-manteau le chapeau de son grand-père, il s'en coiffa d'un geste théâtral.

Joseph était sorti sous les huées. Tous les yeux étaient braqués sur lui et tous virent la hache passée dans la large ceinture de cuir. Il paraissait calme, trop calme même. Tellement que les cris diminuèrent, ainsi que la fureur de certains gestes.

La tête haute, la mèche rebelle, Joseph avançait lentement, à pas mesurés, mais droit sur le gros homme. Ce dernier comprit aussitôt la manœuvre, tout comme il perçut l'hésitation qui gagnait la bande. Il fallait agir sur-le-champ, enrager davantage la meute afin qu'elle se jetât sur Montferrand et, dans un même élan sauvage, sur cette maison. Il brandit sa torche et en menaça Joseph par quelques moulinets désordonnés. Il l'invectiva avec une telle haine que celle-ci enfla sa voix jusqu'à l'étrangler. Mais Joseph parut ne rien entendre. Il continuait d'avancer. Il y eut des exclamations d'étonnement, des poings menaçants, quelques insultes lâchées à tort et à travers, mais déjà le tumulte s'affaiblissait. En moins d'une minute, la bande commença à se disloquer. Peureusement, une dizaine d'individus reculèrent, presque gênés d'avoir été entraînés dans cette mascarade, et certainement désireux de rester anonymes. Les plus fanatiques, cependant, serrèrent les rangs, décidés à passer aux actes. On respirait bruyamment et, dans l'air glacial, tous ces hommes exhalaient une épaisse buée, ainsi que l'auraient fait des bêtes de trait.

Joseph était parvenu à la hauteur du gros homme, dont il ignorait l'identité. Il le toisa, imaginant que, tout comme à l'auberge du grand Voyer, lorsqu'il avait répondu à la provocation d'Hector Callière simplement en plongeant ses yeux dans ceux de l'autre, il suffirait d'un seul regard affirmant une volonté supérieure pour que quiconque lâchât prise, quelle que fût son intention. Mais Joseph ne put deviner que, derrière ce masque grotesque, les traits de cet homme étaient marqués tant par l'épouvante que par une fureur homicide.

— Finie, la magie noire ! cracha l'homme d'une voix haineuse. Fini, de faire parler les morts ! Fini, de faire semblant d'être une brebis quand tu frayes avec le loup-garou !

Il s'adressa aux autres en levant sa torche à bout de bras :

— Si l'diable veut les Montferrand, c'est drette là qu'y va les emporter !

Un homme au visage barbouillé de suie sortit brusquement du rang, une cognée portée haut, et se rua sur Joseph en vociférant. La jambe droite de ce dernier se détendit à la vitesse de l'éclair et avec la force d'une ruade de cheval. Atteint au sternum, l'homme s'affala, plié en deux, vidé de son air.

— J'ai juré à ma mère que j'étriperais tous les cochons qui marchent pas à quatre pattes, fit-il d'une voix tranquille tout en sortant la hache de sa ceinture, pis y se trouve que j'en vois que'ques-uns drette devant moé…

Il avança d'un autre pas. Il était parvenu si près du gros homme qu'il n'avait qu'à avancer la main pour engager le combat avec lui.

— Si l'diable veut emporter que'qu'un, ajouta-t-il en levant sa hache, ça sera pas un Montferrand…

On marmottait à l'arrière. Tout à coup, plusieurs parurent stupéfaits. Trois silhouettes débouchèrent d'une ruelle.

— Beau dommage que ce s'ra pas un Montferrand, tonna une voix familière à tous. C'est plutôt toé, maudit sois-tu, à qui l'diable va chauffer le cul!

Il arrivait de son pas imposant, le regard dur, produisant sur-le-champ cette impression de puissance que personne n'était près d'oublier lorsqu'on avait affaire au grand Voyer. D'ailleurs, le silence se fit illico; on ne criait plus, on ne s'agitait plus.

Vêtu d'un manteau doublé en peau de mouton, il arborait avec solennité une magnifique ceinture fléchée, ornement de laine tissée serré arborant des motifs en pointe de flèche entrelaçant les teintes de rouge, de bleu, de vert, de jaune et de blanc. Et tous savaient que, lorsque le grand Voyer sortait sa ceinture fléchée, c'était pour se faire le champion d'une cause. La petite histoire voulait qu'il avait gagné cette ceinture à la suite d'un pari entre voyageurs engagés dans la traite des fourrures. Le défi avait consisté à rencontrer la rivière des Outaouais, à effectuer un exténuant portage pour contourner les rapides du Long Sault et à décharger, intact, un plein voyage de fourrures de castors. Le grand Voyer, racontait-on dans les Pays-d'en-Haut, avait réalisé l'exploit avec une journée d'avance sur tous les autres. Avec le temps, certains raconteurs prétendirent même que Voyer ne s'était même pas donné la peine d'éviter les rapides; il les aurait affrontés et vaincus.

Sans détourner son regard, qu'il gardait rivé sur le gros homme, Voyer s'adressa à Joseph à voix basse:

— Va rassurer ta mère pis ta sœur, Joseph... T'en as fait plus en leur faisant face que tous ces trous d'cul pourront en faire en *gang* durant le restant d'leur vie...

Sans avertissement, sa main droite jaillit de nulle part pour arracher le masque du gros homme. Il y eut un murmure. Du coup, une terreur panique s'empara de Dallaire. Malgré son allure imposante, son cou de taureau et sa réputation de fier-à-bras, ainsi démasqué, il sembla paralysé, les yeux hagards, une mine d'idiot.

— Je l'aurais juré, fit Voyer, qui avait du mal à surmonter son envie de rosser Dallaire devant ses complices. Toé, l'marguillier, l'mangeux d'balustrade... Ça me déplairait pas d't'arranger l'portrait drette icitte... mais j'me salirai pas les mains avec du mauvais sang de cochon...

— Chu pas tout seul dans l'affaire, se défendit piteusement Dallaire. Tu sauras que... que...

— Que quoi ? fit rudement Voyer. Qu'y en aura d'autres ? Pas sûr pantoute... Tu dois ben savoir que le charivari est interdit. Banni par ordonnance pis lu au prône de toutes les églises...

— C'est pas moé, gémit Dallaire.

— Ah non ?

Voyer le prit par le collet et, de l'autre main, pointa en direction de ses deux compagnons. La surprise sur le visage de Dallaire fut totale lorsqu'il reconnut celui qui avait déjà été son allié et complice : Tancrède Boissonneau ! L'autre homme, un colosse, était le forgeron le plus respecté du tout Montréal. Il s'appelait Cléophas Girard, mais tous le connaissaient sous le nom de Girard l'enclume.

Dallaire sentit l'étreinte de Voyer sur son cou. Ses genoux mollirent, son visage devint blême. Impassible, Voyer vit l'air hébété du lourdaud. Il le sentit défaillir.

— Dimanche, su'l'perron de l'église, lui intima-t-il en relâchant son emprise. Sinon, j'te passe à l'enclume de Girard.

Les crieurs publics avaient fait leur œuvre. Les rumeurs les plus fantaisistes s'étaient répandues si vite que, dans tous les foyers du faubourg Saint-Laurent, et même au-delà, l'affaire avait alimenté toutes les conversations, jusqu'à provoquer des paris. On avait même parlé d'un duel, en dépit de tous les interdits et de la menace d'excommunication.

La journée s'annonçait grise. Le souffle du noroît s'étant calmé, le temps froid avait cédé au redoux habituel du premier mois de l'année.

Les gens arrivaient de partout. Dans l'église, même si chaque famille occupait son banc, on tardait aujourd'hui à s'asseoir, curieux d'assister à un événement inusité, prévu plutôt sur le parvis du temple qu'à l'intérieur.

Au bas des marches, les hommes discutaient ferme au milieu des hennissements des chevaux. Plusieurs s'impatientaient. Les plus curieux étiraient le cou machinalement, espérant être les premiers à annoncer à la ronde la résolution du mystère. On évoqua même la possibilité d'une supercherie. Un gros bonhomme, le visage barré d'une épaisse moustache grise, haussa le ton :

— J'vous dis que c'est aujourd'hui pis icitte qu'y va se régler des comptes qui sont dus depuis un boutte. Y a en que'que part un chieux en culotte qui va faire son acte de contrition.

— Tu serais dans les secrets, Adélard ? ricana son voisin, imité par d'autres.

Le moustachu tira une longue bouffée de sa pipe, esquissa une mimique en plissant les yeux et cracha en même temps qu'il haussa les épaules.

— J'ai dit c'que j'avais à dire, fit-il, après quoi il s'essuya la bouche du revers de la main.

— T'en as dit pas mal...

— J'ai mes entrées au presbytère, ajouta Adélard. Vous verrez ben !

Dans la sacristie, le seigneur-curé marchait de long en large, à la cadence d'une sentinelle devant son poste de garde. Le regard mauvais, il serrait et desserrait les poings, convulsivement, ne cessant de marmonner :

— Bande d'ignares ! Bande de paysans ! Des bêtises, rien que des bêtises !

Les minutes passant, l'agacement se mua en une sourde exaspération. Il s'en prit sans ménagement aux séminaristes qui avaient été désignés comme servants de messe.

— Ça vient, cette aube ?

Après moult tiraillements du tissu blanc, le ton du seigneur-curé monta. Tout cela pendant que les séminaristes s'efforçaient d'attacher le ceinturon.

— Allez ! Allez ! Et cette étole ?

Tant bien que mal, on finit par fixer tous les ornements liturgiques. Mais le père Dessales continuait de rager intérieurement. Il demeurait profondément vexé et humilié par la tournure des plus récents événements. D'abord par la désobéissance du père Loubier. C'était la seule fois, depuis son accession au poste de supérieur de l'ordre, qu'un subordonné lui opposait un refus doublé de mépris, ce qui, en de telles circonstances, se voulait un acte de sédition. Puis il y avait cet aubergiste qui le confrontait d'égal à égal, qui jouait à être le plus fort quand tous les autres se contentaient de garder le nez à terre, qui en savait beaucoup trop pour la sécurité même des autorités, qui n'hésitait pas à prendre la justice en mains propres et à la rendre populaire, qui ne roulait pas la langue dans sa bouche, qui exprimait tout haut sa dissidence, qui s'imposait un peu partout par son sang-froid, sa vaillance et sa personnalité autoritaire. Et en ce jour, une fois encore, le père Dessales se sentit petit devant ce rude géant.

Il apostropha les quatre séminaristes.

— Que je n'en prenne pas un seul à bafouiller au bas de l'autel… Ce sera au pain et à l'eau pour une semaine… C'est bien compris ?

Accablés, les quatre jeunes se contentèrent de baisser la tête.

— Allez ! Allez ! On répète… *Qui fecit cœlum et terram…*

Ils hésitèrent tous ensemble.

— *Qui fecit cœlum et terram*, reprit le père Dessales, irrité.

— *Misereatur tui omnipotens Deus… et dimissis peccatis tuis perducat te ad vitam æternam,* enchaînèrent-ils d'un trait, tout en se regardant d'un air de soulagement.

— *Amen… amen…* fit le père Dessales en desserrant à peine les dents.

Il fouilla sous ses ornements et en tira une montre retenue par une chaînette en or. En voyant l'heure, il grimaça et rabattit brusquement le couvercle du petit boîtier. *Dieu maudisse les Montferrand et les Voyer de cette terre !* pensa-t-il.

L'arrivée du sacristain le tira de ses pensées. Le vieil homme se déplaçait en claudiquant. Il avait des allures de pantin, ainsi fagoté dans des vêtements devenus trop grands. Son nez charnu, au milieu d'un visage étroit et plissé comme un vieux parchemin, et ses petits yeux dont la couleur était devenue incertaine avec l'âge en faisaient une caricature ambulante.

— Alors, Magloire ? l'interpella le père Dessales.

L'autre fit mine de ne pas avoir entendu. Il se prétendait dur d'oreille, mais en réalité il entendait ce qu'il voulait bien entendre. De plus, il croyait qu'obliger son interlocuteur à répéter sans cesse lui donnait plus d'importance. Il tendit l'oreille vers le supérieur.

— J'ai dit : Y a-t-il du nouveau ? fit le religieux en appuyant sur toutes les syllabes.

— Commence à y avoir des impatiences, monseigneur, fit le vieil homme de sa voix rocailleuse. Ben d'la jacasse itou…

— Ça, je le sais, figurez-vous ! fit le père Dessales d'un ton péremptoire.

Il allait en rajouter lorsque des exclamations provenant du parvis l'interrompirent.

— Allez voir, murmura-t-il en s'adressant à deux séminaristes, alors qu'il sentit le sang battre contre ses tempes.

Brusquement, une carriole déboucha sur le square et longea la clôture de fer forgé qui ceinturait la fontaine érigée au centre de la place, telle une tour de garde aux bords crénelés, pour venir s'immobiliser devant l'imposante façade flanquée de fenêtres en arcades.

Antoine Voyer descendit le premier. Il tendit la main à Marie-Louise, l'aidant à prendre pied sur le sol détrempé par le redoux.

Puis, d'un air froidement poli, il recula d'un pas et céda le passage à Anselme Dallaire. L'expression vulgaire et arrogante qu'on lui connaissait avait disparu. Il était livide. La cravate qu'il avait maladroitement nouée à son cou le serrait à tel point qu'il ressemblait à un quartier de viande solidement ficelé.

Joseph Montferrand fut le dernier à quitter la carriole. Il regarda posément de tous les côtés, ajusta du même geste théâtral son chapeau, vit qu'on le regardait avec curiosité, devina ici et là une lueur d'animosité, rendit à chacun le même coup d'œil profond empreint de franchise et de lucidité, puis jeta une couverture sur le dos des deux chevaux, ce qui suffit à les calmer aussitôt.

Dallaire demeurait figé sur place, une expression de démence dans le regard, comme s'il eût été plongé en plein cauchemar. Son visage était agité de mouvements convulsifs et, lorsque quelques-uns voulurent lui adresser la parole, il se détourna d'eux, l'air piteux, tel un homme écrasé par un brutal revers du destin.

Le grand Voyer lui donna une légère poussée.

— Avance jusqu'aux portes, lui intima-t-il.

Dallaire fit quelques pas hésitants pendant que les curieux rassemblés lui cédaient le passage, formant spontanément une sorte de haie humaine.

Voyer se tourna vers Joseph et lui dit :

— C'est le temps...

Ce dernier approuva de la tête, retourna à la carriole et en revint en portant dans une main une lourde torche, et dans l'autre une corde à l'extrémité de laquelle on avait façonné un nœud coulant. Un murmure courut parmi les gens.

— Arrête, fit Voyer tout en empoignant Dallaire par une épaule alors que ce dernier s'apprêtait à franchir la grande porte.

Le père Dessales arriva au même moment. Il avisa d'un coup d'œil ce qui se passait à l'entrée de l'église. Son visage se crispa et ses joues s'enflammèrent lorsqu'il vit la mise en scène impliquant un marguillier.

— Que se passe-t-il dans mon église ? lança-t-il, rageur, à l'endroit du grand Voyer.

Ce dernier serra le bras de Dallaire. La douleur causée par la vigoureuse étreinte le fit grimacer.

— Réponds à m'sieur le curé...

Devant l'hésitation du gros homme, Voyer durcit sa poigne.

— J'viens faire une... une... euh... amende... honorable, finit par bredouiller Dallaire.

— Une amende honorable ? ne put s'empêcher de répéter le père Dessales, visiblement déconcerté.

Puis, l'effet de surprise passé, il s'avança vers les deux hommes. Le silence se fit. Se haussant imperceptiblement sur la pointe des pieds et allongeant le cou comme s'il voulait ajouter à sa taille, il jeta un regard soupçonneux sur Voyer, après avoir constaté le désarroi de Dallaire.

— C'est vous, n'est-ce pas, qui êtes responsable de... de cette mascarade ?

Voyer le regarda droit dans les yeux.

— Si vous voulez dire par là que j'vous fais une farce, curé, je m'en va vous dire que moé, pis ben d'autres icitte, on est pas d'équerre avec vous, parce que si vous avez dans votre idée que votre marguillier est taillé dans du bois de calvaire, c'est que vous êtes bouché par les deux bouttes…

La haie des curieux s'était refermée, et tous les yeux étaient rivés sur le père Dessales. Car jamais encore, de mémoire de paroissien, quelqu'un n'avait osé le confronter ainsi publiquement. Ce dernier ne broncha pas. Tout au plus se racla-t-il la gorge et leva-t-il la main, comme pour imposer un silence encore plus profond.

— Monsieur Voyer, dit-il d'un ton étrangement calme, ceci est la maison de Dieu et j'en suis le gardien… C'est à moi, en Son Nom et en celui de notre Sainte Mère l'Église, qu'il revient de dicter les prescriptions auxquelles doivent se soumettre les paroissiens… Tous sans exception, ce qui vous inclut. Vous n'êtes pas la loi, ici… Vous ne la faites pas et vous n'en êtes aucunement l'exécuteur… Par conséquent, vous n'avez nul droit de fouler le sol de cette église en dictant vos propres conditions, encore moins soumettre qui que ce soit à votre volonté, surtout par l'exercice de la force. Je vous demande instamment de laisser notre frère marguillier pénétrer librement dans cette église sur-le-champ et de me laisser seul juge, au nom de Notre Seigneur, de la suite des choses, si tant est qu'il y ait une telle nécessité.

Une agitation perceptible dans l'assistance suivit aussitôt les paroles du seigneur-curé.

— Joseph, lança Voyer, insensible aux propos du prêtre, la corde…

Des cris de surprise fusèrent alors que Joseph Montferrand passa le nœud coulant d'une main experte autour du cou de Dallaire. Ce dernier se débattit quelque peu, mais se calma dès qu'il sentit le nœud lui serrer la gorge. Il émit un râle.

— Êtes-vous conscient de ce que vous faites, malheureux que vous êtes ? s'indigna le père Dessales.

— À genoux ! fit le grand Voyer en continuant d'ignorer le religieux.

Joignant le geste à la parole, il força le gros homme à se plier, puis à mettre un genou au sol. Ce fut Joseph qui serra le nœud jusqu'à ce que Dallaire se retrouvât sur ses deux genoux, hors d'haleine, les yeux exorbités, trempé d'une sueur froide, le corps agité par des hoquets pareils à des sanglots.

Blême, le seigneur-curé ne réagit pas.

— J'veux prendre la place de personne, poursuivit Voyer sur le même ton, pis c'est pas moé qui fais les lois, beau dommage ! Mais icitte, on est pas dans l'église, on est encore sur la place publique… Notre vrai chez-nous, parce que c'est icitte qu'les habitants d'la paroisse gagnent chaque jour leur morceau de lard, leur croûte de pain pis leur corde de bois à la sueur de leur front… Pis lui, y a des comptes à nous rendre à tout l'monde… Lui icitte, Anselme Dallaire, c'est celui qui ment comme y respire, qui chie dans les mains de tout un chacun, pis qui s'gêne pas pour acheter les tromperies avec l'argent d'la messe…

On entendit un semblant de murmure d'approbation, d'abord timide, puis quelques voix qui s'élevèrent d'aplomb, clairement favorables à un châtiment anticipé, quelle qu'en fût la forme.

— Ôte ton capot, ordonna Voyer en secouant le gros homme à genoux.

— T'as pas l'droit de m'humilier de même, protesta Dallaire tout en regardant le père Dessales d'un air suppliant.

— Le capot, pis la veste itou ! s'écria quelqu'un, aussitôt repris par un concert de voix.

Dallaire, dont les jambes s'engourdissaient, roula sur le côté en gémissant. Indifférent, Antoine Voyer le remit sur les genoux, aidé de Joseph, et lui retira par à-coups capot, veste et cravate, ne lui laissant que la chemise déboutonnée au col, dont le pan sorti flottait sur un pantalon maculé de boue.

Le père Dessales n'en supporta pas davantage. D'ailleurs, la pâleur de son visage disait toute la colère qui l'étreignait.

— Monsieur Voyer, je vous commande de cesser immédiatement ces agissements…

— Pas avant de l'avoir entendu, répliqua furieusement le grand Voyer, en s'interposant entre le religieux et Dallaire.

— Votre désobéissance pourrait vous coûter très cher, fit le père Dessales.

— On veut l'entendre, lança une voix, une autre, et d'autres encore, auxquelles se mêlaient cris et huées.

Brusquement, il y eut un remous dans l'assistance. Quelqu'un bousculait sans ménagement pour se frayer un passage. Il émergea du premier rang et se rua sur Dallaire, l'empoignant rudement. C'était Tancrède Boissonneau, son ancien complice, que Joseph Montferrand avait tiré *in extremis* du limon du fleuve.

— T'es mieux d'faire aller ta maudite langue sale, lui siffla-t-il au visage, toé pis l'damné quêteux...

Boissonneau leva le poing, mais tout aussi rapide, Joseph saisit son bras et l'immobilisa net. Il regarda le charretier et lui adressa un léger hochement de tête.

— J'vous remercie, pour l'autre soir, murmura-t-il.

— Envoye! gronda Voyer en secouant Dallaire.

Ce dernier comprit qu'il n'avait d'autre choix que de céder à cette humiliation publique. De toute façon, et quel que fût son remords, sincère ou non, on le trouverait lâche, indigne aussi. Et dorénavant, il susciterait la dérision. Mais ce qui le terrorisait à l'instant présent, c'était le grand Voyer. Jamais il n'avait envisagé que l'aubergiste allait se dresser de la sorte sur son chemin et, du haut de sa taille, le soumettre à une telle épreuve.

— J'viens... vous d'mander... pardon, balbutia-t-il.

— Plus fort, lui commanda Voyer.

— Euh... Je d'mande pardon à... à toute la famille Montferrand, reprit Dallaire d'une voix rauque, les traits crispés, les yeux rivés au sol. J'leur d'mande pardon... pour avoir... répandu des faussetés, rapport à Joseph... en disant qu'y avait l'diable accroché à lui... C'est moé qui poussais l'quêteux Pointu à parler croche des Montferrand...

Il y eut des huées, une bordée d'insultes. On se serrait de plus en plus, comme une horde excitée par la perspective d'une mise à mort.

Dallaire avait brusquement cessé de parler. Près de lui, Joseph réprima un cri de rage. Il eût été ravi d'exercer sa vengeance sur-le-champ, en écrasant le visage du gros homme contre le sol, en lui arrachant jusqu'à la dernière parcelle de dignité. Mais son sang-froid l'emporta. Il laissait aux autres, à toute cette foule, le soin de juger la conduite d'Anselme Dallaire, en sachant que nul ne promettrait le pardon avant que l'honneur ne fût d'abord rétabli.

— Continue ! ordonna encore Voyer.

Le père Dessales semblait figé sur place. Devant lui, il voyait les paroissiens, d'habitude si dociles, transformés en autant de juges prêts à condamner ; à ses pieds, un homme qui hier encore s'adonnait aux plus viles besognes et qui, maintenant, se lamentait comme le dernier des misérables. Le cœur levé par le dégoût, il renonça à l'envie de lui tendre la main.

— Le charivari chez les Montferrand, c'était mon idée, ajouta Dallaire, alors qu'un filet de salive coulait de sa bouche. Pour tout ça… j'viens faire amende honorable… pis… euh… j'viens dire icitte que le nom de… de… Montferrand… mérite le respect… de tout l'monde.

Les mots étaient sortis péniblement.

— C'est tout c'que j'avais à dire… à part que j'voudrais le pardon, ajouta-t-il sourdement.

Des voix approuvèrent. Le nom de Montferrand circulait dans les rangs et eut un effet d'apaisement. Il y eut un grand silence. Marie-Louise ressentait quelque chose de si violent qu'elle tremblait de tout son être.

— R'lève-toé, dit Voyer, rompant le silence.

Épuisé, Dallaire se contenta de secouer lourdement la tête. Il n'avait nulle envie de subir un instant de plus le tumulte de ces voix, les regards accusateurs, peut-être même la colère religieuse du seigneur-curé. Il demeura prostré pendant qu'Antoine Voyer s'adressa au père Dessales. Toute colère disparue, la voix du géant avait changé.

— J'ai pas inventé l'amende honorable, curé… Pis vous le savez ben, vous qui êtes des vieux pays. On a tous entendu Anselme Dallaire faire son amende honorable… On l'a tous entendu dire que le nom de Montferrand méritait le respect… C'est maintenant à vous de parler au nom du bon Dieu et de son Église…

Sur ces mots, Joseph tendit la torche au religieux. Le père Dessales hésita. Voilà qu'il se trouvait face à face avec Joseph Montferrand. Ses yeux glissèrent le long de la haute silhouette de ce dernier. Le jeune homme avait au moins une tête de plus que lui, mais surtout il alliait force et grâce dans un regard insistant.

Prenant finalement la torche dans ses mains, le père Dessales fut conscient qu'il reportait sur Dallaire le poids de la culpabilité et la réprobation que cela entraînerait. Tout au malheur d'avoir cédé à la manœuvre d'Antoine Voyer, il était au moins rassuré de constater que sa propre autorité n'avait pas trop souffert. Pour cela, il ne pouvait cependant plus se soustraire à un dernier désagrément. Cette torche faisait de lui une sorte d'exécuteur de la haute justice d'antan, selon la vieille tradition française voulant qu'un malfaiteur, une fois flétri de verges sur la place publique, dût également s'amender devant une église, une torche allumée à bout de bras, pour demander pardon à Dieu, au roi et à la cour de justice, selon la formulation consacrée du Conseil souverain de la Nouvelle-France. Il était également conscient qu'une fois la messe célébrée, le conseil de la Fabrique lui ferait aussitôt valoir son objection à toute présence ultérieure de Dallaire, le priant de relever ce dernier de sa charge de marguillier, de lui retirer à vie le privilège de la propriété d'un banc de l'église et de le forcer de rendre tout ornement, écharpe et décoration dévolus d'office avec l'honorable charge.

Une fois dans l'église, le seigneur-curé retrouva son maintien et sa superbe d'ecclésiastique, sa figure grave et son ton solennel. Un seul regard avait suffi à rendre un jugement sans appel, et il demeura impassible en voyant des larmes rouler sur les joues de la grosse figure ronde de Dallaire. Il fallut attendre le sermon pour qu'on l'entendît prononcer brièvement les mots remords, pardon et espérance.

· XI ·

Pendant au moins une semaine, il plut. Les neiges accumulées durant les tourmentes de février fondirent à vive allure, ouvrant çà et là de grandes trouées, transformant les rues et ruelles en véritables ruisseaux. La Petite Rivière, qu'on avait canalisée depuis peu, ce qui avait mobilisé un millier de travailleurs, était devenue un torrent dont les eaux boueuses, empruntant la pente douce menant au fleuve, commençaient à submerger les berges. Les premières corneilles, sorties prématurément de l'hivernage, s'étaient perchées haut, lançant leur inlassable *câââr*, signe avant-coureur de la « tempête des corneilles », ainsi que l'appelaient les vieux, mais également préfiguration d'un printemps hâtif. Ce fut en pataugeant dans ce mélange de neige et de boue, par cette brusquerie du temps qui oscillait entre l'hiver et le printemps, que Joseph Montferrand refit le trajet qu'il avait gravé dans sa mémoire depuis cette nuit de novembre, alors qu'il avait accompagné Antoine Voyer. Il avait noté chaque repère, depuis cette maison basse avec des murs de moellons équarris bizarrement lézardés, jusqu'à l'édifice en pierre taillée percé de grandes fenêtres, avec une toiture en pente et de nombreuses lucarnes, propriété du plus important marchand de potasse du faubourg. À deux ruelles de là se trouvait la construction en maçonnerie, au toit mansardé recouvert de tuiles, à laquelle on accédait par une porte cochère. Une fois à l'intérieur, il fut conduit par une religieuse vers les caves voûtées semblables à des oubliettes, puis, en longeant des murs qui faisaient plus de trois pieds d'épaisseur, devant cette grille, tout au fond, dont elle actionna le tirant de fer ancré dans des poutres de soutien.

Joseph revoyait enfin son père. Certes, cela le soulageait de son lourd secret. Mais la douleur le foudroya dès qu'il aperçut le visage décoloré, l'allure cadavéreuse, le regard absolument dénué de tout éclat. En le voyant ainsi, il constata que ces quelques mois avaient dégradé les traits de son père de plusieurs années. Et cela n'avait rien à voir avec la profonde balafre qui le défigurait et le privait d'un œil. C'était que la silhouette devant lui demeurait sans expression, dépourvue de l'essentiel de toute vie ; elle semblait morte.

Joseph s'approcha de son père comme il l'avait fait lors de sa première visite. Il toucha ses mains décharnées, glacées, inertes, sentit son souffle. En réalité, c'était un filet d'air, à peine ce qu'il fallait pour laisser échapper de temps à autre un grognement, sinon des sons inintelligibles. Il tressaillit par quelque mouvement convulsif. En réalité, la mort ne l'attaquait pas, elle demeurait en retrait, tapie dans l'ombre de ce lieu sans issue, laissant à la vie l'odieux de s'épuiser par elle-même, d'abandonner sa propre intelligence, jusqu'à l'instant où elle sombrerait enfin dans le silence éternel du tombeau.

Joseph se résignait à ce que la souffrance qui était sienne devint pour lui de plus en plus profonde au fil du temps. Elle l'habiterait chaque jour davantage, ne serait-ce qu'à travers les chuchotements incessants de sa conscience en veille et troublée. Après un long moment, il lâcha les mains de son père, le regarda au fond de son œil sain avec la plus grande compassion et voulut s'en aller. Ce fut alors qu'il entendit un petit murmure ; c'était comme si son père tentait de formuler un mot. Joseph avait cru entendre son prénom. Et cela venait de son père. Ce dernier donnait encore une fois un signe, quittait son immobilité, combattait l'anéantissement. Il émit d'autres murmures, l'œil agrandi, visiblement conscient de la présence de son fils.

Alors, Joseph se rassit. Le prenant par les épaules, il lui parla. D'abord timidement, lui adressant quelques mots de réconfort, sorte de lieux communs, la voix étranglée par l'émotion. Puis, tranquillement, passant d'un récit à l'autre, comme on raconte des tranches de vie à un compagnon après une longue séparation. À mesure que filait le temps, n'eût été le regard attristé de son père, Joseph en aurait presque oublié dans quel état il se trouvait. Il l'entraîna dans ses propres rêves, dans un monde d'espoir. Il lui répéta les légendes qu'il avait entendues de la bouche de Maturin Salvail, en lui disant qu'il avait sûrement entendu parler de cet homme étrange, puisque ce dernier en savait déjà assez long sur les Montferrand. En parlant ainsi, Joseph avait retrouvé son regard d'enfant. Lorsque finalement la religieuse vint lui rappeler que l'heure de la séparation était venue, Joseph insista pour rester et nourrir son père.

— Il ne mange pas tellement, répondit-elle avec un malaise dans la voix. Mais il a besoin de dormir beaucoup…

La clarté dansante de la lampe qu'elle tenait donnait à l'endroit l'air lugubre d'une crypte.

— Y va manger, insista Joseph en serrant affectueusement son père contre lui.

La première chose que fit Joseph une fois dehors fut de respirer l'air du soir à pleins poumons. Il s'en laissa pénétrer profondément, jusqu'à ce que la désagréable impression d'avoir émergé des entrailles de la terre se fût atténuée. L'air était étrangement immobile et tiède. Une légère brume s'était installée. Elle ressemblait à de la poussière en suspension.

Sur le chemin du retour, Joseph vit quelques silhouettes se découper sur la lueur des lampes de rue, mais elles se fondirent vite dans le noir. En moins d'une heure, les filaments brumeux s'étaient transformés en un brouillard si dense qu'on distinguait à peine les formes des maisons. Les repères ayant pratiquement disparu, on eût dit que toute vie avait été gommée.

Joseph entendit tout à coup sonner les neuf coups du soir. Il leva la tête, plissa les yeux et crut distinguer les vagues contours de figures qui lui étaient familières. Puis il entendit des éclats de voix dont certaines avaient un accent étranger. Il s'approcha davantage. Il comprit alors que les figures voilées par le brouillard étaient en réalité les trois statues de fer farouches qui défiaient le temps et les hommes, tels des gardes au sommet d'une forteresse. Il était devant l'auberge des *Trois Rois*. Un trouble le parcourut. Son cœur se mit à battre la chamade. Durant toutes ses années d'enfance, il était passé sans jamais y mettre les pieds devant le lieu qui avait scellé le sort de trois générations de Montferrand. Maintenant, il hésitait, coincé par les actes d'un ancêtre fantôme et cet instant qui le pressait d'affronter la réalité. Il y avait derrière cette porte tout ce qui le séparait d'un passé qui le hantait et avec lequel il voulait tisser des liens réels.

La porte s'ouvrit brusquement, cédant le passage à trois individus passablement éméchés. Ils disparurent en un instant, avalés par le brouillard. Pendant un moment, Joseph les entendit gueuler et crut même qu'ils en étaient venus aux coups. Puis, n'y tenant plus, et comme saisi de l'irrésistible envie de lever le voile sur toutes ses contradictions, il ouvrit la lourde porte.

Il se sentit aussitôt enveloppé d'une moiteur peu commune. La vaste pièce ressemblait à une voûte appuyée sur des piliers en bois de chêne dont les surfaces, lustrées par l'usure, ressemblaient à s'y méprendre à des colonnades de bronze. La fumée était si dense qu'on distinguait à peine les clients assis sur les côtés et tout au fond. Mais l'auberge était manifestement bondée et les premières tables étaient occupées par des militaires portant la tunique rouge. Ceux-là le fixèrent longuement, les traits sévères, arrogants même, comme s'ils eussent jaugé une marchandise. Ils échangèrent à voix basse, plusieurs parmi eux continuant à dévisager Joseph avec suspicion, quelques-uns détournant finalement les yeux, feignant l'indifférence.

Puis celui qui semblait le chef, un certain Wesley, portant des galons dorés sur les manches de sa tunique, fit un signe de la main en direction de Joseph. Il avait le regard froid et les traits dénués de toute bonté : un front étroit, les yeux d'un hibou, les lèvres en fente, un menton saillant, volontaire à souhait. Il refit le geste en insistant.

— *Hey! you there, lass... come here... on the double!*

Debout au milieu de la salle, Joseph se sentit embarrassé. D'un geste machinal, il ôta son chapeau et replaça ses cheveux. À pas lents, il s'approcha de la table des militaires.

— *You seem out of your way,* continua le soldat. *What are your name and your purpose here?*

Joseph n'y comprenait rien, sauf qu'à la manière dont le militaire s'adressait à lui, il devina que ce dernier l'interpellait d'autorité.

— Je ne vous comprends pas, répondit-il en haussant légèrement les épaules.

— Ton nom... et pourquoi être ici? reprit le militaire en bredouillant les mots avec un fort accent.

— Joseph Montferrand.

Il avait décliné son identité avec une expression de fierté dans le visage, en mettant l'accent tonique sur la dernière syllabe de son patronyme.

Le voisin du militaire se pencha vers lui:

— *Hasn't grown no whiskers yet, and doesn't seem to be born of a glorious lot... He's just a passer-by... Let him have a pint of beer while he can afford it and wander of...*

— *Beware, this is one of a sort,* l'interrompit l'autre. *One morning they rise with a purpose on their mind, and then, without any warning, they come at you and they spill out grief and zeal.*

— *Did you say Mufferaw, lass?* C'est ça, ton nom... Mufferaw? lui demanda encore le gradé.

— Non, monsieur. C'est Montferrand... Joseph Montferrand!

— *I have heard that name before,* fit l'autre, le front barré d'un profond pli, cherchant à se souvenir.

— *You see the size of the brat?* remarqua un troisième soldat.

— *Never seen a breathing bastard of that height,* commenta un quatrième, visiblement admiratif. *He must stand well over six feet... One giant frame I say!*

Soudain, le sous-officier échappa un « Ah! » de satisfaction, laissant croire qu'il se souvenait enfin d'une histoire qu'il avait entendue de la bouche de quelques charretiers. Traduit de façon sommaire, le récit concernait le sauvetage tragique d'un des leurs par une sorte de jeune hercule, alors que dix hommes munis de chaînes et aidés de quelques chevaux avaient été impuissants à le soustraire à une mort certaine.

— *A giant frame indeed,* reprit le gradé. *That's it... I remember it now... He must be the one who saved one of his peer about to drown... Many have boasted his bravery and claimed that without his deadliest efforts the man would have perished... Anyway, that's not the point.*

— *So what is he to us, sergeant Wesley ?*

Ce dernier continuait de fixer Joseph tout en roulant entre ses doigts une des pointes de son épaisse moustache.

— *Heroes of the sort can raise both rage and fear... and hatred once the gossip spreads... And we don't want a son of slave to become any bolder... if you know what I mean,* fit-il gravement.

Joseph sentit le malaise. Peut-être devinait-il les véritables intentions du militaire. Cette façon qu'il avait de le regarder l'écorchait. C'était un regard contraignant, dissimulant à peine le mépris, la haine.

— *Come closer, lass*, ordonna Wesley.

Voyant que Joseph ne bougeait pas, il durcit le ton.

— *It's an order, you understand ?*

La scène changeait du tout au tout, comme si, par fulgurance, Joseph avait été transporté ailleurs dans le temps. Ce n'étaient plus ces soldats, ces clients, qu'il voyait, ni cette ambiance qui l'entourait, mais un cercle de tuniques écarlates, des visages hostiles, des épées pointées. Et cette voix qui lui parlait avec l'accent d'autrefois : « En tirant mon épée dans cette auberge, je n'ai pas provoqué un duel, j'ai repris mes droits, parmi lesquels le plus précieux, mon honneur. Si mon épée donna la mort à quatre Anglais, durant cette nuit où nous eussions dû fraterniser plutôt qu'étriper, la justice immanente voulut que le sang anglais témoignât de la revanche du supplicié à l'endroit de ses tortionnaires. Le bras qui porta la mort accomplit cette nuit-là un destin redouté mais attendu : le mien. »

— Joseph !

La voix était tranquille, profonde. Il tressaillit en l'entendant, eut un instant d'hésitation en sentant qu'il était revenu au moment présent. Les soldats étaient toujours là, devant lui, mais assis, aucune arme à la main. Et Wesley le regardait toujours avec la même insistance. Mais à ses côtés se tenait Cléophas Girard, le forgeron. Il avait assisté de loin à la provocation. Faisant semblant d'adresser quelque reproche à Joseph, il finit par offrir une généreuse tournée aux miliciens anglais, tout en leur expliquant tant bien que mal que c'était une marque de courtoisie et de respect à leur égard.

— Viens, fit-il avec fermeté, entraînant Joseph avec lui vers le fond de la salle.

— *Wait!* leur intima Wesley en se levant.

Il fit trois pas et se planta devant le forgeron et Joseph. Le premier parut embarrassé, alors que Joseph se contenta de regarder le militaire de ses yeux bleus. Wesley avait l'habitude de l'obéissance passive; quand il demandait ceci ou cela, on exécutait l'ordre sans discuter, avec l'air d'avoir compris. On lui avait inculqué l'idée que la seule façon de traiter un peuple conquis était de marteler en lui le réflexe du vaincu, afin qu'il assimilât la certitude de la défaite définitive.

— *I did not dismiss you, neither the lass yet,* fit Wesley en s'adressant directement à Cléophas Girard. *And who are you, if I may ask?* ajouta-t-il du même ton cynique.

Girard mima le geste de quelqu'un qui tenait un marteau et qui ferrait un cheval, ce qui lui valut les rires moqueurs des autres soldats.

— *Aye, mate, a blacksmith, is that so!* lança Wesley avec une pointe de dérision.

Il vint plus près et saisit brusquement le bras droit de Girard. Ce dernier se raidit, mais s'efforça de rester calme. Le militaire le palpa comme il l'eût fait avec un quartier de viande. Puis il posa le même geste envers Joseph, qui serra aussitôt les poings, paré à l'éventualité d'un affrontement. Sourire en coin, le militaire lança un coup d'œil complice à ses hommes.

— *What do you say, man? Who has got the muscles... And who has got the brains?*

— *Ten shillings on the blacksmith,* annonça l'un des soldats en devinant bien que Wesley voulait que les deux s'affrontent au bras de fer.

— *I'll double that on the lass,* relança le gradé en faisant signe à Girard et à Joseph de venir s'installer à la table, l'un en face de l'autre.

D'un mouvement sec, Joseph s'arracha à l'étreinte de Wesley tout en secouant énergiquement la tête en signe de dénégation.

On s'était tu aux tables. Pas le moindre murmure. Entre eux, tous ces hommes entretenaient un besoin de querelle et succombaient aisément à la tentation de le satisfaire à coups de poing. Mais en découdre avec des militaires armés ne les enchantait guère, connaissant les risques et les conséquences. La sensation d'un confinement dans l'humidité d'une sombre cellule suffisait à les en dissuader.

Le visage de Wesley s'était assombri, contrarié par le refus de Joseph. Il pointa un index sur lui :

— *You... sit there now,* fit-il avec rudesse. *It's...* un ordre !

Ce fut au tour de Cléophas Girard de reculer d'un pas. Il se raidit et croisa les bras en faisant non de la tête.

— *Sons of bitches !* jura Wesley à la manière d'un chien qui aboie.

Quelqu'un arrivait d'un pas décidé. Un homme élégamment vêtu. Il avait les traits fins, de grands yeux foncés, une chevelure assez longue, grise, légèrement bouclée, un air qui parut hautain pour les uns, noble pour d'autres. Il passa près de Joseph et du forgeron sans même les regarder, puis, d'une manière presque autoritaire, s'adressa directement à Wesley dans un anglais impeccable, à peine teinté d'un accent français :

— *Sir, if I rightly remember, you have strict orders as to the soldier-like behavior you have to comply with under any circumstances, is that not so ?*

Le militaire se montra méfiant, quoique perplexe. Il affecta une allure d'homme de discipline :

— *Have you not forgotten something ?* fit-il d'un ton cassant. *Quite simply your name and rank ?*

— *So sorry,* fut la réponse immédiate de l'homme. *My name is Charles-Henri Voisine, major surgeon with the Canadian Voltigeurs… And that makes me, in this venue, your superior officer, does it not, sergeant?*

Wesley s'attendait si peu à un tel dénouement qu'il resta figé pendant un moment. Il pouvait jouer la ligne dure, contester les dires de cet intrus en prétendant qu'il ne portait aucun uniforme et que, de la sorte, il n'avait pas à reconnaître le grade que l'autre lui avait lancé à la figure. Dans sa frustration, il échappa :

— *Are you not improperly dressed then?*

Voisine se raidit quelque peu.

— *I say, sergeant, why don't we settle that matter with your commanding officer?*

Les mots avaient porté. La dernière chose que Wesley souhaitait était de se retrouver en face de son commandant afin d'expliquer une conduite qui risquait de compromettre une promotion attendue. De mauvaise grâce, il salua Voisine, se rendit à la table, vida d'un trait la chope qu'il déposa avec fracas et fit signe à ses hommes de le suivre. Leur départ fut salué par quelques remarques de dérision. Voisine passa familièrement un bras autour des épaules du forgeron.

— Je pensais que tu te battrais plus, dit-il d'un ton blagueur.

— Pour un *Inglish*, j'suis ben paré à faire une exception, rétorqua Girard en montrant le poing.

Voisine montra un endroit dans la salle qui paraissait à l'ombre.

— Venez par là, on dit que l'occasion fait le larron…

Au passage, on leur adressa des félicitations et on s'avéra particulièrement élogieux envers Joseph. Le nom de Montferrand courut sur toutes les lèvres, si bien que le jeune homme fut gêné par tant de paroles flatteuses.

— À croire que t'es connu comme le loup blanc, dit Voisine d'un ton enjoué.

Joseph se contenta d'un haussement d'épaules. Une fois assis, il regarda plus attentivement cet homme qui avait si habilement joué la carte de la hiérarchie militaire. Il trouva qu'il avait belle allure.

— Êtes-vous un soldat pour de vrai ? demanda-t-il presque naïvement.

— T'as qu'à demander à mon ami Cléophas, répondit Voisine, un sourire amusé aux lèvres.

— On peut dire ça, fit le forgeron. Y a fait Châteauguay.

— Toé aussi, précisa Voisine.

— Moé, j'creusais des trous, j'montais des abattis, j'ferrais les chevaux pis j'nettoyais les canons… Toé, tu sauvais des vies… Pas pareil pantoute !

— Châteauguay ? reprit Joseph, qui avait sursauté en entendant ce nom. Avez-vous connu Maturin Salvail ?

Le visage de Voisine devint grave tandis qu'il revit, dans un éblouissement, des hommes couverts de sang et de boue, tordus par la douleur irradiant de leurs blessures et qui réclamaient de l'aide tant en anglais qu'en français. Seuls les Indiens, se rappelait-il, souffraient et mouraient en silence.

— Je l'ai recousu deux ou trois fois, répondit-il sourdement. Salvail… Maturin Salvail… Franc comme du bois d'érable, prompt comme un coup de vent… pis dur à raisonner. Oui, je l'ai connu, le Maturin… Même que le colonel disait de lui qu'y avait du cœur pour dix ! Mais si tu me demandes ça, c'est parce que tu le connais, pas vrai ?

— Beau dommage, répondit Joseph sans ajouter un mot de plus.

Comprenant que Joseph ne voulait pas en parler davantage, Voisine fit signe au cabaretier. Le corpulent personnage portait une large ceinture autour de la taille comme pour atténuer son embonpoint.

— De la bonne bière, patron…

L'homme fit un signe de tête en direction de Joseph.

— J'ai pas encore mes seize ans, avoua ce dernier.

— J'voudrais pas que ça vienne aux oreilles du seigneur-curé, dit le cabaretier avec regret.

— Quelqu'un qui tient tête à un soldat anglais comme il l'a fait est en âge de prendre une bière, trancha Voisine. J'en fais mon affaire, patron !

Le propos sembla plaire à l'aubergiste, qui ne se fit pas prier davantage et qui revint avec trois chopes remplies à ras bord.

— Comme y a toujours une première fois, Joseph, on va trinquer à ta santé, fit Voisine en levant sa chope.

Joseph parut décontenancé.

— C'est que... j'bois pas...

Voisine et Girard échangèrent des regards amusés.

— T'as ben raison, dit alors Voisine, la boisson fera pas plus un homme de toé... mais juste y goûter, c'est pas vraiment boire... Qu'est-ce t'en dis ?

Joseph porta la chope à ses lèvres et prit une petite gorgée. Le goût âcre lui arracha une grimace. Les deux hommes rirent franchement.

— Parlant d'homme, enchaîna Voisine, redevenu sérieux, c'est pas rien, ce que t'as fait au bord du fleuve... Ça prend un courage peu commun pis une sacrée paire de bras... Ça s'est parlé dans toutes les chaumières...

— J'aime mieux pas en parler, souffla Joseph, mal à l'aise.

— C'est tout à ton honneur, continua Voisine, mais tu pourras pas empêcher les autres de le faire... Tu sauras, Joseph, que cette histoire-là se raconte jusqu'à Québec... Ton nom est quasiment aussi connu là-bas que celle du géant...

— Géant ? l'interrompit le forgeron. Quel géant ?

— Mailhot, qu'on l'appelle. Modeste Mailhot. Pis on peut dire qu'y porte ben son nom, si j'en crois ce qu'on raconte à son sujet...

Cléophas Girard, qui avait pourtant tout entendu, depuis les faits d'armes jusqu'aux histoires de villages, n'avait jamais entendu évoquer de récit au sujet d'un géant. Quant à Joseph, il avait oublié qu'il ne buvait pas, car lorsque Voisine leur fit part de ce qu'il savait et qu'il tenait pour authentique, il avait déjà avalé quelques gorgées de bière sans grimacer.

Le Mailhot en question était un cultivateur qui se voulait aussi charpentier, vivant sur la rive nord du Saint-Laurent, dans le patelin de Deschaillons, bien qu'il eût été élevé à Saint-Pierre-les-Becquets. On le disait si grand, bien au-delà des sept pieds, qu'il ne pouvait se tenir debout dans aucune maison, ni s'asseoir sur une chaise ordinaire. Et il était si fort qu'on l'avait vu rouler une pierre de la taille d'un bœuf que vingt hommes entraînés n'avaient pas réussi à faire bouger.

Cléophas Girard se montra sceptique et, comme à l'accoutumée, lorsqu'il n'avait rien à dire ou alors qu'il entretenait un gros doute, il se contenta de hausser les sourcils et de siroter lentement sa bière.

À l'opposé, Joseph imaginait facilement l'existence de cet homme-montagne. Il était à l'aise avec des récits de géants. Il en fallait, de ces êtres de démesure, afin qu'un « élu » se dressât devant eux, comme David devant Goliath, comme Samson se mesurant à des obstacles cyclopéens. Il en fallait surtout pour meubler les rêves des êtres vivants, les siens en particulier, afin que les nuits fussent autre chose que néant, et que chaque jour annonçât la confuse mais excitante perspective de leur existence.

— J'aurais pas peur d'lui serrer la main, dit Joseph avec le plus grand sérieux.

— Tu me donnes l'impression de pas avoir peur de grand-chose, répondit Voisine, juste à voir ta réaction en face des soldats anglais, tout à l'heure…

— J'ai surtout pas peur d'eux autres, répliqua Joseph en durcissant le ton.

— Vaut mieux être prudent, parfois, reprit Voisine doucement, ça diminue en rien le courage…

— Jamais un Anglais, pis même personne va me faire mettre à genoux.

— Si tu veux un conseil, Joseph, méfie-toi de l'épée d'un Anglais, ajouta Voisine.

La phrase, pour ambiguë qu'elle fût, sembla piquer Joseph à vif.

— Craignez pas, dit-il en fixant Voisine droit dans les yeux, la force du bras sera toujours préférable à celle de l'épée, surtout si c'est l'épée d'un Anglais.

Girard, silencieux jusque-là, prit un petit air ironique.

— Faut croire que les Montferrand ont la folie du courage dans les sangs, fit-il d'un ton goguenard après avoir vidé la chope de bière. Quand ben même tu leur mettrais Jean-de-l'Ours, Tord-Chêne pis Branle-Montagne sur leur chemin pour les brasser un brin, y feraient face aux trois rien que pour exciter l'diable !

Il accompagna ces paroles d'un clin d'œil complice en direction de Voisine.

— Tiens donc, relança ce dernier en feignant le pince-sans-rire, notre forgeron nous avait jamais dit qu'il connaissait des vrais géants.

— Tout l'monde a entendu parler de ces trois-là, répliqua Girard, sauf peut-être notre Joseph… Mais y aura beau leur faire face un autre tantôt… Dans la semaine des quatre jeudis p't'être ben !

Les deux hommes rirent de bon cœur et Joseph, finalement emporté par cet élan de bonne humeur, se relâcha d'un coup. Mais il garda enfouie au fond de lui la certitude que des êtres fabuleux arrivaient, de-ci de-là, à se libérer des rêves et à déboucher dans la vie des humains.

Les flammes des lampes vacillèrent sous l'effet soudain d'un souffle invisible. On sentit un léger tremblement. Pendant un court instant, tout le monde leva les yeux, cherchant alentour une explication à cette manifestation insolite. On entendit alors un grondement, lointain, sourd, mais qui persistait et semblait se rapprocher. Dehors, la nature se figea. C'était habituellement le prélude à une tempête ponctuée de violentes rafales. Mais rien de la sorte cette fois. Ce fut la terre qui s'ébranla.

Cela dura une semaine. Sept jours entiers durant lesquels les gens, terrifiés, vécurent chapelets à la main à la lueur des bougies.

Ceux qui naquirent vers le milieu du siècle précédent se souvinrent d'une journée de « grande noirceur », mais une seule, durant laquelle l'obscurité totale avait fait croire que toute vie allait rentrer sous terre à jamais. Mais dès le lendemain, le soleil monta de nouveau à son zénith alors que l'ardeur des prières cédait, une fois de plus, aux vanités habituelles de l'indifférence. Cependant cette fois, la noirceur n'était point arrivée seule. La nature s'était déchaînée de façon monstrueuse.

La première journée, la terre avait tremblé, ébranlant les maisons, lézardant des murs, fissurant la terre de larges sillons, crevassant les glaces du fleuve et les soulevant comme des fétus, répandant les eaux sur les berges jusqu'à inonder les granges riveraines de tous les faubourgs de Montréal.

La deuxième journée, des nuages aux teintes d'encre s'accumulèrent par masses entières et descendirent si bas qu'ils semblèrent avaler le mont Royal. L'obscurité fut telle que la moindre circulation devint impossible. Les chevaux furent pris d'épouvante et tous les chiens se mirent à hurler la mort.

La troisième journée fut celle des pluies. Les averses du matin se succédèrent, plus drues les unes que les autres, inondant les rues qui avaient été épargnées par le débordement des eaux du Saint-Laurent. L'après-midi, elles se révélèrent torrentielles, comme si une main géante eût crevé le ciel entier. Il s'en trouva beaucoup pour évoquer le Déluge biblique. Et plusieurs, parmi les plus âgés, tombèrent en syncope.

Les cloches de toutes les églises se mirent à carillonner sans arrêt. On distinguait bien les sons graves des cloches de Notre-Dame, qui alternaient avec les notes plus grêles des clochers de Bonsecours et des Récollets. Elles appelaient les fidèles à leurs devoirs chrétiens, les conviaient à dominer leur terreur superstitieuse le temps de venir se réfugier dans le temple de Dieu. Ils arrivèrent par centaines, trempés jusqu'aux os, désespérés, la peur au ventre. Ils se serraient instinctivement les uns contre les autres, les sens en alerte, marmonnant des prières dans l'attente d'une sorte de miracle ou, à tout le moins, d'une lueur prochaine montant à l'horizon.

Lorsque le seigneur-curé, très pâle, paré d'ornements liturgiques noirs, se présenta au pied de l'autel et s'agenouilla, on redouta le pire. D'une voix lugubre, il entonna :

— *De profundis clamavi at te Domine, Domine exaudi vocem meam...*

Le quatrième jour vit naître une aube incertaine. Le soleil se mit cependant à poindre, quoique d'une pâleur de spectre, entouré d'un étrange halo. Il y eut de l'espoir. Mais à peine deux heures plus tard, les nuages s'accumulèrent à une vitesse vertigineuse pour, une fois encore, noyer Montréal d'ombre. Ils descendirent si bas qu'on ne distinguait guère plus que des lueurs au ras du sol. Cette vision infernale s'avéra insoutenable au point qu'elle entraînât un sentiment général d'étouffement.

On respirait avec peine, on s'imaginait qu'une braise ardente couvait sous terre, on croyait même que le soleil était sur le point de s'éteindre. Certains catastrophistes prédisaient rien de moins qu'un déluge de scories, semblable au soufre et au feu céleste que Yahvé fit pleuvoir sur Sodome et Gomorrhe en châtiment de toutes les iniquités commises.

Dans les églises, on n'en avait que pour les textes apocalyptiques de saint Jean. La vie de tous les jours n'avait plus sa place. Elle avait cédé à la totale incertitude des lendemains. Si hier encore on faisait grand cas de la politique des souverains, de la volonté des puissants, de l'aisance et des privilèges des bourgeois et de la misère ordinaire des bonnes gens, aujourd'hui, on les mettait sur un pied d'égalité en invoquant le Jugement dernier, une foi nouvellement irriguée par la totale repentance des fautes et l'avènement, par-devers tous les fléaux, d'un univers nouveau. On en prit pour témoin le pape lui-même, Pie VII, en rappelant qu'en des heures troublées il n'avait pas craint d'excommunier les grands de ce monde, dont celui qui fut l'empereur des Français ; ce même pape qui avait aussi fait de l'infaillibilité des textes bibliques les remparts de l'Église des croyants contre toutes les menaces, qu'elles vinssent de la terre ou des Enfers.

Bien qu'il éprouvât l'instinct de peur, Joseph Montferrand ne connut pas la frayeur qui glaçait l'âme. Il n'y avait pas si longtemps, le fléau de la mort l'avait effleuré. Et lorsqu'il avait été victime d'une fièvre quasi fatale, il avait sombré dans des profondeurs abyssales, torturé par les pires cauchemars, perdu dans un inconnu terrifiant. Pourtant, il était revenu parmi les vivants, au milieu des siens, fort d'une énergie décuplée.

Ce furent cependant les sanglots de sa mère et de sa sœur qui rendirent chaque heure plus insupportable que la précédente. À entendre Marie-Louise, on perdrait sous peu le compte des cadavres, une fois que la fureur divine frapperait le grand coup. Alors plus rien ne pourrait s'interposer entre le Dieu vengeur et les créatures qui s'étaient détournées de Lui. Mais comme les cloches n'arrêtaient pas de sonner, elle se laissa gagner par un élan d'espoir et reprit le chemin de l'église, la gorge serrée, le ventre noué par l'effroi, accrochée au bras de son fils comme un naufragé à son épave.

À l'aube du cinquième jour, qui vit disparaître une lune auréolée de reflets sanglants, le défilé de nuages noirs reprit dans le ciel de Montréal. La terre frémit, puis trembla. Trois ou quatre brusques trépidations, assez fortes pour ébranler les maisons et renverser quelques objets. Les cloches se remirent à sonner dans l'air mort et, au bout d'une heure, les églises débordèrent une fois de plus.

À l'intérieur de la grande église, la nef avait été lisérée de noir comme pour marquer un grand deuil. Pendant que les gens faisaient la file devant les confessionnaux, ils osaient à peine se regarder. Et lorsqu'ils ressortaient de l'isoloir, la tête baissée, résignés à se soumettre à la volonté divine, ils se dirigeaient en silence vers la balustrade, face à l'autel, pour y déposer des offrandes, bien à la vue du seigneur-curé. Sur un signe de ce dernier, le sacristain emportait, après un certain temps et le plus discrètement possible, cette véritable manne, dont on dirait plus tard que « toute offrande à Dieu se devait d'être à l'égal des tourments qu'il infligeait à l'homme sur terre ».

En cette cinquième journée, le père Dessales ne célébra pas la messe. Il ne portait aucun ornement, se montrant humblement vêtu d'une soutane noire délavée, avec pour ceinturon une simple corde nouée à la taille, à l'image des pénitents de jadis. Ainsi, sans le moindre apparat, seul au pied de l'autel, il avait l'air d'un homme dépassé par les événements. Ce ne fut que lorsqu'il s'agenouilla face à l'assemblée et qu'il entonna le *De profundis* que son regard retrouva brusquement son vif éclat.

Son premier geste, en se relevant, fut d'ouvrir les bras, mimant le Christ en croix. Il demeura ainsi longuement, pour marquer la gravité du moment et afin que l'on sache qu'il était, sous le regard de Dieu, son seul messager. Puis il se signa, imité avec la même ferveur par l'assemblée tout entière. Et lorsque soudain retentit sa voix, amplifiée par la voûte, à la manière de celle d'un prédicateur exalté, que son regard porta fréquemment vers le ciel comme pour témoigner des exigences impérieuses du Tout-Puissant, chacun sentit les mots pénétrer jusqu'au fond de son âme.

« Oui, clama-t-il, j'ai entendu cette voix durant ces très longues nuits… Et cette voix me disait qu'un grand jour de colère était arrivé... Et cette voix demandait sans cesse: "Qui donc peut tenir?" Mais j'ai également entendu une autre voix qui me disait qu'arriverait un temps, pour chaque nation, où le ciel disparaîtrait comme un livre qu'on roule... Et que les monts et les îles s'arracheraient de leurs places... Et que les puissants de la terre iraient se terrer dans les cavernes et parmi les rochers des montagnes... »

Chaque mot que prononçait le seigneur-curé laissait Joseph davantage perplexe, car il avait l'étrange impression que ces paroles lui étaient familières. Il attendait la suite.

« Les nations s'étaient mises en fureur, continua le père Dessales sur sa lancée, mais voici ta fureur à toi... Le temps du jugement; le temps de récompenser tes serviteurs et ceux qui craignent ton nom, petits et grands... »

Brusquement, Joseph sut que le seigneur-curé n'avait entendu aucune voix, encore moins celle de Dieu. Et ce fut avec incrédulité qu'il entendit le père Dessales lancer avec conviction:

« Alors s'ouvrit le temple de Dieu dans le ciel... Puis ce furent des éclairs et des voix et des tonnerres... Et un tremblement de terre... Et la grêle tombait dur... »

Joseph murmura ces mêmes mots dans sa tête, non pas parce qu'il en avait reçu la révélation, à l'exemple prétendu du père Dessales, mais parce que, tout comme ce dernier, il les avait lus dans le texte biblique de l'Apocalypse. Et s'il remercia quelqu'un du fond de l'âme, ce ne fut pas Dieu, mais le père Loubier. Il le remercia de lui avoir permis de comprendre que Dieu ne retournait pas les forces de la nature contre l'humanité par goût de vengeance. Dieu se contentait simplement de mesurer la lâcheté des hommes, d'en peser la bassesse.

Le sixième jour mit pourtant la population de Montréal à rude épreuve. À tel point que l'on put aisément croire que l'Apocalypse était devenue le plus prophétique des récits bibliques et que Dieu avait choisi d'accabler ce lieu précis de tous les fléaux.

Lorsque le tonnerre se mit à gronder sans arrêt et que le feu jaillit du ciel sous la forme de mille éclairs, les plus braves autant que les plus timorés y virent la marque mystérieuse du divin et balbutièrent ensemble des *mea culpa*. Les hurlements des bêtes se mêlant au fracas de l'orage ajoutèrent à l'épouvante.

Sur le coup de trois heures de l'après-midi, un arc de feu traversa le ciel noir, illumina Montréal comme l'eût fait un soleil d'été, puis s'abattit sur la grande croix en fer forgé qui culminait au sommet du clocher de l'église Notre-Dame. Frappé de plein fouet, le temple tout entier trembla jusque dans ses fondations. Quelques pierres se détachèrent du mortier qui les scellait, des charnières en fer furent arrachées de leurs amarres, trois statues basculèrent de leur socle, des vitraux éclatèrent, les cloches s'ébranlèrent suffisamment pour faire retentir leurs notes d'airain. D'aucuns y virent les plus sombres présages alors que se répandait la forte odeur du feu.

On n'eut pas à chercher longtemps. La foudre, ayant pratiquement sectionné en deux la boule de fonte qui soutenait la croix, avait du même coup entamé la charpente du clocher. Les languettes de feu, qui avaient serpenté quelque temps autour de la croix en projetant des étincelles, s'étaient activées, devenant des flammes qui dansaient maintenant, menaçantes, au milieu de l'enchevêtrement des poutres de soutien. Dans une heure, deux tout au plus, le clocher de l'église serait un brasier; deux heures plus tard, la charpente s'affaisserait d'un bloc, entraînant les cloches. À la fin de la journée, la conflagration aurait embrasé le temple tout entier, et il ne faudrait alors que peu de temps pour qu'il n'ébranlât le faubourg en s'effondrant, entraînant dans l'anéantissement la plupart des maisons alentour. Disparaîtrait ainsi le monument sacré le plus admiré de Montréal, l'exemple le plus achevé d'une architecture digne d'un haut lieu du culte et des convictions religieuses qui l'animaient. Le désastre serait d'une telle ampleur qu'il faudrait probablement des décennies avant de replonger aux sources du Moyen Âge et d'élever un autre temple capable de se dresser au cœur de la ville et d'affirmer sa prépondérance face à la présence marquée des protestants anglais.

Une fumée noire s'échappait maintenant du clocher, d'où s'élevaient aussi des flammes. Parmi les fidèles, qui couraient en tous sens pour sortir de l'église, le seigneur-curé et plusieurs religieux réclamaient de l'aide à grands cris. On leur répondit qu'il faudrait une armée de gaillards robustes, mais surtout follement résolus, pour s'attaquer au brasier. Il leur faudrait grimper jusqu'au sommet par l'intérieur du clocher, risquant à coup sûr l'asphyxie, former une chaîne humaine tout au long de l'échelle pour passer de main en main des baquets d'eau, en plus d'abattre les poutres entamées par le feu, bref, des travaux titanesques pour lesquels il fallait le genre de miracle qui ne viendrait pas.

Marie-Louise, prise dans la cohue, faillit être écrasée par le groupe de tête mené par un charretier de forte carrure. Ceux-là se ruaient déjà vers la grande porte, pris d'une panique sauvage. D'un coup, quelqu'un tira l'homme violemment en arrière, le soulevant presque, puis s'interposa entre eux et la sortie.

— Y a le feu ! cria-t-il d'une voix terrible. Si on fait rien, on va déshonorer nos noms pour le restant de nos vies !

On protesta de toutes parts. Chacun regardait l'autre, à l'affût du moindre geste. Il y avait sur ces visages autant de peur que de colère, quoique l'hésitation parût dans celui du charretier, durci aux rudes tâches de son métier.

— Qu'est-ce tu voudrais qu'on fasse, au juste, Montferrand ? lança-t-il d'une voix assez forte pour dominer le tumulte. Serais-tu capable de nous faire pousser des ailes pour voler en haut du clocher ? Tu vois ben qu'y est trop tard !

Le vacarme redoubla. Quelqu'un vint alors se ranger tout contre Joseph, épaule à épaule. C'était le jeune Hector Callière.

— Moé, j'suis de son dire, fit-il avec conviction, c'est une affaire d'honneur. Y sera pas dit qu'un Callière aura été moins capable. Surtout moins brave qu'un Montferrand !

Il brandit le poing, l'air résolu et regarda Joseph :

— Qu'est-ce qu'on fait ?

— On monte, répondit aussitôt Joseph.

— Ça prend une hache, fit le charretier, qui lança à pleins poumons : On a besoin de haches !

— Pis de l'eau, ajoutèrent quelques voix.

— Grouillez-vous ! ordonna le charretier d'un air brave, visiblement impressionné par l'attitude courageuse des deux jeunes gens.

On amena rapidement deux haches et plusieurs baquets d'eau. Joseph prit la plus grosse et se dirigea au pied de l'échelle intérieure menant jusqu'au campanile, là où se trouvait le carillon. Hector le suivait de près. Les deux regardèrent vers le haut. Rien que de la fumée et la lueur dansante des flammes. Joseph tressaillit, frappé par cette vision de cauchemar. Hector blêmit.

— On se rendra pas en haut, souffla-t-il, plein d'effarement.

Sans un mot, Joseph se tourna vers un des hommes, lui arracha le baquet d'eau qu'il tenait et s'en versa le contenu sur la tête. L'eau glacée le figea pendant un instant, lui rappela un douloureux souvenir, mais le conforta tout autant. Ce jour-là, il avait défié la mort. Il s'ébroua et commença l'ascension, barreau par barreau. Hector l'imita. Bientôt, les cris et les clameurs de panique s'estompèrent, devinrent presque des chuchotements.

Au milieu du parcours, Joseph n'y voyait presque plus. Il rentra la tête dans les épaules et, le souffle court, continua sa progression. Il entendit Hector tousser violemment et sut qu'il suivait de près. L'épaisse fumée les enveloppait en tournoyant et c'était à tâtons que les jeunes gens parvenaient à repérer chaque barreau. Lorsque Joseph compta le centième barreau, il crut bien avoir atteint le campanile, mais il eut beau scruter les ténèbres, il ne vit pas le moindre contour d'une cloche.

— Ça prend de l'eau ! hurla-t-il.

Ne recevant aucune réponse, il lâcha bien involontairement un juron et s'en repentit aussitôt. À son tour, il fut secoué par des quintes de toux.

— De l'eau !

Le hurlement sortit en râle. Il n'y voyait plus, les yeux larmoyants, irrités par la fumée. Près d'une fureur de désespoir, il appela la Vierge Marie à son aide. Il crut entendre un grésillement et voir jaillir des étincelles. Une main lui agrippa la cheville tandis qu'une voix étouffée, celle d'Hector, lança :

— L'eau !

En bas, on avait formé la grande chaîne et on relayait les seaux d'eau avec une obstination muette, les muscles tendus, une prière aux lèvres. L'eau était très froide et lorsqu'un homme flanchait, ne parvenant plus à assurer le relais, un autre surgissait de nulle part, le remplaçait. Le miracle se produisait pour tous ces hommes exténués.

Dans le clocher, il faisait tellement chaud que les deux jeunes gens parvenaient difficilement à respirer. Mais Joseph s'était tout de même hissé jusqu'au campanile et avait réussi à prendre pied sur les madriers qui formaient, à cet endroit, un semblant de passerelle. Le feu courait droit devant, le long d'une des façades du clocher. Il avait déjà entamé deux des poutres qui, par entrecroisement, servaient de contrefort pour l'arrimage des cloches.

Il fallait vite de l'eau, beaucoup d'eau, sinon toute la structure de soutènement se disloquerait sous les morsures du feu, et le clocher se transformerait en une fournaise.

— De l'eau, Hector ! Envoye-moé de l'eau ! gronda Joseph, complètement hors d'haleine.

Le ballet inhumain s'activa le long de l'échelle branlante. On montait les baquets d'eau à bout de bras, se rattrapant des pieds et des mains, craignant à tout moment la chute d'une poutre enflammée ou, pire encore, l'effondrement d'un morceau de la toiture du clocher. Mais on poussait encore plus fort, avec un sauvage abandon, ne sachant pas que, tout en haut, au milieu de cet enfer, Joseph Montferrand réalisait l'impossible.

Les pieds de Joseph étaient mal assurés et il faillit culbuter plusieurs fois, n'étant guidé que par l'ombre fuyante d'Hector, dernier relais de la longue cordée humaine, et par le son de sa voix qui comptait péniblement les baquets d'eau qu'il relayait à Joseph.

— Douze… treize… quatorze… Envoyez en bas ! Encore de l'eau ! Quinze… Plus vite… Plus vite !

À la même vitesse, Joseph répandait les baquets d'eau avec la régularité d'un métronome. En entendant les premiers sifflements et en distinguant les jaillissements de vapeur, il se mit à espérer. Les flammes régressaient. La fumée devenait moins dense. Un filet d'air se frayait un chemin, un air glacé venu défier l'asphyxie.

— Encore de l'eau !

On entendait ahaner les hommes alors qu'ils hissaient, à la limite de leurs forces, des seaux d'eau. Ils n'avaient plus la moindre conscience de leurs efforts mais, par quelque prodige de foi et de volonté, ils maintenaient le même balancement rythmique qui permit qu'aucun baquet ne fût renversé.

Dans le clocher, la fumée se dissipait, remplacée par une suie épaisse. Mêlée à la vapeur, elle collait à la peau, envahissait la gorge, empoisonnait l'air. Hector Callière n'en pouvait plus. Ses mains, rendues insensibles, allaient lâcher les montants. Mais il s'obstina à vouloir compter encore et toujours les baquets d'eau qu'il passait à Joseph. Il finit par oublier la séquence, à répéter le même chiffre. Il n'eut même plus la force d'agripper le dernier seau que lui tendait l'homme sous lui. Il n'y voyait presque plus, tant ses yeux étaient enflés et tant les sons se déformaient dans ses oreilles bourdonnantes. La suite survint brusquement mais se passa comme au ralenti. Les yeux tournés vers le haut, Hector vit tous les détails d'un ciel immense et sa courte vie défiler devant lui. Puis il vit s'élever une hache, entendit distinctement le coup de cognée. Et comme il lâchait prise pour aller basculer cent pieds plus bas, une force irrésistible le retint pour ensuite, pouce par pouce, le tirer lentement vers le haut. Tout devint noir.

Avec une témérité folle, Joseph s'était aventuré le long d'une traverse, puis, à coups de hache, s'était attaqué aux quelques poutres calcinées qui risquaient de s'enflammer de nouveau. Arc-bouté au-dessus du vide, il retira par la suite les boisages les plus endommagés.

Avant même que Joseph ne redescendît, détrempé, le visage barbouillé de suie, encore étourdi par tant d'efforts sans lesquels le cœur de Montréal aurait probablement flambé, le nom de Montferrand courait déjà sur toutes les lèvres.

— Fort comme deux bœufs, l'jeune, disait-on. À ce qu'y paraît, y a empêché les cloches de tomber…

— Le seigneur-curé va parler catholique sur un temps rare…

— Un autre que Montferrand serait déjà six pieds sous terre...

À genoux, Marie-Louise sanglotait et bégayait des prières. Non pas parce qu'elle se crut délivrée d'inquiétude, mais plutôt parce qu'elle savait que pareils tourments seraient son lot jusqu'à son dernier jour.

À l'aube du septième jour, un vent froid accompagna le lever du soleil. Le ciel était radieux et l'air, pur. L'œil portait au loin, les glaces enserraient de nouveau le fleuve. L'église était toujours bondée, mais cette fois, les fidèles venaient louanger Dieu et tous les saints.

Du haut de la chaire, le seigneur-curé, paré cette fois de riches ornements, ne parla plus d'apocalypse ou de châtiment. Mais il revendiqua pour autant le triomphe des élus pour des siècles et des siècles, et la prépondérance de rédemption pour les serviteurs de Dieu, en cas de malheur.

Quelques jours plus tard, le père Dessales lut avec déplaisir les comptes rendus que firent de ces événements les journaux *L'Ami du peuple* et *La Minerve*. Les consignes de silence n'avaient manifestement pas été respectées, sauf pour *De l'Ordre et des Lois*, ce papier-nouvelles contrôlé par les messieurs de Saint-Sulpice, puisque bailleurs de fonds, et dont les chroniques et les commentaires éditoriaux étaient, sinon dictés, du moins censurés par le seigneur-curé, sous le couvert officiel de l'anonymat bien entendu.

Cinq semaines plus tard, alors que les vastes prés perçaient la neige et que les alouettes cornues regagnaient les rivages du Saint-Laurent, presque libéré de ses glaces, le père Dessales entra dans une sainte colère lorsque son secrétaire lui communiqua le texte d'une lettre que lui adressait Jean-Jacques Lartigue, lui-même sulpicien, quoique d'origine canadienne, lui annonçant que l'évêque de Québec, Mgr Octave Plessis, l'avait choisi comme auxiliaire pour le district de Montréal. Cette nomination s'était heurtée à une féroce opposition, sinon à une malveillance à peine voilée, des Sulpiciens, qui voyaient déjà compromise leur mainmise sur les destinées diocésaines de Montréal. La déception et la méfiance cédèrent à la hargne lorsque Mgr Plessis fit part au clergé canadien qu'il envisageait de nommer sous peu un évêque auxiliaire qui aurait ses quartiers permanents à Montréal, avec tous les égards dus à son rang. Pour les Sulpiciens, cela équivalait à une déclaration de guerre, eux qui croyaient que le supérieur du séminaire demeurait le seul curé à vie du district de Montréal avec titre de grand vicaire, et que cette charge de maître incontesté des affaires de Dieu et de son Église ne pouvait être confiée qu'à un Français d'origine, certainement pas à un « natif » de la colonie.

— Monseigneur Lartigue souhaiterait rencontrer le nommé Montferrand afin de le remercier, au nom personnel de l'évêque de Québec, d'avoir sauvé notre église, formula le secrétaire sur un ton prudent.

Le père Dessales ne cessait de triturer sa croix pectorale, mais avec une plus grande fébrilité que d'ordinaire. La colère l'envahissait. Il s'y entendait bien en manières diplomatiques et en duperies, et il pensa aussitôt que les agissements de l'évêque, par la personne interposée de son auxiliaire, n'avaient rien à voir avec quelque principe religieux. C'était à ses yeux une manigance de plus pour prendre le dessus sur les ecclésiastiques du séminaire et pour mettre fin, éventuellement, par mille tracasseries, à la venue de prêtres français. D'ailleurs, ce Plessis ne s'était-il pas glissé dans l'entourage du nouveau gouverneur Sir John Coape Sherbrooke ? Et ce dernier, séduit par les manières et le discours du théologien, n'avait-il pas usé de sa grande influence afin que le même Plessis fût nommé au Conseil législatif, reconnaissant de ce fait même et à titre officiel l'évêque de Québec ? Il y avait fort à parier que, sous peu, les biens des Sulpiciens, surtout leurs trésors artistiques, seraient menacés d'expropriation par ces mêmes Anglais, que les messieurs flattaient eux aussi et traitaient avec tant d'égards.

— Lartigue n'est pas monseigneur à nos yeux, le corrigea rudement le père Dessales. Et il n'est pas français non plus !

— Je ne fais que rendre compte de sa demande, seigneur-curé…

— Monseigneur ! insista l'autre en regardant son secrétaire d'un air courroucé, ce sera monseigneur !

Le secrétaire s'inclina.

— Que dois-je répondre, monseigneur ?

Le père Dessales haussa les sourcils avec l'air de celui qui connaissait la réponse depuis le début.

— Donnez-moi cette missive, j'y répondrai de ma propre main, fit-il en congédiant son secrétaire dès que celui-ci eut déposé la missive sur la table de travail de son supérieur.

Une fois seul, le père Dessales lut et relut le texte. Il nota l'application qu'avait mise son auteur à calligraphier chaque lettre, quoique le style marquât quelques maladresses et que les arguments développés fussent assez minces. *Tout cela pour ce damné Montferrand,* se dit-il une fois la lecture faite. Il n'allait tout de même pas permettre que l'évêque de Québec conférât quelque honneur à Joseph Montferrand ou à qui que ce soit de son espèce. Après tout, pour l'heure et pour longtemps encore, c'était lui, le père Dessales, qui était le patron de l'Église de Montréal.

Il avisa l'encrier, prit une plume et s'apprêta à l'y tremper. Mais il se ravisa aussitôt. Il se dit que cette correspondance pourrait n'avoir jamais existé. Et pour qu'il en soit ainsi, il ne devait en laisser aucune marque ni trace. Ni parchemin ni cachet, rien que le feu ne puisse effacer. Il jeta la missive dans le foyer et attisa les braises à l'aide du tisonnier. Il ébaucha un mince sourire en voyant les flammes consumer le parchemin portant les armoiries épiscopales.

· XII ·

Antoine Voyer retira son chapeau de feutre, tapota son front pour essuyer la sueur qui y perlait, puis le remit en se l'enfonçant jusqu'aux yeux. Ses joues et son menton étaient envahis de poils grisâtres. Il ne s'était pas rasé depuis au moins trois jours, signe d'une contrariété inhabituelle.

La table de la cuisine, à demi couverte de plats fumants, semblait minuscule lorsqu'il y prit place et y posa les coudes. Les deux cuisiniers qui préparaient le service du midi furent étonnés de son mutisme, lui qui d'ordinaire les saluait à toute heure du jour et se mêlait de la plupart de leurs conversations.

— Vous avez-t-y le chapeau vissé su'l'crâne ? lança l'un d'eux à la blague.

Voyer leva la tête et le regarda d'un air presque absent.

— Quoi ?

— Vot' chapeau, patron…

— Ouais, marmonna-t-il en tâtant négligemment le couvre-chef avant de le retirer.

— Un morceau de lard ? s'enquit l'autre cuisinier.

— Pas faim, fut la réponse.

Il pointa un doigt en direction des tablettes sur lesquelles était rangée la masse de cruches, de carafons, de pots, de gobelets et de verrerie.

— Whisky, réclama-t-il.

— Un p’tit verre ?

— Un cruchon.

Les deux cuisiniers échangèrent un regard incrédule. Pour tout dire, c’était la première fois que le grand Voyer demandait qu’on lui servît le rude alcool en telle quantité.

Le cruchon déposé sur la table, devant lui, il s’en versa un plein gobelet. Il se contenta de le fixer un long moment, immobile, indifférent à ses deux employés qui l’observaient. Puis il porta le gobelet à ses lèvres, lentement, avec l’air de quelqu’un qui semblait encore chercher une bonne raison de ne pas l’ingurgiter d’un trait. C’est pourtant ce qu’il fit. Il sentit le liquide le saisir à la gorge, lui brûler l’estomac, irradier son corps tout entier. Il grimaça et roula des yeux.

— Pourquoi que ça finit toujours de même ? murmura-t-il sans que cela fût vraiment une question et sans attendre une quelque réponse que ce soit.

Il avait les traits crispés et passait le gobelet vide d’une main à l’autre, toujours plus vite, sans même se rendre compte du stratagème, sauf lorsqu’il fit un faux mouvement et qu’il l’envoya rouler sur le plancher. Il ne prit pas la peine de le ramasser, mais proféra quelques jurons.

— Envoye-moé Montferrand, fit-il à l’endroit du plus jeune des deux cuisiniers, encore un adolescent.

— Mais… tenta d’expliquer ce dernier.

— Mais quoi ? J’t’ai rien demandé d’autre… J’veux voir Joseph drette là, insista Voyer d’un ton de commandement. Si y est pas aux écuries, y est dans les parages ; à toé de l’trouver. Après, vous me laisserez tout fin seul avec lui, c’est-y clair ?

— Comme le jour, patron, assura le jeune.

Voyer remplit le gobelet une nouvelle fois. Contrairement à ses habitudes, il n’éprouva pas la moindre répugnance à user aussi immodérément du whisky. Soudain, cela lui procurait un grand calme. Il en avait d’ailleurs bien besoin.

Lorsqu’il entendit Antoine Voyer lui annoncer ce qui s’avérait une tragédie, Joseph parut assommé. C’était la seconde fois que le grand Voyer se faisait le messager d’un malheur. D’abord au sujet de son père, maintenant pour la mort quasi certaine de celui qui l'avait plongé jusqu'aux racines profondes de la vie. Grâce à cet homme, Joseph avait réussi en l'espace d'une nuit à chasser ses peurs, à affronter le regard du passé et à jeter un pont entre sa courte vie et un proche avenir.

Tout devint confus. Il éprouva l'irrépressible envie de pleurer autant qu'il voulut crier son indignation. Cela lui semblait invraisemblable. D'une voix entrecoupée de quelques sanglots, il exigea de Voyer tous les détails.

— Y a trois jours, expliqua ce dernier, Baptiste Poissant s'est présenté chez Salvail comme il le faisait chaque printemps pour l'aider à préparer ses tonneaux de potasse. En arrivant, plus rien... Pas l'ombre d'une cabane, d'un homme ou d'un chien. Juste un tas brûlé au ras des pâquerettes. Apparence que, durant la grande noirceur, le tonnerre l'aurait frappé ben drette...

Joseph ne pouvait y croire. Dans un éclair, il revit la silhouette insolite de l'homme coiffé de son vilain bonnet et le scintillement du collier d'os et de dents de carnivores qui lui parait le cou. Il crut entendre Orémus aboyer tout en tirant sur sa chaîne. Il crut même sentir l'odeur rance du lieu, puis flairer celles de la soupe aux pois et d'un restant de lard. Et cette voix avinée qui lui racontait les méfaits de ce Windigo invisible pour le commun des mortels, mais pourtant réel. En fin de compte, toutes ces histoires qu'il débitait et qui, une à une, simplifiaient les mystères de la vie. « Pousse sur ta charrue pour que tout le monde voie ben ton sillon... » Ces paroles revenaient sans cesse, ainsi que la vision du soleil qui s'arrachait à l'horizon.

— On n'a rien retrouvé de lui ? Euh... d'Orémus ? demanda Joseph en jetant un regard de mince espoir à Voyer.

Celui-ci s'éclaircit la gorge, mais ne dit rien. Il fit tout bonnement non de la tête.

— Ça se peut pas, fit alors Joseph.

Le visage de Voyer demeura inexpressif.

— Tu sais comme moé que Maturin Salvail noyait sa solitude pis ses chagrins à sa manière, fit-il. Y passait les hivers comme un mort dans son cercueil... Une fois endormi, même le plus gros tonnerre de Dieu l'aurait pas réveillé. Probable que sa cabane a flambé à la vitesse du bois sec dans un foyer...

— Pis Orémus ? l'interrompit Joseph. Y aurait laissé courir le feu sans faire un raffut de tous les diables ? J'peux pas croire ça !

— T'es mieux d'y croire, Joseph, tenta de le raisonner Voyer, parce que c'est ça qui est arrivé, à la vitesse de l'éclair pis avec la volonté du bon Dieu. Ça pis rien d'autre.

Joseph ouvrit la bouche comme pour répondre que Voyer n'en savait rien, ni personne d'ailleurs, mais un sanglot lui monta dans la gorge. Puis il fondit en larmes. Voyer hocha la tête et attendit patiemment que Joseph reprît son calme. Au bout d'un long moment, ce dernier le regarda d'un air halluciné.

— Des os, ça brûle pas comme du bois, murmura-t-il en s'essuyant les yeux.

Il y avait de l'incrédulité dans sa voix.

— Si Maturin avait brûlé, y aurait un squelette que'que part, ajouta-t-il sur le même ton. Y en avait-y un, squelette ? Pis p't'être deux ?

L'insistance de Joseph contraria Voyer au point que ce dernier se versa une autre rasade de whisky. Il l'avala d'un trait puis maîtrisa son exaspération en fixant le fond de son gobelet.

— Pas un... ni deux, finit-il par dire, quatre... Y en avait quatre ! Mais pas dans la cabane, une couple de lieues plus loin, proche du calvaire des quatre chemins. Faut dire que les loups étaient passés par là.

— J'le savais ! éclata Joseph.

— De quoi tu parles ?

— Y ont essayé de les tuer !

— Qui ça ?

— Ceux qui nous en veulent, des pareils à Dallaire !

— Parles-tu des quatre disparus ?

— Vous les connaissez mieux que moé, insista Joseph sans décolérer.

Voyer vit que Joseph réagissait comme un cheval qui avait pris le mors aux dents. La douleur l'égarait. Mais ce qu'il disait avait pourtant du sens. On n'avait pas trouvé le moindre fragment d'os dans les décombres de la cabane de Salvail, comme si l'homme et la bête s'étaient volatilisés. Et si ce n'était pas la foudre qui avait réduit la masure en cendres ? Alors quoi ? Un complot qui avait mal tourné ? Un crime fomenté par Dallaire et quelques complices ? Il eût fallu que Salvail eût un sixième sens. Et pourquoi pas ! En anticipant le méfait, cet homme singulier et honnête en tout avait peut-être choisi de se fondre dans l'oubli et de renouer ainsi avec la grande liberté.

— Si c'était Dallaire ? fit Joseph.

Voyer ne dit rien, de peur de prononcer la phrase ou le mot de trop et d'aviver ainsi chez Joseph cet instinct de vengeance qu'il lui savait à fleur de peau.

— Regardez-moi, monsieur Antoine, insista Joseph.

Cela eut presque l'effet d'une gifle. Le grand Voyer pivota et vint se placer carrément devant Joseph, les yeux dans les yeux. Il constata qu'il n'avait plus l'avantage de la hauteur et ne peut s'empêcher d'admirer la transformation prodigieuse de l'adolescent.

— Beau dommage que Dallaire est un cochon sale, répondit Voyer. J'doute même pas que tu y réserverais ben un chien de ta chienne. Mais ce sera pas pour astheure… Tu trouves pas qu'y a déjà eu ce qu'il méritait ? On l'a traîné su'l'cul devant toute la paroisse, y a perdu la face devant l'curé, y a été dégommé comme marguillier, y pourra même plus ronger des balustres nulle part dans le diocèse… C'est quoi qui t'achale encore ?

Joseph parut faire la sourde oreille. La mine sombre, il secoua la tête en signe d'incertitude.

— Si c'était Dallaire ? répéta-t-il, obstiné.

— J'approuverais qu'y soit fouetté jusqu'à y enlever la peau du dos… En tout cas, c'est ce que dit la loi. Le reste, ce serait à un juge à décider.

Il hésita un instant.

— Mais je te l'dis, ce serait l'affaire du tribunal.

— C'est pas ça, la justice, reprit Joseph, l'air toujours aussi buté.

— C'est quoi, la justice, pour toé ?

Joseph tassa la mèche sur son front d'un geste machinal.

— S'il arrive qu'un homme qui haït son prochain se jette sur lui et le tue, les autres doivent le prendre et le livrer au vengeur du sang pour qu'il meure.

Il parlait sentencieusement, comme s'il récitait un texte appris par cœur.

— Une vie pour une vie, poursuivit-il, œil pour œil, dent pour dent, main pour main... C'est ça, la vraie justice. C'est ça qui est écrit.

Voyer demeura sidéré par ces paroles prononcées par Joseph. Un prédicateur n'eût pas fait mieux.

— Écrit ? fit-il. Où ça ?

— Dans la Bible. C'est la loi de Moïse, répondit Joseph avec assurance.

— La loi de Moïse! répéta Voyer en ajoutant tout bonnement: Ah ! bon !

— C'est mot pour mot dans la Bible, reprit Joseph.

— Ça veut dire que si Dallaire était le responsable de la mort de Salvail et de son chien, il faudrait le tuer ? C'est ça que tu dis ?

— Une vie pour une vie, reprit sourdement Joseph.

— C'est ben c'que j'pensais, marmonna Voyer.

Il se détourna et parut réfléchir. Puis il revint et prit une voix plus basse.

— Penses-tu que c'est ça que ton père dirait ?

Ébranlé, Joseph ne répondit rien.

— Pis si c'était ton père qui avait tué quelqu'un, tu dirais encore la même chose ?

Joseph secoua plusieurs fois la tête. Il rougit tandis qu'une veine bleue s'enflait sous la peau et stria son front.

— Pis la question se pose même pas pour ton grand-père, ajouta Voyer en empruntant le ton de quelqu'un qui cherche délibérément à mieux définir la réalité par l'évocation d'un lien de souvenir cruel.

Cette allusion brutale du grand Voyer attisa la rancœur de Joseph, l'envahissant d'un coup d'une sensation de force et de brutalité.

— Arrêtez, monsieur Antoine, gronda Joseph en serrant les poings. C'est des Montferrand que vous parlez !

Son visage avait viré au pourpre et la veine de son front gonflait davantage. Voyer ne broncha pas. Il continuait de fixer Joseph, immobile, conscient que le jeune homme se faisait violence, mais aussi qu'il n'en fallait guère plus pour que ses émotions ne prennent le dessus sur sa raison. Il savait surtout que, au cœur de cette lutte intérieure, il y avait le dilemme qui opposait la vengeance à l'honneur.

— Parle-moé don' de Tancrède Boissonneau, fit alors Voyer avec la même fermeté.

— Le charretier ? demanda Joseph d'une voix un peu hésitante, pris de court par le propos de Voyer.

— Beau dommage...

— Qu'est-ce qu'y a à voir dans ça ? fit Joseph, une ombre de doute dans le regard.

— Aussi cochon sale que Dallaire, enchaîna Voyer. Lui aussi, y maudissait le nom des Montferrand pour s'en confesser... C'était un suiveux de l'autre. Y t'a traité de bâtard dans ma propre auberge. Ça méritait pas ta... comment déjà... ? Ta loi de Moïse ?

À chaque mot, l'expression de Joseph se durcissait. Il revit sa confrontation avec ce Tancrède Boissonneau dans l'auberge, se souvint de l'haleine fétide du gros charretier lorsqu'il lui avait lancé l'insulte à la face, de sa sueur d'homme, âcre, insupportable au point qu'il en avait presque eu la nausée, puis, lorsqu'il l'eut violemment empoigné et terrassé, de l'humiliation et de la haine qu'il avait vues dans son regard mauvais.

— Tu lui as sauvé la vie au risque de la tienne, entendit-il.

Cela lui parut absurde.

— Je savais pas que c'était Boissonneau, fit-il comme pour se défendre d'avoir agi à l'encontre de tout ce qu'il avait lu dans la Bible.

— Sinon quoi ? fit encore Voyer. Tu lui aurais pesé dessus pour l'envoyer en enfer plus vite ?

Joseph était confus. Il avait accompli un acte des plus nobles au mépris de sa propre vie et il persistait à le regretter ? Certes, ç'avait été fut un geste d'instinct, sans qu'il en comprît alors le sens. Et il ne comprenait toujours pas pourquoi, une fois l'identité de Boissonneau révélée, il ne l'avait pas abandonné à son sort. Au contraire, c'est à ce moment même, en voyant les traits convulsés du charretier, qu'il avait volontairement franchi le seuil de l'antichambre de la mort afin que l'autre puisse vivre.

— Non, avoua finalement Joseph, j'aurais jamais fait ça.

— Moé itou, j'suis sûr de ça, reprit Voyer en faisant un signe de tête expressif. Pis tu sais pourquoi ?

La physionomie de Joseph s'était radoucie quelque peu. Mais il ne répondit rien.

— Parce ta vie durant, t'oublieras jamais qu'au dernier moment quelqu'un t'aura ou ben maudit ou ben béni, fit Voyer. Boissonneau, y t'a béni, Joseph… pis pour le restant de ta vie. J'sais pas si c'est écrit de même dans la Bible, rapport que je sais pas lire, mais j'sais que c'est marqué au fer rouge dans notre cœur. Beau dommage itou que c'est ce que t'as ressenti quand t'es monté dans le clocher de l'église, pas vrai ?

Joseph pensa que Voyer avait raison. Personne ne l'avait incité ou convaincu de se lancer follement à l'assaut des flammes. Il fut ce jour-là témoin de la tourmente, planté debout comme la pièce d'échecs qui pourrait d'un moment à l'autre changer le cours d'une partie. Et il le fit sans arrière-pensée. Il n'avait pas invoqué la protection de Dieu, à peine avait-il imaginé qu'il eût pu être, en cet instant, l'émule du Samson biblique, gratifié pendant un moment de grâce d'une force surnaturelle, du genre de celle qu'attribuait le père Loubier aux élus.

Durant sa terrible ascension du clocher infernal, il n'avait rien vu. Que des ténèbres. Pas la moindre lueur en provenance de la voûte céleste. Des flammes et des craquements sinistres. Nul écho divin. Mais une voix intérieure qui ressemblait assez à celle de Maturin Salvail. Cette voix lui avait rappelé que la seule vérité était celle qui, en nourrissant le cœur, demeurait intacte au-delà de la vie. Car l'homme qui se soustrayait au danger pour épargner sa propre vie au détriment de dizaines d'autres sacrifiait son honneur pour l'éternité. Ce qui était pire que de subir mille fois la mort. Que valait alors la plus grande vengeance ? Et si Maturin Salvail n'était pas mort ? Disparu peut-être, mais toujours vivant, engagé dans un de ces mille chemins qui mènent vers le pays qu'il nommait « liberté »… Il revit le Maturin qu'il avait connu s'activer à la préparation de cette décoction fumante qu'il avait tant hésité à boire, par crainte ou par orgueil, il ne le savait plus trop. Puis il revit le visage s'altérer, se creuser de rides, la chevelure passer du gris au blanc, l'œil du vieil homme devenir le regard de l'aigle, et la voix résonner comme un écho d'outre-tombe: « Si tu veux être sûr de ton seul ami, creuse un trou dans lequel toi et lui jetterez vos tomahawks; un trou assez profond pour que ni vous ni personne ne puisse le retrouver. Alors vous pourrez échanger des cadeaux de paix! »

— Y est pas mort!

Joseph avait lâché ces mots presque malgré lui. Comme s'il se libérait enfin d'un malaise qu'il avait ressenti depuis trop longtemps. Il n'éprouvait plus de colère, et il sentit l'instinct de vengeance lâcher prise, l'abandonner, crever d'un coup tel un abcès, alors que s'effaçaient les scènes effrayantes qu'il avait imaginées quand Voyer lui avait fait le court récit d'une tragédie sans témoins.

Voyer ne comprit pas tout à fait ce qui s'était passé si rapidement dans le for intérieur de Joseph, mais par le ton et le regard du jeune homme, il sentit que la colère avait cédé à une forme de compassion et l'inquiétude, à une certaine sérénité. À peine voyait-il encore la veine qui, peu de temps auparavant, saillait sur son front. Joseph était devenu une sorte d'*alter ego,* un colosse tranquille. Voyer et lui restèrent ainsi un bon moment à parler de Joseph-François, de Marie-Louise, d'Hélène et du jeune Louis. Ils parlaient encore lorsque les cuisiniers, tachés de graisse, entreprirent la préparation des plats du soir.

Ce fut alors que, tout bonnement, Antoine Voyer proposa à Joseph de mettre ses muscles à l'épreuve, de manipuler le marteau et l'enclume, d'affronter le feu et les chaleurs du four, de façonner des métaux. Cela ferait de lui l'homme qu'il rêvait de devenir.

— J'espère que t'as pas oublié Bébère, le taquina Voyer, parce que lui, y t'a pas oublié...

Bébère! Le défi du bras de fer! C'était dans moins d'un mois. Joseph se rendit compte brutalement à quel point, au cours de ces mois d'hiver, il avait perdu la notion du temps.

Il était taillé dans le roc. Lorsqu'il roulait ses manches et croisait ses bras couverts de poils gris, on devinait aisément chez cet homme la force de l'ours.

— Ça, c'est rien qu'un clou, pas vrai mon jeune ? fit-il en exhibant un banal rivet de fer. Non ! C'est pas juste un clou. Y en faut des masses pis des pas pareils pour que les affaires marchent pis que les gens vivent ! Tous chauffés à blanc, trempés, planés… Des clous à charrette, à charpente, à bordage, à ferrer, c'est selon. Des clous à cercueil… Tu comprends ?

Joseph fit signe que oui. Cléophas Girard le fixa de ses yeux noirs et attendit patiemment. Puis :

— J'ai rien entendu…

— J'ai compris, fit Joseph avec une trace d'agacement dans la voix.

— Qu'est-ce que t'as compris ? insista Girard.

— Qu'y a mille sortes de clous.

Le forgeron hocha la tête et fit une grimace. Il ne doutait pas de la bonne foi de Joseph Montferrand, ni de son vouloir, encore moins de ses aptitudes physiques. Et surtout, il s'était engagé auprès du grand Voyer à faire de Joseph un « homme de volonté ». Il avait connu l'autre Montferrand avant la naissance de Joseph ; un homme franc, droit et de parole. Il allait donc faire cette éducation de la seule façon qu'il connaissait : dans sa boutique, un lieu qui n'admettait pas que l'on y démontrât une quelconque faiblesse, au milieu du fer et du feu.

— J'ai connu un tout p'tit homme des Trois-Rivières, dit-il en posant ses mains sur cette énorme enclume qui faisait tant jaser. Y a travaillé toute sa vie aux Forges du Saint-Maurice. C'est la plus grande forge qui a été construite dans le pays. Ce gars-là, on l'appelait le grand cloutier, rapport qu'y était le seul homme capable de forger cent clous par heure, entre l'angélus du midi et celui du soir. Trente ans quasiment rien qu'à rendre des clous ! J'y ai demandé un jour pourquoi y avait jamais rien fait d'autre dans c'te grand' forge… Y m'avait répondu que des clous, ça servait à bâtir… Que chaque clou qu'y rendait était la chose la plus utile au monde… Que sa fierté était de savoir qu'à chaque fois qu'on montait une église, une maison, un bâtiment de ferme ou ben qu'on lançait une goélette su'l'fleuve, c'était ses clous qui faisaient la différence. C'est de lui que j'ai appris à respecter le travail de forgeron.

Il se tut soudainement et se contenta de regarder Joseph de son air tranquille. Ce dernier sentit une certaine gêne alors que le forgeron l'examinait de la tête aux pieds, un peu comme s'il jaugeait une bête de somme. Ce n'était plus l'homme qu'il avait rencontré à l'auberge des *Trois Rois*, celui qui l'avait complimenté, avec lequel il avait ri et trinqué. Devant lui se tenait non pas Cléophas Girard, le boutiquier de forge, mais Girard l'enclume, le maître du marteau et du feu.

— Montre-moé tes mains...

Il l'avait demandé sans élever la voix, sans que cela parût un ordre. Joseph tendit les bras et découvrit les paumes de ses mains. Il affecta un air brave. Girard palpa les poignets pendant quelques instants, puis s'attarda aux mains. Joseph s'étonna de la souplesse des doigts du forgeron alors qu'il s'attendait qu'ils fussent aussi durs que les tiges de fer qu'il manipulait du matin au soir.

— T'as les mains trop nettes, trancha le forgeron. Ça va te prendre un poignet pas mal plus raide. C'est de là que ça part. Tant qu'à faire, commence don' par trier tous les clous que tu vas trouver dans la place, rapport que c'est les choses les plus utiles au monde!

Il fallut trois jours à Joseph pour s'acquitter de cette tâche ennuyeuse. Mais durant ces trois jours, il avait commencé à comprendre pourquoi Cléophas Girard dit l'enclume était le forgeron le plus respecté de Montréal. Il était présent dans sa boutique de forge avant l'aube et nul ne l'avait encore surpris à ne rien faire, même parfois le jour du Seigneur, disait-on. Et il faisait de tout, jusqu'à effrayer et débouter le diable en personne. Nul mieux que lui ne connaissait les secrets des chevaux et les manières de les soigner. Il travaillait d'une manière posée, réfléchie, avec l'instinct infaillible des artisans rompus à leur métier depuis le plus jeune âge. Aux conversations animées des clients, il mêlait, quoique discrètement, quelques remarques opportunes, mais sans jamais se départir de l'attitude la plus respectueuse. Aux vantardises et à l'ironie, il répondait par un simple haussement d'épaules. Excédé, il affichait une moue irritée et donnait du marteau à cadence redoublée. On savait à quoi s'en tenir. Poussé à bout, il déplaçait alors son énorme enclume à deux bigornes, objet de nombreux paris. On spéculait encore et toujours au sujet du poids du colossal objet mais, à l'exception de Girard, aucun gaillard n'avait encore réussi à le bouger.

Cléophas Girard était à ce point fiable qu'on lui avait confié l'entretien de toutes les serrures, grillages, lanternes et carillons de la ville. Mais il n'avait jamais accepté de fabriquer ou même de réparer les croix d'églises. Une seule fois, il avait expliqué son refus en disant qu'il n'était pas le genre de ferronnier qui avait la main et le génie des ouvrages qui doivent honorer Dieu. En revanche, il façonnait au besoin les charnières et les lourdes serrures des portes de la grande église Notre-Dame.

— Ça fait combien de clous ? demanda Girard le plus sérieusement du monde, au bout de trois jours.

Joseph demeura bouche bée. Il en avait trié des tas, de toutes les tailles, les avait soigneusement répartis dans une douzaine de cuves de bois, puis avait rangé celles-ci sous le grand établi.

— C'est que, balbutia-t-il, y en a pas mal... Des milles peut-être ben.

— T'as pas compté ? demanda Girard, toujours aussi sérieux. Puis il ajouta : Comment on va faire pour savoir si on en a trop d'une sorte pis pas assez d'une autre ?

— M'aviez pas dit qu'y fallait les compter, répondit Joseph, l'air penaud.

— On fait jamais le travail à moitié, le reprit Girard avec gravité.

Il s'arrêta un instant comme pour vérifier l'effet que provoquaient ses paroles et son attitude chez Joseph. Ce dernier paraissait fort contrarié.

— C'est-y parce que tu sais pas ben compter ? poursuivit le forgeron.

Joseph, piqué au vif, lança un regard indigné.

— J'sais lire, écrire pis compter, précisa-t-il sur un ton cinglant. Même qu'au séminaire j'ai appris le latin...

— Comme ça, t'auras juste à compter en latin, on sera certain que tu te tromperas pas, fit aussitôt Girard avec une indifférence calculée.

Joseph crut mal entendre. Girard n'allait tout de même pas exiger de lui qu'il comptât tous ces clous pendant des heures interminables. Cela lui sembla tellement absurde; il y avait tant de choses autrement moins ennuyeuses à faire dans la forge. Mais comme il allait en faire la remarque, l'autre poursuivit:

— Dans ma boutique, mon jeune, y a cinq vérités: tu pousses l'air, tu brasses le feu, tu travailles tous les morceaux à chaud, tu les trempes au bon moment pour leur donner la bonne forme, pis tu t'organises pour jamais te r'trouver entre le marteau pis l'enclume. Une dernière chose... Icitte, y a un seul patron, pis y est maître après Dieu... c'est moé. Compris?

Girard empoigna son marteau. C'était davantage une masse qu'un gros maillet. Si démesuré qu'il paraissait de taille à emboutir les pièces les plus résistantes, à enfoncer les plus gros rivets, à redresser fers et tiges du premier coup. Il le tendit à Joseph. Surpris par le poids de l'outil, il faillit le laisser échapper. Il comprit qu'il fallait plus qu'une force d'homme pour manipuler un tel marteau; il fallait certainement des mois pour qu'un bras même robuste se fasse à l'épaisseur du manche et qu'un poignet parvienne à le tourner au bon moment, à lui imprimer l'élan nécessaire; et probablement des années pour que ce marteau et l'enclume ne fassent qu'un.

— Quand j'te dis « Là », tu te présentes devant l'enclume, enchaîna Girard en mimant la posture, tu frappes fort pis drette, tu gardes les yeux ben ouverts, tu recommences, tu frappes sans t'écarter d'un pouce jusqu'à ce que je te dise « Arrête ». Dis-toé ben que c'te marteau-là, y vaut c'que vaut ton bras. Cherche pas ailleurs! Compris?

Joseph répondit sans trop d'enthousiasme. Et bien qu'il ne craignît pas la dure besogne, il pressentait des temps éprouvants. Il gaspillerait vite ses forces. Ces gestes répétitifs et précis qu'exigeait de lui le forgeron Girard allaient forcément être maladroits, et la fatigue viendrait tôt. Tout cela au détriment de sa fierté.

— Tu compteras les clous après ta journée de travail, ajouta Girard d'une voix autoritaire. Beau dommage que t'auras toute la nuit pour démêler l'bataclan.

Deux semaines durant, il fallut entretenir les feux de la forge jour et nuit. Les goélettes encombraient de nouveau le fleuve libéré de ses glaces en même temps que reprenait l'incessant défilé des grands radeaux de bois flottant en provenance de l'Outaouais et à destination de Québec. Les cageux avaient besoin de crochets mordants, les navires renouvelaient des treuils, des pièces de cabestan et de gréement. On entassait pêle-mêle, dans l'arrière-cour de la forge, des roues de chariots, des barres de gouvernails, des lisses de rambardes ébréchées, des chaînes, et jusqu'à des ancres aux becs émoussés, résultat de multiples transbordements de marchandises en eaux peu profondes.

L'enclume résonnait sans arrêt, son écho se confondant presque avec les carillons quotidiens des églises. Au milieu de ce tumulte, ruisselants de sueur, le maître forgeron et Joseph se relayaient sans que l'on décelât presque le moindre changement de cadence. Dès le début, Girard avait demandé à son protégé de troquer sa chemise en coton épais contre un tablier de cuir imperméable aux étincelles qui jaillissaient et risquaient à tout moment d'enflammer le tissu. Maintenant, Joseph avait acquis le rythme du marteau. Il avait appris plus vite qu'il ne l'eût cru à éviter les efforts exagérés, à se donner des points d'appui solides, à détendre ses épaules et ses bras entre deux frappes, à synchroniser l'action du soufflet et l'ardeur du feu. Ce qui lui valut des hochements de tête approbateurs de Girard et ses premiers regards d'amitié. Il n'y eut dès lors que de rares conseils de la part du forgeron. D'un simple signe, il signifiait à Joseph d'interrompre son rythme entêté, d'essuyer son visage barbouillé et d'aller respirer l'air de dehors. Le temps de prendre la relève, sans interrompre le martellement, sans que ne cessât la sonorité singulière liant l'enclume et le marteau.

Jour après jour, le défilé prenait de l'ampleur. On venait de partout pour faire réparer des pioches, des fourches, des pelles, des râteaux, des faucilles, des herses. Ce fut le tour des nombreux censitaires de la seigneurie de venir faire leur première visite utilitaire à la forge. Ceux-là devaient rendre annuellement une part importante des produits de la terre et du bétail, et s'acquitter du droit de mouture fixé à un minot de grain par quatorzaine de production, en ajoutant en novembre de chaque année un sol par arpent de terre. Aussi leurs ouvriers devaient-ils disposer des meilleurs outils agricoles pour creuser, couper et faucher, depuis les semailles jusqu'aux récoltes. Il fallait donc refaire les faux rapidement et en grande quantité.

Pendant deux jours entiers, Girard guida les mains de Joseph.

— Tu feras jamais d'la bonne ouvrage avec une mauvaise faux, lui dit-il. Va falloir un tranchant égal tout du long de la lame, pis pas trop dur, rapport qu'y va s'user vite.

Et lorsque Joseph plongeait le taillant complet dans la cuve d'eau froide:

— Faut que l'taillant ressorte d'la couleur d'une gorge de pigeon pis qu'y vire au gris... Pas trop dur, pas trop mou. Quand ça fend l'air, faut qu'ça file comme le vent dans les feuilles...

Les deux hommes devaient produire cent longues lames quasiment droites pour faucher les grands champs, cinquante lames de taille moyenne, légèrement courbées, pour nettoyer des terres en friche pleines de souches et de roches, et une autre centaine de lames plus petites pour effectuer des rapaillages en bordure des boisés.

Accaparé par toutes ces tâches, Joseph Montferrand en était venu à oublier l'essentiel: manger et dormir. Pourtant, il ne s'était jamais senti aussi fort. Il avait oublié jusqu'à l'odeur du grand air, celle des herbes et des fleurs sauvages. Les feux de la forge, entretenus jour et nuit, s'étaient substitués à l'éclat du soleil. La forge était une étuve dans laquelle la chaleur étouffante soumettait les corps les plus robustes. Mais Joseph tenait le coup. Les muscles de ses épaules et de ses bras saillaient prodigieusement. D'épaisses veines couraient sur ses avant-bras et ses mains. Ses traits s'étaient creusés. Ses yeux passaient souvent du bleu au gris comme le ciel lorsqu'il virait à l'orage. Mais il n'exprimait aucun ressentiment, aucune répugnance et pas le moindre regret. C'était devenu une affaire entre lui, le feu, le marteau, l'enclume et sa propre volonté. Plus rien ne l'exaspérait. Le marteau s'avérait le prolongement de son bras. Et ce bras s'était transformé en une arme redoutable.

Réglé comme les sonneries de l'angélus commença le va-et-vient printanier des chevaux. Cela ressemblait à des parades de foire. À la surchauffe des métaux se mêlaient les forts relents d'excréments et d'urine des bêtes. Celles-ci piaffaient, hennissaient; d'autres, plus fringantes, y allaient de véritables cabrades. Les plus nerveuses ruaient. Au milieu de cette excitation, maquignons et simples propriétaires de chevaux de trait se relançaient à coups de commentaires et de comparaisons. Les plus réputés se risquaient à du marchandage; quelques-uns passaient directement à de petits trafics. Tout en évitant de qualifier telle bête de « picouille » ou telle autre de « tire au renard » ou de « bacul », ces hommes de chevaux passaient leur temps à examiner les encolures, les dentitions, les naseaux, la présence des premiers poils blancs, la vigueur des poitrails, le port de tête, les bouffissures, bref, tous les signes propres à suggérer une bonne affaire ou son contraire. Mais lorsque arrivaient les rares propriétaires de pur-sang anglais, bêtes racées fortement musclées aux encolures souples, aux chanfreins rectilignes, aux poitrails amples et aux garrots saillants, on se contentait de les observer en silence, en tournant lentement autour mais sans jamais s'en approcher davantage, et encore moins les toucher. Comme si une loi non écrite interdisait que l'on manquât de respect envers ces nobles bêtes en leur prêtant la moindre présomption de défaut.

Cléophas Girard connaissait pratiquement chaque cheval par son nom. À l'allure, il devinait l'humeur de chacun et en prévoyait les moindres réactions.

— Tu me r'gardes faire pour l'heure, commanda-t-il à Joseph, rapport qu'avant de ferrer faut savoir déferrer. Pour ça, y faut manipuler chaque patte du cheval avec soin. Un cheval, si tu le respectes, y va te donner. Autrement, y va te ruer. Si ça arrive, t'as intérêt à t'ôter de son chemin!

Le forgeron passa rapidement les chevaux en revue, les flatta doucement, leur murmura à l'oreille. Puis, en un rien de temps, fit lever une patte antérieure d'une première bête après avoir lancé un « Donne ! » sur un ton autoritaire. D'un coup d'œil, il avisa la taille du sabot et annonça la forme et l'épaisseur requises pour le fer.

Joseph activait déjà le soufflet et brassait le feu. Puis il donna du marteau dans une gerbe d'étincelles.

— Surveille l'ajusture, lui lança Girard, donne du poinçon juste à la courbure... Y aura dix clous, les plus gros trous dans la partie épaisse... Faut que tu perces franc, t'entends, mon jeune ?

Tout en donnant les directives, le forgeron continuait de flatter l'épaule du cheval, sa main libre glissant le long du garrot jusqu'au paturon de la bête.

— Les ténettes... sans te brûler !

Joseph plongea le fer dans le baquet d'eau froide en le tenant fermement avec les longues tenailles. Il y eut le sifflement caractéristique marquant la rencontre du feu et de l'eau, suivi aussitôt d'un puissant jaillissement de vapeur.

— Arrive !

D'un geste sûr, Girard plaça le fer fraîchement coulé sur le sabot, en vérifia l'aplomb et, à l'aide d'un brochoir, l'enserra de façon à pouvoir river la dizaine de clous que lui tendait Joseph.

Il ferra dix chevaux la première journée, douze le lendemain et quinze au cours du troisième jour. Le quatrième jour, sans dire un mot, il prit place derrière l'enclume. Joseph répéta avec minutie les mêmes gestes, prononça le mot « Donne ! » avec les mêmes intonations, obtint de chaque bête la même docilité. Il déferra, rogna les excédents de corne, porta chaque fer sur le sabot en procédant calmement au brochage et au rivetage, vérifia avec une extrême attention chaque ferrure.

— Beau dommage, mon gars, lui dit le maître forgeron au terme de la sixième journée. Une centaine de chevaux au boutte de la semaine, c'est pas rien ! Quand une ferrure de cheval est faite d'aplomb, c'est comme une bottine de *raftman* ben cloutée... Ça sauve la vie !

Girard jeta un regard circulaire sur sa forge. Tout y était à l'ordre. Les baquets de clous parfaitement alignés sous l'établi, les fers à cheval classés par pointures, les marteaux, maillets, tenailles, limes et pinces, tous nettoyés et astiqués. Il ne restait que l'enclume, souillée par les coulées de métaux brûlants et les traces de milliers de coups de marteau. Quiconque voyait cette pièce massive pouvait aisément imaginer qu'elle avait peut-être été taillée dans un énorme bloc de granite, d'où cette croyance populaire qu'elle était inamovible.

— Le grand Voyer m'a dit que ça se passerait samedi, fit le forgeron d'un ton qu'il voulut le plus naturel possible.

Joseph soupira.

— C'est c'qu'y a dit.

— Ça t'énerve ?

En réalité, depuis que Joseph avait mis les pieds dans la forge et qu'il avait été initié au dur métier, il avait complètement oublié l'affaire. Mais voilà qu'il ne restait que deux jours avant l'affrontement avec Bébère. Ce n'était pas qu'une simple joute de tir au poignet comme toutes celles que se livrent les habitués des tavernes après quelques pintes de bière. Cette fois, l'auberge du grand Voyer allait se transformer en champ de bataille, et l'un des deux adversaires allait devoir sacrifier sa réputation et reconnaître publiquement la supériorité de l'autre. Si lui, un Montferrand, devait s'incliner, il serait contraint à devoir se réhabiliter ailleurs.

— Oui, ça m'énerve, avoua Joseph. J'connais rien au tir au poignet…

— Y a un mois, tu connaissais rien au métier de forgeron, rétorqua Girard.

À ces mots, le forgeron se mit à tâter l'enclume, y passant ses mains avec la même douceur que lorsqu'il flattait l'encolure d'un cheval. Puis, empoignant les bigornes à pleines mains, il souleva d'un coup l'énorme masse et la déplaça d'une longueur de côté. Le bruit que fit l'enclume lorsqu'il la déposa ébranla la boutique. En le voyant faire, Joseph éprouva un singulier sentiment d'admiration mêlé d'envie. Il battit nerveusement des paupières.

Le visage sérieux de Girard devint brusquement joyeux. Il partit d'un gros rire.

— C'est une affaire de pogne, plaisanta-t-il. Mon grand-père, lui, y prenait ça par une des bigornes, d'un bras, pis y charriait l'enclume d'icitte jusque dans la cour… Faut ben dire que moé, j'avais dix ans pis je l'vais même pas son marteau…

— Tout un homme, murmura Joseph.

— Comme ton grand-père, fit Girard.

L'allusion surprit Joseph et le flatta tout autant. Venant de la bouche d'un gaillard d'une telle trempe, respecté de tous et réputé jusqu'aux confins de la ville, cela lui parut tout ce qu'il y avait de sincère. Girard le vit rougir. Ce qu'il prit pour une expression de reconnaissance le touchait, l'attendrissait. Cela faisait très longtemps qu'il n'avait ressenti ce genre d'émotion. Pour ne pas paraître mal à l'aise, il marcha de long en large dans la forge, examina machinalement un outil puis un autre, fit semblant de chercher sa pipe, qu'il tenait entre ses dents, puis sa réserve de tabac pour bourrer cette pipe dont il ne tirait rien d'autre que des bouffées d'air.

— Faudrait ben la nettoyer, annonça-t-il brusquement en regardant Joseph tout en désignant l'enclume. Va donc la porter dans la cour…

Joseph resta d'abord saisi. C'était comme lui demander de déplacer une montagne. Personne, hormis Girard lui-même, ne pouvait bouger ce massif, encore moins le soulever et le transporter sur vingt pas, la distance qui séparait l'enclume de la cour. Il fallait pour cela la force d'un Samson… D'ailleurs, combien de fois Joseph avait-il imaginé cet élu biblique transportant sur son dos les portes cyclopéennes de la cité de Gaza, une fois qu'il les eut arrachées de leurs amarres ! Et en dépit de son imagination débridée, il n'était toujours pas parvenu à trouver la moindre explication à une telle démesure, sauf pour en tirer un semblant de satisfaction vaniteuse, alors qu'en un moment fugace il s'était lui-même mis en scène.

Joseph secoua franchement la tête, indiquant à Girard qu'il renonçait à toute tentative de soulever l'enclume. Ce dernier ne parut guère surpris. Tous ceux qui avaient affronté le monstre de fer pour un pari en avaient été quittes pour subir quelques railleries et payer une tournée générale. Le forgeron ralluma sa pipe, puis souffla lentement de petits nuages de fumée. Après un long silence, il passa une main sur sa grosse figure ronde et dit d'un air tranquille :

— J'donnerais ben cher pour voir la face de Bébère si y entendait dire que Joseph Montferrand a charrié l'enclume à Cléophas... J'cré ben qu'y viendrait avec d'la m'lasse entre les oreilles pis du jus de navet dans les bras. Tu penses pas, mon gars ?

— P't'être ben que Bébère viendrait à boutte de la lever, votre enclume, répondit Joseph sans enthousiasme. Ce gars-là, c'pas un homme, c't'un ours... Y a des bras de la grosseur d'un tronc d'arbre...

— Ça prend aut'chose que juste des bras, fit le forgeron en se frappant la poitrine à l'emplacement du cœur. C'est d'icitte que ça part...

Joseph hésitait. Il y avait en lui une force qui le poussait à agir, un désir brutal de s'attaquer à l'énorme enclume, mais également un doute qui le retenait. S'il échouait, même sans autre témoin que le forgeron lui-même, il serait à égalité avec tous les autres qui s'étaient avoués vaincus. Il aurait avec ceux-là le partage de l'échec. Cette seule pensée l'accablait.

— Combien ça pèse, votre enclume ? hasarda-t-il.

— Pas ben plus qu'les billots que t'as hâlés pour sortir Boissonneau de la marde du fleuve.

— J'sais pas combien ça pèse, un billot.

— C'est parce que tu t'étais pas posé la question pis que t'avais le cœur plus gros que ta tête pis tes bras, ce jour-là, que t'as fait ce que t'avais à faire.

— P't'être ben... mais pour votre enclume... combien ?

Il y eut un silence. Girard mâchonna sa pipe, en tira une dernière bouffée qu'il renvoya par à-coups sous forme de petits jets de fumée, puis empoigna à deux mains une des bigornes de l'enclume.

— Envoye, dit-il, pogne l'autre boutte, on va charrier ça à deux.

Ces mots, Joseph ne voulut pas les entendre. Ils équivalaient pour lui à une reconnaissance de dette envers le maître forgeron. Comme s'il lui disait qu'il n'avait ni le cœur ni la volonté de relever son défi. Il s'avança vers l'enclume et la fixa comme si c'était la première fois qu'il voyait la pièce. Il y posa ses mains, la palpa, en prit la mesure. À ses yeux, ce n'était plus une simple enclume qu'il voyait maintenant, mais d'aussi près la tête menaçante de quelque monstre de métal sorti des feux de l'enfer, le défiant de ses puissantes cornes.

— Vous bâdrez pas, patron, murmura-t-il en glissant chaque bras sous les bigornes de sorte qu'elles puissent nicher en leur creux et y trouver de solides points d'appui.

Joseph plia les genoux et se colla le torse contre la masse de fer tout en l'encerclant de ses longs bras. Quoique de justesse, et après quelques tâtonnements, il parvint à nouer ses doigts. Puis il tenta de se redresser. La charge ne bougea pas. Il s'arc-bouta et tendit tous les muscles de son corps. Ses bras et ses cuisses se raidirent à se rompre, ses doigts s'écrasèrent contre le métal et ses reins lui semblèrent en feu. Il sentit une douleur semblable à un étau lui étreindre les tempes, le sang lui monter à la tête et un bourdonnement assourdissant lui envahir les oreilles. Il suait à grosses gouttes. Mais surtout, il ne pouvait plus respirer, tellement sa poitrine et ses poumons étaient comprimés par le tronc de l'enclume. Puis il bougea imperceptiblement, et avec lui la masse noire qu'il enserrait. Il fit un premier pas, puis cinq autres, totalement aveuglé par la sueur. À chaque pas, vacillant, tiré vers l'avant par le fardeau, il crut devoir le lâcher. Il s'imagina cassé en deux, écrasé, privé d'air. Brusquement, il sentit la brise sur sa nuque mouillée, une ondulation de terrain sous ses pieds. Et il crut distinguer un coin de ciel bleu. Puis ce fut la voix de Girard :

— T'es rendu, mon gars !

Le forgeron venait d'empoigner l'enclume afin d'aider Joseph à la déposer au sol.

— C'pas l'temps de te casser les reins, plaisanta-t-il.

Joseph se laissa choir par terre, rompu, tremblant de tous ses membres, les traits pâlis, à bout de souffle. Il était vidé de ses forces, mais en cet instant, alors qu'il n'arrivait pas encore à émettre le moindre son, il éprouvait un sentiment de puissance suprême.

— Quatre cents livres, que ça pèse, mon gars, lui annonça Girard en affichant un rare sourire. Beau dommage que l'grand-père doit se virer dans sa tombe.

Il se signa avant d'ajouter :

— Faut croire qu'y avait juste un Montferrand pour me faire voir ça de mon vivant!

C'était le plus beau et le plus touchant compliment que le maître forgeron pouvait lui faire. Alors qu'il cherchait encore à reprendre son souffle, Joseph regarda l'enclume. Il ne la voyait plus comme une menace, mais simplement comme une grosse masse noire indispensable à l'artisan qui gagnait son pain à la marteler sans relâche une vie durant. Elle luisait sous le soleil, différemment des reflets qu'elle renvoyait lorsque les feux du fourneau brûlaient l'air de la forge. Girard était redevenu sérieux. Des travaux l'attendaient. Il y avait une dizaine de chevaux à nourrir, des stalles à nettoyer. Dans une heure tout au plus, au timbre de l'angélus, il attiserait le feu, brasserait la ferraille, donnerait du marteau, aplanirait des morceaux, les courberait en utilisant les bigornes, trancherait, poinçonnerait, modifierait des pièces pour leur donner des formes utiles. Et, comme cela était depuis quarante ans, une épaisse poussière collerait à sa peau alors que son ombre remuante se découperait dans la clarté rougeâtre du brasier, signe que le forgeron était à son poste. Les bruits de la forge retentiraient tard dans la nuit, ainsi qu'ils l'avaient toujours fait au fil de quatre générations.

— Montre-moé tes mains, fit-il gravement.

Joseph tendit les bras. L'autre les palpa comme au jour où le jeune homme s'était présenté à la forge. Il s'attarda aux doigts et aux paumes. Ces dernières avaient épaissi et étaient couvertes de callosités.

— D'la vraie couenne de lard, conclut-il.

Joseph s'était redressé péniblement. Il se sentit étourdi, les membres morts. Girard tapota l'enclume.

— Dans cent ans, on en parlera encore, ajouta-t-il en adressant à Joseph un clin d'œil complice.

· XIII ·

Il partait sans regrets, la conscience en paix. Il avait dit tout haut, trop crûment sans doute, ce qu'aucun sulpicien, ni d'ailleurs aucun prêtre, ne pouvait se permettre d'exprimer, sous peine d'entendre qu'il agissait alors contre les intérêts mêmes de la chrétienté, grief suivi d'accablements multiples. Il avait fait pire en parlant d'injustice, d'infamie, de diplomatie hypocrite et de complot. Il avait, disait-on, offensé le sacré. L'affaire avait dépassé le stade de la querelle verbale et du différend théologique. On alléguait même le déni de la foi catholique.

Il avait fait ses adieux de la seule façon autorisée, c'est-à-dire brièvement, sans qu'on lui eût permis la moindre allusion aux années qu'il avait consacrées aux affaires de l'ordre, du séminaire, de la grande église, des fidèles. Il connaissait chacun de ses pairs par son prénom, avait offert à tous une grande écoute et, souvent, une aide inestimable. Mais cela ne comptait plus. Aux yeux du seigneur-curé, celui qui franchissait les portes de l'ordre ne pouvait jamais se retourner, sinon pour se buter à un mur infranchissable. À l'abjection s'ajouterait l'oubli.

Ses préparatifs faits, il pria, puis entreprit de rédiger ce qu'il considéra comme sa dernière correspondance en sol canadien. Il réfléchit assez longuement, puis tailla avec soin l'extrémité de sa plume, tout en murmurant entre ses dents les idées qui lui venaient à l'esprit avant d'en tracer les premiers mots.

Cinq heures venaient à peine de sonner à la chapelle du séminaire. Le père Loubier y avait passé la nuit à prier, mais surtout à méditer. En dépit du manque de sommeil, il ne ressentait pas la moindre fatigue. Il regarda une dernière fois le crucifix qui se dressait au-dessus du petit autel et murmura avec un léger tremblement dans la voix :

— *Fiat voluntas tua sicut in cœlo et in terra !*

À l'heure pile, Basile Villeneuve avait posté sa calèche devant les grilles du séminaire. L'aube était chargée d'humidité, et les deux chevaux soufflaient fort. Le jeune caléchier les fit boire, leur parla sans rudesse. Lorsqu'il aperçut le père Loubier qui franchissait le portail, il se hâta d'aller à sa rencontre.

— Paré, mon père ? lança-t-il en le saluant gauchement. Y a combien de malles à charrier ?

D'un signe, le religieux désigna deux coffres de bois attachés par des sangles de cuir. Villeneuve les traîna jusqu'à la calèche et les y hissa péniblement. Le père Loubier remarqua que le caléchier était en grande tenue : un long manteau de cuir, une ceinture à boucle neuve toute reluisante, des bottes hautes fraîchement cirées. Il en complimenta le jeune homme.

— Fallait ben, répondit ce dernier. C'est un honneur, de vous conduire jusqu'au bateau. Pis comme j'ai pas d'chapeau de castor…

Le père Loubier se contenta d'un petit sourire. Il se rappelait que, deux ans plus tôt, Basile Villeneuve avait failli mourir d'une grave infection.

— Comment va la grande famille Villeneuve ? lui demanda-t-il en cours de route.

— On a perdu les deux plus jeunes, répondit l'autre sans émotion apparente. Y étaient poitrinaires… On n'avait pas d'argent pour faire venir le docteur… Quand y est venu pour la visite, on les mettait ent' quat' planches.

— Dieu les a accueillis dans son paradis le jour même, fit le père Loubier en se signant.

— C'était le soir, mon père, pas le jour, observa naïvement Basile.

Sur ces mots, il tira du tabac d'une petite blague de cuir qu'il tenait attachée à sa ceinture, le roula entre ses doigts avant de le fourrer dans un coin de sa bouche. Il se mit à chiquer allègrement.

— Et les autres Villeneuve ?

— On a d'la soupe sur la table tous les jours. J'vous remercie ben de m'le demander.

Sur ces mots, il cracha un long jet noirâtre.

— C'est comment, le grand océan ? demanda-t-il à brûle-pourpoint.

— Vaste, répondit le père Loubier, un brin amusé par la question. Plus encore… immense ! Magnifique et bleu comme le ciel par temps calme, terrifiant et noir comme… comme les plus profondes ténèbres par mauvais temps ! Mais propre… Tellement propre !

— Vous voyez-t-y l'aut'bord ?

— Ça prend des jours.

— Combien ?

— Ça dépend des vents. Vingt, vingt-cinq… Parfois davantage.

Villeneuve prit un air résigné.

— Moé, j'sais pas à quoi ça ressemble, le grand océan. Tout c'que j'connais est icitte. Les rues des faubourgs, un boutte du fleuve…

— Peut-être que ça viendra un jour, fit gravement le père Loubier. Mais tu sais, Basile, ceux qui partent au loin, même par le plus beau temps, se retrouvent souvent seuls. Ils laissent derrière eux beaucoup plus que tout ce qu'ils pourront trouver sur un lointain rivage. Il se peut bien, Basile, que ton bonheur se trouve dans les rues de ton faubourg… Et ce bonheur-là s'enferme très mal dans une cabine de navire.

Le religieux garda le reste de ses réflexions pour lui, mais il aurait pu ajouter qu'à trop voyager à la poursuite d'idéaux insaisissables ceux-là se travestissent en utopies et l'on finit par perdre sa propre trace.

Il y avait foule, sur la rive. Une masse grouillante mêlant marins, débardeurs, charretiers, charpentiers, soldats de marine, pêcheurs fraîchement rentrés, manœuvres transportant des paniers de lest et nombre de vendeurs et de rapporteurs de nouvelles. Le *Saint-Malo*, un imposant navire gréé en trois mâts carré, était ancré à quelques encablures.

L'embarquement avait débuté au son des fifres, cornemuses et tambours. Les marins avaient mis les rames à l'eau et souquaient ferme afin de donner de l'allant aux lourdes barques. Là-bas, on chargeait le navire dont on avait ouvert les panneaux de cale.

— Basile, j'ai un dernier service à te demander, fit le père Loubier après que le caléchier eut déchargé les deux coffres, une mission de confiance.

Il lui tendit un pli soigneusement cacheté de cire. Le jeune homme le prit, le tourna et le retourna plusieurs fois, puis fit une moue d'impuissance.

— J'sais pas lire, mon père, vous l'savez ben.

Le père Loubier mit affectueusement la main sur son épaule.

— Je sais, dit-il doucement. Aussi, je vais te confier un secret… Approche et écoute attentivement…

Sur ce, le religieux pressa une quantité de shillings dans sa main. De quoi nourrir toute la famille Villeneuve pendant un bon mois.

Une fois à bord, le sulpicien se vit attribuer une minuscule cabine complètement privée de lumière naturelle. *Au moins,* se dit-il, *les vagues n'entreront pas par les joints*. Pas davantage de cuvette ni de savon. Et l'air était vicié par la puanteur du bétail à bord. L'opprobre le suivait. On avait voulu que son départ fût sans la moindre indulgence.

Marie-Louise avait finalement terminé la courtepointe sitôt les fêtes passées. Sa fille parut enthousiaste à la vue de la grande couverture rehaussée d'une quantité de motifs aux couleurs de toutes les saisons.

— D'la belle ouvrage, sa mère ! s'était-elle exclamée.

Mais Marie-Louise ne parut guère enchantée. Elle regarda sa fille d'un air maussade et se contenta d'un vague haussement d'épaules. Cette dernière remarqua les joues creuses et les yeux gonflés de sa mère, signes qu'elle ne mangeait pas assez et qu'elle dormait encore moins. Elle savait, par des bouts de phrases entendus, qu'elle s'inquiétait pour Joseph. Depuis la grande noirceur, et plus particulièrement depuis cette journée où Joseph avait défié la mort en grimpant dans le clocher de Notre-Dame, une peur maladive l'étreignait. Une peur qui, à tout instant, menaçait sa tendresse de mère. Visiblement, Marie-Louise souffrait à coups redoublés de regrets silencieux.

— Vous semblez toute chavirée, lui dit Hélène.

— Y a de quoi, fit Marie-Louise, amère. Qu'est-ce qu'y a d'affaire à encore se jeter dans la gueule du loup ?

— De qui vous parlez, sa mère ?

— De Joseph... De qui que tu veux que je parle ! C't'idée de toujours vouloir défendre son honneur ! Ça sert à quoi, l'honneur, quand t'es rendu six pieds sous terre ?

— C'était l'idée de monsieur Voyer.

— Y a ben en belle, celui-là ! fit Marie-Louise d'une voix tremblante. Son tuteur en plus ! Mais qu'est-ce qu'y ont don', les hommes, à toujours vouloir se faire la guerre !

Hélène demeura pensive pendant un moment. Elle n'avait aucun argument à soulever, mais surtout elle ne voulait pas contrarier sa mère.

— Qu'est-ce vous diriez si on commençait le grand ménage ? risqua-t-elle.

De fait, il y avait une quantité d'objets à monter aux combles, parmi lesquels le métier à tisser, des paniers et des sacs pleins de retailles de tissu, de guenilles, de rubans et de pelotes de laine, ainsi que des piles de vêtements qui n'étaient plus de saison.

Marie-Louise allait lui répondre lorsqu'on frappa à la porte. C'était un jeune homme au visage presque hâve, mais au regard hardi. Marie-Louise chercha quelque ressemblance, mais elle ne le connaissait manifestement pas.

— Joseph Montferrand, demanda-t-il, c'est ben icitte ?

— C'est rapport à quoi ?

— J'ai de quoi à lui remettre.

— J'vais le prendre.

— Faut que j'y r'mette en personne, insista-t-il en tapotant la sacoche de cuir qu'il portait en bandoulière.

L'impatience parut dans les yeux de Marie-Louise.

— J'suis sa mère, fit-elle assez sèchement. Vous me ferez quand même pas de cachoteries avec mon gars !

— On m'a dit « personnellement en personne », s'entêta le jeune homme.

— À la forge de Girard, ou ben à l'auberge du grand Voyer, fit-elle froidement.

— J'vous salue ben, madame, répondit-il en tournant aussitôt les talons.

Marie-Louise le suivit du regard, puis elle referma bruyamment la porte.

— Envoye, ma fille, gronda-t-elle, pâle de colère. Grouille-toé un peu, pour le ménage !

La salle de l'auberge était bondée et enveloppée d'un nuage de fumée. On était venu de partout, attiré par les rumeurs les plus fantaisistes. Les badauds étaient assis aux tables, sur des tabourets, des strapontins improvisés. Les autres étaient debout, jouant des coudes, encombrant la porte d'entrée, les allées, les fenêtres. Mille conversations avaient cours et convergeaient toutes vers un même sujet : lequel des deux coqs subirait la loi de l'autre. Les plus fantasques, le verbe haut, y allaient de leur pronostic. Les répliques fusaient tout autant. Les plus futés, désireux d'attiser la ronde des paris, affichaient une hésitation feinte.

Lorsque le grand Voyer se fraya un chemin vers le centre de la salle, d'aucuns réclamèrent aussitôt que l'on fît silence. Il portait un bel habit sur une chemise bien amidonnée et avait noué sa fameuse ceinture fléchée autour de sa taille. Tous surent dès lors que ce ne serait pas un simple règlement de comptes, ni même un spectacle singulier. Cette confrontation avait une portée différente, à l'instar d'une joute dont l'enjeu déterminerait la voie de l'avenir pour chacun des adversaires.

— Mes amis, lança Voyer debout sur une chaise, on va commencer à la sonnerie des deux heures. À partir de tout de suite, y aura pas une goutte d'eau-de-vie qui va être servie… À part de ça, toutes les gageures vont passer direct par moé.

Ce fut la cohue. Certains brandirent des bourses pleines de pièces sonnantes, d'autres, des dollars espagnols, des shillings, des billets de l'armée qui avaient servi à payer des troupes et à acheter des fournitures durant la guerre de 1812. Quelques-uns exhibèrent des lettres de change de la Bank of Montreal, deux ou trois voulurent transiger des grains d'or et d'argent selon le poids relatif des pièces. Deux rappels à l'ordre suivis d'un coup d'œil sévère d'Antoine Voyer calmèrent aussitôt les esprits.

— C'est le charroyeux de potasse qui l'a vu de ses yeux vu. Poissant jure que l'jeune a chargé à lui tout seul tous les tonneaux qui se trouvaient chez la tête croche à Salvail. Pis ça, juste après avoir bûché les plus gros arbres du coin, raconta un premier homme.

— Ça lui met pas du nerf dans le poignet, rapport que Bébère, à part d'être fort en diable, y est rusé comme un Sauvage, objecta son voisin.

— Vous avez-t-y su, pour l'enclume ? fit un troisième.

— Celle à Cléophas ?

— Beau dommage ! L'Montferrand l'aurait charriée tout seul sur vingt pas… Paraîtrait que même Cléophas, y en est toujours pas revenu.

— Rien que du parlotage, dit son vis-à-vis en secouant la tête pour marquer son incrédulité. Des accroires pour nous faire gager su'l'mauvais cheval.

— De quel bord y va gager, Cléophas ?

— Mystère… Apparence qu'y va rester à l'ancre.

— Moé, chu d'avis que Cléophas est le seul qui pourrait virer Bébère…

— Pis le grand Voyer, lui ? répliqua aussitôt quelqu'un.

— Jamais !

— Qu'est-ce ça veut dire, ça ?

— Ça veut dire que l'jour où tu vas mettre ces deux-là face à face, y aura pas rien qu'un bras qui va se casser, mais un enterrement de première classe !

On changea de sujet. On évoqua des racontars colportés par les vieux voyageurs des Pays-d'en-Haut. « Au temps des fameuses batailles entre les compagnies de bois, disait-on sur le ton des conteurs. Au temps des boulés du Fort William, des coqs d'un tel ou tel autre régiment… Au temps où un pet de travers mettait l'trouble entre deux gros-bras… Au temps où des hommes pas ordinaires trimbalaient avec juste un bras deux quarts de lard. Au temps où un manchot tirait au poignet en mettant tous les votes à l'enjeu… Au temps où des hommes de démesure sortaient tout droit des légendes. »

Voyer avait dit à Joseph de ne se présenter à l'auberge que dix minutes avant l'heure fixée pour le bras de fer. En attendant, il ressassait ce qu'il avait entendu de la bouche même de Cléophas Girard, mais il se sentait tellement nerveux que toutes les paroles qu'il essayait de se rappeler en voulant qu'elles aient un sens se perdaient dans un bourdonnement confus. « T'as les mains trop nettes… Ça va te prendre un poignet pas mal plus raide… Un marteau, ça vaut c'que vaut ton bras… C'est une affaire de pogne… Si Bébère entendait dire que Joseph Montferrand a charrié l'enclume à Cléophas, y viendrait avec du jus de navet dans les bras… Ça prend aut'chose que juste des bras, c'est d'icitte que ça part… Pose-toé pas de questions, comme ça ton cœur sera plus gros que ta tête pis tes bras… Faut croire qu'y avait juste un Montferrand pour me faire voir ça de mon vivant… Dans cent ans, on en parlera encore ! »

La porte s'ouvrit doucement. Il vit une ombre se profiler. Se retournant, la silhouette lui apparut alors en pleine lumière. C'était le maître forgeron… Ce dernier remarqua l'air accablé de Joseph.

— Tu donnerais ben tout c'que t'as pour te retrouver loin d'icitte, pas vrai ?

Joseph ne répondit rien, mais se sentit aussitôt soulagé en entendant ces mots qui exprimaient précisément ce qu'il ressentait. Il eût été bien incapable de les prononcer lui-même, par peur de passer pour un lâche. Il feignit une attitude stoïque. Girard lui tendit un pli.

— Ça vient d'arriver, fit-il. Le jeune a ben insisté pour te mettre ça entre les mains, rapport que c'est ce qu'y a promis de faire, mais y a compris que j'le ferais, la main su' l'évangile…

Surpris, Joseph prit le pli et constata que son nom y était bel et bien inscrit. Il le décacheta.

— Rapport que tu sais lire pis que tu connais même le latin, t'auras pas besoin de moé pour des explications, ajouta le forgeron en lui adressant un clin d'œil ironique.

Puis il se retira aussi silencieusement qu'il était entré dans la pièce.

Cher Joseph,

Ceci est ma missive d'adieu. Je m'apprête à quitter définitivement cette terre bénie, qui fut jadis découverte et colonisée par des braves venus de France, puis conquise par une nation étrangère aux visées impérialistes. Tout cela sous l'œil vigilant d'un Dieu tout-puissant. Dans quelque temps, je retrouverai ce qui reste du Périgord de ma naissance, avant de reprendre la mer vers des lieux qui, je l'espère, raviveront ma foi et mes ardeurs chrétiennes.

Cette bible que je t'ai offerte se voulait un symbole de fraternité, d'amitié et de réconfort. De la savoir entre tes mains, même rangée en quelque endroit secret, me conforte. Elle te rappellera toujours que je fus de passage dans ta vie. Si quelques pensées que je t'aurai confiées ou si des versets de cette bible que tu auras lus te permettent aujourd'hui ou te permettront plus tard de découvrir la véritable signification de toute vie, de ses richesses jaillissantes, j'en serai pleinement heureux.

Je voudrais cependant que tu te souviennes que la Bible n'est pas l'unique source de toutes les vérités, même si elle incarne le témoignage originel de notre Dieu.

D'autres récits te séduiront, car ils font appel aux vertus cardinales de la vie des hommes sur terre : la noblesse, le courage, l'honneur, l'audace, la compassion, la modestie et, bien évidemment, cet amour humain qui exalte par-devers lui la beauté, la sensibilité, la bonté et la passion amoureuse.

Tu le sais, et je te le redis, tu appartiens à la race des élus. Tu es donc un être d'exception, en dépit des revers que t'infligera la vie. De la sorte, tu ne saurais te confiner à un même endroit, car il te faut rêver, défendre de justes causes, nourrir ton imaginaire sans cesse affamé. Ta quête sera souvent douloureuse, te paraîtra parfois sans issue. Elle ressemblera à l'histoire de ce roi et de ses chevaliers de la Table ronde. Certains parlent d'une simple légende, mais nous savons tous, bien que nous n'en disions rien, que les murs les plus épais d'un monastère laissent eux aussi pénétrer les récits, si légendaires soient-ils. Car il ne saurait y avoir de légende qui n'ait été d'abord engendrée par des faits avérés. Ce roi nommé Arthur n'avait rien d'un géant, ni la force d'un Samson. Mais il fut le seul humain, parmi des guerriers de très grande réputation, capable de retirer une épée plongée jusqu'à la garde dans une enclume. Pourquoi crois-tu que ces hauts seigneurs en furent incapables ? Parce qu'ils ne voyaient dans cette épreuve qu'un défi de l'orgueil, au lieu de comprendre que Dieu réservait cette grâce au seul élu capable d'humilité et de grandeur d'âme. Tel est l'alliage grâce auquel se forge la véritable puissance.

Sois comme ce roi Arthur, mon cher Joseph. Sache que Dieu te proposera des épreuves qui seront manifestes de sa volonté mais, tout bien pesé, dignes de ta valeur. Tu deviendras alors celui qui défendra les causes les plus légitimes, certainement celles de ton peuple.

En triomphant de tout ce que tu détestes et qui se trouve au fond de toi, tu découvriras la véritable liberté. C'est cette grâce que je te souhaite de tout cœur, en demandant que Dieu t'accorde les forces nécessaires pour que tu accèdes aux idéaux chevaleresques et chrétiens. Car, sois-en assuré, je prierai pour toi.

Cum Santo Spiritu in gloria Dei Patris

Valentin Loubier, ptre

Les paris étaient presque tous faits. Une table avait été spécialement placée au centre de la salle, avec deux chaises identiques placées de chaque côté. Mais l'assistance était si nombreuse qu'on eut tôt fait d'encombrer le lieu. Antoine Voyer fit dégager un espace suffisamment grand pour que les adversaires puissent s'installer à leur aise.

On avait accueilli Bébère avec force cris et sifflements. Il se dandina fièrement, lança des regards qui en disaient long sur ses intentions, et ne cessait de bomber le torse. En le voyant faire étalage de ses énormes bras, sur lesquels il avait roulé à dessein les manches de sa chemise au-dessus des coudes, plusieurs, parmi les plus hésitants, augmentèrent leur mise, ce qui provoqua une soudaine surenchère.

Joseph ne s'était toujours pas montré. Certains parlaient déjà d'un abandon par celui que l'on avait voulu un homme avant l'âge. Aussi les plaisanteries allaient-elles bon train, et Bébère, affectant un air mauvais, ne s'en privait pas.

— Y se serait ben sauvé dans l'bois si j'l'avais défié au boutte des poings, ricana-t-il, au grand délice d'une meute d'admirateurs.

Les ricanements cyniques l'excitaient au point qu'il poussa la bêtise jusqu'à mimer un adversaire terrorisé qui se cachait sous la table, dans un instinct de défense.

— J'prendrais ben une chique pour me parfumer un peu la gueule, railla-t-il de son air de boulé.

— Prends-en donc une pincée du mien, entendit-on distinctement.

La voix avait dominé toutes les autres et, au timbre, on reconnut celle de Cléophas Girard. Les plaisanteries s'étaient tues. On lui céda le passage sans qu'il eût à insister, signe évident de la supériorité qu'on concédait au forgeron. Seuls quelques regards trahissaient une hostilité sourde. Girard vint se planter devant Bébère et le fixa de son regard sombre. Il lui tendit un petit sachet de cuir.

— Rapport que j'gage pas, j'te paye une petite douceur, dit-il lentement. À ta place, j'en profiterais drette là.

Bébère parut hésitant, puis il s'enhardit aussitôt et partit d'un gros rire comme s'il tenait le geste du forgeron pour une plaisanterie. Girard fit mine de s'en aller tout en rallumant posément sa pipe. Il en tira quelques bouffées puis jeta des coups d'œil à droite et à gauche. S'arrêtant brusquement, il dit :

— Y en a qui pensent que l'Joseph a attrapé la morfondure ou ben que la chienne l'a pris. Craignez pas, y va être ben d'adon... Rapport qu'une jeunesse qui charrie mon enclume su' vingt pas, c'est parce qu'y est pas manchot... Parole de Cléophas Girard, le cinquième du nom!

Il émit d'autres jets de fumée et les regarda monter les uns après les autres avant de se fondre dans l'épais nuage gris qui avait envahi la grande salle. Ici et là, on répétait les paroles du forgeron au profit de ceux qui n'avaient pas bien compris. Au fur et à mesure, on put lire la stupéfaction sur les visages. Il fallut quelques instants à peine pour que l'ahurissement frappât la mine imbécile de Bébère.

Joseph avait tout entendu, du brouhaha à l'étrange silence qui s'ensuivit. De nouveau, des éclats de voix, parmi lesquels on évoquait à plusieurs reprises le nom de Montferrand.

Quelques instants à peine et l'horloge sonnerait les deux heures. Il déboucherait en pleine lumière et on saluerait son apparition à grands cris. Un long frisson parcourut son corps tout entier, et il sentit battre son cœur contre ses tempes avec la force d'autant de coups de cognée. Il fixa le mur et s'efforça de ne penser à rien. Mais ce fut le visage de Maturin Salvail qu'il vit, les traits et le regard brouillés, telle une vision émergeant de l'au-delà. Et c'était sa voix qui semblait le défier: « Y nous avait dit qu'y s'appelait Montferrand... Joseph Montferrand! Un gars drette, le regard franc, la pogne solide, rien qu'une parole! Un peu plus pis je t'aurais pris pour lui! Mais le vrai Montferrand, c'est sûr qu'astheure y doit pousser sa charrue pour tailler son chemin dans la vie... Toé, c'est ben juste si t'arriverais à charrier que'ques bûches sans courir après ton souffle. »

— J'ai charrié un peu plus que ça, murmura Joseph presque involontairement.

Il se rappela que la veille, Cléophas Girard avait fait chauffer une bassine d'eau dans laquelle il avait versé une bonne quantité de saumure: « C'est vrai que t'as les mains comme d'la couenne, lui avait-il dit. Tu vas les laisser saler pendant un boutte... Demain, elles vont être dures comme d'la roche sans perdre d'leur souplesse. »

Deux heures plus tard, Girard lui avait fait voir une charrue à rouelles avec, à l'extrémité, un gros versoir en bois de chêne. Il avait empoigné les manchons, l'avait soulevée et maintenue pendant un court moment les bras tendus, à la hauteur de son visage. « Si tu veux remuer le sillon, faut rentrer creux dans la terre. Pis si tu veux que ton sillon soit drette, faut pousser aussi fort que les bœufs qui tirent. T'as charrié l'enclume, tiens ben la charrue! »

Une heure durant, Joseph avait soulevé la charrue sans relâche. Il l'avait tenue, les bras à l'horizontale, jusqu'à ce qu'ils s'engourdissent, le silence n'étant entrecoupé que par ses forts halètements. À la fin, Girard lui avait montré un tas de fine sciure.

— Demain, lui recommanda-t-il, t'en mettras dans tes poches. Juste avant la pogne, tu t'en passeras épais dans les mains, ça va les empêcher de glisser. Rappelle-toé ben, mon gars, que si tu veux renverser un boulé comme Bébère, faut qu'y sente en partant qu'y va se r'trouver entre le marteau pis l'enclume. Ça fait que serre... pis écrase! Comme de raison, ça fera pas d'tort de dire tes petites prières avant!

Joseph repoussa nerveusement sa mèche rebelle et constata que son front était mouillé de sueur. Il l'épongea d'un revers de manche et inspira profondément. Il lui sembla que ses poumons ne parvenaient pas à se remplir, tellement que l'air lui parut absent; un véritable supplice. *Une petite prière... Des petites prières...* pensa-t-il.

— *Salve Mater misericordiæ... Mater plena santæ lætitiæ...* balbutia-t-il. Donnez-moi la force, Vierge Marie...

Les mots étaient sortis de sa bouche sans qu'il l'eût voulu. Alors pourquoi priait-il? Croyait-il vraiment qu'une intervention céleste armerait son bras? Ou bien qu'il triompherait grâce à une quelconque pensée magique? Peut-être retrouvait-il en cet instant la ferveur qui l'avait déjà animé lorsqu'il contemplait une statue de la Vierge Marie, comme on retrouve, au hasard d'un chemin, cette bonne odeur oubliée de certaines fleurs chauffées par le soleil, ou encore l'impression ancienne d'un bonheur envolé.

Brusquement, en voyant avancer imperceptiblement les aiguilles de l'horloge, Joseph se raidit, saisit le chapeau de son grand-père pour s'en coiffer et serra les poings. Puis il plongea sa main droite dans la poche de son pantalon et la retira pleine de sciure. L'odeur lui rappela les arbres qu'il avait bûchés sur la terre de Maturin Salvail, le jour de la Fête-Dieu. Une odeur de sève qui témoignait des forces de la vie. Il s'en frotta énergiquement les mains jusqu'à ce qu'il les sentît parfaitement sèches.

Lorsqu'il parut en pleine lumière, au milieu du vacarme, Joseph Montferrand ne vit rien d'autre que la table au milieu de la salle. Il n'entendit rien d'autre que sa propre respiration, devenue profonde et lente. Il se crut dans une plaine rase et imagina son regard porté sur un horizon fait d'ombre et de lumière.

L'horloge sonna deux coups. Antoine Voyer ordonna que l'on plaçât de chaque côté de la table un verre contenant un doigt d'eau-de-vie.

Joseph ignora les cris, les regards, les tapes d'encouragement, l'air qui empestait. Il comprit vaguement que la gorgée d'eau-de-vie signifiait que les deux adversaires acceptaient le défi. Il l'avala d'un trait, sentit le liquide descendre dans sa gorge et le goût irritant de l'alcool se répandre dans sa bouche. Impassible, il fixa Bébère d'un regard froid. Le boulé se rendit aussitôt compte que l'expression des yeux bleus de son vis-à-vis n'avait plus rien en commun avec leur candeur de jadis, alors qu'il avait défié ce même Joseph Montferrand, par un certain soir de novembre.

— À vos places ! commanda Voyer.

La clameur monta. Bébère prit place lourdement, le corps à moitié penché sur la table, comme pour s'approprier à lui seul tout l'espace. Il y planta son coude droit, plia et déplia ses doigts, rentra la tête dans les épaules comme un taureau s'apprêtant à charger, crocheta ses jambes autour des pattes de la chaise. La seule vue de Joseph l'exaspérait maintenant, et l'excitation familière de ses instincts belliqueux le gagna totalement.

Joseph sentit un poids énorme s'abattre sur son bras droit et entendit un grondement bestial venant de Bébère. Du coup, ce dernier projeta vicieusement sa tête vers l'avant, un geste délibéré voulant crever la peau du visage de son adversaire. Joseph l'évita de justesse et sentit une haleine fétide l'envahir. Alors qu'il ferma involontairement les yeux, la main carrée du boulé tenta de lui écraser les doigts pour affaiblir sa poigne. Il résista pendant que le bras noueux de Bébère s'acharnait contre le sien à coups répétés.

La pestilence de l'haleine de Bébère, accentuée par son souffle saccadé, incommodait de plus en plus Joseph, jusqu'à lui donner la nausée. Il était trempé de sueur, et les premières crampes attaquaient son épaule ainsi qu'une partie de son bras. Mais aussi furieuses qu'étaient les charges de Bébère, le bras de Joseph demeura de fer, rivé par l'entêtement et la volonté. « Le marteau et l'enclume... » Ces mots lui revenaient sans cesse. « Serre pis écrase... Serre pis écrase... » Les mots du forgeron, peut-être le secret de la force humaine. Il ne quittait pas Bébère du regard, voyant son visage de brute déformé par l'effort. Lui aussi s'engourdissait lentement et, à l'entendre souffler et se racler continuellement la gorge, la bête mauvaise finirait peut-être par céder.

Joseph remua lentement, se ramassa davantage, manœuvra pour modifier la prise des mains, dégagea un premier doigt, puis un autre, tira le bras de Bébère vers lui. Puis, en un tournemain, il assura sa propre prise, dominante, enfermant l'épaisse main dans la sienne, plus grande, tout droit sortie du creuset de la forge. Lorsqu'il se mit à serrer, la grasse figure de Bébère perdit son arrogance. Et lorsqu'il serra davantage, le boulé réalisa soudainement qu'il n'avait jamais encore ressenti une douleur aussi violente.

La scène s'avérait brutale et l'assistance s'en repaissait avec une fureur renouvelée. Même qu'elle en redemandait. Elle n'allait certes pas se contenter d'un tranquille abandon. On hurlait de toutes parts. On en vint aux mains. Ceux-là furent aussitôt ramenés à l'ordre par les hommes du grand Voyer, transformés en vigiles pour l'occasion. Quelques-uns furent expulsés sans ménagement.

S'arc-boutant, Joseph déporta son poids tout d'un bloc vers la gauche. Il sentit un léger fléchissement, vit la surprise se transformer en angoisse dans les yeux injectés de sang de Bébère. Il serra davantage jusqu'à écraser les phalanges de son adversaire. La douleur devint insupportable. Il poussa un cri et ferma les yeux. Ce fut comme s'il avait été assommé d'un coup de poing. Le bras céda et toute volonté avec lui. On eût dit une chandelle qui s'éteignait brusquement.

Se remettant péniblement, Bébère ne cessait de secouer la tête. Il regarda Joseph d'un air hébété et finit par hausser les épaules.

— Rien à dire, fit-il d'une voix rauque, à part que j'ai mangé ma claque. Au forçail, j'peux endurer que ça soit toé qui m'ait dételé. T'avais les tours de malice du forgeron dans ton sac.

Il s'arrêta et, tout en continuant de se frictionner le poignet afin de rétablir la circulation du sang, il avança sa face épaisse vers Joseph.

— C'est pas par mauvais vouloir, enchaîna-t-il, mais j'veux l'entendre de toé. Jure que t'as charrié l'enclume.

Joseph vit dans le regard du boulé que toute trace de méchanceté avait disparu. Peut-être cherchait-il simplement à atténuer la honte de cette défaite imprévue.

— Beau dommage qu'il l'a charriée ! entendit-il.

Antoine Voyer avait répondu en même temps qu'il avait déposé deux chopes de bière sur la table. Bébère baissa les yeux. Joseph détourna le regard.

Alentour, au milieu du tumulte, la plupart des hommes buvaient déjà coup sur coup. Pour ceux-là, le spectacle était chose du passé. Ils se fichaient bien des intentions, des conséquences, des états d'âme de l'un et l'autre des adversaires. Il leur suffisait d'avoir une histoire à raconter. Ils l'arrangeraient d'ailleurs à leur façon coutumière, c'est-à-dire en l'amplifiant au gré de leurs propres fantaisies, se vantant d'avoir été aux premières loges d'une lutte sinon épique, du moins sauvage à souhait, d'avoir misé en connaisseurs sur l'éventuel gagnant et d'avoir bu un bon coup en sa compagnie. Et même d'avoir noué avec lui une complicité qui leur avait permis de partager un peu de sa gloire.

Les mauvaises langues répandaient déjà leur fiel. Il y avait dans ce lot ceux qui nourrissaient envie et jalousie à l'égard du grand Voyer. Rien de plus facile que d'insinuer que Bébère était à la solde de l'influent aubergiste. Il était de notoriété publique que c'était le grand Voyer qui réglait les faits et gestes du colosse, surtout lorsqu'il s'agissait de rosser quelques soldats de la garnison. D'ailleurs, comment Voyer eût-il permis la défaite de Joseph Montferrand, alors qu'il était son tuteur ? Sans compter cette vieille complicité qui liait l'aubergiste et le forgeron Girard. Une affaire louche propice à tous les ragots.

Antoine Voyer exhiba une liasse de lettres de change de la Bank of Montreal. Il les compta soigneusement, les déposant une à une devant Joseph. Ce dernier parut surpris.

— Cinquante piastres, ce qui équivaut à deux cent cinquante shillings, annonça Voyer. Tu peux les compter…

Toujours troublé, Joseph se contenta de regarder les papiers.

— Pour quoi faire ? demanda-t-il.

— Ben, c'est la bourse du gagnant ! répondit Voyer comme si cela allait de soi. C'est d'la belle argent, mon Joseph !

C'était beaucoup d'argent. De quoi mettre de la viande, du pain et des friandises sur la table pendant tout un hiver, et acheter autant de bois de chauffage qu'il le faudrait. Du coin de l'œil, Joseph vit qu'on le guettait. Tous ces yeux, toutes ces oreilles, ces voix bavardes qui ne manqueraient pas de répandre les commérages….

— J'veux pas de cet argent-là, fit-il gravement.

— C'est à toé ! insista Voyer. T'as relevé le défi du boulé d'la place, tu l'as battu franc dans l'manche. À toé l'argent, comme le veut la coutume du bras de fer…

Joseph prit un billet, le tourna et le retourna avant de le remettre sur la liasse, qu'il repoussa vers le milieu de la table. Il montra Bébère du doigt.

— Y s'est pas ménagé. Y a forcé autant que moé, répliqua-t-il. Lui ou ben moé, c'est du même pis du pareil. La moitié à lui, l'autre moitié pour les pauvres de la paroisse. C'est ça que j'dis.

Bébère, qui venait de vider sa chope de bière, le regarda de ses yeux mornes en balançant la tête. Il avait entendu, mais semblait ne rien comprendre. Il se contenta de regarder Voyer comme un chien qui attend un signe de son maître.

— Qu'est-ce t'en dis, Bébère ? lui demanda l'aubergiste.

Bébère n'était pas de ceux à qui on demandait une opinion. Il se contentait de manger, de boire et de distribuer des coups de poing avec l'obstination de l'idée fixe. Tout le reste n'était que confusion dans sa tête de brute.

— Y m'a ben battu, dit-il. C't'à lui, l'argent, pis c't'à lui les oreilles. Moé, j'va faire avec...

Il s'adressa directement à Joseph :

— Si tu prends pas ta bière, moé j'la prendrais ben...

Joseph sourit et lui fit signe de se servir. Bébère ne se fit pas prier. Il grimaça un sourire, ce qui lui donna une allure de bon diable, et porta la chope machinalement à ses lèvres.

— T'as un ben grand cœur, mon Joseph, dit alors Voyer, pis c'est tout à ton honneur. Mais y faut que tu saches que c'est pas ça qui va empêcher les langues sales de vomir des menteries et que'ques autres de vouloir te river ton clou au prochain détour... Tu comprends ça ?

Joseph ne prit pas la peine de répondre. Ce qu'il voyait autour de lui suffisait à le convaincre. Des visages rougis par l'alcool qui exprimaient une grande défiance, et tous ces regards obliques, la plupart chargés de sous-entendus. Il se contenta d'un hochement de tête.

Antoine Voyer défit avec lenteur la ceinture fléchée qu'il portait à la taille.

— Lève-toé, commanda-t-il à Joseph.

Une fois ce dernier debout, il noua le précieux objet autour de la taille du vainqueur.

— À partir d'aujourd'hui, dit-il avec solennité, c'est toé, Joseph Montferrand, le boulé du faubourg... Pis ça, même si c'est pas ton vouloir !

L'été fut inhabituel, comme si la nature eût voulu récidiver après le terrible épisode de la « grande noirceur ». Il neigea en plein mois de juin. Puis, après que la terre eut gelé quelques nuits en juillet, il y eut une vague de chaleur suivie de pluies interminables, ce qui rendit les berges du fleuve impraticables durant une bonne semaine. Nul ne put donc prévoir le temps des grains. Les céréales, qui devaient éclore sous un soleil ardent, furent noyées par le mauvais temps. Et les pluies vinrent à manquer lorsque vint le temps pour les graines de se gorger d'eau. On engrangea tant que l'on put, ce qui n'était pas beaucoup. Puis lorsqu'une grêle d'août dévasta ce qui restait de récolte couchée dans les champs, il fallut présenter une requête auprès du gouverneur, Lord Sherbrooke, afin qu'il allouât les sommes nécessaires pour éviter une éventuelle famine. On en débattait toujours lorsque débuta la session 1818 de la Chambre d'assemblée, sous la présidence de Louis-Joseph Papineau.

· XIV ·

En ce début de printemps 1818, il n'y avait que quelques vieux pour se souvenir des deux conflagrations qui avaient pratiquement détruit toutes les constructions érigées autour de la place du Marché de Montréal. Cela s'était passé en 1765 et 1768, années au cours desquelles deux cents maisons, l'hôtel de Callière et celui de Vaudreuil, l'hôpital général, le couvent de la Congrégation de Notre-Dame et la prison avaient été rasés. Les feux avaient ainsi dévoré une grande partie de la ville fortifiée. Un désastre d'autant plus terrible que Montréal avait été pratiquement épargnée par l'artillerie anglaise, lors de la bataille qui avait scellé le sort de la Nouvelle-France, en 1760.

À l'époque, personne n'avait véritablement pu expliquer les origines de ces sinistres. Dès lors, il y en avait eu quelques-uns pour évoquer la quasi-certitude de mains criminelles. On avait parlé de groupuscules rebelles. On avait dit les uns à la solde d'une certaine noblesse française désireuse de reprendre pied en Amérique du Nord. On avait aussi prétendu au contraire qu'il s'agissait plutôt de dissidents britanniques qui avaient jugé cette nouvelle colonie ingouvernable en raison de sa trop faible valeur économique, en comparaison avec les promesses des îles à sucre comme la Guadeloupe, la Martinique et Sainte-Lucie.

Pendant quelque temps, on s'était livré à une chasse aux sorcières, puis, prenant conscience qu'on se perdait en conjectures, on émit une série d'ordonnances. Celles-ci stipulaient que toutes les maisons détruites devaient être reconstruites en pierre, et que l'érection de toits mansardés de même que l'utilisation de bardeaux de cèdre étaient désormais interdites. On décréta l'obligation de ramoner mensuellement toutes les cheminées et de recouvrir les planchers des combles d'une couche de mortier. On avait fini par se croire à l'abri.

Le 4 juin, jour anniversaire du roi George III, une première explosion survenue bien avant l'aube avait ébranlé le faubourg Saint-Laurent. L'onde de choc parvint aux faubourgs avoisinants. Au bruit, semblable à un coup de canon géant, on pensa aussitôt aux réserves de poudre stockées dans l'arsenal de la garnison. Deux caves voûtées creusées sous la redoute avaient sauté, réduisant les murs coupe-feu en cendres. Des morceaux de poutres déchiquetées, des grillages et des tirants en fer, ainsi que des assemblages de pierre et de mortier, avaient été projetés à des distances considérables. Au milieu des débris se trouvaient les corps mutilés de deux soldats anglais.

La seconde explosion survint à peine quelques minutes plus tard, non loin de là. Elle fit voler en éclats les vitres des maisons à plus d'un demi-mille à la ronde. Une odeur caractéristique de poudre mêlée à celle, plus âcre encore, de la potasse se répandit aussitôt et fit craindre le pire.

Le père Dessales était muet de colère. Il dévisageait les deux soldats qui, à leur tour, le surveillaient, ainsi qu'on le leur avait ordonné. Lorsque son secrétaire lui eut traduit la note de convocation, il devint livide.

— C'est à eux qu'il incombe de se confesser, et non l'inverse, conclut-il d'un ton rageur. Voilà qu'ils dépassent les bornes de la dignité la plus élémentaire.

— Dois-je traduire, monseigneur ?

Le père Dessales garda les yeux mi-clos, faisant ainsi mine de réfléchir. En réalité, il savait déjà qu'il n'avait pas le choix.

— Dites-leur que nous irons, finit-il par dire, mais pas avant d'avoir célébré la messe. Vous expliquerez que les règles de notre ordre sont ainsi conçues.

Le secrétaire s'attendait si peu à cette explication qu'il se montra surpris. Le supérieur lui lança aussitôt un regard sévère.

— Dites-leur cela... Et soyez convaincant !

À moins d'un mille de la résidence des Sulpiciens, on entendait le bruit saccadé des sabots de nombreux chevaux sur les pavés d'une cour. La maison du colonel Tyler Clayborne avait été construite à même les flancs du mont Royal, par un architecte anglais et des maçons écossais. On y accédait par une vaste porte cochère. L'imposante façade de brique rouge, que jouxtaient deux tourelles de coin, comportait plusieurs fenêtres, en plus des lucarnes qui s'ouvraient à même un toit en surplomb revêtu de bardeaux de cèdre et ceinturé d'une bordure de tôle.

Clayborne, un militaire de carrière, avait convoqué tous les officiers de la garnison dès qu'on lui avait fait rapport sur l'ampleur des dégâts et que l'on avait évoqué la possibilité d'actes criminels. Une fois le grand hall d'entrée franchi et les armes confiées à des domestiques, les subalternes de Clayborne furent conduits dans le grand salon doté d'un mobilier en noyer foncé et aux fenêtres encadrées de lourds drapés à franges et à festons.

Clayborne se tenait au milieu de la pièce, immobile, les mains dans le dos. Il répondait à chaque salut par un simple clignement des yeux. Seule une légère coloration de ses joues trahissait l'émotion sanguine qu'il cherchait pourtant à dissimuler. Lorsqu'on l'informa que tous les officiers convoqués étaient présents, il prit la parole sans aucun préambule.

— Messieurs, il y a péril en la demeure, fit-il d'un ton sec. Deux attaques contre les propriétés de Sa Majesté... Et deux morts dans nos rangs. Votre mission : trouver les coupables, les traduire en justice, les châtier de manière exemplaire. À compter de cet instant, je décrète la loi martiale. Vous agirez en toute autorité, avec tous les pouvoirs que vous confère cette loi, puisqu'elle exprime la volonté de votre roi. Quelque part dans cette ville, des lâches se cachent et d'autres préparent peut-être de nouveaux attentats. Ce sont tous, sans exception, des criminels qui n'ont aucun courage, puisqu'ils préfèrent l'anonymat à l'uniforme. Ils complotent par le feu, l'assassinat nocturne, la corruption, le mensonge. Il faut les démasquer… et nous le ferons. Il faut coûte que coûte écraser ceux qui prônent toutes ces formes d'assassinat et de destruction. Des questions ?

Le doyen de la garnison fit un pas en avant. Il salua et claqua les talons. Le major Thomas Beckman était respecté de tous. Il avait fait campagne aux Indes, avait perdu un œil aux Antilles, avait été terrassé par la fièvre jaune et la malaria, et avait survécu tant à la mitraille de l'ennemi qu'aux assauts de la maladie. Depuis toujours, cet officier au fort gabarit et à l'abondante chevelure poivre et sel en imposait par sa vaillance, sa loyauté et la justesse de son propos.

— Monsieur, dit-il, si nous frappons de manière brutale, on dira aisément que nous leur avons tiré dans le dos. Et c'est nous qu'on montrera comme des assassins.

— Monsieur, répondit Clayborne d'un ton cassant, nous sommes des militaires, pas des diplomates. Croyez-vous donc que je vais leur laisser le choix des armes ?

— Justement, monsieur, le reprit Beckman, nous sommes des militaires, pas des bouchers.

— Ils ont déjà fait preuve de brutalité, major, rétorqua le commandant de la garnison. Ils l'ont fait de la pire des manières… le visage couvert.

— Monsieur, intervint un autre officier, avons-nous des noms ?

Clayborne s'avança vers la table du centre et mit la main sur le document qui s'y trouvait. Il le tritura quelque peu avant de l'exhiber.

— Je l'ai reçu voilà une heure à peine, fit-il. Il contient une liste de noms et d'endroits. Cela me suffit. Vous ferez fouiller chacune des places, vous retournerez jusqu'au moindre matelas, vous confisquerez tout ce qui paraîtra suspect, tout ce qui pourrait être retourné contre nous et devenir une arme. Est-ce bien compris ?

Le major Beckman consulta ses collègues d'un rapide coup d'œil. Il ne vit que doute et résignation dans leurs regards.

La conviction n'y était pas. Chacun savait que cette prétendue liste était la malheureuse conséquence de dénonciations, fausses pour la plupart, faites dans le seul but d'en tirer quelque avantage. Des innocents seraient éprouvés, ce qui ne manquerait pas d'attiser les braises d'une éventuelle rébellion.

— Monsieur, fit Beckman, cette liste peut devenir une arme à deux tranchants. Ou bien elle comporte, outre tous ces noms et lieux, des faits incriminants, ou alors nous risquons de nous retrouver avec un scandale de tous les diables sur le dos. Le président de l'Assemblée, ce monsieur Papineau, est un homme de grande sagesse, mais il est aussi un orateur redoutable... Si jamais nous lui fournissons des arguments qui soient de nature alarmante, vous vous retrouverez en tête-à-tête avec Son Excellence le gouverneur. Et ce ne sera pas pour y prendre le thé !

Clayborne n'avait pas bronché. Il s'était contenté de parcourir le document d'un œil distrait, puis l'avait déposé sur la table.

— Major Beckman, puisque vous évoquez Son Excellence le gouverneur, vous savez donc qu'il est de mon devoir de défendre mes décisions devant mes supérieurs à tout moment, répondit-il avec assurance. Et je m'y efforce d'autant plus lorsqu'il s'agit de l'application de la loi. Or il se peut que vous et d'autres la trouviez dure, cette loi. Ce n'est pas à moi d'en débattre. Mais si dure soit-elle, en admettant cette hypothèse, elle est la même pour tous. De ce fait, elle incarne l'autorité royale. Et j'entends, au nom de Son Excellence le gouverneur, que vous la fassiez respecter.

Tous les officiers présents avaient compris que Clayborne en avait terminé. Il n'y eut guère plus que quelques phrases officielles et des ordres brefs.

Le père Bertrand Villepin écarta le rideau de cuir de la berline, le temps d'apercevoir des cavaliers portant la tunique rouge passer au galop. Il consulta le seigneur-curé du regard. Ce dernier parut irrité.

— Vous n'avez jamais vu de huguenots s'exciter à dos de cheval ? ironisa-t-il.

Dubitatif, le père Villepin allait risquer un commentaire lorsque le conducteur se mit à vociférer. En sortant la tête, les religieux constatèrent que des soldats en armes l'avaient forcé à immobiliser son attelage. L'affaire fut vite réglée dès que le chef de la patrouille comprit qu'il s'agissait de dignitaires religieux. Néanmoins, le seigneur-curé le regarda d'un air hautain et lui lança :

— Que croyiez-vous donc trouver dans cette voiture, outre des indulgences divines ? Des barils de poudre, peut-être ?

Le soldat, qui n'y comprit rien, s'excusa pour la forme en des termes inintelligibles tout en faisant signe à ses hommes de céder le passage. Reprenant les rênes d'une main, le conducteur fit claquer rageusement son fouet.

— Maudits Anglais, grommela-t-il, sont comme des mouches malfaisantes su' un tas de fumier. Y mériteraient rien que de se faire botter l'cul au ras l'péché !

Quelques minutes plus tard, les deux chevaux attelés en flèche passèrent à leur tour sous la porte cochère de la résidence du commandant de la garnison britannique. Le conducteur se hâta afin d'abaisser le marchepied. Dès qu'il mit pied à terre, le père Dessales ajusta son chapeau et toisa le conducteur :

— Vous m'obligeriez fort en réservant vos expressions malodorantes pour vos collègues d'écurie, fit-il.

La lourde porte s'ouvrit sans même qu'on eût à actionner le heurtoir. L'aide de camp se planta au garde-à-vous, exécuta un bref salut protocolaire, puis, d'un geste, invita les deux religieux à le suivre. Il les conduisit dans une vaste pièce où l'acajou se mêlait au noyer tendre. Cohabitaient des meubles au fronton baroque et d'autres rehaussés de fleurs de lys, de tiges de rosier et de guirlandes.

Le colonel Clayborne fit son entrée et se présenta par son grade. Il avait un très fort accent et son vocabulaire français se limitait à quelques formules d'usage. Il pria donc les deux sulpiciens de l'excuser de ne pouvoir soutenir une conversation entière dans leur langue.

— J'ai pris la précaution de me faire accompagner par le père Villepin. Il a l'avantage de bien connaître les particularités de votre langue saxonne, répondit le père Dessales.

Clayborne approuva d'un signe de tête et pria les deux ecclésiastiques de prendre place dans un vaste sofa en noyer, dont le fronton chantourné était sculpté de roses, symbole de l'Angleterre. Aussitôt les religieux assis, le militaire s'exprima sans détour.

— Le gouvernement de Sa Majesté a été la cible d'attentats, dit-il. Cela, vous le savez déjà, je crois. Nous devons trouver les coupables et les traduire en justice; vous savez cela également. Je vous demande de nous aider.

— Vous êtes des soldats, répondit le père Dessales, nous sommes des religieux. Vous vivez par les armes, nous vivons de la parole de Dieu. En quoi croyez-vous que nous pourrions vous aider ?

Le militaire esquissa une mimique de contrariété.

— Révérend, fit-il, vous êtes bien ce que vous dites, j'en conviens, mais vous êtes aussi et surtout les seigneurs et propriétaires de cette ville. Ce qui vous donne des responsabilités en matière de bon ordre et de justice.

Le père Dessales se mit à tripoter sa croix pectorale. Il rejeta la tête vers l'arrière, les yeux mi-clos, faisant ainsi mine de réfléchir. Le commandant Clayborne attendait impatiemment la suite.

— C'est à notre évêque qu'il incombe de décider de ce que nous devons dire et faire en cette matière, finit-il par dire.

Lorsque le père Villepin eut traduit la réponse de son supérieur, le militaire se raidit.

— Votre évêque écoutera avec grande attention ce que lui dira Son Excellence Lord Sherbrooke, croyez-moi, répliqua Clayborne. En attendant, je vous prie de jeter un coup d'œil sur ce document.

D'un geste lent, le père Dessales prit le document et fit mine d'en parcourir les deux premières pages. Puis, se frottant les yeux, il tâta sa soutane avec des gestes impatients. Il finit par trouver ses lorgnons.

Il passa en revue la longue liste de noms, notant au passage ceux qui étaient soulignés d'un trait à l'encre rouge. Il termina par un hochement de tête.

— Voilà, c'est fait.

— Vous connaissez ces gens, ces endroits ? lui demanda Clayborne.

Le père Dessales faillit céder à un coup de colère. Bien sûr qu'il les connaissait. Après tout, il était le seigneur-curé et, à ce titre, il en savait long sur les faits et gestes de tous les paroissiens, des plus dévots aux brebis égarées. Et puis cette connaissance des êtres et des âmes était le levain de son pouvoir.

— Toutes ces personnes sont des paroissiens qui obéissent aux commandements de Dieu et de l'Église, répondit-il sèchement.

Lorsque le père Villepin voulut traduire, le militaire l'interrompit.

— J'ai compris, fit-il en français.

D'un mouvement machinal, il ajusta le bas de son uniforme et se mit à arpenter la pièce au pas de parade. Il s'arrêta brusquement devant le père Dessales.

— Connaissez-vous aussi l'histoire secrète de chacun... de chaque famille ? enchaîna-t-il en anglais, en martelant chaque mot. Connaissez-vous les agitateurs, les trafiquants, ceux qui acceptent de l'argent pour semer la violence, le désordre, pour déclencher des batailles ? Connaissez-vous ceux qui répandent des calomnies contre les représentants de Sa Majesté ? Révérend, je ne suis pas, moi, membre de votre Église, mais je sais faire la différence entre la bêtise humaine et la faute morale délibérée. Alors je m'attends à ce que vous collaboriez avec l'autorité que je représente !

Dès que le père Villepin eut terminé la traduction, le père Dessales se leva. Blanc de rage, il lui semblait évident que, par cette liste, le commandant de la garnison anglaise le tenait pour bouc émissaire, l'accusant de tout.

— Il suffit, lança-t-il d'une voix courroucée. Je n'ai pas à subir vos insinuations, et encore moins votre insolence. Souffrez que je vous rappelle que vous avez des devoirs envers moi et, comme vous l'avez dit vous-même, envers l'autorité que je représente. D'autres pourraient trouver impardonnables vos manières actuelles. Si vous vous en tenez là, je les voudrai pour une maladresse de votre part et m'en tiendrai à ce fait. Cela dit, monsieur, je ne suis pas aveugle, je reconnais qu'il y a eu faute grave… Par qui, pourquoi, je n'en sais rien pour le moment. Mais le genre de faute à laquelle on doit répliquer…

Il s'arrêta sur ces mots, attendit la réaction de Clayborne. Aussitôt que le père Villepin eut terminé, le militaire baissa les yeux comme pour cacher sa confusion. L'instant d'après, il s'inclina légèrement en guise de salut respectueux.

— Révérend, fit-il en chuchotant presque, je vous dois des excuses. Permettez-moi de reformuler ma demande en vous assurant qu'elle n'a d'autre motif que de servir les meilleurs intérêts de cette colonie.

Le père Dessales se garda bien de montrer quelque satisfaction, mais un rapide coup d'œil au père Villepin, accoutumé aux manières de son supérieur, confirma le sentiment de victoire qu'il éprouvait, un peu comme l'escrimeur qui, après avoir paré un assaut, touchait son adversaire dès la contre-attaque.

— Je vous en prie, révérend, ajouta Clayborne en indiquant le sofa, reprenez donc votre place… Vous accepterez bien un peu de thé de la meilleure qualité directement arrivé de notre colonie des Indes.

Sans attendre la réponse, le militaire appela son aide de camp. Celui-ci apparut comme par enchantement, le corps raide, les traits figés par une moue de servilité coutumière. Il enregistra les paroles du commandant, les répéta mot pour mot avec une intonation protocolaire, recula d'un pas et disparut tout aussi silencieusement. S'asseyant à son tour, Clayborne afficha une mine presque enjouée.

— J'ai grand regret de ne pas mieux connaître votre langue, énonça-t-il non sans difficulté. Je vais m'efforcer de… comment dire… parfaire… oui ? de parfaire les rudiments du français.

Le père Dessale joua le jeu. L'attitude du militaire n'était qu'une feinte, il le savait bien, puisque lui-même s'adonnait à cet art. Et puisque chacun avait marqué son territoire, le temps était venu de passer au marchandage.

— J'ai moi-même négligé de m'instruire des subtilités de votre langue, fit-il. Mais à défaut de pouvoir converser, j'ai tout de même appris, lorsque j'étudiais les classiques, ces mots d'un grand poète de votre pays: *Sons of the Greeks, arise! The glorious hour's gone forth, and, worthy of such ties, display who gave us birth! Let your country see you rising, and all her chains are broke!* Bien que mon accent puisse vous paraître horrible, reconnaissez que ces mots du grand Lord Byron ont une saveur d'éternité, ne trouvez-vous pas?

Son of a bitch! pensa le militaire avec un mépris intérieur. Clayborne sourit cependant et dit le plus élégamment possible:

— Je suis heureux, révérend, de constater que Lord Byron a pris une telle place dans vos études... Vous savez donc que ce même Lord Byron a tout récemment écrit quelques textes sublimes sur Napoléon et ses revers de fortune à Waterloo. Je puis vous les procurer si vous en exprimez le désir. Mais revenons à cette liste... À nos affaires, si j'ose dire, et à cette collaboration très souhaitée entre nous, entre nos administrations respectives. Et aux avantages indéniables qu'une telle collaboration pourrait comporter.

D'un geste, le père Dessales signifia à son secrétaire qu'il avait compris. Il reprit la liste et la parcourut cette fois avec une lenteur délibérée, feignant ici et là une contrariété que ne manqua pas de remarquer Clayborne.

— Cette liste est longue, murmura-t-il, très longue. Sans parler des conséquences pour toutes ces familles...

Le religieux n'était pas sans savoir que, s'il se compromettait sans assurer ses arrières, toute l'affaire pourrait aboutir à des résultats autres que ceux qu'il escomptait. Cette collaboration tenait essentiellement à son habileté diplomatique.

— Tout ce qui se dira ici doit demeurer absolument secret, finit par dire le père Dessales au bout d'un long silence. Nous en convenons, monsieur?

Dès qu'il entendit les mots traduits, le militaire acquiesça de la tête.

— Votre parole d'officier, exigea le père Dessales.

— *You have my word of honour,* fut la réponse du militaire.

— Avez-vous déjà effectué des arrestations? demanda le religieux.

— Nous n'attendons qu'un mot de votre part pour passer à l'action, répondit Clayborne.

— Et les preuves ?

— Nous les aurons...

— Et le châtiment ?

— Celui qui est prévu par la loi anglaise, précisa Clayborne avec un sourire mauvais. Incitation à la révolte, vol de matériel militaire, indifférence à la vie des concitoyens, meurtre... Selon les usages, le meilleur jugement prononcera le pire châtiment, mais aussi le plus juste : la corde au cou pour étouffer la rébellion.

Pendant un instant, le père Dessales crut entendre un horrible craquement, celui des vertèbres du cou, amplifié par l'écho. Il imagina la silhouette lugubre d'une potence sous laquelle se balançait un corps encore agité de spasmes.

Le militaire avait remarqué que les mains du religieux s'étaient mises à trembler.

— La pendaison ? balbutia le père Dessales.

— Nous ne sommes pas en guerre, fit le militaire, mais ils s'attaquent à l'ordre établi. Par conséquent, ce sont des traîtres doublés de meurtriers. Dans les deux cas, c'est la corde.

Le père Dessales se tourna vers son secrétaire. Il semblait désemparé. Du coup, le père Villepin s'en trouva ébranlé. C'était la première fois qu'il voyait son supérieur dans un pareil état.

— Je suis en voie de me soumettre à un protestant, murmura le supérieur. Que dois-je faire ?

— Vous avez toujours défendu l'autorité de l'Église, fit le père Villepin sur le même ton de confidence.

Clayborne, qui n'avait rien compris, interrogea le traducteur du regard.

— Ce n'est rien, s'empressa de dire celui-ci. Monseigneur me disait simplement à quel point il est difficile de concilier les affaires de Dieu et la justice du roi.

Sur ces mots, le père Dessales regarda directement le militaire.

— Je ne nie pas que plusieurs des personnes nommées sur cette liste peuvent paraître des suspects, dit-il avec fermeté, mais à moins que vous n'établissiez leur culpabilité hors de tout doute raisonnable, je ne puis me prêter à la dénonciation que vous souhaitez. Tous ces hommes ont des droits.

— Tous les droits sont suspendus. J'ai décrété la loi martiale, répondit Clayborne, irrité par l'apparente volte-face du religieux. Et cela pour aussi longtemps que nous n'aurons pas mis les coupables hors d'état de nuire.

Le père Dessales parut désemparé.

— Loi martiale ? répéta-t-il machinalement. Mais nous ne sommes pas en guerre ! Dieu nous en préserve ! Loi martiale ! fit-il encore.

— Il en est ainsi, affirma Clayborne du même ton ferme.

Le supérieur restait immobile, voulant dissimuler sa stupeur. Il imaginait déjà des détachements de soldats anglais, l'arme au poing, barrant les rues, fouillant les maisons, alignant les habitants contre les murs. Il voyait les visages désespérés, entendait les cris et les pleurs. Peut-être y aurait-il un massacre engendré par une parole malheureuse, un geste de résistance, une maladresse d'un soldat. En pareilles circonstances, la justice se trouvait toujours du côté de la force, et cette force s'incarnait dans la troupe, à la pointe des rangées de baïonnettes. Trop tard, alors, pour faire entendre raison à qui que ce soit. D'un côté, il y aurait peut-être quelques braves pour se jeter, poitrine découverte, sur les lames d'acier, mais de l'autre, indifférents à cette bravoure, des soldats pour exécuter un ordre bref leur commandant de les abattre. Aux cris succéderait un silence de mort. À la panique, un cessez-le-feu. Sur le sol, des corps inertes bégayant une prière avant de mourir. D'autres, râlant de douleur, agités de convulsions sous les regards horrifiés de faces muettes. Et plus rien, sauf pour quelques regrets officiels exprimés du bout des lèvres par le représentant d'un roi invisible, la promesse d'une enquête dont les conclusions rendraient compte d'erreurs attribuables à des incompréhensions réciproques et la consigne officieuse mais sévère d'étouffer l'affaire.

Certes, pour des raisons personnelles, le père Dessales était tenté de collaborer avec l'autorité royale. Mais cela, il le savait bien, ne renforcerait en rien la sienne propre. Tout au plus prendrait-il momentanément un pion à un rival trop puissant qui ne tarderait pas à le mettre échec et mat. Sans compter que, tôt ou tard, on le regarderait avec méfiance pour lui reprocher ensuite d'être resté sans réaction devant l'injustice. La résignation des habitants céderait alors à la colère et, vraisemblablement, à la désobéissance. Lui, Augustin Dessales, serait aussitôt convoqué par l'évêque, admonesté, dépouillé de son pouvoir, privé de ses ambitions, contraint pour le reste de son existence à se réfugier dans la prière tel un bagnard repenti, au fond d'une cellule, la tête contre la pierre froide.

Chaque minute comptait, le père Dessales ne le savait que trop. Pendant qu'il soupesait les arguments qu'il croyait les plus convaincants, des soldats en armes se répandaient déjà dans la ville. Peut-être même procédaient-ils à des arrestations arbitraires. Et peut-être que les habitants, ignorant tout, sauf que deux explosions avaient ébranlé toute la communauté, voyaient avec terreur une marée d'uniformes rouges fondre sur eux en vociférant et en proférant, dans une langue étrangère, des menaces de châtiment. Peut-être aussi qu'on frappait déjà aux portes de la grande église.

— Alors, révérend ? entendit-il.

Il se raidit aussitôt et serra sa croix pectorale. Il avala difficilement, puis passa sa langue sur ses lèvres devenues sèches.

— Commandant, fit-il alors d'une voix étonnamment calme, si vous procédez à des arrestations sommaires sans la moindre preuve, vous ferez de ces habitants paisibles des patriotes engagés. Et si vous les persécutez, vous en ferez des martyrs.

Clayborne haussa les épaules en entendant la traduction des paroles du père Dessales.

— Vous ne vous attendez toujours pas à ce que nous fermions les yeux sur un crime d'une telle lâcheté ? répondit-il. Si je vous comprends bien, le fait de faire respecter la loi et l'ordre, de réprimer la terreur et de traduire des criminels en justice représente à vos yeux de la persécution cruelle ? *Nonsense !* Et quoi d'autre ? Que je fasse part à Son Excellence que nous nous amusons de quelques excentricités, peut-être ? Imaginez un peu ce qu'en diraient les journaux de toute l'Angleterre ! Ils feraient de nous tous les fous du roi !

L'ecclésiastique ne parut nullement ébranlé par les propos du militaire.

— Et quel sort croyez-vous que vous feront les gazettes d'ici ? répliqua-t-il.

— Ils savent qu'ils ne sont pas au-dessus des lois, observa Clayborne.

— Personne ne l'ignore, commandant, le reprit le père Dessales, mais personne ne les fera taire ! Puis-je vous rappeler que lorsque votre prédécesseur fit saisir le matériel d'imprimerie de l'ancienne gazette *Le Canadien* par vos soldats, qu'il ordonna qu'on enfermât le tout dans les voûtes du palais de justice, qu'il fit accuser les propriétaires et les correspondants de pratiques séditieuses et les fit incarcérer, il ne fit qu'attiser la braise qui couvait sous les cendres. De nouvelles presses et d'autres caractères remplacèrent les anciens, d'autres gazettes défendent aujourd'hui les intérêts et les droits des habitants d'ici.

— *Fools !* lança Clayborne dès que le père Villepin eut traduit les paroles de son supérieur.

Le militaire était maintenant excédé des manœuvres dilatoires de cet homme d'église, qui se prenait visiblement pour une sorte de diplomate jouissant de toutes les immunités. Voilà un instant, le petit homme en noir l'écoutait, embarrassé, les yeux baissés, ne demandant pas mieux que d'acheter la paix. Voilà qu'il faisait volte-face, le blâmant presque violemment d'exercer son métier de soldat. Clayborne avait toujours détesté cette façon qu'avaient les Français de parler pompeusement au nom du peuple, en mêlant le discours d'une église catholique aux échos de sacrifice et de triomphe. Pragmatique, il trouva cependant que le parti le plus sage était encore celui d'amener le supérieur des Sulpiciens à trouver son profit sans que le pouvoir militaire de l'occupant en fût incommodé.

Clayborne affecta un air plus décontracté et s'efforça de s'exprimer en français :

— Je vous ai donné… euh… *my word of honour* que ce qui se passera… et se décidera ici *will be secret, right, Reverend ? So*, faites-moi, à votre tour, une proposition honorable. *What is it that would be acceptable to you, remembering that I must serve King and justice?*

— *And I must serve God and His justice,* ajouta le père Dessales avec un terrible accent, mais en rendant la politesse à son hôte.

Clayborne ne put s'empêcher de sourire. Il se tourna vers le père Villepin.

— *As once wrote our own William Shakespeare: "The fool doth think he is wise, but the wise man knows himself to be a fool..." So, the reverend and I may choose as we like it!*

D'un clignement des yeux, le père Dessales fit savoir à son collaborateur qu'il avait compris le sens de la tirade du militaire. Il abandonna même son expression sévère et feignit ce que Clayborne prit pour une trace d'humour. En réalité, ce n'était que ruse. Au fond de lui-même, le père Dessales savait que le moment de vérité était arrivé. Cet Anglais, tout colonel qu'il était, n'allait pas risquer la bavure politique dont l'issue, parfaitement incertaine, pouvait s'avérer désastreuse pour la réputation du représentant du roi. Soudain, il se sentit très à l'aise. Les questions qui se pressaient à sa conscience trouvaient leurs réponses. Plus rien ne heurtait ses convictions. Il se permit même de savourer une longue gorgée de thé.

— *What would be acceptable to me... to us?* fit-il alors d'un ton grave, en répétant la question de son interlocuteur. Que vous leviez sur-le-champ la loi martiale...

— Impossible! tonna le militaire.

Le père Dessales ne montra aucune émotion. Il pria simplement Clayborne de le laisser s'exprimer jusqu'au bout. Le militaire, quoique contrarié, lui fit signe de poursuivre.

— En échange de cinq noms et d'importantes mesures de sécurité dans la cité que nous, je dis bien nous, soumettrons à l'attention du Conseil législatif, à Québec, dans des termes qui plairont à Son Excellence le gouverneur.

Le père Villepin traduisit la proposition de son supérieur avec le plus grand soin. Clayborne ne réagit pas immédiatement. Il fit quelques pas dans la pièce, les mains dans le dos, la mine renfrognée. En cet instant, il eût volontiers écrasé ce petit homme qui se dressait devant lui avec des airs de roquet hargneux pour la gloire de sa religion. Mais tout l'en empêchait: son uniforme, son devoir de commandant, son serment d'allégeance au roi. Le prêtre, au contraire, pouvait en appeler sans limites à la mission divine et, de cette hauteur, avec des mots mystiques auxquels nul n'osait s'opposer, commander le peuple. Il en éprouvait de la répugnance.

— *Give me the names,* annonça-t-il finalement.

— Pas avant que vous ne m'assuriez que vous mettrez fin sur l'heure à la loi martiale, répliqua le père Dessales.

Clayborne approuva d'un hochement de tête, comme s'il ne voulait pas perdre la face.

— *Your word of honour, sir,* insista le religieux sans quitter l'autre des yeux.

— *You have it,* répondit sèchement le militaire.

— Pas de procès, pas de pendaisons, exigea le père Dessales avec la même fermeté.

C'était comme l'abcès que l'on crevait d'un seul coup. La même fulgurance. Clayborne poussa un vibrant juron et frappa du poing sur la table. Il pointa rageusement le document incriminant.

— *They will not hang,* persifla-t-il. *Now, the names!*

Avec une lenteur exaspérante, le père Dessales reprit le document et replaça ses lorgnons sur le bout de son nez. Il parcourut la liste de noms une fois encore, branlant la tête au fil de la lecture, comme pour se convaincre de son choix. Puis, sans le moindre mot, il fit signe au père Villepin de se retirer. Ce dernier, affichant un air soumis, allait quitter la pièce lorsqu'il se ravisa brusquement.

— Monseigneur, fit-il timidement, je ne crois pas que cela soit prudent.

Le supérieur le regarda avec un singulier sourire.

— Que voilà un bien grand mot, répondit-il. C'est justement par prudence que je désire rester seul avec ce colonel anglais. Allez!

Se plaçant résolument en face de Clayborne, il pointa un premier nom.

— Lui, fit-il, parce qu'il mène une vie de brute et qu'il est capable de corrompre les meilleurs.

Il avait désigné le nom d'Anselme Dallaire, le marguillier déshonoré en public par le grand Voyer et Joseph Montferrand.

— Et lui, enchaîna-t-il en montrant du doigt un autre nom. C'est un habitué des lieux malfamés. Et ces deux-là, fit-il encore. Ils ne cessent de répandre des discours de misère et d'utiliser des mots subversifs.

Clayborne, qui avait retrouvé son calme, avait bien noté les quatre noms. Il attendait maintenant que le religieux lui indiquât le cinquième nom. Il le voyait hésiter. La chaleur qui régnait dans la pièce commençait à l'indisposer, aussi avait-il hâte d'en finir. Malgré tout, il demeura figé avec une raideur protocolaire, passant lestement un doigt sous le col de son uniforme étroitement boutonné pour dégager momentanément son cou. Presque cinq minutes s'étaient maintenant écoulées.

— Et… LUI ! se décida enfin le père Dessales.

Les deux mots étaient sortis du fond de sa poitrine avec l'effet d'un jaillissement. Clayborne y regarda par deux fois avant de prononcer le nom.

— *Mufferaw ? Is that it ? Jos Mufferaw?*

— On dit Montferrand.

En prononçant lui-même le nom, le religieux ressentit aussitôt un sentiment libérateur. Brusquement, l'angoisse qui l'étreignait depuis si longtemps cessa. Et il n'éprouvait plus cette rancune qui se distillait en lui tel un poison lent.

— Le plus dangereux de tous, ajouta-t-il.

Le père Dessales quitta la résidence du colonel Clayborne en regardant fixement devant lui. Il ignora totalement le père Villepin. Ce dernier ne douta pas un seul moment que son supérieur venait de se livrer à une lugubre besogne. D'ordinaire, un tel acte se répandrait de bouche à oreille en termes abominables. Mais il y avait le secret. Nul n'en saurait rien. Sinon que, grâce à l'intervention courageuse du supérieur des Sulpiciens, des dizaines d'habitants avaient eu la vie sauve. Il avait été le souffle ardent. Celui qui avait combattu l'injustice au nom de Dieu et défendu le droit de cité des misérables.

Alors que les deux sulpiciens prenaient place dans la berline, le père Villepin l'entendit murmurer : « Dieu l'écrasera pour son orgueil comme il a écrasé Samson pour le sien ! »

Le colonel Clayborne ne perdit pas de temps. Il rappela la troupe et mit fin aux exactions de la loi martiale. N'ayant rien promis d'autre, sinon de ne pendre personne, il décida d'appliquer le *Mutiny Act*, une loi anglaise réprimant la mutinerie et la désertion. Cette loi permettait la détention arbitraire sans procès et l'application d'un maximum de neuf cent quatre-vingt-dix-neuf coups de fouet durant la période d'incarcération. Supplice barbare propre à l'armée britannique, cette loi suscitait les paris au sujet du nombre de coups que pouvait endurer un condamné avant de proférer une première plainte. Les actes rédigés, Clayborne ordonna que l'on arrêtât les cinq personnes désignées par le père Dessales.

Le supérieur des Sulpiciens tint également parole. Il fit préparer un projet en faveur d'un éclairage nocturne adéquat des rues de Montréal, ainsi que de l'établissement d'un guet constitué d'une vingtaine de *watchmen* armés de bâtons, de lanternes et de crécelles d'alarme. Étant entendu que ces mesures seraient défrayées par une taxe imposée particulièrement aux taverniers et aubergistes de la cité.

Pendant tout ce temps, on continuait en ville d'évoquer le nom de Joseph Montferrand. Un défi n'attendait pas l'autre. Et avec les défis, les enchères montaient en flèche. Mais Montferrand avait bel et bien disparu. Du moins le disait-on.

On entendit toutes les rumeurs. Selon l'une d'elles, il s'en était allé vers le nord, jusqu'aux Pays-d'en-Haut, afin d'y retrouver un Maturin Salvail bel et bien ressuscité et, en sa compagnie, de s'y initier aux rites et aux sorcelleries des Sauvages. Jusqu'au jour où un charretier de long cours raconta avoir croisé le nommé Montferrand à bien des lieues de Montréal. Il le décrivit tel un géant qui n'avait pas encore son âge d'homme. Il conduisait une charrette chargée à plein et menait une paire d'énormes chevaux avec une redoutable dextérité, « rien qu'à entendre résonner son fouet », précisa-t-il. Lorsqu'on lui demanda s'il était certain d'avoir reconnu Joseph Montferrand, il s'était aussitôt exclamé qu'on ne pouvait s'y tromper, car, disait-il, « y a que Montferrand pour porter son chapeau de castor sur le travers et la ceinture fléchée du grand Voyer autour de la taille. »

Les soldats anglais encerclèrent la maison de la rue des Allemands, puis, sur l'ordre de leur chef, ils enfoncèrent la porte et envahirent la cuisine, baïonnette au canon. Ils se trouvèrent face à face avec une mère et sa fille. Interrogées puis menacées, Marie-Louise et Hélène refusèrent obstinément de prononcer le moindre mot. Les soldats mirent la maison sens dessus dessous. Dans les combles, ils trouvèrent un coffre de bois dont ils n'eurent même pas besoin de forcer la serrure. Il était vide. À côté des initiales FF, un nom avait été grossièrement gravé : MONTFERRAND.

Remerciements

Un roman de ce genre est une incursion dans le temps. Il faut donc revoir des écrits qui permettront de redonner vie à un théâtre éteint.

Parmi cette littérature, les ouvrages suivants m'ont été d'une aide précieuse :

Berthelot, Hector, *Le Bon Vieux Temps*, Librairie Beauchemin Ltée, 1924.

Des Ruisseaux, Pierre, *Dictionnaire des expressions québécoises*, Montréal, Éditions Hurtubise HMH, 2003.

Dupont, Jean-Claude, *Légendes amérindiennes*, Éditions J-C Dupont, 1992.

Giguère, Guy, *Les Brebis égarées*, Montréal, Éditions Stanké, 2005.

Histoire du Vieux-Montréal à travers son patrimoine (sous la direction de Gilles Lauzon et de Madeleine Forget), Les Publications du Québec, 2004.

Lacoursière, Jacques, *Histoire populaire du Québec, Tome* II, *de 1791 à 1841*, Septentrion, 1996.

Maurault, Olivier, *La Compagnie de Saint-Sulpice au Canada*, document de commémoration du troisième centenaire de la mort de M. Olier et de l'arrivée des Sulpiciens à Montréal, 1957.

Prévost, Michel, *Jos Montferrand, de la légende à la réalité*, publications Histoire du Québec, 2006.

Provencher, Jean, *Les Quatre Saisons dans la vallée du Saint-Laurent*, Montréal, Éditions du Boréal, 1996.

Sulte, Benjamin. *Histoire de Jos. Montferrand*, C.O. Beauchemin et Fils, Libraires-Imprimeurs, 1883.

Je remercie chaleureusement les personnes suivantes :

Mme Hélène Leclerc, ma muse depuis toujours, qui m'a soutenu dans les meilleurs comme dans les pires moments. Sans tenir la plume, elle m'a rappelé sans cesse aux devoirs de ma quête ;

Mme Jeannette Richard, membre de la Société d'histoire du Haut-Richelieu, qui a minutieusement revu les archives généalogiques du Québec pour me permettre de cerner l'espace de vie du héros de roman ;

Mme Johanne Guay, vice-présidente Édition du Groupe Librex, qui a reçu l'idée de ce roman avec enthousiasme et qui m'a assuré depuis un soutien indéfectible ;

M. Martin Bélanger, éditeur, qui a traité l'œuvre avec un professionnalisme hors pair, y allant d'une écoute de tous les instants et de suggestions éclairées ;

Mme Céline Bouchard, réviseure, pour la patience et la minutie avec lesquelles elle a permis à cette œuvre de trouver sa part de lumière ;

Mme Lise Levasseur, qui au cours des vingt dernières années a traité chacun de mes manuscrits comme une œuvre d'art ;

Ariane, qui a été depuis son premier jour et demeure mon porte-bonheur.

Cet ouvrage a été composé en Sabon 12/14
et achevé d'imprimer en septembre 2008 sur les presses
de Quebecor World Saint-Romuald, Canada.

certifié

procédé
sans chlore

100 % post-
consommation

archives
permanentes

énergie
biogaz

Imprimé sur du papier Quebecor Enviro 100 % postconsommation,
traité sans chlore, accrédité Éco-Logo et fait à partir de biogaz.